上卷 鲜衣怒马

# 传锦伏

满碧乔 著

人民文学出版社

图书在版编目（CIP）数据

伏锦传：上下/满碧乔著. —北京：人民文学出版社，2022
ISBN 978-7-02-016747-0

Ⅰ.①伏… Ⅱ.①满… Ⅲ.①长篇小说—中国—当代 Ⅳ.①I247.5

中国版本图书馆 CIP 数据核字(2022)第 042369 号

责任编辑　欧阳婧怡　马林霄萝
装帧设计　陶　雷
责任校对　王筱盈
责任印制　任　祎

出版发行　人民文学出版社
社　　址　北京市朝内大街 166 号
邮政编码　100705

印　　刷　三河市鑫金马印装有限公司
经　　销　全国新华书店等

字　　数　748 千字
开　　本　890 毫米×1290 毫米　1/32
印　　张　27.125　插页 4
版　　次　2022 年 7 月北京第 1 版
印　　次　2022 年 7 月第 1 次印刷

书　　号　978-7-02-016747-0
定　　价　98.00 元(全二册)

如有印装质量问题,请与本社图书销售中心调换。电话:010-65233595

# 目录

## 上卷 鲜衣怒马

第一章 彼时少年 ... 三
第二章 远山芙蕖 ... 一二
第三章 波荡鸳鸯 ... 二八
第四章 绝世名医 ... 三六
第五章 一波再起 ... 四七
第六章 江都之谋 ... 五七
第七章 乾坤一掷 ... 六七
第八章 崭露头角 ... 七五
第九章 媒妁之言 ... 八三
第十章 一往而深 ...

第十一章 江左周郎 ... 九三
第十二章 与君千里 ... 一〇三
第十三章 寤寐思服 ... 一一三
第十四章 与子同袍 ... 一二一
第十五章 心悦君兮 ... 一二九
第十六章 但为君故 ... 一三七
第十七章 美人之恩 ... 一四六
第十八章 入骨相思 ... 一五四
第十九章 千钧一发 ... 一六三
第二十章 慰我彷徨 ... 一七二
第二十一章 舒城之战 ... 一七九
第二十二章 进退失据 ... 一八七
第二十三章 何日见许 ... 一九五
第二十四章 落子无悔 ... 二〇四
第二十五章 总角之好 ... 二一一
第二十六章 怪鸟之谋 ... 二一九
第二十七章 凤归故里 ... 二二六

第二十八章 非梧不栖 二三四
第二十九章 弃而不许 二四二
第三十章 思之如狂 二四九
第三十一章 断鸿声里 二五七
第三十二章 山巅云海 二六四
第三十三章 无情流水 二七一
第三十四章 在水一方 二七八
第三十五章 舌挢不下 二八五
第三十六章 身无彩凤 二九二
第三十七章 心有灵犀 二九九
第三十八章 阴晴圆缺 三〇七
第三十九章 一夫当关 三一四

第四十章 闻君有他 三二一
第四十一章 愁知夜长 三二八
第四十二章 南箕北斗 三三六
第四十三章 不情之请 三四三
第四十四章 东走西顾 三五〇
第四十五章 岂曰无衣 三五七
第四十六章 驽马徘徊 三六四
第四十七章 枝节横生 三七一
第四十八章 烈烈北风 三七六
第四十九章 半盏屠苏 三八三
第五十章 功亏一篑 三九〇

# 上　卷

# 鲜衣怒马

## 第一章 彼时少年

东汉末年,朝堂荒政,宦官弄权,民不聊生。巨鹿人张角奉黄老之术,起兵造反,号太平道,声称能解天下一切疾苦。百姓信以为真,口口相传,竟惹得六郡八州数十万人卖家舍田投奔。两汉王朝四百年基业危在旦夕,乌程侯孙坚不满黄巾贼为害一方,随北地太守皇甫嵩举起讨伐大旗,天下诸侯云集响应。孙坚骁勇无敌,用兵如神,令张角连连受挫,不久便暴病而终。

谁知黄巾之乱方平,窃国之乱又起,董卓自封太师,挟汉献帝以令诸侯,扰乱朝纲,指鹿为马,令天下人敢怒而不敢言。为救受尽折辱的献帝,十八路诸侯群聚,孙坚亦集结于袁绍、袁术两兄弟的义军之下,率领江东虎狼之师勇为先锋,斩杀董卓手下大将华雄于阵前,威震神州。时逢吕布反叛,董卓自知不敌,不得不弃洛阳西逃至函谷关,终为吕布所杀。

大敌剿灭后,义军分崩离析。袁绍、袁术兄弟二人借机图谋称雄之事,与公孙瓒逐鹿河北之地,鏖战正酣。孙坚慨叹诸侯权力倾轧,哀民生艰辛之时,竟不明不白地死于乱阵之中。江东义军群龙无首,纷争四起,攻城略地,无一日安宁。百姓备受其扰,不过两三年间,人口锐减,折损百万有余。

距赤壁之战十五年前,即汉献帝初平四年,乱世漂萍,民生疾苦,将星陨落已有五载,坊间民巷中却仍传颂着孙坚先讨黄巾再伐董卓的义举。百姓们期待再有英雄降世,解救八方疾苦,等来的却只有无止境的杀伐。

江南僻地,巢湖之畔有一小县,名曰"居巢",却与众不同,恬然如世外桃源。正值暮春三月,巢湖两畔桃色如烟,湖心正中一叶轻舟,双桨惊鸿,玉人迎风独立,却是一身缟素,想必有热孝在身。

眉宇坚朗如峰,直入青鬓,薄唇微抿,眸色清澈深邃,有如巢湖暗涌之水。此人眉目俊秀如画,身量却是修长紧实,一看便知身怀武艺。小船内,铜剑斜矗,与主人一道,映着碧玉湖水,对影成双。

忽然间,氤氲的湖面上浮现另一艘小舟,摇桨之人急急匆匆赶上前来,拱手对那人道:"周明廷,孙郎送了拜帖,即刻便要到府邸了!"

此人正是孙坚长子孙策自幼相交挚友,时任居巢县令的周瑜。周瑜乃洛阳令周异之子,尚未弱冠之年,去年秋日便在父亲的主持下,迎娶了司徒王允嫡女为妻。谁知好景不长,岁末隆冬,周瑜的父亲瘐病过世,妻子又感染时疫。周瑜衣不解带守在病榻之畔,依然回天乏术,痛失结发之妻。依照《孝经》道义,周瑜应守孝三年,于是婉拒高官爵位,转任故乡庐江郡居巢县令,并将爱妻迁葬湖畔,以全忠孝。可失去至亲至爱之痛,绝非一时可解。今日挚友孙策到访,算得上是半载以来唯一令他略感慰藉之事了。

周瑜嘴角漫起一丝浅笑,弯身拾起桨棹,驾船向岸边驶去。

居巢县城,东市西市热闹非凡。正值三月初三上巳节,柔条纷冉冉,男女老少减去厚重的冬装,换上明丽春服,比肩继踵赶庙会。虽为东南小县,却不失烂漫天然。农人挑着条担,担着方摘的含露海棠,不过片刻便被街市上的姑娘婆妇抢购一光。

街市上笑语盈盈,暗香浮动,忽然间,道路尽头传来一阵隐隐的马蹄声,众人循声望去,只见一匹毛色油亮的大宛驹驮着一银枪少年横冲直撞,向人群疾驰而来。

这少年正是来居巢找周瑜的孙策,他显然没想到庙会竟有这么多人,想要勒马却为时已晚,闪避不及。眼见骏马就要撞上游走的人群,孙策急中生智,全力拉紧缰绳,向旁侧一转,大宛马骐骥一跃,踩上了路旁的菜摊子。马儿受了惊,顺着绵亘的薄木质菜摊一路跳跃向前,踏翻了竹筐踢撒了醯浆,搞得孙策很是狼狈。

赶庙会的百姓们毫不躲闪,拥上前来,仰头看着御马如蹈舞的孙策,拊掌大笑。有姑娘认出孙策装扮,高声嚷道:"孙郎!他是吴郡江都的孙郎!"

这简简单单一声"郎",正是对外貌出众少年的称呼,绝非寻常人可承受。孙策生得俊朗不凡,又礼贤下士,年纪轻轻便颇有名望,故而吴郡男女老少皆爱称他为"孙郎"。他每每出行,必驾着他父亲孙坚留下的大宛马,背着十二锋银枪,长此以往,这两样物件就成了他的标志。

孙策没想到初到居巢,已经有人将他认出,还是在此情此景下,笑得尴尬又得意。大宛驹通晓人性,此时却一点面子也不给孙策,前蹄踏空,一下将他甩下了马背。孙策武艺高超,又当着众多看客,自是不肯乖乖落地,他回身一扫,想要钩住菜案,哪知菜案已是不堪重负,顿时支离破碎。孙策暗骂几声,摆好姿势,老老实实摔在了黄土地上。

受惊的大宛驹兀自向前奔跑,菜案上飞起的春韭如雨打沙滩,簌簌落满孙策全身,他顾不上浑身吃痛,抬起手臂,挡着通红的俊脸,不知该如何收这尴尬的场。

未曾想到今年的上巳节会遇到如此好戏,百姓们哄然大笑,拥上前将孙策团团围住。正当此时,一悦耳的男声从后传来:"何人如此大胆,竟敢在我居巢撒野?"

听出来人正是周瑜,孙策释然一笑,舒舒服服闭了眼。数年未见,儿时的默契仍在,想来他今日所求之事,周瑜应当不会拒绝罢。

三面青山一面湖,自柳堤乘船,摇桨百余下,顺流漂至湖东桃花最繁密处,临岸有一方老宅。青石宅院,屋瓦白墙,铜环惹翠,正是周瑜的住处。

虽是三进院落,却只有老妇与小童两人侍候。老宅前庭种着几棵稀疏的牡丹。此地土壤贫瘠,不宜种植此花,周瑜费心照料,却只开出了几小朵,在朦胧烟雨中显得楚楚可怜。

堂屋内,窗明案净,暖炉熏香。孙策洗罢澡,换上干净衣袍,上前对周瑜道:"公瑾,没想到几年没见,我穿着你的衣衫,还是如此合身。你也不早点来接我,害我淋了一身韭菜,现下还有味儿呢。"

周瑜见孙策嬉笑着在堂屋内来回兜圈,如幼时一般,毫无嫌隙,心中一暖,嘴上却只问:"不请自来,怕是又有什么烂摊子要我陪你接罢?"

孙策斜倚坐下,笑得狡黠又喜兴:"难怪连我母亲都说,你是这世上最了解我的人。不过这事倒真算不得什么烂摊子:我打算去寿春找袁术,讨回我父亲的军队,你跟我一起去罢。"

一弯曲水自巢湖引向老宅,再引入堂屋。周瑜用竹舀取水,边烹茶边回道:"你先别心急,我多年暗查,终于找到一个人,曾在你父亲军中效过力……"

"哦?是何人?是否有我杀父仇人的线索?"孙策不等周瑜说完,就坐正了身子,一脸警觉。

周瑜尚未回答,一位体貌魁梧、满头灰发、鼻直口方的男子驾车而来,行至老宅门口,将车马交予小童,径直走入庭院,高声喊道:"公瑾老弟!"

周瑜起身招呼道:"快快请进!伯符,这位是我的好友鲁肃鲁子敬,曾于我居巢百姓有仓米之恩。"

居巢虽然远离战乱,却因地势原因耕地不足。中原战火频仍,米价飞升,远在江南的居巢备受其害,去年寒冬,县里有半数县民无米粮越冬。此人是官宦之后,有田有宅,家底殷实。生逢乱世,这位仁兄见百姓可怜,不置家产,反而卖地买粮,周济贫民,一时间名声在外。与周瑜相识后,他二话不说就将家中两仓米粮中的一仓共三千斛相赠,县府开仓赈灾,居巢百姓才得以安度严冬。

那人走进堂屋,未落座,而是凑上前盯着孙策看了许久,赞道:"到底是老将军的孩子,长得真是不赖!"

此人说话直爽,神态顽劣,似是个性情中人。见其满头花发,孙策拱手问:"晚生有礼,不知该如何称呼这位叔伯?"

周瑜沏茶的手一抖,哑然失笑:"子敬兄不过只大你我三岁,你怎么喊人家叔伯?"

"少白头,长得确实着急了几分,也不怪孙郎如此称呼。别看我满头灰发,喜欢我的姑娘可不比喜欢你们俩的少!"

三人大笑,孙策自悔失言,端起茶盏敬道:"是我唐突了。"

"不必客气,鲁某名肃字子敬,因为仰慕老将军风华,投笔从戎,加入了老将军麾下!想当年老将军率十八路诸侯联军讨伐董卓,激战大谷关,身先士卒击溃华雄,直捣洛阳城,何其风光!今日子敬能见到孙破虏将军之子,也可算是平生无憾了……"

周瑜见鲁肃手舞茶盏好似折戟横刀一般,心生敬佩,拱手道:"没想到子敬兄年纪轻轻,竟然参军这么早,曾随孙伯父讨伐董卓?"

鲁肃即刻窘住,放下茶盏,挠头回道:"鲁某只参加过岘山一战,其他的也是道听途说……三年前,鲁某在偏将军孙贲手下。老将军遇害时,我与他相距不过三五丈远。"

听到谈话转入自己感兴趣的正题,孙策忙问:"子敬兄可曾看清家父遇害经过?"

鲁肃呷了一口清茶,蓦然压低嗓音:"说来当真诡异得很……老将军遇伏那一刻,岘山四面林间突然飞来千百飞鸟,从四面八方俯冲下来,将方丈之地糊得严严实实,鸣叫声震天,故而多数人都未看清将军是被何人所害。那飞鸟个个长翅鳞羽,当真吓死个人,我们使出九牛二虎之力,才把它们驱散。那时候老将军已经中箭,伤痕竟然是那奇怪的'卍'字形状……鲁某推测,杀害老将军的,若非妖法,就是鸟人!"

鸟人?孙策听了这话不由一怔,思绪更乱。那时他与周瑜只有十四五岁,瞒了母亲偷偷去岘山寻父,因地势原因只看到孙坚倒地瞬间。那一刻他五内俱焚,心神紊乱,根本没有注意有何响动,现下回忆起来,好似确实曾听见鸟鸣之声,邈远又模糊,难寻踪迹。这模棱两可匪夷所思的线索,如无根之水,无从探究。孙策蹙着俊眉,神情里尽是难言的失落。腕上"卍"字伤痕,乃是他自己一笔一画刻上,这三年来,他未有一日敢忘怀杀父之仇,可若要复仇,谈何容易?

周瑜见孙策揩摸着腕上的"卍"字疤痕,就知道他心情欠佳,转向鲁肃道:"多谢子敬兄,说了半晌话,喝口茶润润嗓子罢。"

正在这时,一差役等不及通报,就跟跟跄跄冲进老宅,在堂屋外一拱手,高声喊道:"周明廷,城北山上忽然来了一起子山贼,打劫一队车马,刀光剑影的很是吓人,还请明廷过去看看罢!"

居巢县地势北高南低,汤山绵延百里,山有二泉,一冷一暖合流如温汤,故而得名。正值暮春时节,山上繁花似锦,商旅之人往来皆驻足观赏。谁知今日竟有人在此处拦路打劫,十几个山匪身披锦衣,以黑布蒙面,从四面围住一辆单驾马车,令其进退不能。

周瑜率领十几个县役出现在半山腰,孙策御马紧随。距劫匪约莫一射之地,周瑜下令县役躲藏埋伏,自己则寻有利地势定睛望去,只见悍匪们个个身披铠甲,手持铁刃,反观县役,则只是布衣草鞋,举着烧火棍。周瑜不由皱起了眉头,却别无他法。居巢县小,又远在江南僻地,向来太平无事,这十几人已是县内能调动的全部兵力。

孙策不知何时走上前来,拍了拍周瑜的肩背,挺直腰杆,清清嗓子,横过身后的银枪,用手一弹刀刃,得意扬扬道:"怎样?我就说我得同来。你这太平官当久了,不知道世道险恶。这起子差役,最多派去通一通村里的旱厕。这一伙毛贼,只有靠你我才能收拾。"

方才孙策为杀父之仇神情落寞,周瑜暗暗担忧,现下见他眉飞色舞,终于宽心了几分,揶揄道:"那便先谢过伯符兄为我解忧了。"

"不过咱们也别着急动手,先看看再说,兴许人家是义贼呢!若是武艺高超,我就把他绑回去,用铁链子拴上,替我看家护院。"

说话间,那伙劫匪的头目从人群中走出来。只见他年纪轻轻,身披锦衣玉甲,手握大刀横在肩后,对马车大吼道:"我乃临江人士甘兴霸,在此开路为生!方圆百里之内,连人带畜,没有不认得我的!若要从此过路,留下随身细软,否则,别怪我的大刀不长眼!"

"竟然是他?"周瑜蹙眉低声道。

孙策忙问："你认得他？"

"此人名叫甘宁，仗着自己力气大，横行霸道，时常纠集十里八乡的轻薄少年，成群结队，携弓带箭，头插鸟羽，马配铃铛，干着亡命劫财的勾当，人称'锦帆贼'，害得整个庐江郡的商人妇女不论昼夜听到铃声就尖叫乱跑，拦都拦不住。"

那甘宁突然抡起大刀，奋力劈下，重重砍在拉车小马面前的土地上，吓得马儿胆战，奋起前蹄，连声嘶鸣，匪众们随之鼓掌吹哨，连声叫好。

孙策眯眼看了看甘宁，咂了咂舌道："力气倒是不小，话说回来，我看他们的马上也没配铃铛啊？"

"也许是觉得腻了，也许是苦于人们听见铃声就跑，谁知道呢？"周瑜无奈道。

赶车的车夫早已吓得不见三魂七魄，扑通跪地，连声求饶："大侠饶命！大侠饶命！我是今日一早被两位小娘子从市上雇来的，银钱还未结，身无分文啊！她……她、她们定然有银钱！"

"哦？两位小娘子？"甘宁擤两把鼻涕，又扛起大刀，上前一脚将车夫踢翻，箭步冲到车厢前，浪笑道："让我瞧瞧！"

谁知未等甘宁动手，车帘竟从内掀起，只见一二八佳人桃腮粉面，娉婷袅娜，甚是动人，盯着甘宁的神情既不害怕也不慌张，反倒有几分戏谑之意。不远处，孙策本袖手看戏，谁知隔云观花一瞬，手中银枪登时脱落，险些砸伤胯下的大宛驹。

甘宁愣怔半晌，狂妄大笑："没想到老天竟然如此开眼，送了个如花似玉的美人儿给我。随我回山寨去，今夜洞房，做我的压寨夫人罢……"

那佳人莞尔一笑，身子一侧，车厢深处突然弹出一颗石子，速度极快，正中甘宁左眼。甘宁只觉一阵剧痛难当，一屁股坐在地上，两脚直踢腾："谁这么不要脸，竟然用暗器伤人！"

"真是贼喊捉贼，你一个流氓无赖，干着劫财劫色的卑劣勾当，竟还有脸指责别人无耻？"随着这略显稚嫩的声音，一名十二三岁衣紫纶青的童子飞步走下马车，立在车辕之后。他嘴角紧绷，目光如炬，手掌虚垂，似乎随时准备出手。

甘宁骂骂咧咧地从地上撑起,使出全力抡出大刀,砍向那少年:"哪里来的野猴子,老子送你上西天!"

甘宁舞刀成风,少年也不肯示弱,接连甩袖,袖中接二连三飞出石子,密密击向甘宁,甚至将他的铜刀打出了两三豁口。甘宁手下自然不会坐视不理,不知哪个匪徒从怀中掏出一把白石粉,向空中一抛,那少年即刻被眯了眼,看不清甘宁动向。甘宁抓住这机会,提刀大力劈向少年,眼见少年即将成为刀下鬼,车内佳人尖叫不迭。

随着一声铿锵巨响,大刀被策马飞奔而来的孙策用银枪稳稳挡回。甘宁反应奇快,见孙策骑在马上,立刻砍向马腿。大宛马扬起前蹄嘶鸣一声,孙策从马上飞身而下,与甘宁对峙周旋,两人刀枪酣战二十回合,竟难分胜负。

"你是谁?为何横刀插手别人的买卖?"甘宁大喝一声,上下打量着孙策。

孙策余光瞟见车内佳人望着自己,忙正正衣襟,一字一顿道:"行不更名,坐不改姓,先乌程侯长沙太守孙坚之子,吴郡孙郎孙策是也!"

孙策说完,露齿一笑,望向车上的佳人。可惜佳人尚未从恐慌中恢复,毫无反应。

甘宁冷笑道:"什么村夫野郎,没听说过!既然多管闲事,休怪老子不客气!兄弟们,上!"

听到甘宁当着佳人的面称自己为村夫野郎,孙策气不打一处来,张口欲骂,可他还来不及出声,劫匪们便一齐举刀抢来。孙策两手各持一枪,左右抵挡,仍被乱刀砍了数下,所幸身上铠甲坚实,并未受伤。周瑜飞身赶来,杀向群匪。

正当两人陷入苦战时,鸟鸣声四起,只见无数飞鸟呼啸疾冲而至,纷纷扎向匪众。孙策与周瑜顷刻解围,孙策抓住时机,箭步冲向甘宁,快速出枪,将他的右臂刺伤。

十几名差役趁机鸣锣敲鼓,做出千军万马之势,甘宁血流不止,无法再战,大喊一声:"撤!"众匪得令,立即随着甘宁一道突围向西跑去。

孙策追出十余丈远,被周瑜拦住:"别去了,穷寇莫追。"

孙策看着渐行渐远的匪众,跺脚大骂:"野猴蠢驴似的笨人,竟敢说我是村夫!他日若再相见,我一定先揍他一顿,再把他抓回去看家护院!"

周瑜笑着敲了敲孙策的铠甲,揶揄道:"平日里旁人如何打趣,你也不会动气,怎么今天就气成这样了?话说回来,是谁一看到车上的女子,就脚底抹油似的,奋不顾身冲下山坡,让我好一阵追。现在人家姑娘下了马车,正要感谢你,你还不快回去看看?"

孙策听了这话,即刻要向回跑,可他跑了半步便停了下来,拉着前襟袖笼凑到周瑜面前,悄声道:"你快帮我闻闻,我身上还有韭菜味没有?"

## 第二章 远山芙蕖

碧云出岫，欲遮残阳，雾霭流岚从林间四溢漫出，天色缓缓转为青黑，空气中弥散着湿甜的气息，似有大雨将至。

孙策与周瑜赶回马车处，佳人即刻迎上，躬身一揖道："今日若非二位公子搭救，小女子怕是难保清白，请受我一拜。"

方才隔岸观花，只觉佳人娉婷袅娜，清丽淡雅如芙蕖，而今相距咫尺，芷兰香幽，冰肌凝脂晃得孙策头皮发麻紧张不已，心中暗恨为何自己染上满身韭菜味，佳人近在眼前，他却只能后撤半步，将周瑜牢牢挡在身后，弯身回礼："姑娘不必客气，我这兄弟正是居巢的县令，本该保护一方安宁，令你受惊实在不该。"

孙策不知道，周瑜的心思根本没放在这倾国佳人身上，而是紧紧盯着她身侧的少年。方才打斗之间，鸟鸣声四起，令周瑜想起鲁肃说起的孙坚中伏的情景。可眼前这孩子不过十一二岁，定然不会是杀害孙坚的凶手，这一切究竟是巧合还是确有瓜葛，着实耐人寻味。那少年见周瑜望向自己，神情一怔，侧身偏向了一边。

周瑜来不及细想，又听孙策问道："敢问姑娘闺名？为何经过此地？"

"小女子姓乔，小字莹，正要乘车去袁后将军军营寻亲……"

听到"袁后将军"四字，周瑜与孙策相视一眼，即刻明白她所指正是

"四世三公"袁家的嫡次子,时任后将军的袁术。袁氏兄弟与孙策、周瑜有着千丝万缕的瓜葛,周瑜不由更警惕几分:"敢问令尊名讳?"

"家尊是袁将军麾下大将军乔茹。"

因避忌父亲名讳,她刻意将"乔蕤"读作"乔茹",可孙策与周瑜还是瞬间反应过来。孙策拱手道:"原来是名震江左的美人儿大乔姑娘,在下江都孙策,久仰姑娘芳名。不怕姑娘笑话,我未及弱冠,还未定亲,先前曾有人跟家母提起姑娘……"

孙策竟然将话头突转,周瑜一时不知该如何插嘴。不料那紫衣少年开了口,啐道:"涎皮赖脸。"

大乔娇花般的小脸儿红透,垂眸对身侧人道:"妹妹,莫要对恩公无礼。"

山中淅淅沥沥下起了春雨,听得大乔唤那少年"妹妹",周瑜异常惊诧,原来这紫衣少年竟是女扮男装。方才那样的身手,成年男子尚且不能,更莫说一个十一二岁的姑娘了。不同于大乔的温婉恬然,小乔年纪小,警惕性却极高,薄唇紧抿,眉黛轻蹙,难怪方才周瑜那般端详会令她不自在。

更震惊的则是孙策,他将目光从大乔身上移开,上下打量着小乔,只见她身形瘦弱,形容尚小,唯有一双大眼睛,灵动婉转,令人见之不忘。孙策笑道:"都说江南二乔堪称国色,大乔姑娘确实名不虚传,可这小乔姑娘小小的人儿,又瘦又弱,算不得什么美……"

孙策话未说完,忽见小乔宽袖一甩,一块飞石乍然抛出,直冲孙策而来。孙策兜手一转,携雨裹沙,竟牢牢接住了:"你这孩子,莫要乱出手,打坏了恩人,仔细你姐姐心疼。"

抬手一瞬,孙策手腕上那"卍"字疤痕暴露于光天化日之下,小乔一眼瞥见,即刻收了手,愣在原地半晌未动。

周瑜将小乔的神态尽收眼底,心中默默有了几分成算:"大乔姑娘,你们的车夫趁乱跑了,今夜看似将有大雨,不宜赶路,你们姐妹二人还是寻个地方安顿下,明日再做打算罢。"

"对对对，"孙策接腔道，"我这兄弟是居巢县令，本就是袁将军任命的官儿，与你父亲算是同僚。先父亦是袁将军手下，我们两家也能算作故交了。两位姑娘若不嫌弃，不妨到周明廷家中暂宿一夜，如何？"

大乔面露难色："这……只怕不太合适罢？"

孙策还想再劝，却听小乔悄声对大乔道："姐姐，现下四处打仗，战乱不休，十村八乡都没有驿站。我看这明廷不像坏人，我们不妨借宿一宿，明日一早再赶路。"

语罢，小乔起身钻进了马车，大乔见此，只好躬身对孙策道："那就劳烦两位了。"

大乔与小乔上车，孙策关好厢门，与周瑜同坐前室驾车。车厢内，大乔见小乔垂首不语，低声若有所指："妹妹是否答应得太干脆了些？"

小乔笑道："方才那登徒子觊觎姐姐美貌，回老巢包好伤口，只怕还会回来。车外这两人虽然莽直，却没有那些人坏。若是我没猜错，姐姐就是来找这个姓孙的罢？而且，我实在是有些冷……"

大乔这才注意，小乔通身的紫袍已被雨水淋透，湿答答地黏在身上，她伸手一探，小人儿素玉般的额头微微发热："难怪神色恹恹的，只怕是染了风寒，待下了车，想办法给你请个郎中罢。"

小乔没再搭话，乖顺地靠在大乔肩头，沉沉睡去了。

飒飒冷风卷集飞雨，气温陡降至冰点，周瑜打马的手依然有条不紊，愈是这样的极端天气，愈要小心谨慎，山路湿滑，若有闪失，便是万劫不复。听得一旁孙策喷嚏连天，周瑜关切道："现下只有你我，不必逞英雄，你的手受伤了吧？那小丫头甩出的石子力道真大，你倒大胆，竟然徒手接了。"

孙策摊开手，只见掌心一片血肉模糊："这臭丫头可真是，下手如此之狠，疼得我抓心挠肝又不敢表现出来！"

大雨倾盆，雨水顺着俊俏的面颊缓缓淌落，周瑜低声问："你可别只贪看国色，那小乔姑娘招式凌厉，能召唤飞禽鸟兽，鲁子敬说你父亲遇险时……"

孙策做了个手势,示意周瑜噤声,赖笑道:"你当我傻?若非如此,我为何一力邀请她们去你家?"

黑云翻墨,白雨跳珠,巢湖之水汹涌似钱塘潮。岸边老宅里,老妇烹粥煮酒,小童则站在几株牡丹旁,撑着油纸伞为花遮风挡雨。即便如此,残花在风雨中备受摧残,飘零殆尽,并非人力可以挽回。

鲁肃仍未离去,坐在堂屋里赏着雨景自斟自饮,三杯温酒下肚,醺醺然飘飘如仙,惬意得想击缶唱歌。

一行人冒雨赶回,才进院门,周瑜就高声唤道:"婶婆,劳烦为两位姑娘收拾间干净屋子,再熬一口热姜汤来。"

周婶应承一声,不再多话。倒是鲁肃闻声走出堂屋,叹道:"嚯!好生厉害,两个人出去,竟带了一串子人回来。"

大乔向周瑜、孙策道了谢,扶着小乔随周婶去房中休息。待她们离去后,周瑜抬手一请,低声道:"子敬兄,正好你还在,我有要事请教,我们堂屋说话。"

孙策明白周瑜的意思,神色肃然,与鲁肃并肩走进堂屋,周瑜则反身回到花丛旁。眼见雨势越来越大,小童执伞的小手颤抖不已,周瑜接过油纸伞,屈身蹲下,抚着小童的小脑袋:"哑儿,花开花落是常理,不必为它们撑伞了……"

周婶安顿好大小乔后走出客房,恰好看到这一幕,无奈叹息:"这孩子……下午方下雨时,就跑到湖畔夫人的墓旁,为夫人撑伞。我找他回来后,他就一直站在这里,怎么劝也不听。"

这一片小小的牡丹丛,是用周瑜结发妻生前收集的牡丹种子种成。周瑜之妻在世时,对哑儿极其疼爱。哑儿虽然不会说话,甚至连她病逝都不能哭出声,却默默记在心中,用自己小小的身躯守护着她遗留下的一切。今日这牡丹被雨水摧残,哑儿心里一定万分难受。

本以为心痛会随着时间慢慢消弭,最终凝成一块淡淡的血痕,谁知今日大雨中,心头缺失的一角猛地传来爆破似的痛感,周瑜强忍着心痛,哑声对哑儿道:"后院房里有两只牡丹花簪,若是你守得好,明年这时候,这里还会开花的……"

哑儿双眸一亮，好似周瑜对他说的不是牡丹花会再开，而是夫人会复活一般，他终于不再坚持，快步向后院跑去。

孙策与鲁肃在堂屋中闲聊听雨，周瑜推门走入，笑道："你们俩倒是会享受，煮茶听雨，也不知道正事谈了没？"

孙策挪动软席上前，问周瑜道："那周婶，可是小时候给我们做桂花糕的那个？真是岁月如梭，怎的也老成这样了。"

"父亲离世后，我把家里所有的家丁都遣散了，给了他们些许银钱，让他们回乡置办几亩田产过活，总好过伺候人。可婶婆家世代在我们府上帮佣，现下只剩她自己，没有一个亲人。我问过她的意思，她不愿离开周府。哑儿是周婶几年前在河边捡的，生来不会说话，好在他天资聪颖，听力极佳，倒也能帮我不少。不说这些了，这两个姑娘的事，你有没有问过子敬兄？"

鲁肃接话道："乔蕤算是袁术门下虎将，可三年前岘山一战时，乔蕤跟着袁术躲在千里之外，如何能谋害老将军呢？而且这乔蕤作战多年，好几次差点丢了命，算不上攻无不克。如果当真有这样的绝招，为何平时作战不用？况且他与你孙家无冤无仇，为什么要煞费苦心害老将军？"

孙策想了想，回道："子敬兄说的没错，乔蕤没有谋害我父亲的动机。反倒是那黄祖，眼看就要脑袋搬家了，我父亲一去，他受益最大，竟然苟活到现在……"

周瑜又问："子敬兄，你消息灵通，是否听说过关于小乔姑娘的事？即便乔蕤不是谋害孙伯父的凶手，这鸟兽之术总该是个突破口。"

周婶轻轻叩门，送上一盘香气扑鼻的桂花糕，躬身退了下去。孙策叹道："这不就是我们小时候常吃的吗？怎的现在还有桂花？周婶费心了！"

清香四溢，鲁肃顾不上回答周瑜的问题，下手捏了一块糕点就往嘴里送。方出锅的桂花糕热气腾腾，烫得鲁肃呜呜直叫，可他吞也不是，吐也不是，足足折腾了好一阵子，才咽了下去。从嗓子到肠胃一溜火辣辣，鲁肃抓起周瑜递来的茶盏,喝了满满一杯水,才终于能开口说话:"你们两个真不够义气,也不提醒我,这东西这么烫!"

孙策看着鲁肃的窘态,大笑不止。周瑜含笑道:"一会儿我让婶婆再备一份,你回府时带走,慢慢品就是了。"

鲁肃继续正题:"说起乔蕤家的小丫头,我只知道她母亲因生她而难产去世,从没听说过她拜在何人门下学什么秘术啊。"

"那,大乔姑娘呢?"孙策神色满是紧张,握盏的手不由有些僵硬。

鲁肃细细一想,回道:"坊间多传言她长得极美,其他的……"

"我是问你,可知道她定亲了没?"

周瑜指着孙策仍在渗血的手掌,笑道:"我说你看上人家姑娘,命也不要了,你还不承认,现下打听人家定亲了没有做什么?"

鲁肃帮腔道:"想来孙郎是害臊了罢?这有什么的,自古英雄爱美人,更何况是你这般的人物?如果发愁无人作保,鲁某愿意为你保这个大媒!"

孙策仰起俊脸,一脸骄矜:"可别瞎说!这世上配得起我的女人太少,她姑且勉强算一个。若是将来她实在没人要,我就勉为其难……"

孙策话还没说完,忽然听见有人叩门,大乔悦耳的声音从门外传来:"周公子,孙公子……"

大乔嗓音如流水汀汀淙淙,孙策却惊得猛地从软席上弹了起来,低声问周瑜:"你这门板结实吗?隔不隔音?"

周瑜摇摇头,忍笑道:"差得很,连沏茶声都隔不住呢。"

孙策脸上一阵红一阵白,万分窘迫。此时叩门声又起,大乔语气愈发急切:"两位在吗……"

周瑜起身上前,打开房门:"大乔姑娘有什么吩咐?"

大乔双眸噙泪:"我妹妹……原本以为只是风寒,现下额头烫得厉害,昏睡着连水也喝不下,能否劳烦请个郎中来?"

鲁肃望着飞檐上如注的雨帘:"雨这么大,只怕没有郎中肯出诊吧……"

孙策箭步冲上,大力拍了拍周瑜的肩:"我记得你就会诊脉啊,以前仲谋吃坏肚子,不都是你煮药给他吃吗?"

为方便照顾父母,周瑜曾随神医张仲景学过一阵医术。可许久未用,周瑜只怕会耽误小乔病情,推托道:"看个腹泻还勉强使得,风寒看似是小病,如若救治不及,只怕会侵袭肺肋,发展为肺痨……"

孙策推着周瑜走出堂屋,急道:"天将降大任于斯人,你就别推托了。你若不肯,我胡乱给她喂药,把她吃死了,你心里不愧疚吗?"

听了孙策这胡搅蛮缠的话,周瑜哭笑不得,转头想反驳。谁知孙策暗掐了他一把,挤眉弄眼个不休。周瑜一怔,瞬间明白了孙策的意思,硬着头皮对大乔道:"既然如此,我就试试罢。"

大乔杏眼通红,躬身一拜:"劳烦两位,请随我来。"

孙策、周瑜与鲁肃三人随着大乔走入客房。窄窄的床榻上,小乔昏睡着,一张小脸儿涨红,气色十分怪异。大乔已将她周身淋湿的衣物除去,换上洁净干爽的裙袍,又为她盖上厚厚的被子,可小乔高烧难退,没有丝毫缓和的迹象。

周瑜走到床榻前,对大乔道:"劳烦姑娘将令妹的双手拉出来,翻开袖笼,露出手腕。"

大乔马上照做,腾开位置,供周瑜把脉。周瑜冲小乔一拱手:"得罪了。"而后单腿跪倚在窄榻旁,为小乔号脉。孙策哭笑不得,低声对鲁肃道:"这些儒生可真是迂腐,诊个脉还要说个四言八句的。"

鲁肃平日里虽没什么正形,亦自诩翩翩儒生,听了孙策这话,心里不以为然,可也不好反驳,只得兀自翻翻眼。

小乔的脉象看似平滑,实则暗藏凶险,应是内火加感染风寒引起的。周瑜仔细把了半炷香的时间,才收了手,起身对大乔道:"令妹年纪小,体热难消,恐怕会伤了心肺。而且周某察觉,令妹早有肝郁之症,从脉象看,应当是在服药调理。周某不知令妹用药配比,不敢贸然为她开散热的药方。"

大乔听说小乔并无大碍,松了一口气,回道:"我知道方子,可以写给周明廷。"

周瑜一摆手:"不忙,我师父长沙张太守前几日恰好来居巢,采集今年新出的毛峰入药。周某打算把小乔姑娘的症状写下,由伯符和大乔姑娘一道送去湖畔茅庐,请我师父看看,对症开方,好抓药回来……"

周瑜口中的"师父"正是时任长沙太守的张仲景。虽然在朝为官,张仲景却将更多心思放在了悬壶济世上,每年春日必来巢湖边小住,采集药材。

孙策惊道:"张老汉又来居巢了?他没事就爱往山窝子里钻,只怕不会老老实实待在茅庐罢?"

虽然是孙坚旧相识、周瑜之师,张仲景却不喜欢孙策的性子,说他好胜心重,一定是肝火虚旺,每次见面都要开药方给孙策,有时甚至亲自熬药,逼他喝下。长此以往,孙策听见"张仲景"这三字,就头晕眼花,避之不及。

周瑜走到案几旁,将小乔的脉象细细写下,悄声对孙策道:"你不去看看,怎么知道我师父不在?大乔姑娘国色,你这江左孙郎总不能让她大雨天独自一人出门吧?"

孙策看了大乔一眼,神情颇不自在:"我这个人你了解,我就是怜香惜玉,实际上对她并没有什么……你不必刻意给我制造机会。"

周瑜没说话,只是将左手搭在右手上,微微一握拳。孙策即刻明白,周瑜是要将大乔支开,好探查小乔所用的秘术,马上改了口,大声答允道:"好好好,孙某无上荣幸,就由我驾车,带大乔姑娘去找张神医,劳烦你留在此处好生照看小乔姑娘罢。"

大乔为小乔掖好被角,走上前躬身一揖,欲言又止:"能否劳烦孙公子代劳去找张神医?妹妹卧病在榻,我这做姐姐的不能扔她一人在此地啊。"

周瑜正色道:"这病根、症状、药方是三样完全不同的东西。病人既然不能亲自去见郎中,好歹要把病症说清。我这兄弟粗枝大叶,又不了解小乔姑娘过往病史,即便替姑娘去了,又有何用?"

周瑜的话有理,大乔仔细权衡后,抿着薄唇,好像下了很大决心:"还请孙公子为我驾车,马上出发。"

孙策听得大乔应允,立即冒雨蹿到前庭准备车马。天色将暗,鲁肃赶上前去,对孙策道:"雨太大了,骑马只怕要溅得一身泥,我也趁着孙郎的马车回家去吧。"

孙策一把薅住鲁肃的后衣领,将他钻入车厢的半个身子生生拽了出来:"人命关天,哪有空送你?子敬兄自己骑马去!"

大乔撑着竹伞款款走上前来,柳腰一弯,对孙策道:"劳烦孙公子了。"

孙策面色瞬间转晴,伸手搀扶大乔上车:"姑娘慢些,仔细滑了。"

鲁肃嗤鼻瞪眼,甩袖哼道:"见色忘义的臭小子……"

孙策叉着腰,回身想找鲁肃分辩,却见他飞奔到马棚处,拉过骏马一跃而上,顷刻间消失在了漫漫雨帘中。

## 第三章 波荡鸳鸯

积雨云重,风雷万里,才过酉时,天色就暗沉得犹如子夜。孙策赶着马车,沿着巢湖官道疾驰,道上空无一人,旁侧巢湖水汹涌如潮,坐在前室驾马的孙策浑身湿透,虽是春日,却余寒尤烈,孙策不由打了个寒战,喷嚏连天。

头顶之上方寸地突然放晴,孙策抬眼一看,只见大乔俯身上前,为他撑起了竹骨绸伞。孙策回身粲然一笑:"伯符何其有幸,有大乔姑娘为我撑伞,哪怕即刻死在此地,也死而无憾了。"

大乔面颊微红:"孙公子真是爱说笑……听闻孙公子是江都人士,为何对这居巢县如此熟悉?"

"孙某是吴郡富春人,家父过世后,才随母亲带弟妹辗转搬迁至江都。我兄弟公瑾的祖籍就在不远的舒城,今日你们去的也是他家的一所老宅子,小时候我与他常骑马四处逛,故而对此地尤为熟悉。"

大乔微微颔首:"小女子心有一问,周明廷是洛阳令的嫡亲子,怎会只在这江南一隅做个小小县令呢?"

"说来话长。"孙策轻声一笑,回忆起周瑜刻意在袁术面前行事无状,惹得袁术认定他不过空有一副好皮囊,便如他所愿,让他回到居巢做了县令。

大乔见孙策并未正面回话,只好再问:"听闻周明廷人品贵重,只做小小县令,实在令人困惑……可是有什么难言的隐情?"

见大乔一直探问周瑜之事,孙策起了几分警觉。他回眸一笑,好似不经意碰到大乔执伞的手,假装十分介怀:"大乔姑娘怎么总问我兄弟的事,也不关心关心我?"

大乔触电般不自然地收了手:"我并非刻意探问周明廷之事,只是舍妹在周县令家中,又卧病在榻,我这做姐姐的实在有些不放心……"

原来大乔只是放心不下小乔的安危,并非要探听什么。孙策卸下心防,几分疑窦顷刻转化为柔软。天下的长兄长姐都是一样,孙策身为兄长,自然是能够体恤大乔的心思,嘴角泛起一丝浅笑:"我这兄弟年纪虽轻,却刚死了夫人,心中郁结,只差入寺为僧,现下看见母鸡都要绕道走,必不会对你妹妹有什么非分之念。我能理解姑娘的担忧,请你只管放心便是了。"

大乔望着孙策坚毅俊朗的背影,心头一暖:"多谢孙公子体恤……可周明廷看似不过十七八岁,竟然已经成亲了?夫人早夭,实在可惜。"

"你知道他父亲是京畿之令,恐怕还不知道,他岳丈是当朝司徒。若非权臣当政,朝堂昏暗,以我兄弟的才能,位列三公也不是不可能。"

"只听孙公子一直夸周明廷,焉不知自己亦是人中龙凤,实在不必自谦。当年若非孙老将军举义军,江东之地早已沦为焦土,虎父必然无犬子,相信来日孙少将军一定能有所作为。"

孙策暗暗自得,却故作冷静道:"姑娘谬赞了,我这人自信得很,从不自谦。不过今天能听姑娘唤我这没有一兵一卒的野将军一声,心里着实舒服。"

巢湖环抱蜿蜒之所,正是张仲景小住的茅庐。大雨如注,矮篱笆墙里,一个扎着总角的童子摆弄着几十口比自己还高的大缸,用来收集雨水。见孙策驾马车前来,童子匆匆一瞥,背过身去,未做理会。

这孩子是张仲景最小的弟子,时年不过八岁,因为自小跟着张仲景,脾气秉性与他十分相似,每次见到孙策,都是这副爱答不理的样子。孙策气得直笑,隔着篱笆大喊道:"小孩儿!张老汉若是在屋里,就请你通传一声!"

那童子好似没听见,继续着手中的活计,一声不吭。

孙策被驳了面子,不由有些不快。他强压着性子对大乔道:"雨太大,姑娘不便下去,请在车里稍等,我下去看看,若张老汉在,我再出来喊你。"语罢,孙策跳下了马车,冒雨翻过篱笆,向茅庐走去。

屋内空无一人,只堆放着许多不同种类的草药,散发着熏人的药气。孙策赶忙屏息摆手,快步退出了房间。

大乔万分焦心,见孙策沉着脸走出茅庐,便知他一定是毫无斩获。大乔不由眉头紧锁,眼眸低垂,秋波尽是愁闷,不知该如何是好。忽然间,那童子尖声一叫,只见孙策仗着力大,将那硕大的水缸抱起,威胁道:"张老汉到底去哪了?人命关天,今日可没工夫陪你打哑谜。你若不说,我就把这缸子砸个粉碎……"

童子很快恢复了平静,徐徐起身,拍拍手上的泥,慢慢道:"师父说了,孙郎若来,舞刀弄棒,搞不好会砸坏东西,所以刻意准备了几十口缸在后院。"

孙策双手一沉,大缸径直垂下,重重砸在了脚背上。一阵锥心之痛传来,孙策痛得直跳脚:"张老汉既然知道我会来,定然想见我,你这孩子为何百般阻拦?"

童子歪头一笑,奶声奶气回着:"我可不敢。师父昨日进山里采药了,不知道什么时候回来呢。"

"进哪个山了?汤山,还是其他什么山?"

童子摇摇头:"不知道,师父可没说。"

孙策靠在大缸上,一脸无奈:"张老汉岁数可不小了,你们也不管管,怎能如此放任他,连去哪里也不说?"

"师父说了,救人一命胜造七级浮屠,他救了那么多人,一定长命百岁,不必担心。"

这话倒真是张仲景的风格。孙策气得直翻白眼,却也无可奈何,只得回到马车旁,对翘首等待的大乔道:"真是火烧眉毛,那张老汉进山去了,不知道什么时候能回来。"

大乔急道:"这可如何是好?我妹妹打小身体不好,若是烧出个好歹可还了得?居巢县城里有没有医馆?"

孙策回想片刻:"我知道东市有家医馆,若是不开门,我就砸了他的门面,我们走。"

老宅里,周婶烧了滚水,端进客房。周瑜将干棉布在铜盆中荡涤几次,拧干敷在小乔额上,为她降温。

这小小的人儿昏睡在榻,一点也看不出白天那厉害的模样。周瑜细细观察着小乔露在被褥外的右手,这手又小又软,根本不像一个习武之人的手。周瑜心底的疑虑沸腾如铜鼎中的滚水,心中暗想,若非是手上的力道,就应当是衣袖里藏有机关。可方才周婶将小乔的湿衣物拿去清洗,并未发现其中有何机窍。想到此处,周瑜愈发迷惑,他与孙策调查孙坚之死已有三年,所得线索寥寥,目前看来,只有鲁肃的鸟人之说与小乔所用的机关术,可作为突破口。可小乔防人之心极重,若是直截了当地问,定是问不出个所以然来。

好不容易有了些许线索,又陡然折断,周瑜暗叹一声,无意间瞟见桌案包袱里裹着一个精巧的木质锦盒。若说姑娘家的包袱中有个妆奁盒子,不过寻常,可这锦盒上竟隐隐印着一个"卍"字,实在是令人好奇不已。

周瑜快速起身上前,欲一探究竟,谁知他伸手还未触到锦盒,就听见榻上小乔一阵猛咳。周瑜到底是端方君子,心虚无比即刻收了手,回眸望去,小乔合目安稳躺着,面色虚弱,根本未曾注意他。

周瑜松了口气,欲将锦盒拿起,忽闻院门大开,孙策吵吵嚷嚷走进院中:"周婶,快把药煎上!为了这些药,险些把命都送了……"

周瑜功亏一篑,只得从客房走出,迎面撞见大乔快步走来。周瑜向旁一避,大乔微微躬身,走进了客房。见孙策立在雨中,一副狼狈样,周瑜好奇又好笑:"怎么让你去求药,还差点把命送了,我师父可在茅庐?"

孙策捋捋黑发，甩了甩脸上的雨水，哼道："周公瑾啊周公瑾，你那个师父……不提也罢，以后莫要让我再看到那老汉。"

周瑜蹙眉忍笑："既然没见到我师父，这药……"

"人都快烧晕了，没找到张老汉就不治病了不成？我和大乔姑娘赶车去县城的医馆，开了这药方。我看那郎中一把年岁，胸有成竹的样子，应当不会有差池。"

话虽如此，周瑜依然有些不放心："把那药方拿来给我看看。"

孙策将手上的雨水胡乱抹在衣襟上，从内兜里掏出一张皱皱巴巴的糙纸，上前递与周瑜。周瑜仔细看过，并未发现有何不妥："如此，就先按照这方子煎药，让小乔姑娘喝了罢。"

孙策压低嗓音："你费劲把大乔姑娘支开，可有什么斩获？"

周瑜示意孙策屋里说话，两人一道走入堂屋，周瑜紧紧关上了木门。孙策打趣道："这门板沏茶声都隔不住，关不关又有什么分别？"

"现下不是开玩笑的时候。方才我在小乔姑娘包袱里，看到了一个'卍'字的锦盒。可我还未来得及详观，你们就回来了。"

孙策倒吸一口冷气，面色阴沉："难道乔蕤父女，当真与我父亲遇害之事相关？"

"不好说相关，也不好说毫无干系。毕竟这'卍'字，也不是谁家独有。"

孙策抚着腕上的"卍"字疤痕，神色冷然："这'卍'字，信佛之人常用，可佛家不主杀生。除佛家外，黄巾贼也曾用过。当年我父亲率部攻打，逼死张角，黄巾余孽也难逃干系。"

"黄巾贼中若有如此能人，为何当年会被孙伯父打得溃不成军？而且过往三年，江湖再无黄巾军的线索，只怕并非他们所为。"

孙策斜靠在木案旁，神色愁楚，嘴角挂着一丝自嘲笑意："若非今日亲眼所见，我真的会以为子敬兄看多了《山海经》，瞎说什么鸟人之事。现下看来，我父亲遇害之事，绝非想象中那般简单。"

"这乔家两姐妹来得蹊跷，不论如何，我们都该多加小心。"

"打从父亲过世后,好像遇到的所有人都要提防,对任何人都不敢轻信,真不知这样的日子何时才能到头。"

周瑜才要宽慰,忽听大乔在门外轻道:"两位郎君,我可以进来吗?"

孙策即刻改了伤怀之色,起身正正衣襟,上前打开了房门,玩赖一笑:"大乔姑娘有何吩咐?"

"天色晚了,又下着大雨,实在不好麻烦二位,只是妹妹卧病,我们姐妹只怕一时难以动身,总要给父亲传一封书信才好……"

"这有何难,请姑娘留下墨宝,我兄弟派遣一得力之人送往驿站就好。"

大乔从宽袖中掏出信笺,双手递给孙策,躬身揖道:"那就劳烦两位公子了。"

孙策接过信笺:"大乔姑娘太客气了,令妹用过药了吧?"

"方用过,又睡下了,想来风寒并非即时可以恢复,还要在周明廷府上叨扰,小女子心中实在过意不去。"

孙策见大乔嘴边一点红燕支膏,伸手上去轻轻揩了下来:"姑娘今日也累了,不妨早点回去歇了。令妹身侧需要人照拂,姑娘可要顾惜自己的身子啊。"

大乔小脸儿蓦地红透,闪身欲躲,谁知孙策先收了手。大乔羞赧不已,嗫嚅道:"如此,我就先下去了……"语罢,大乔逃也似的沿着回廊走向客房,一眨眼的工夫,她的青羽裙摆就消失在了眼前。

堂屋内,周瑜低声浅笑:"你从哪里学来这一身调戏姑娘的本事,看把人家吓得。"

孙策拉上木门,走回案旁盘腿坐下,似笑非笑:"大乔姑娘刻意染了金花燕支,不就是给我看的?我若不解风情,岂非驳她面子?"

"看似她对你有意,却不知是不是别有用心。有这样一位大美人在侧,难道你就一点不动心?"

孙策扑哧笑出了声:"向来不爱管这些闲事的周公瑾,今日也打听起来了?不过你说得对,这大乔姑娘聪明得很,柔弱美貌不过是虚晃一枪。

今日她与我一道出行,刺探你我虚实,却又不着痕迹,实在有趣。"

周瑜抬手一弹孙策手中的牛皮纸信封:"所以这信……"

孙策一扬眉:"你可别跟我装蒜,打居巢送去袁术军营的信,哪样你没做过处理?"

周瑜叹道:"这也是没办法,我若不管,万一有小人心怀歹意,我这居巢数万县民,岂不是要遭殃?"

"做大事哪有拘泥这些的,你不必解释,且说怎么做罢。"

周瑜起身走出堂屋,将哑儿唤至身前,低语几句,哑儿点点头,冒雨跑出了府邸。大约一盏茶的工夫,一名身长白面的县役随哑儿走进老宅,立在回廊下,对周瑜一抱拳。周瑜将信笺交给他二人,未做任何解释,这两人也不问,又匆匆向外赶去。

孙策边沏茶边问:"你这居巢县就有驿站罢,怎么送个信还要两人一起?"

"伯符兄有所不知,哑儿虽然不会说话,不通文墨,模仿笔迹却堪称一绝。另一个文弱书生模样的,名叫阿蒙,大字不识几个,却有武艺傍身。有他们二人珠联璧合,这送信之事,才能万无一失。"

孙策抬手敲了下周瑜的心口,赞许道:"好小子,我还当你读多了四书五经,脑子越来越木,没承想……"

正当此时,回廊尽头那早已熄灯的客房忽然大亮,火光一跃,大乔的哭声潺潺传来。孙策周瑜皆惊战一瞬,相视一眼,大步向客房赶去。

## 第四章 绝世名医

大雨不知何时停了，碧落云开，星辉洒坠，湖面盈盈交相辉映。渔人撑篙撒网，置身其间，仿佛身着霓裳羽衣，冯虚御风畅游星河。

朱户照婵娟，良辰美景奈何天。湖边老宅里，众人却毫无闲情逸致。小乔病势突转，较白天严重许多，眼眶乌青，薄唇深紫，脉象微弱。周瑜跪坐在榻旁，静心为她诊脉。这小小的人儿，下午时不过感染风寒，夜里竟病势沉重至此，好似随时会断气似的。周瑜身为医者，心情沉重，诊脉的修长指节也不由微微颤抖。

大乔忍着泪，颤声问："周明廷，我妹妹……"

"事到如今，大乔姑娘还不准备将实情告知周某吗？"

被周瑜如此一问，大乔一怔，双目低垂，眼波微动，似在思忖话中深意。

孙策不明就里："莫不是那郎中开的方子有误？"

正当此时，大门处传来一阵叩门声，周瑜无心理会，吩咐道："婶婆，劳烦你去开门，估计是哑儿回来了。"

周婶应声上前，打开老宅大门，只见一位鹤发童颜的老者立在门外，寿眉修长，面颊红润。周婶屈身退到一旁，对客房中的周瑜唤道："明廷，张太守来了。"

周瑜正觉得十分棘手,听了周婶这一唤,足下生风,大步走出客房,见来人确是张仲景,即刻上前行大礼:"师父,我正要差人去找你,可巧你就来了。"

孙策看到张仲景,硬着头皮迎上前,磕磕巴巴道:"张……张伯父。"

张仲景扶起周瑜,冲孙策一哼:"我那小徒儿说,你急匆匆带了个花容月貌的姑娘去寻我,我想看看哪家姑娘瞎了眼,才特意来这么一趟!不过老夫丑话说在前,接引渡人,老夫可不会!"

孙策哭笑不得,叉着腰气鼓鼓道:"我说,怎的我在你眼里就那般不堪……"

大乔闻声走出客房,径直来到张仲景面前,扑通跪倒,哭求:"求张太守救我妹妹性命!"

周瑜接道:"师父,这位大乔姑娘是乔蕤将军的长女,在我居巢地界受堵截,我与伯符将她姐妹二人救下。可小乔姑娘身染风寒,病势缠绵命悬一线,还请师父赶快给看看罢。"

医者父母心,张仲景听了这话,双眸聚光,快步向客房走去。只见正如周瑜所言,小乔缠绵病榻,状态极差。张仲景径直走到榻边,捋须为她诊脉。屋内众人皆屏息凝神,大乔紧张担心得微微颤抖。孙策见此,悄声走到大乔身后,轻握住她的手腕,以示安慰。

大乔不习惯与男子如此亲近,红着小脸欲挣脱。谁知张仲景突然起身,掸了掸长袍上的灰埃:"我说,虽是夜半时分,好歹有众人在场,你能不能收敛几分……"

周瑜一脸茫然,偏头看向大乔与孙策。孙策赶忙松了手,强装淡定:"你这老汉,诊脉时还东张西望。"

周瑜看孙策与大乔这般神色,猜出了七八分,尴尬地岔开话题:"师父,小乔姑娘的病可要紧?"

张仲景轻轻一笑,故作神秘:"不妨事。公瑾,今日的药,再煎一份来给这丫头喝下。"

周瑜满面困惑:"师父有所不知,小乔姑娘服了那药后,病势愈发沉重。下午时只是风寒发热，晚上竟一病不起了……"

"你虽学会了望闻问切，却没学会因人下药。周婶，按我说的，再煎一服药来，只是这次莫用铜鼎，用铁锅煮。"

周婶一直站在一旁等吩咐，此时却愣怔着未动，她实在没想到，张仲景竟会知道她以铜鼎煮药之事。只是这铜鼎或铁锅皆是烧热，究竟有何分别，周婶实在不懂。不过想到张仲景医术闻名天下，周婶赶忙躬身一应，转身向庖厨走去。

煮药须得消磨不少时光，张仲景吩咐大乔守着小乔，而后随周瑜孙策一道入堂屋歇息。

众人方落座，周瑜就迫不及待发问："师父，小乔姑娘喝了那药，病情非但未有好转，反而愈发严重了，师父怎的还让她吃呢？"

张仲景笑道："人体千差万别，并非滚水煮了就是药。那孩子体质阴阳两极倒转，寻常方法药不浸体，可若以铁做药引，便可浸入经络。"

周瑜恍然大悟："原来如此。此等体质我闻所未闻，师父当真厉害！"

"第一次遇见不知道如何处置，自然是情理中事。可若两次遇见，仍束手无策，你师父岂非成了庸医？"

"两次遇见？"周瑜与孙策面面相觑，联想起方才大乔欲说还休之状，心中疑虑更重。

孙策撑直了身子，迫不及待追问："你第一次所见何人？何年何月所见？"

听了孙策这大呼小叫，张仲景双目一瞋，未做理会。周瑜忙赔笑拱手："师父，我与伯符正查访三年前孙伯父遇害之事，此事似与小乔姑娘有千丝万缕的联系，还请师父告知一二。"

张仲景蹙着寿眉回忆："说起那事，要回溯到十余年前，老夫受邀去军中为一男子诊脉。那男子身负重伤，命悬一线，服遍天下良药不见转好。老夫发现此人体内阴阳两极倒转，遂以铁锅为他煮药，病症果然消退。"

"那男子姓甚名谁，长何模样？"孙策急问。

"不知道。"张仲景脆声回道。

"不知道?你为其望闻问切,连摸带掐怎么可能不知道?"

张仲景重重放下茶盏,数落道:"伯符啊伯符,你已老大不小,做事却还是如此急躁!那人是刘表军中将领,事关军机,自然不会让我知晓他的真实身份,老夫蒙着眼睛为他诊脉,只是……"

"只是如何?"

"老夫为其切脉之时,摸到其右手拇指老茧奇厚,定是箭术超群之人。以当时脉象观之,年纪约在二十岁上下。"

"黄祖!"周瑜与孙策相视一眼,那人的姓名已是呼之欲出。

得到这一线索,孙策没有丝毫如释重负之感,反倒蹙眉愈紧。周瑜见张仲景神色疲惫,轻声道:"师父,天色已晚,今日就在我这里歇息罢。"

张仲景揉揉双眼:"也罢,我还住先前那间。"

周瑜起身送张仲景回房安歇,恰好遇上先前去驿站送信的阿蒙与哑儿。见到周瑜,阿蒙抱拳一礼:"明廷。"

周瑜背手问道:"差事可都办妥了?"

阿蒙回道:"明廷放心,万事无恙。只是去时路上似有歹人跟踪,我和哑儿绕了三四里地才将他们甩开。"

这话乃是周瑜与阿蒙之间的暗号,意指已看过信笺,加以处理,并未发现有何不妥。周瑜笑道:"辛苦你们,今日太晚,明日再赏罢。"

阿蒙躬身一揖,退出堂去。哑儿亦噔噔跑开,回偏房中歇息。

明月缓缓向西,庖厨中散出袅袅炊烟,大宛马伏枥厩内,睡梦中呢喃不止。堂屋里,孙策仍僵坐着,一动不动,潺潺灌入的湖水恰如他满心的愁绪,无法理清。周瑜见他那般神情,故作轻松逗弄道:"今日你来,竟给我招了这一串子客人。现下没有空房给你住了,不如你就趁着机会,去给那大乔姑娘看门罢?"

孙策站起身,伸了个懒腰,笑回:"你这话可说错了,除了你我不给旁人看门,我去你房里睡罢。"

周瑜带着孙策向后院走去。雕花迤逦回廊尽头,垂花门外,正是周瑜居住的小院。小院毗邻巢湖,风景秀美,水天一色。或许是贪看湖光山色,周瑜未设围墙,只筑一道土坝,并密密种下一排桃树。暮春时节,桃花繁盛,晚风轻抚,落英缤纷,景致极美。孙策慨叹:"嚯!这可不像男子的居所,倒像是姑娘的闺房。"

周瑜未回话,只轻轻一笑却流露出苦涩。孙策见此,便知周瑜定是为了自己夫人才做了这些更改,可恨那姑娘无福,早早夭亡了。

两人一道走进卧房,孙策大步上前,将自己重重摔在榻上:"可要累死我了……"

"赶了百里路,折腾了整整一日,怎可能不累?早些歇着吧……"

孙策抱头凝神,嘴却不闲着:"现下只有你我两人,你难道没什么话问我?"

周瑜一怔,随即轻笑道:"若说大乔姑娘之事,我想不必多问。你若真对她有意,只怕倒看不出来……"

孙策朗声一笑:"当真生我者父母,知我者公瑾也!"

"不过……"周瑜话锋一转语带肃然,"乔蕤这两个姑娘来得蹊跷,又与孙伯父遇刺之事有些许关联,你可要多加提防,切莫中了美人计啊。"

孙策太过疲累,昏然欲睡,口齿含混不清,语调却十分铿锵:"美人计?我堂堂金鞭美少年,还想给她使美男计呢,你放心,我必不会上……"

漫天星辉间,孤鸿缥缈,四下里转瞬寂寥。孙策沉沉入睡,均匀的呼吸声隐隐传来,世事安稳好似十年前他们初识那般。

可天色阑珊,星河鹭起,风云早已大变。周瑜笑叹一声,为孙策带上房门,缓步向前院走去。

客房内,周婶煮好了汤药,奉与大乔。大乔双手捧过,细细搅动,为汤药降温。见周瑜走入房中,周婶垂首道:"明廷,药已经按张太守要求煮好了……"

周瑜点点头:"婶婆辛苦,下去歇着罢。"

周婶躬身一揖,退出了客房。大乔欲起身,却被周瑜制止:"大乔姑娘不必多礼,快快将药喂下罢。"大乔小心翼翼地用汤匙将药喂入小乔口中,可小乔深陷昏迷无法吞咽,汤药顺着嘴角悉数流了下来。

周瑜对大乔道:"令妹昏迷不醒,这样喂药肯定不行,还请姑娘将她抱起,周某来喂药。"

大乔将药碗递与周瑜,自己绕到小乔身后,将她轻轻抱起。周瑜用汤匙滗掉汤药中的浮沫,一勺一勺喂入小乔嘴里,再用干布轻轻拭去她小嘴边的药汁。

大乔连声道谢:"今日若非两位,我们姐妹二人不知会是何处境。谢字太轻,金玉太俗,两位大恩难以为报。"

"美人如玉,怎能说太俗?我兄弟伯符本就打算前去袁将军军中拜见,可巧遇见两位姑娘,也算是有缘了。"

大乔垂着长睫毛,嘴角漫起一丝轻笑。周瑜不解,问道:"姑娘可是在笑周某?"

大乔莞尔:"并非嘲笑周明廷,只是这话不像周明廷所言,更像出自孙公子之口。"

大乔果真是七窍玲珑心,轻而易举就听出了周瑜言辞中刻意的油滑,可今日不过是他们相识的第一天罢了。周瑜愈发觉得自己应当谨言慎行,尴尬笑道:"劳烦姑娘将令妹的手腕露出,周某再把脉看看。"

大乔果然不再深究,依照周瑜之言,将小乔双手手腕露出。周瑜仔细诊断后,终于松了口气:"我师父说得不错,汤药已达肺腑,再养个三两日,令妹便会好起来了。今日姑娘受了惊吓,又劳力伤神,必是累了。周某不再叨扰,请姑娘早些安歇罢。"

"可是……"大乔欲言又止,似有什么难言之隐。

"姑娘放心,今夜我在堂屋歇息,若有事,随时叩门就好。"语罢,周瑜不等大乔言谢,阔步向堂屋走去。

已是后半夜寅时一刻,春季白日长,天色已微微发亮。周瑜点起油灯,翻出掩藏许久的羊皮卷地图,仔细查看着天下战势。

大门处传来一阵窸窣声,周瑜敏锐地起身,透过雕窗观察动向。大门处站着的不是别人,而是张仲景。周瑜见张仲景打开大门欲出,现身上前,轻声问:"这一大早师父要去哪?"

周瑜俊眼下微微发青,一看便知一夜未眠。张仲景蹙眉数落道:"你怎的又不好好休息?天大的事可有身子要紧?"

"师父不也一样,一大早天还没亮,是要上山采那雨后才出的药菌?"

张仲景不答话,打开木质大门,径直向外走去。大雨初霁,青石板阶湿滑泥泞,道旁青草散发出淡淡清香。张仲景背着手,沿着巢湖徐徐前行,周瑜紧随其后,一老一少两个身影倒映在巢湖水中,温馨恬然。

张仲景边走边问:"公瑾,伯符那小子来找你,可是要你陪他去找袁术要兵?"

周瑜据实答道:"正是。"

张仲景沉默许久,压低嗓音:"现下世道这么乱,那小子又一心为父报仇。你随他一起,势必要搅入这乱世纷争之中,你可想好了?"

大路旁,一头青牛正埋头吃草,牛角尖尖,尾巴摇摇,十分惬意。周瑜见此,拱手笑道:"师父这青牛,倒是跟老子那一头像极了。"

张仲景明白,周瑜敬他是师长,不忍反驳,便借用青牛,指他这师父信奉老庄出世之学,而他自己则以儒学兼济天下为己任。张仲景拍拍周瑜的肩背,捋须道:"小子,你知道吗,师父也曾是个儒生,渴望出仕为官,造福一方百姓。可朝堂黑暗,为师有心无力,这才不再将心思放在朝堂上,转向悬壶济世。你有心入世,为师不反对,可袁术绝非善类,孙伯符前去与他为伍,能有好结果吗?"

"师父,伯符已不似小时候那般莽撞冲动了,他虽然不读圣贤书,却精通兵法,自有一套带兵学问。我相信假以时日,他不会比他父亲差……"

张仲景踮脚抬手戳在周瑜的眉心间:"傻小子,你当我认定他孙伯符没本事?我相信他将兵如神,也相信他雄才伟略,可这有用吗?孙坚当年何等骁勇,若是在治世,建功立业,成就必不低于卫青霍去病!可他未满四十就离奇死去,留下伯符仲谋孤儿寡母几人,艰难度日……为师劝你们,天下局势仍不明晰,现下不是出头的时候……"

周瑜顺着柳堤向东望去,一片茂林修竹后,正是周氏祖坟。周瑜的父母与爱妻皆葬在此处,周瑜远远眺望,低声回道:"师父所说,公瑾无一不明。从前方出仕时,我筹谋良多,也曾因时运而苦恼。可父母妻子相继离去后,我已不再在意这些。无论前路如何,我都愿意随伯符一道走下去,名垂青史也好,碌碌无为也罢,总归不枉过一生就好。"

张仲景思虑良久,最终释然一笑:"你这孩子,真像老夫年轻的时候。老夫放弃仕途转向行医时,也曾遭师长激烈反对。彼时我南阳张家二百余口,人丁兴旺,谁知天不假年,族中亲人相继因时疫去世,最终仅余下七八口。老夫悲愤交加,下定决心,一定要扫除时疫,倾心研究数十载,谁承想竟依然治不了你夫人的病……公瑾,为师心中有愧。"

周瑜抱拳大拜:"师父这话,公瑾实在受不起……公瑾无福,与我夫人的姻缘如露水,可公瑾能与她举案齐眉,已是三生有幸。若令师父愧疚,实在是我的不是。"

张仲景将周瑜扶起,拍拍他的手:"既然你已决定,去做便是。动身前,记得将居巢百姓托付与可信之人。"

"师父放心,我已筹谋妥当了。"

天色渐明,张仲景不再耽搁,牵着青牛向汤山走去,道骨身姿不消片刻就掩映在了一片苍翠之中。

周瑜目送张仲景离去后,返身走回老宅。天色还早,众人定然还在睡梦之中,周瑜动作极轻,钻入大门内。谁知一个素衣披发的身影立在牡丹花丛处,周瑜思绪正远,回眸一望,惊得差点跳起脚来。

那人正是退烧了的小乔。此时她只穿深衣,秀发顺滑如瀑,随风轻扬,小脸惨白如纸,乌溜溜的大眼睛灵动婉转,好似黑水银中养着一丸白水银。小乔年岁尚小,平素爱着男装,今朝素衣披发,倒别有几分姑娘家豆蔻芳华的含苞之美。

可周瑜实在太不解风情,蹙眉冷道:"怎么还没康复就下了地?若再烧起来可该如何是好?"

## 第五章 一波再起

桑树枝叶低压,燕草新绿如碧,初阳渐渐升起,和煦日光顺着新叶疏离处洒落,投下斑驳的光影。万物盎然,沐浴自然福泽,而足下这三两株牡丹,却飘零摇落,生气全无。

小乔听到周瑜那句略带嗔怪意味的劝告,回过身来,大眼一翻:"你叫周瑜?"

不知道小乔为何会有此问,周瑜微微颔首,回道:"正是在下。"

小乔轻蔑一哼:"真不知你的名讳到底是瑕不掩瑜的瑜,还是愚蠢的愚。"

周瑜一怔,心中暗想,难道昨夜他趁机翻看那奇怪妆奁盒时被小乔发现了?周瑜心里一虚,俊脸上泛起一抹可疑的红晕:"此……此话怎讲?"

小乔正面周瑜,小脸儿上满是讥讽之色:"治病讲究因人下药,种花讲究因地制宜。这花根本不适合生长在这里,你却硬是把它种下,岂不是成心害它?"

原来是自己多心,周瑜暗暗松了口气。见小乔不似从前那般怀有戒心,他眉头一挑,计上心头,几步上前谦逊拱手:"周某愚钝,确实不懂这些。小乔姑娘善驭鸟兽,必然与花草有缘,能否救救这几株残花?"

听周瑜提及"善驭鸟兽",小乔便知他是在探自己的虚实。她双目骨碌一转,弯身拾起小木棍,故意蹲在花丛旁拨弄着土壤,煞有介事道:"这里的土质太差了,若想把它们救活,总要施肥才行,你先去茅厕担两筐粪肥来。"

周瑜怎会上钩,他朗笑一声:"小乔姑娘言之有理,想来姑娘生得如花美貌,也须得多施些粪肥才长得好……"

话音未落,小乔突然以木棍挑起雨后的泥土,结结实实甩了周瑜的素长袍一身。一向爱干净的周瑜不由脸色大变,可他明白小乔正等着看他愠怒,只轻笑道:"素衣太素,有小乔姑娘为之添光,实乃周某之幸。"

小乔心中偷笑,见周瑜故作镇定,又重重掘了一下土:"那便再为周明廷添几分罢!"坏事做罢,小乔冲周瑜扮了个鬼脸,快步起身跑开,一溜烟蹿上了高台。

大乔拉门走出客房,恰与小乔撞个满怀。看小乔嘴角挂着一抹似有若无的坏笑,大乔赶忙躬身对台下的周瑜一礼:"可是我妹妹无礼了?小女子代她向周明廷赔罪!"

周瑜望着小乔,只见她薄唇紧绷,双肩高耸,完全没有了方才的顽劣霸道,心底泛起几分说不出的好笑。他不动声色,轻轻拍去身上的泥污:"无妨,大乔姑娘不必放在心上。"

大乔微微侧身,低声训诫:"你这病才好了几分,就在外面乱跑,披头散发哪里有个姑娘家的样子。若是让爹爹看见,定要打手板了。"

小乔垂头认罪,一双大眼睛却仍在骨碌碌转:"姐姐说得是,婉儿知错了。"

此言一出,周瑜整个人震悚一瞬,思绪蓦然飘向去岁。他秉承父亲之命媒妁之言,迎娶当朝司徒嫡女为妻,洞房花烛掀开盖头那一瞬,夫人羞红着娇媚容颜,垂眸望向烛火阑珊处,喃道:"小女子单名一个婉字……"

打从夫人去世,周瑜拼命回避,生生将此字从自己的字典里剜出,此时却被小乔这一声"婉儿"勾起了回忆。周瑜良久才缓过神,大乔与小乔早已没了踪影,只有客房中隐隐传来她姐妹二人调侃之音,他不由一声叹息,绕过前堂向后院走去。

更衣罢,周瑜来到膳厅,孙策已坐在案边等得不耐烦。见周瑜走来,孙策赶紧上前将他拉入席中:"可把你给盼来了,大早上不吃饭瞎溜达什么?磨磨唧唧急死人了。"

周瑜看了看对侧面露窘相的哑儿,便知孙策定是一直在问哑儿何时开饭。可哑儿不会说话,孙策自然什么也问不出,周瑜好气又好笑:"我是真佩服你,出了这样大的事,你还只想着吃。"

"自打那年父亲过世,我便明白了一个道理:越是有大事,越要吃好睡好,不然你凭什么与别人斗?"

周婶捧着粥食与干菜走进膳厅,哑儿赶忙上前接过,整整齐齐摆在案上。周瑜吩咐道:"有劳婶婆去请那两位姑娘过来用饭。"周婶点头应允,带着哑儿走出了膳厅。

"那张老汉已经走了?真是太好了,我是怕了他了,每次见我都要念叨个没完。可他是长辈,我又不能揍他。"说话间,孙策腹内传来一阵嗡鸣,他尴尬一怔,挠头笑道,"你也别怪我只惦记着吃,昨日累了一天,就垫了几块桂花糕,现下实在是饿得不行了。"

周瑜无心玩笑:"你打算什么时候出发去找袁术?"

"袁将军与家父一行正屯兵寿春,与此地相距仅数百里,两位若启程,短则两三日,长则五六日,必到袁将军军营。"

没想到接话的居然是大乔,周瑜与孙策赶忙站起,与大小乔见礼。众人分席落座,周瑜接过大乔的话头:"小乔姑娘小病方愈,不知二位姑娘如何打算?"

"自然是要去寻家父。"大乔正要拾起汤匙盛一碗莼菜羹,孙策却抢了过去,三两下为大乔盛好双手奉上,调侃道:"数百里路若无佳人相伴则毫无兴味,我们不妨结伴同行,如何?"

本以为小乔会骂他无耻之类,孙策梗着脖子等听,孰料她只是一把接过了他手中的汤碗,兀自喝了起来。

大乔欣然答允:"那自然是极好。兵荒马乱的,我们姐妹二人正愁雇不到车马护卫,若能与孙公子同道而行便再好不过了。"

听得大乔应允,孙策登时笑开了花,对周瑜道:"公瑾,你到底想好了没?是否与我同去?"

周瑜正揣摩权衡,孙策猛然搭话,令他踟蹰一瞬:"县中事务繁多,你容我再想想。"

大乔莞尔道:"有周明廷这样的父母官,真乃居巢百姓福祉。婉儿,我们闲着也是闲着,不如饭后去巢湖泛舟一二罢?"

"姐姐自己想去就直说,何苦要来问我,我若说不去,岂不是要挨手板?"小乔边说边向后缓缓趔身,好似怕极了大乔。

被小乔的神态逗乐,周瑜忍俊不禁:"巢湖颇大,时常有水贼出没,两位姑娘独自出门怕是不妥,不如我找个向导随你们同去。"

"哪里需要那般麻烦,我陪她们一道去就是了。"孙策拿起米糕大嚼特嚼,含混不清地吐出这一句。

小乔努嘴斜眼,对孙策这向导万分嫌恶。大乔却面颊一热,轻道:"那便有劳孙公子了。"

饭后,周瑜独自策马出了门,赶向鲁肃的宅邸。不同于周氏老宅的古朴,鲁家府宅高门大院,一看便是地方豪绅居所。

周瑜上前叩门,却发现大门未锁,他推门进院,庭前人声嘈杂,竟有百余青壮男子聚集在此。周瑜正愣怔时,有一素未谋面的小厮上前一拱手,问道:"这位小哥可是来应征的?"

周瑜困惑更甚,还未回嘴,就听不远处传来一声大喝。鲁肃劈开人群,急急走出,上前在这小厮头上砸了个榧子:"臭小子,他可是居巢周明廷,岂容你如此唐突!"

周瑜含笑拱手与鲁肃见礼:"子敬兄莫怪,他不识我,我不识他,怎会有唐突这一说?"

鲁肃拉着周瑜的袖笼:"不管他们,来来来,我们去堂屋说话。"

时值暮春,天朗气清,云山碧湖相映成趣。大乔坐在船头,青丝随风轻扬,她探出素手,垂着长睫毛,撩拨着清澈见底的湖水。孙策站在船尾摇桨,放着眼前的倾国尤物不看,而是盯着小乔,若有所思。

三人乘舟如此沉默,实在有些尴尬,大乔寻话来:"听闻孙公子是吴郡富春人,岂非与西施同乡?"

孙策边摇桨边回:"姑娘定是见我长得好,看到我就想起西施那大美人了罢?不过我不喜欢西施,更不喜欢范蠡,若说起那时,我最喜欢的还是我的先祖孙武了。"

"只见公子骁勇,未承想竟是孙子后人,实在失敬了。"大乔的声音轻软清澈,如东风拂过湖边柳。

孙策被大乔如此一夸,心情无比愉悦:"姑娘谬赞,一句骁勇实不敢当……"

小乔冷声打断:"你这么皮糙肉厚的一个人,为何不喜欢西施与范蠡?"

孙策支着桨棹,蹲下身笑问小乔:"你说为何?若你是个女子,被挚爱丈夫出卖,送与他人为妾,心中是何滋味?"

大乔掩口而笑:"孙公子说笑了,我妹妹当然是女子,怎么能用'若是'这样的词呢。"

孙策假意致歉:"是我唐突了。只是令妹每日身着男装,实在不像个姑娘家啊。"

小乔自然知道孙策乃故意让她难堪,心中气恼。向来只有她捉弄人的份儿,哪里能被人作弄?她宽袖一甩,飞石直冲着孙策双目而去。

孙策反应机敏,身手矫捷,团身一转躲过了飞石。可他似乎忘了此时正在船上,脚下踏空径直跌入湖中没了踪影。大乔一惊,赶忙趴在船边唤道:"孙郎!孙郎!"

小乔好似没事儿人一般,端坐着打哈欠。湖面上漾起圈圈涟漪,须臾又恢复了平静,大乔不由心急,扯着手帕焦急道:"你这孩子,闯这样的祸,若是淹死他可如何了得!"

小乔揉揉惺忪的眼:"姐姐放心吧,江东……"

"江东子弟若连水性都不通,便枉为人了罢。"孙策竟从落水方向的相反面钻出,趴在船舷上,笑得俊朗又灿然。

大乔探手欲拉孙策,孙策抓住后,单臂一撑便浮了上来。本以为就要顺利登船,谁知孙策的手突然一沉,身子向后一趔,重心尽失,拽着大乔一道落入了一池春水之中。

暮春三月,粉堕香残。大乔周身水流寒意侵袭,一双温暖而强健的臂膀将她拦腰抱起,而她纵有千般无奈,也只能环住孙策挺拔的身躯,不敢有丝毫放松。

怀中大乔如同出水芙蓉一般我见犹怜,孙策却像个没事人一般笑着:"姑娘不必惊惶,只要环着我就能保命。江东子弟别无所长,唯有水性比旁人强上不少。"

小乔霍然站起,见大乔浮在水中被孙策紧抱着,登时气恼不已,抬起桨棹重重拍向孙策。孙策抬手一挡:"打伤我事小,可我若是失手松了你姐姐,你能下水捞人吗?"

见孙策以此要挟,小乔又气又恼,却又无可奈何,只得将桨棹递向孙策。孙策抓住桨棹游至船边,将大乔托入船中,双臂一撑,翻身上了船,这一连串动作一气呵成,小小的木舟竟没有大的摇晃。

三五丈间,小船靠了岸,三人弃舟而上。孙策褪去了湿透的上衣,大力拧水。大乔浑身湿透,筋疲力尽,整个人缩成一团,见孙策赤着上身走上前来,她赶忙红着脸背过身去。孙策刻意逗弄道:"姑娘莫怪我唐突,这湿衣服贴在身上着实难受得紧。"

"不敢,多谢孙公子舍命搭救。"大乔背对孙策轻声说道。

"姐姐为何要谢他?以他上船时的身手看来,他方才一定是刻意落水,还牵连了姐姐!"经此一事,小乔可算是烦透了孙策,未想到大乔竟还要向他道谢。

"婉儿,不得对孙公子无礼。"大乔向小乔递了个眼色,继续背对孙策:"不知附近可有成衣铺?能否劳烦孙公子替我寻些干净衣衫来?"

"那是自然,孙某不才,愿永生为姑娘挑衣。"孙策冲小乔一挑眉,满面自得之色,"只是比起居巢集市,此处离鲁兄家宅更近,我上门去借身女眷的干爽衣裙,即刻折返。请二位姑娘在这树旁蔽身片刻,不要离开。"语罢,孙策以食指拇指塞口,吹响呼哨,眨眼间,马蹄声由远及近,大宛驹骐骥一跃奔向孙策。孙策二话不说,飞身上马,急急打马向鲁宅驶去。

鲁肃家乃江南大族,厅堂布置得既气派又循礼。周瑜与鲁肃按主客之分才落座,就有丫头奉茶上前。待旁人退去后,周瑜问道:"鲁兄可是要招揽家丁,怎的院子里站了一百多人,像支小军队似的。"

鲁肃刻意卖了个关子:"先不说这些,乔蕤家那个毛丫头的病好了罢?"

"昨日可巧遇见我师父,当晚就药到病除了。"

"这丫头命倒是好,遇上张太守这样的名医,不过……"鲁肃欲言又止,示意周瑜近前些,"我总觉得这两个丫头来得蹊跷,你们怕是要与她们一道前往袁术军营吧?"

"正是,昨日从我师父口中得到些许孙伯父遇刺的线索,伯符再也坐不住,决计按照先前计划,先去找袁术讨兵,再去征伐黄祖。"

"公瑾啊,不是我说你,孙伯符也就罢了,你可不该蹚这趟浑水。"鲁肃满面肃然,毫无玩笑的意味。

周瑜从未见过鲁肃如此认真,不觉好笑:"怎么,子敬兄也是反袁一党吗?"

"那袁术仗着一门四世三公,本领通天,接二连三在皇帝面前为手下讨官,待上任后,便指使他们横征暴敛,江淮地方多为其所害。都说良禽择木而栖,难道你周公瑾要去侍奉这样的主子?"鲁肃越说越气愤,竟不自觉地拍起桌来。

周瑜见鲁肃气愤,不怒反笑,他朗然起身,徐徐踱步:"子敬兄是公瑾知己,素来知晓公瑾为人。当今汉家天下将倾,权臣作乱,此乃定数,不可更改。为今之计,唯有辅佐一良人成霸,才能庇荫万民!当年高祖起于沛县,项羽起于江东,我江南龙光四溢,此乃天时地利!大任已降,良人已现,我等若能助他起于江东,最终入主中原,平定天下,才是解救万民的唯一出路啊!"

鲁肃难以置信地盯着周瑜："这些年你不肯出仕,今日怎的……难道,你说的良人霸主,就是……"

正在此时,两声轻微的叩门声响起,门外传来管家的声音："大人,门外有个光着膀子的少年,自称孙郎,点名要找你与周明廷……"

周瑜与鲁肃神情微妙,相视良久,忽然一齐大笑起来。

"公瑾啊,这良人当真奇绝,为证明自己不同凡响,三月间便做了'凉人',当真一鸣惊人哪。"

周瑜面颊一热,对鲁肃抱拳："此事应是意外,先给子敬兄赔个不是。"

鲁肃笑得要流泪："大行不顾细谨,我就喜欢他这样的性子!"语罢,两人不再耽搁,相携向大门处走去。

巢湖树林间,大乔浑身湿透,冻得直发抖。小乔蹲在一旁,无奈道:"姐姐也真是,那孙伯符如此无礼,我看你倒一脸享受似的……姐姐不会真的看上那登徒子了罢?"

大乔苍白的小脸上飞起两团可疑的红晕:"你这孩子净会瞎说,若非为了父亲,我怎会来招惹他?"

突然间,一支箭羽不知打何处而来,擦着小乔白皙的面颊飞过。大乔尖叫一声,惊呼:"快趴下!"

小乔并未照办,而是团身上前将大乔牢牢护在身后,双手虚垂,似是随时准备出招。

时间点滴过去,对方未有新的动静,小乔耐不住,大声问道:"你们是什么人?可是为财而来?"

刹那间,四面八方箭如雨下。小乔见多说无用,宽袖一甩,数枚飞石携沙带风而出,精准无误地将飞来羽箭一一击打落。

大乔不擅武艺,却并非不通,一双美目应接不暇,心中默算着来箭数与方向。这样多的箭矢飞落,接应如此紧密,怕是有数十人才能完成。可她听力不错,方才并未闻听如此多脚步声逼近。

然而四周的飞羽箭却丝毫不停,反而越来越快,越来越频密,让小乔大有招架不住之感,且从这样的速度来看,实在不像是人力所为。大乔心中暗想:这究竟是新型的弩机,还是异能之人?若是机巧,总有攻破的余地,若是天赋异禀之奇人,便是太可怕了。

小乔袖中飞石用尽,再无抵抗之力,一把将大乔扑倒:"姐姐快趴下!"

说时迟,那时快,小乔算好来箭节奏,猛然起身,借势一攀身后乔木,腾空跃起,顺利躲过了四面八方的箭矢。放箭之人反应极快,眨眼间重新瞄准,复又放箭。高高跃起的小乔在空中翻了个身,双手一松,如同俯冲的雄鹰一般径直下落。失去目标的箭矢向林间某处齐齐飞去,发出几声瘆人的巨响。

小乔稳稳落地,欲扶起大乔向旁处转移。丛林深处却忽然传来了一阵怪异声波,异常低沉又万分高亢,若有似无,极不真切。短暂又可怖的片刻安宁后,一阵奇怪的嘈杂混音陡然由远及近。

周瑜、鲁肃乘车而行,孙策全力御马,带着几名鲁府侍卫赶向湖边。听到这诡异的嘈杂之声,鲁肃不由掀开车帘张望,本是风朗气清之日,头顶方丈地却忽然黑压暗沉,只见千万只长翅鳞羽的玄色大鸟飞快掠过头顶,向岸边集结。

周瑜心头大惊:这不正是那天将甘宁等人啄跑的怪鸟吗?难道小乔遭遇了什么不测?

"驾!"孙策狠手一打马,飞快向巢湖岸边奔去。

巢湖畔参天巨木下,小乔躺在大乔怀中,遍体鳞伤。孙策快速下马,冲上前查验伤情,见小乔手背面颊上皆是窄口伤痕,惊诧不已:"这是怎么回事?可是遭了歹人袭击?"

大乔含泪点头,指着远处林间,难以说出一字。周瑜与鲁肃一道来到孙策身侧,见小乔奄奄一息,周瑜赶忙蹲下为小乔诊脉。鲁肃神色极为难看,颤声问:"这是何人所为?为何对个毛丫头下如此狠手?!"

孙策一改调笑之色,从马车中拿出干净衣衫为大乔披上,肃然道:"此地不宜久留,丫头身上的伤亦不能不管,公瑾,你先带两位姑娘回去,此处交予我和鲁兄。"

周瑜点头应允，上前将小乔抱起，送入车厢中。大乔登上车，将小乔抱稳，周瑜不再迟疑，快速驾车向老宅赶去。

随行的家丁从林间探查归来，上前拱手对鲁肃道："禀大人，树丛里有个可疑的大木匣子，约有一人高。"

"这边也有！"另一名家丁从林间喊道。

"快搬来瞧瞧！"鲁肃吩咐道。

几名家丁合力搬来一只大木匣，匣上满是圆孔，约莫铜钱大小。鲁肃与孙策若有顿悟，相视神情皆震，只听家丁又喊道："顺着木匣直线的方向，发现许多箭矢！"

鲁肃捋须冷道："此事实在蹊跷啊……"

"如此精细的功夫，如此狠辣的手段……看来，她们二人已被人暗中跟踪监视，欲伺机除之。"

"这箱子又大又沉，四角共有八个，想要在如此短时间内运送到此处并布置下来，绝非易事，不知这两个弱不禁风的姑娘究竟得罪了什么人，竟遭此毒手！"想到此，鲁肃神色愈发难看，仿若凝了三秋之霜。

孙策咬牙："生逢乱世，人命如草芥。嗜杀疯魔之人太多，我们乱猜无益，不如回去问问那两个丫头罢。"

鲁肃苦笑："她们二人本就来得蹊跷，会有实话告知吗？"

"真话也好，假话也罢，总能揣测出些许端倪。子敬兄不必担心，随我回老宅便是。"

老宅客房里，周瑜调好药糊，交予大乔，让她为小乔擦伤。这满身的伤痕十分密集，伤口又深，可大乔为小乔上药时，小乔却一声未吭，唯有小手凸白的指节显示出她仍有感知。

客房外，周瑜立在回廊下，面色凝重。漫天的箭雨，魑魅般的飞鸟，奄奄一息的小乔与孙坚腕间的"卍"字伤痕接连闪现在他脑中。周瑜眉头紧拧，青筋虬起，一张俊脸上尽是难言之苦。这世上有人能够驾驭如此诡谲又强大之力，不论正或邪，都足以让人心惊。

大乔猛然打开房门，上前对周瑜一礼："周明廷数度搭救舍妹，大恩不言谢,他日若有用得着小女子的地方,但凭公子差遣。"

周瑜正过身来,肃然道:"谢倒是不必了,敢问姑娘,难道真的不知道今日之事幕后主使?"

大乔一怔,抬起清亮双眸,噙在眼角的泪珠陡然滚落:"我父亲身为将兵之人,生死杀伐,总会有僭越得罪之处。可若说如此狠辣的手段,小女子与舍妹实在是闻所未闻,见所未见!周明廷聪慧过人,细想看看,若我知道有人追杀,怎还会故意泛舟巢湖,给人以下手之机?"

周瑜正不知该如何接,孙策的嗓音忽然响起:"大乔姑娘不必介怀,我兄弟妻室新丧,心情欠佳,并非怀疑姑娘。此地不宜再居,明晨卯时,我们准时出发,还请姑娘为令妹细细打点。"

大乔见孙策与鲁肃并肩而来,微微点头垂眸:"可是查出了什么机窍?"

孙策轻笑摇头:"没有丝毫头绪,总归打不赢跑就是了。有我保护姑娘,你不必有任何担心。"

"那便劳烦孙公子了。"大乔倾城一笑,不再多言,起身走回了客房。

周瑜与孙策、鲁肃一道走入堂屋,掩紧门板,三人皆满面肃然,不再有分毫玩笑之色。

鲁肃急迫不已,却只得压低嗓音对孙策道:"你可是疯了?出了这样的事,明早还照原计划出发?"

孙策神情凝重,嘴角却挤出一丝笑意:"此事着实越来越有趣了,家父之死,我一定彻查到底。不论对方是什么牛鬼蛇神,我孙伯符皆人挡杀人,佛挡杀佛!"

周瑜煮水烹茶,看似心如止水,实则暗流涌动:"此言不差,事已至此,与其躲躲藏藏,倒不如奋勇直上,方是正章!"

鲁肃的目光在他二人之间逡巡,震悚中又带着几分钦佩:"好好的周公瑾,遇到孙伯符就疯了……也罢,鲁某本应随你们同去,好尽一份心力。可家中耄耋祖母不能无人照拂,故而鲁某散尽家财,招募了一百江东子弟,便作为鲁某的一份心意,护送你们去讨兵罢!"

## 第六章 江都之谋

密地丛林小道上,百余人策马前行。正值军阀混战,四境不安,拥兵三五百便可抢占山头,自命为王,往来商旅备受其苦。周瑜不愿做无谓牺牲,下令车队钻丛林走僻路,全速而行。自清晨出发至晌午时分,一行人已迫近江都地界。

山路颠簸,大乔坐在马车中,面色惨白,目眩不止,可她咬紧牙关一声未吭。小乔倒是毫无反应,小脑袋倚在车厢上,随着车行律动摇摇晃晃,睡得十分香甜。

东风缱绻,春阳高悬,车行辛劳,周瑜命车队驻步,饮水歇息后再上路。孙策翻身下马,上前撩开帘栊,递上牛皮水袋:"大乔姑娘累了罢?如此赶路实在是委屈你。"

大乔接过水袋,苍白的小脸儿上浮起一抹浅笑:"多谢孙公子,我不要紧,倒是我妹妹……"

小乔见孙策来找大乔搭话,嘴撇得像瓢,翻身下了马车。大乔轻蹙蛾眉,柔声问:"婉儿,你去哪?"

小乔头也不回,敷衍道:"我去更衣。"

听小乔如是说,大乔不好再问,她秋波一转,恰好对上孙策双眸,两人一怔,皆有几分不自在。沉默片刻后,大乔轻启朱唇:"孙公子,此番前去讨兵,可有良人引荐?"

虽说大小乔姐妹与孙策周瑜结伴而行,却从未置喙过讨兵之事,今日猛然一问,实在令人颇感意外。孙策愣道:"此番前去袁将军营中,不为求官,只为讨回我父亲旧部,故而未托人引荐。说起来,我舅父与堂兄皆在袁将军军中,只是不怎么受倚重……"

大乔没有再继续问,而是含笑拨下云鬓间的青鸟玉簪,递向孙策:"孙公子心中有丘壑,自是不愿理会旁人之言。小女子不妨与公子打个赌:三日之内,孙公子必然会有求于我,公子可敢应承?"

孙策陡然来了兴致,他一步踏上马车,团身钻进厢内,坐在大乔之侧,挑眉应道:"虽不知姑娘为何要赌,但美人之邀,孙某不敢推辞,敢问姑娘拿什么作赌注?"

孙策的气息近在咫尺,灼热里隐隐透着几分掠夺之意,大乔不由红着脸向后挪了挪身子:"此簪虽不算价值连城,却也是用上等的蓝田玉打造,价值不菲,公子若不嫌弃,可用此作赌资。"

孙策接过玉簪,指尖微微一撮,抬手插回大乔鬓发间:"按我孙伯符的性子,若赌便赌个大的,大乔姑娘可敢?"

见孙策身着银甲,头配金冠,器宇轩昂,大乔歪头一笑:"孙公子乃将门之子,家中私藏良多,不知公子打算以何等珍奇作赌资?"

孙策昂首拍胸:"孙某最大的宝物,便是我这个人了!"

此言正中大乔下怀,她眸间泛起圈圈涟漪,尽量平稳着嗓音:"以公子下注……若我赢了,公子可是肯为我做任何事?"

"那是自然。"

大乔伸出小手,欣然道:"愿与公子击掌盟约。"

孙策趁机握住大乔的手:"姑娘莫急,姑且看看,我也要你这个人作赌注,你出不出得起?"

大乔没想到孙策竟会说这样的话,她一把抽了手,红脸侧向一旁,嗔怪道:"公子唐突了。"

"孙某不才,却也算世间一等一的人物,自然要与凡间绝品的美人匹敌,这才算作公平吧?不过姑娘也别骂我唐突,孙某并无轻薄之意,只是缺个心细之人在我身边,为我打点一二……"

大乔看着嬉皮笑脸的孙策,好气又好笑,但她心中对此有十足把握,下定决心答允道:"公子所言有理,小女子未敢不从,那就依公子所言,以你我二人为赌注罢。"

道旁丛林间,小乔踽踽独行,她面色异常惨白,双眸黯然无光,满身的啄伤传来蚀骨般的痛感,每走一步都如同走在刀尖上。待确定离开众人视线范围后,小乔如飘零落叶般蓦然失重,靠着道旁乔木缓缓跪倒,不住喘着粗气。

伤成这般,至少要休养五六日,可她与姐姐背负父命,一刻也不敢耽搁,便强装无事随众人上了路。前方仍有数百里路相候,小乔抬手擦擦额角上的虚汗,从袖笼中掏出一只小葫芦,苦笑着打开了瓶口,忽听得如林籁泉韵般的男声从背后传来,语调极冷:"小乔姑娘喝的是什么?"

小乔惊得差点摔了葫芦,她转过身去,只见周瑜不知何时跟了上来。他薄唇微抿,眉峰紧锁,漆黑如夜的双眸中火苗攒动。小乔不明白周瑜为何生气,将葫芦揣在袖子里藏好,吐舌道:"女儿家的私物,不过是桂花油之类的,周明廷也要看?"

周瑜一反往日谦谦君子之态,沉着脸一把攥住小乔的手。小乔身手灵巧,反手一推便挣脱了周瑜。周瑜看出小乔身段灵活,主要靠肩臂用巧力,一把按住她的薄肩,向前一拉。小乔身条瘦小,被重力驱使,不偏不倚落入周瑜怀中,瞬间臊红了脸。

周瑜无心轻薄,取下小乔手中葫芦,放在坚挺的鼻翼下一嗅,面色愈发难看了三分。

小乔打小命硬,素来天地无惧,见周瑜如此,却有些小腿肚打战。只听周瑜冷道:"这麻沸散可是神医华佗与人刮骨时才用的东西,你竟敢如此服食,这条命还想不想要了?"

这一路颠簸,若非麻沸散将她麻痹,小乔怕是早已痛晕过去。而她舍身犯险,皆是为了不拖累行程,却被周瑜如此数落!小乔不由深感委屈,没好气道:"乱世飘零,横竖都要死,早死晚死又与你何干!"

"你当我周公瑾是什么人?你若因为我们有个三长两短,我怎么可能放任你不管?"说着,周瑜一把拉过小乔的手,为她搭脉。

清风徐徐,碧叶沙沙,和煦春阳晒得青丝暖暖,腕上却传来周瑜指尖的微凉。小乔负气欲挣脱周瑜的手,反被钳得更紧,她连挝带抠,周瑜皆不为所动,倒是小乔周身的伤痕痛痒愈烈。小乔只好作罢,静待周瑜诊脉。两人相距方寸,小乔翻眼睨着周瑜,只见他侧颜俊朗无比,青眉入鬓,眼波如画,灵动却胜画三分,清亮的瞳仁间零星几点愁楚,应是离恨点缀而成。

小乔蓦然软了眉眼,痴愣间,忽听周瑜问:"这麻沸散你从哪里得来?"

小乔随口编道:"自己制的。"

周瑜可不吃这一套:"你与神医华佗相识?"

"不认识,我在市面上随便买来的。"

听出小乔在插科打诨,周瑜不再多问,举起葫芦将药水倒了个精光。

小乔尖叫一声,跳起来欲抢,却因身高悬殊不得。她气恼不已:"还以为你与那孙伯符不同,谁知也是恃强凌弱之辈!"语罢,小乔狠命一跺,重重踩在周瑜的皂靴上,气鼓鼓向马车处走去。

树林外,阿蒙揉揉惺忪睡眼,打着哈欠流下了两行热泪。周瑜自林间走出,对上阿蒙一双蒙眬泪眼,惊得一怔,玩笑道:"怎的才离家半日就哭了?可是想你那相好的了?"

阿蒙抬起袖笼胡乱擦脸,憨笑道:"我可没什么相好,哪似周明廷那般莺莺燕燕的……"

听出阿蒙话里有话,周瑜神色一凛:"你这话什么意思?"

阿蒙贼笑着,双手做成个喇叭样,俯首欲向周瑜说悄悄话。周瑜一掌将他推开:"大丈夫顶天立地,有话好好说,莫要在这里私语。"

阿蒙坏笑着,反揶揄周瑜道:"明廷可真是改了口味,怎的对那假小子如此上心?"

自己不过是将小乔当作悬壶济世的对象,落在他人眼中,竟是别有所图。周瑜心中磊落,回道:"即便不是小乔姑娘,换作是你,我也一样会救。"

阿蒙吐舌:"明廷心里只有夫人,可有些事,还是想开些好……"

听了阿蒙这话,周瑜反倒笑了起来:"你这小猴崽子知道什么?好好带你的路,若是带错,我就将那麻沸散全灌给你。"

阿蒙嬉笑着拱手一礼,小跑回到队前,翻身上马准备出发。

马车处,大乔早已等得焦急,见小乔回来,不由嗔怪:"你跑到哪去了?我还担心你遇到坏人……"

小乔余光瞥着周瑜,冷哼道:"姐姐算是说对了,确实遇见了坏人。"

大乔茫然不已,开口欲追问。谁知小乔猴儿似的,掀起车帘一溜烟钻进了轿厢中。

周瑜上前,与孙策并肩而立:"大乔姑娘,令妹身上的伤口,还请多加照拂。天气渐热,车行颠簸,万勿留疤。"

"多谢周公子关照。"大乔冲二人一礼,登入车内,放下了帘帐。

孙策伸了个懒腰,对周瑜道:"照如此速度,后天一早便能赶到袁术军营。"

周瑜却压低声音:"伯符,我正要与你商量,我们不妨慢些行军罢,今日就宿在江都,如何?"

孙策一怔,用手肘蹭着周瑜的心口,打趣:"可是太平官做久了,身子不牢靠,骑马颠得受不住了?"

周瑜笑回:"我见道旁草丛里有片空地,不妨我们去比画比画?"

"罢了罢了,"孙策冲周瑜挤眼道,"你我情胜兄弟,若因为这些小事动武,岂非让人笑话?为兄让你便是!"

车厢中,小乔将孙策与周瑜这一席话尽数收入耳中,没想到周瑜这人还挺够义气,明明只是萍水相逢,却能顾惜她的伤。小乔瘦弱的身子靠在大乔怀中,喃道:"姐姐,帮婉儿上上药罢……"

傍晚时分,众人行至江都,阿蒙调转马头驶向车前,对周瑜道:"周明廷,天快黑了,今日是否在江都投宿?"

孙策低声骂道:"你这臭小子装什么傻?我们是去军营,不是去郊游!再者说,这一百余号人如何住店,要花多少银钱?西城门外有片宽敞空地,今晚我们便在那里安营扎寨了!"

阿蒙撇嘴嘟囔两句,似在偷骂孙策小气,百般不情愿地打马而去。孙策气不打一处来,叉腰道:"这小混球,动辄甩脸子,也不知道你究竟看中他什么,竟如此信赖他!"

周瑜含笑宽慰:"莫动气,小子虽然鲁莽不知礼数,确是个实打实的可靠之人。而且他祖籍亦是吴郡,与你同乡。"

孙策明显对阿蒙没什么兴趣,张圆嘴哈欠道:"早知道还得绕回江都,不如就在原地等你,省得生出那些事端。"

"成事在人谋事在天,你如何能算出这些?一会儿待安顿下来,我与你一道进城拜见伯母罢。"

孙策俊目一转,笑容里满是窃喜:"也好也好,除我母亲外,还有一个人心心念念想见你呢。"

"你说的是仲谋罢,每次见他,都要缠着我给他讲兵书。"

孙策歪嘴一笑,未再多话。不过须臾工夫,一行人来到江都城西城门外,诚如孙策所言,此地宽敞且罕有人烟,确实适合扎营。周瑜吩咐阿蒙张罗众人扎帐,自己则随孙策一道入了江都城。

入夜时分,街道上空无一人,清风徐来,本应是春夜爽朗,却因城垣破败人烟荒芜,平添了几分伤怀可怖。

孙策带着周瑜七拐八拐,走尽旁道,终于来到一座府宅前。两人乘夜色走上,只见院门紧闭,门环上一层薄灰。孙策不由败了兴致,低声叹道:"我猜他们也不会老老实实等我,肯定是趁我不在,偷溜去玩了。"

周瑜见城中荒无人烟,苍凉无比,与自己记忆中大相径庭,不由喃喃:"这好好的一座城,怎么破败成这样了……"

"江都不比居巢百姓,命里无福,摊上毫无担当的父母官,每当有匪寇杀来,就弃城而逃,根本不管这些百姓的死活。"

周瑜听了这话,十足心痛江都百姓:"幼时读屈子,'长太息以掩涕兮,哀民生之多艰',只觉得十分悲凉,现在看来,简直锥心。"

孙策揽过周瑜,剑眉一扬:"锥心有何用?要改变这乱世,只能靠你我这样的人才……"

周瑜见孙策神采奕奕,摩拳擦掌,不由轻笑:"你倒好,还有心说笑,难道一点不担心伯母与弟妹的安危吗?"

"安危?"如霜月色下,孙策俊脸上尽是一言难尽之色,"姑且不说仲谋,尚香眼下已泼辣得不成样子,不知将来什么样的男人敢娶她,真是让我这做兄长的头疼……"

不远处几棵参天乔木传来一阵沙沙声,声音极小,本不易被察觉,却还是惊动了周瑜:"谁?"

孙策拉着周瑜一团身躲进暗影,右手紧紧按住腰间的短刀,盯着黑夜中难以明辨的黑影。不消说,若对方有异动,孙策定能一击制敌。

那黑影现形出来,只见是一高一矮两人。孙策短刀方飞出便后悔不已,他惊叫一声,飞身扑上欲捉住脱手的刀柄。可刀柄乘奔御风,早已不受孙策约束。所幸来人身手矫捷,宽袖一甩,飞出石子将短刀打偏。

孙策惊魂甫定,大声斥道:"你们俩不在营房待着,来这里瞎跑什么?"

大乔款款走上前,含笑道:"我们高低没有受伤,公子不必介怀。"

溶溶月色,大乔一身儒裳男装,竟比女装时更加姣美动人。孙策凑上前,围在大乔身侧耳语:"姑娘真是国色天香,一想到再过三日,姑娘便要将自己输给孙某,真是令人难掩激动啊。"

大乔浅笑:"公子别说大话,兴许是你会输给小女子呢?"

周瑜无暇管他们二人间的调侃,蹙眉问:"两位姑娘怎么进城了?可是城外出了什么事?"

小乔听闻扭头嘟嘴:"还好意思问,你那群傻子兵在城外跟一伙人打起来了。阿蒙像个猴儿似的,攀着树爬得好高,大喊着让我们来寻你呢。"

周瑜脑中即刻浮现出阿蒙攀在树上大喊大叫的模样,这孩子武功不低,若非遭遇强敌,不会贸然爬树。想到这里,周瑜一改往日沉静:"快,快回西城门外去!"

城西扎营处篝火丛丛,不知哪里钻出一群全副武装的兵士,叫嚷着被阿蒙等人抢了地盘,气势汹汹分毫不让。阿蒙本是性情急躁之人,见对方如此,一言不合就与之打了起来。

对方率众三两百,与阿蒙等人鏖战。似乎领会到擒贼擒王的道理,十余人紧紧围着阿蒙,逼得他纵身一跃上了树,手中的弩机对准树下人不停射去。

树下围捕之人亦不甘落后,接连甩刀放箭,阿蒙借着树干掩护左抵右挡,射伤数人。正在僵持不下时,一名将领模样男子走上前来,高声制止:"统统住手!"

树下人皆僵住不动了,阿蒙却没有收手的意思,须臾间又射倒一片。那男子登时急了,大声喊道:"你可是江都孙策的护卫,我是他亲娘舅,快快住手!"

听了这话,阿蒙一时惊慌,手一滑,竟从树上重重跌了下来。也难怪阿蒙心惊,他这不分青红皂白打伤十几人,竟是误伤自家,若被孙策知道可如何了得?

想到这里,阿蒙僵直挺在树下,脑袋愈发疼得厉害了。正当此时,远处隐隐传来一阵急匆匆的脚步声,一双骨节分明的素手托住阿蒙的头颈,他睁开眼,只见来人正是周瑜。孙策的唾骂声同时响起:"你们这起子蠢货,打架前不问家门吗?!"

那将领模样男子上前,拍拍孙策的肩背,宽解道:"你们两个带头的蹿进城去,也难怪这几个小子没了主心骨。让他们善后处理吧,伯符、公瑾,你们俩随我到帐里来。"

此人正是孙策母亲的胞弟吴景,时下亦在袁术军中,只是位阶过低,不受重用。才入帐里,孙策便高声问道:"舅父,我母亲和弟妹怎的没在家中?"

吴景摆摆手,示意孙策小声说话:"前两日又有匪兵入江都,我命手下送他们去寿春了。"

周瑜上前行礼:"见过吴叔父。"

吴景笑逐颜开,上前双手抓住周瑜的肩背:"好小子,数年未见,已经比我高了……"

孙策正口渴,拿起案上杯盏仰头牛饮,听了吴景这话一口全喷了出来:"舅父还当我们是小孩子?公瑾已是个鳏夫了,舅父这般说怎么合适?"

听了孙策一席话,吴景这四十出头的汉子笑得万分尴尬:"你这孩子,说话怎的这样不中听,可是成心让你舅父下不来台?"

好在周瑜分毫勿怪,摆手道:"无妨无妨,在这里能遇上吴叔父实在太巧,我们二人正要往寿春去,敢问叔父欲往何地?"

"我们同路,我正为袁将军押运粮草,计划两日后抵达寿春。你们二人同行,必是为了讨兵之事罢?"

孙策坏笑上前,拉过吴景:"舅父来得正好,我正愁不知该如何入袁术军营,有你在便万事足了。"

吴景打开孙策的手,蹙眉道:"臭小子,你有所不知,天下多有义士憎恨袁术。单单上个月,便有十余人欲行刺于他。袁术本就心胸不宽,现下更是惊惧非常,军营内外管控愈发严苛。你舅父人微言轻,若是贸然带你去引荐,只怕你我甥舅还未开口,便会被人枭首于石阶之上啊。"

孙策与周瑜面面相觑,良久,孙策梗脖道:"我不怕,我功夫不差,即便万人来敌,也能抵挡一炷香的时间……"

吴景气急,抬手欲拍孙策,踮起脚来却未站稳,险些扑空摔了。这七尺高的汉子颜面尽扫,却仍不肯丢去舅父的威严,他强直起身,叉腰数落:"若到那一步,岂非更让人误会你就是刺客!即便能撑一炷香的工夫,还不是要人头落地吗?!"

"即便我死,也要先砍下那老儿的脑袋!"

吴景大惊,双手径直上去捂住孙策的嘴。孙策吓得连连退步:"舅父手上什么味道……"

吴景不好意思地将手在衣衫上一蹭:"我才去马棚饮马,可能染上些味道。"

孙策苦着脸,呸呸几声:"舅父怕是去捡马粪了罢!"

周瑜思忖半晌,对两人道:"吴叔父、伯符,你们先莫争辩。引荐之事并不算难,我们这里有现成的人选,为何不用?"

吴景原本板着脸,此时却忽然拊掌:"对了,我可听说了,与你们同行的那两个丫头,正是乔将军的两个女儿罢?若有乔蕤引荐,可算是名正言顺了!"

孙策忽然想起与大乔的赌约,一拍大腿:"我说那丫头为何突然要与我打赌,原来算计我孙伯符这么久,我还蒙在鼓里呢!"

## 第七章 乾坤一掷

　　月落子规啼,矮小的营房里,军医正为受伤的兵士包扎伤口。阿蒙本是奉命来向众人道歉,此时却立在席铺前手舞足蹈,吹得天花乱坠,口沫横飞。

　　受伤的兵士们并排或趴或躺,无一不盯着阿蒙,有的甚至忘了提裤子。只听阿蒙慷慨道:"那日一早天方擦亮,我就随姐夫上山去了。骑马走了七八里,忽然听到一阵怪声。我转头一看,四下里灰茫茫一片,再回头时,就见一只头大腔肥的老虎不知打何处来,猛地扑向我姐夫!"

　　士兵们发出一阵惊呼,瞪眼咧嘴,仿佛身临其境。阿蒙见此,愈发亢奋,双手一拍,拉开架势:"我阿蒙何等人哉!怎么能眼睁睁看我姐姐成了寡妇?我冲上前去一个大跳……"

　　众人听得痴迷,只见阿蒙为配合情景,一跃跳上了身侧高物,可他并未发觉,那东西竟是军医用来装炭火的铁桶。阿蒙惨叫一声,连人带桶歪倒一旁,狼狈向后摔去。

　　炭火从筒中滚出,散落四方,发出慑人的火光,阿蒙身体失衡,紧闭双目,心中暗想此番怕是要毁容。正当此时,阿蒙只觉脖颈后衣领被人一提,他踉跄几步却未摔倒,双臂一环,牢牢挂在那人身上,抬眼一对,竟对上周瑜那冷若冰霜的眼眸。

见阿蒙望着自己发愣,周瑜干咳几声:"我非山间虎,你可是搂够了?"

阿蒙慌忙撒了手,拱手道:"小人失礼,还请明廷责罚。"

周瑜弹弹衣襟上的灰埃,漫不经心道:"不必跟我道歉,你伤了吴景将军手下这些人,去给他赔个不是罢。"

阿蒙耷着脑袋,有气无力地应了一声,随周瑜走出了帐篷。

三五丈远的大帐里,吴景仍在与孙策争辩,他万分不解,围着孙策左右发问:"从情从理来说,那乔蕤都是最适合为你引荐之人,你为何不肯?"

孙策不欲将与大乔打赌之事告知吴景,胡乱应付:"我年轻,武艺高强,长得还比他好看。那乔蕤怕是要嫉妒我,不会用心……"

吴景听了孙策这牵强理由,气不打一处来,拽着孙策的耳朵:"我可没有你娘那般好应付,少胡说来糊弄我!"

孙策吃痛不已,双脚直踢腾:"舅父信佛之人,竟下如此狠手!"

周瑜带着阿蒙走进大帐,见他二人如此,赶忙拱手招呼:"吴叔父,我把阿蒙带来了。"

阿蒙趋步上前,扑通跪下,叩首道:"小人无知,误伤自家,请吴将军恕罪。"

吴景松开孙策的耳朵,上前扶起阿蒙:"小子,你家明廷让你来赔罪,你可是心里一百个不愿意?"

阿蒙挠头:"地方是我先占的,你们来了就骂人,我这才开打的……不过明廷批评得是,我确实不该不问来人就出手。"

吴景大笑:"好小子,小小年纪功夫了得,有你跟在他们二人身边,老夫放心!你叫什么名字,今年几岁了?"

未承想吴景分毫未怪罪,阿蒙挠挠头,颇有些不好意思:"小的姓吕名蒙,小字子明,今年十四了……"

吴景连连称好,对孙策周瑜吩咐:"小子虽年少,却也不能总阿蒙阿蒙地混叫，等到及冠之年会被人耻笑。往后或叫吕蒙，或叫子明，你们二人做表率，过不了几日，众人便都更改过来了。"

颠簸一整日，孙策早已困得不成样子，用手撑头敷衍道："好好好，吕蒙吕蒙，我和公瑾是不是可以回帐里睡觉了？"

孙策的父亲去世早，吴景身为舅父，一直觉得自己肩负教养重任。可孙策的性子比他父亲更加不羁，实在令吴景有些招架不住。天大的事还未谈妥，孙策竟然像个没事人一般，闹着要睡觉？吴景气得话已说不利索："伯符，你这……你到底怎么打算？是否要请乔蕤将军代为引荐？"

大乔的模样浮现在脑中，孙策断然拒道："当然不要！"

吴景不由更急："那你这……"

"舅父，我带的这一百余人怕是不能带入袁术军营，就暂且让他们在此地相候。你那运粮的兵士里挑出两人来，与我和吕蒙交换衣裳，我们二人扮作你的人，先混进军营再说。"

吴景了解孙策性情，知晓强劝无用，只好先答允："那……便先如此罢……"

"单是你们两个人去怎么能行，阿……吕蒙性子莽直，你又不了解袁术品行，我定与你们同去才放心。"周瑜说道。

"上次袁术招你前去，欲拉拢许官于你，你故意出洋相，推托自己无能。此时若与我同去，恐怕会激怒袁术，要是惹来祸端可还了得？便在这里等我罢，等我带兵出来，我们再图其他。"

吴景听他二人之言，猛然灵机一动，拊掌道："老夫前几日得了个物件，十分有趣，有了它，公瑾可随我们一道入军营！"

孙策与周瑜相视一眼，异口同声问："什么物件？"

云藏月影，三星在天。江都城外一夜，众人皆睡得香甜，马儿交颈而眠，应和着隐隐传来的潺潺水声，荡涤无梦。

天方擦亮，周瑜与孙策一道走出营帐，只见不远处一条清河穿过，水汽氤氲，雾霭迷蒙。朦胧间，有一清瘦身影立在水边汲水。周瑜抬眼望去,正诧异那人身份,却见孙策伸手过来:"快,把你的羽扇借我一用。"

周瑜不解,站着未动。孙策见此,径直从周瑜袖袋里薅出羽扇,大摇大摆向河边走去。

大乔一身儒裳男装,立在河边摆弄着小木桶,忽听有人在不远处高声吟诵:"关关雎鸠,在河之洲。窈窕淑女,君子好逑……"大乔回眸一望,只见孙策摇着羽扇,玉树临风站在丈外杂草丛生处。大乔歪头笑问:"孙公子好早,特来寻我,可是为了赌约之事?"

孙策含笑走上前来,在大乔耳边低语:"姑娘,你煞费苦心前往居巢,不为别的,正是为了孙某吧?"

大乔美目流盼:"孙公子说什么,小女子怎么听不懂?"

孙策不徐不疾,继续说道:"想来姑娘去寻我,乃是奉了令尊乔将军之命罢?不知令尊看上孙某什么?可是要招我为婿?"

大乔明知孙策故意轻薄,回身闪避,与他拉开方丈距离:"孙公子多虑了,家父是行伍出身,深知家母思君之苦,不希望我们姐妹二人再嫁与行伍之人。"

"那就奇怪了,"孙策故作迷茫之状,"孙某与乔将军从无往来,为何要让你专程来寻我这一趟?"

看来孙策打算装傻到底,大乔权衡后,直截了当道:"来寻孙公子并非家父之意,但小女子可以作保,家父愿为孙公子引荐,保公子顺利见到袁将军。"

孙策盯着大乔的绝美容颜,笑容渐逝:"大乔姑娘如此美人,莫要潜心这些污浊之事,毁了你这天赐的冰肌玉骨。"

大乔清目一凛:"孙公子这话什么意思?"

"没什么意思,只是如若你是我的女人,我一定让你离这些蝇营狗苟之事远远的,只可惜……孙某的事,便不劳姑娘费心了。"

见孙策起身欲走,大乔心中焦急,上前拉住孙策的衣袖:"我知道公子恨被人算计,可军营戒备森严不比其他,无人引荐是见不到袁将军的,公子即便神功盖世,也不该拿自己的命去博弈……"

看到那握着自己衣袖的小手,孙策莫名心软了一瞬,可想到那赌约,稍加不慎,便可能被人玩弄于股掌之中。孙策抽了衣袖,故作轻佻之态:"大乔姑娘急什么?再过两日你就是我的人了,届时随你要如何扯我的衣裳,岂不更痛快?"

大乔气得小脸儿涨红,只恨自己不似小乔身怀绝技,否则一定要打得孙策满头包。她提起小桶,冷然一笑:"公子还是祈祷两日后,莫变作旁人的刀下鬼罢。"

经此一事,孙策与大乔心生嫌隙,互不理睬,甚至懒得正眼相看。见他二人从郎情妾意到冷眼相向,周瑜十分不解,问正在河边刷马的孙策:"伯符,你与大乔姑娘怎么了?"

孙策冷笑一声:"莫看这位姑娘貌美如花,心里可是装了苏秦、张仪啊,我孙伯符惹不起,躲着总行了吧?"

见孙策阴阳怪气,周瑜忍笑道:"她为了父亲,算计于你,也算孝顺,怎么能把你气成这样?"

"你又不是不知道,我最讨厌工于心计的女子,更讨厌仗着有几分姿色算计到我头上的女子。"孙策边说边使大两分力气,刷得大宛驹生疼,尥起蹶子险些将他踹飞。

周瑜终于忍不住,笑着将孙策拉到一旁:"你可别刷了,我有一计,说不定能助你顺利见到袁术,你且听我一言。"

另一头营帐里,小乔紧盯着缝补衣衫的大乔,神情怪异。大乔抬眼看看小乔,边缝边问:"婉儿怎么了?可是我脸上有脏东西?"

小乔吐舌笑道:"往日吃饭时,姐姐都与那姓孙的眉来眼去的,今日怎的互不理睬了?"

听了小乔这话,大乔"嘶"的一声,不慎扎了手。

小乔本是与大乔玩笑,见她如此反应,却着实有些担忧:"姐姐你……没事吧?"

大乔放下针线衣衫,叹气:"事情未完成,你让我如何还能像个没事人一般,安坐无忧呢?"

小乔摇着大乔的手安抚着:"姐姐不必忧心,世间的将才那么多,又不止他孙伯符一人……"

大乔脸上的愁色没有分毫缓和:"你年纪小,许多事还不懂。这几年袁将军营中各方势力纠集,父亲虽为第一大将,得势失势却只在朝夕。何况父亲日渐年迈,不可能还似年轻时那般南征北伐,本想找个失势之人,替他做事,没想到孙伯符不识抬举。罢了,就当我们白费力了。"

小乔掩口笑道:"姐姐这语气,不像为父亲痛失人才惋惜,倒像是感伤芳心错付呢。"

大乔脸一红,抢白道:"瞎说什么?那孙伯符有什么值得我看上的?"

小乔见大乔真动怒了,赶忙应和:"是是是,爱慕姐姐的男子多有官阶,最不济也有家中庇荫,像孙伯符这样的有几个?除了模样比旁人俊俏些,他实在是一无所长。姐姐就别再为他烦心了,可好?"

大乔轻拍小乔的小脸儿:"别在这里油嘴滑舌的,快去问问,我们什么时候出发去寿春?"

小乔耸着肩,脑袋摇得像个拨浪鼓:"姐姐跟孙伯符吵架了,就要我去问,我也不想跟他说话。"

大乔无奈道:"不想问孙伯符,总可以问问周公瑾罢?"

小乔思忖一瞬,歪头笑道:"姐姐稍等,我去去就来。"

大帐里,周瑜试罢铁面具,正要去吩咐手下人如何行动。孙策欲兵行险招,化装作吴景手下,混入袁术营中再图其他。而周瑜则因先前之故,不便露面,只得戴上铁面具,伪装面部有黥字的匈奴人。

周瑜心中有千百筹谋,快步走出大帐,与前来问话的小乔撞了个满怀。小乔跟跄几步,一屁股坐在了地上,周瑜赶忙去扶:"小乔姑娘没事吧?"

小乔挣扎起身:"你怎的也跟姓孙的一样,脚底擦了油似的。"

周瑜连忙拱手赔罪:"心里念着旁的事,未曾留意姑娘,万望恕罪。"

见周瑜如此态度,小乔心底暗笑,乜斜一眼,拖长腔问:"都等了大半日了,什么时候出发啊?"

"用过午饭后即刻出发,伯符与阿蒙随吴将军运粮,顺道送两位姑娘去军营,周某在此地相候。"

小乔瞪大清目:"你不去寿春了吗?"

周瑜笑回道:"我岳父与袁将军素有嫌隙,周某前去不便,就在这里等伯符了。"

几丝失落感蓦然从心底涌起,小乔恐心绪难掩,"哦"了一声算作回应,起身拔腿便跑。

小乔向来古灵精怪,周瑜见她如此,轻唤道:"小乔姑娘,伤处莫要忘了擦药,仔细留疤。"

小乔脚步一顿,头却不回:"你可实在算不得什么良医……"

无论是相遇之日的伤寒还是鸟啄的皮肉之伤,皆已医好,周瑜如丈二和尚般摸不着头脑,却见小乔步履轻快,如烟如雾般消失在了一片春色之中。

晌午过后,孙策与阿蒙扮作兵士,随吴景一行快马护送二十余粮车赶往袁术驻军处。傍晚时分,众人来到寿春城外,淮水边十里连营,四处皆是旌旗猎猎,上用隶书绣着硕大"袁"字,好不威风。

孙策紧跟在几名兵士之后,看到营中刀叉剑戟,兵士训练有素,想到父亲曾在此旗麾下浴血而战,不由热血沸腾。可他深知眼下形势,暗暗揩摸着手上的"卍"字伤痕,调息凝神,让自己逐渐平静下来。

孙策身后,吕蒙与一铁面男子并行。只怕天下人想破脑袋也难以猜到,这刻意驼背、乱发铁面的狼狈男子,竟然是那个风流倜傥、郎艳独绝的周瑜。

队伍行至营门停住,守营者上前将众人逐一搜查。及至周瑜处,守营人高声唤吴景:"吴将军,这人是谁,为何戴着面具?"

吴景上前拱手:"这是我新得的护卫,本是匈奴人,在我大汉犯了律法,面有黥字。他的族人以他为耻,所以打了铁面扣在他脸上,钥匙早已丢失了……可他实在是个可靠之人,还请通融通融罢。"

吴景在袁术军中虽然位阶不高,却是个实打实的老资格,守营人不疑有诈,依例搜查遍周瑜全身,而后做了个放行的手势。

孙策与周瑜皆松了一口气,随众人去库房卸粮。与此同时,大小乔的马车行入大营,不知谁喊了一声:"大乔姑娘回来了!"即刻有十余青年谋士将领从四面八方赶上前去,将马车团团围住。

这一幕恰好落入孙策眼中,他狠命薅出一袋粮草,重重掼于地上。周瑜拾起那麻袋,整整齐齐码好,低声笑道:"好端端的怎么动气了?"

"真是个轻薄的女人,"孙策叉腰小声骂道,"你看她竟然冲着那些登徒子笑,对我就那般横眉冷对的!迟早有一日,我会让那丫头哭着求我娶她,我却不肯要!"

营房前,大乔与众人寒暄罢,柔声唤小乔:"婉儿,父亲随袁将军出去了,我们先回房罢。"

小乔未回应,只是盯着仓库方向出神。离开江都时,她亲眼看到周瑜未曾跟随,而那戴面具的男子则是与他们一道出发。为何方才一瞬,她忽然觉得那铁面男子颇有几分周瑜的风姿?

"婉儿,婉儿?"大乔见小乔毫无反应,上前来轻轻拽了拽她的衣袖,"你可是在看那登徒子?"

小乔边随大乔回房边喃道:"姐姐,既然知道那孙伯符乔装混进来了,为何不直截了当揭发他?"

大乔摇摇头,笑道:"横竖他翻不起什么浪来,何必要置人于死地呢?何况我真想看看,他究竟有什么本事,竟敢如此傲气。"

小乔明眸骨碌一转,小脸儿上涌出一抹极其灿烂的笑意:"姐姐说得是,婉儿也等着看戏就是了。"

搬罢粮草,三人分别前往吴景的营帐处。因为位份低微,吴景的营帐地处偏远,倒是十足方便密会。待孙策、周瑜与吕蒙悉数到场后,吴景拉着一黑脸膛中年男子一道走入了帐里。两人边走边低语,只听那人不住摆手道:"吴老兄,我可不爱看什么少年,你拉我来这里做什么?"

吴景不由分说连推带搡,将那人推上前来:"凭你爱不爱看,今日都必须得看!"

那人被吴景推得几步踉跄,孙策赶忙上前相扶:"黄二伯!好久不见!"

那黑脸汉紧紧盯着孙策,一愣神的工夫后,拍大腿道:"伯符!我的少将军!竟然是你!"

原来这汉子不是别人,正是当年跟着孙坚出生入死的老将黄盖。黄盖字公覆,荆州零陵人,带兵打仗时总是十分严肃地板着个脸,平日里却是个十分有正义感又热心肠的老伯。

孙策感觉手臂一沉,只见黄盖飞身扑来,将整个人的重量挂在他身上,嚎道:"老将军走了三年了!我黄公覆无一日不惦记着少将军!能在苟活之日再见到你,真是此生无憾了!"

周瑜见黄盖太过激动,赶忙上前低声劝慰:"黄将军乃重情之人,只是眼下还不是说这些的时候……"

看到眼前蓦然出现一个头戴面具之人,黄盖吓了一跳:"你又是谁?为何以如此形象示人?"

周瑜还未来得及回话,便听孙策笑回:"这是我的好友周公瑾啊,黄老伯应当见过他罢?"

黄盖凑上前去,欲从周瑜铁面上双眼的孔洞处向内看去:"公瑾?那孩子小时候生得极其漂亮,现下是怎么了?为何戴着面具?"

吴景一把将黄盖拽下:"你不是不爱看少年吗,为何盯着公瑾?我们寻你来,可是有正事要问的,袁将军可在?"

"今日讨伐祖郎,出阵去了。"

"那祖郎人在何处?"孙策目露精光,急急追问道。

"出营门往东二十里的八公山……"

黄盖话音未落,便见孙策与周瑜相视一眼,眸中皆是踌躇满志。吴景似是看出他二人别有筹谋,赶忙出言相劝:"你们两个小子,这军营可不是混闹的地方,不可……"

吴景话未说完,便见孙策与周瑜、吕蒙急急冲出营帐,跨上战马,一溜烟跑没了踪影。吴景气得捶胸顿足,却少不得赶忙跑到营门处,厚着脸皮编瞎话向守卫们解释。

　　黄盖掀开帐帘，望着孙策策马而去的背影，喉头微紧，视线模糊。人生如大梦，一晃眼，孙坚已离世整整三年，好似一个轮回般，现下这策马奔驰的银枪少年复来，同样俊逸不羁。天边风云骤起，搅动乱世，怕是无人能挡。

# 第八章 崭露头角

寿春地处淮水腹地，河水裹挟厚土沉积，沃野三百余里，其间八公山绵亘逶迤，如龙盘虎踞，占尽地利之势。层峦耸翠，上出重霄，峰顶处紫光缭绕。相传四百年前淮南王刘安在此飞升成仙，修得正果。如此福泽之所，袁术自是志在必得。

可这上佳的地形，同样给了乱世盗贼们一个绝佳的栖身之处：自黄巾起事，皇权危殆，祖郎趁天下大乱，拉旗占山，自命为王，剽掠乡里抢夺商旅，久而久之越做越大，竟有匪众近万人集结在其麾下。

所谓一山难容二虎，卧榻之侧，岂能容下祖郎在此兴风作浪？袁术欲毕其功于一役，一举将其歼灭，今日特率精锐甲兵尽数而出，与之对垒于八公山下。

孙策与周瑜、吕蒙策马赶到时，两军已然开战。平原上袁术的骑兵拥有绝对优势，可祖郎的贼兵不断将袁术的骑兵引至山地，待骑兵陷入进退两难之际便左右埋伏杀出，以礌石重创之。袁术眼睁睁看着手下精兵良将滚落山崖摔得血肉模糊，气急不已，大声下令："弓箭手，放箭！"

百名弓箭手齐步上前，挽弓如月，随着一声号令，箭如雨下。谁知贼兵们熟谙此道，利用地形做掩护，纷纷躲到岩石后面，万箭擦身而过，竟毫发无伤。

见强攻讨不到任何便宜,袁术只得下令鸣金收兵,暂退休整。后勤士兵们一拥而上,拖着受伤的战马,架着断腿折臂的伤员撤退,可山匪不讲道义,以弩机滚石继续攻击袁军,一时间新伤添旧伤,血肉横飞,场面万分狼狈。

"末将无能,请主公治罪!"军阵之中,纪灵一身尘土满脸泥浆,跪在袁术面前,半个多余的字也不敢说。

"大风大浪皆闯过,区区毛贼,竟然连你也……"袁术气得闭着眼喘着粗气,几欲昏厥。

"主公!主公保重啊!"众将皆上前拱手劝慰,却无人敢毛遂自荐,出阵讨伐。

袁术咬着牙,目光从众将身上扫过:乔蕤身为第一大将,风寒卧病多日,咳喘个不休,难以将兵;张勋负责刺探敌情,此时不在帐下;其余众人,皆连纪灵不如,贸然出阵不过是送人头,白费力气罢了。想到这里,袁术扶着额,只觉双目发黑,头痛欲裂。

片刻之后,袁术缓过神来,对左右道:"孤没事,扶孤起来。今日若不能破此贼,枉我袁家四世三公之名!"说话间,袁术扶案起身,挣开左右,对眼前数万大军喝道:"今日谁人能破此贼,孤便任命他为九江太守!"

四下寂寥,数万大军无人应声,唯有邈远处子规声声啼鸣。袁术望着眼前黑压压望不到尽头的甲兵,却深感无人可用,失落伤怀不已。正当此时,一朗朗少年之声响起:"我来!"

袁术循声望去,但见一头戴凤翎赤羽盔、身着金鳞圆护甲、披着绛红斗篷的俊朗少年走上前来,将手中的银枪高举过头顶。

此人不是袁术旗下之将,左右之人赶忙上前阻拦,斥道:"大胆!你是何人,如何进我军中?"

守门侍卫见此,赶忙上前跪地解释:"此人持有吴景将军军中令牌,属下才依例放行……"

吴景?袁术只觉脑中弦陡然一紧,尘封的记忆如雷闪电击,猛然浮现,虽模糊不清,却渐渐与眼前少年重合。同样的金甲银盔,同样的不羁笑容,难道这孩子……

纪灵堂堂大将攻打山贼不成,已觉万分丢脸,此时竟有个毛都没长全的臭小子如此嚣张!纪灵万分不痛快,上前一步,打量着孙策及其身后的吕蒙与铁面生,愤愤道:"你有何能耐,竟敢口出狂言!"

孙策根本不理会纪灵,仰头问袁术:"袁将军可说话算话?"

袁术回过神来,背手上前几步,一字一顿道:"我袁公路说到做到!只要你能将那毛贼手到擒来,九江太守便是你了!"

"主公且慢!"一位头戴军师帽、身着褐衫的谋士走上前来,此人名叫杨弘,乃袁术心腹,"九江太守非寻常官职,此人来历不明,主公即便要用,也该待底细查清再用……否则,万一他与那祖郎同谋,岂非要陷主公于两难之地?还请主公三思!"

杨弘说完,朝袁术恭敬一揖。谁料袁术大笑两声,对杨弘道:"你心思细腻自然是好,可太过谨小慎微,便会进退维谷。如今天下诸侯纷争,朝胜夕败,皆取决于贤才,你看那曹阿瞒做出一副求贤若渴之态,便知无价宝易求,而人才难得。若无几分容人之量,如何能揽尽天下人才?"

说罢,袁术转过身重重拍了拍孙策的肩背:"小子,你都听到了。不论对方是生是死,只要你能将那祖郎拿下,我便许你应得官职。"

袁术与孙策对话时,竟未用"孤"来自称,而是平易近人地自称为"我",众臣不由面面相觑,心中暗暗猜测着孙策的来头。

孙策笑逐颜开,拱手道:"一言为定!不过,虽是我们与祖郎对阵,却有些事需要将军配合。乌洛兰,你来告诉将军,需要做些什么。"

周瑜听到孙策叫自己,赶忙走上前来,对袁术行了个匈奴之礼,刻意装作声音沙哑道:"小人乌洛兰,来自匈奴,是少将军的门客,受少将军委托,特献计于大将军。不过,军中耳目混杂,小人请求到将军近前一言。"

"且慢……"纪灵走上前去,二话不说就开始搜周瑜的身。周瑜伸开双臂,任由其检查。纪灵搜查未果,恶狠狠瞪了周瑜一眼:"将铁面取下!"

周瑜哑声笑道:"小人这面具已佩戴近十载,若能取下,怎会等到今日。"

铜锁上确有斑斑锈迹,可纪灵疑窦未解,依然不肯放行。

袁术回身骂道:"都什么时候了,哪顾得上拘泥这些?放行!"

纪灵虽百般不情愿,却只得退后放行。

周瑜行至袁术面前再揖,随后凑近耳语几句。袁术听完,满面狐疑:"就这样?"

周瑜含笑点头:"其余的,交给我家少将军即可。"

傍晚时分,八公山下炊烟袅袅,兵士们扎起丛丛火堆,抬来大锅,架起灶釜开始烧起火来。

一个时辰前,孙策率军与祖郎对垒,佯作强攻之态,周瑜则与吕蒙率十余精兵从小道攀山,斩杀粮仓守卫三十余人,而后将余粮悉数装车,全部扔下山崖。待贼兵发现时,为时已晚。下山寻粮则被生擒,不下山则断粮绝草,贼兵们进退不得,蹲守在山上,眼睁睁地看着袁军生火造饭。

八百营帐一百锅,孙策专程从寿春城里找来十余婆妇,做的尽是本地家乡菜。饭香四溢一直蔓延到山坡上,惹得山贼一伙直咽口水。

孙策与周瑜一道穿梭于阵中,吕蒙匆匆赶来,低声问道:"明廷、少将军,现在开始吗?"

周瑜抬眼看看夕阳下的八公山,笑道:"现下还不是时候……"

吕蒙即刻领会了周瑜的意思,拱手退下。孙策将双手在周瑜眼前晃晃:"视野还挺好,我以为你会看不真切呢……"

周瑜好气又好笑,冷道:"收敛些,莫让旁人看了起疑。"

残阳西斜,奋战一日,此时却要饿肚子,贼兵们不由怨声载道。有好事者呼朋引伴,欲下山抢夺。可二百名弓箭手早已埋伏妥当,立刻弓箭伺候,射得匪兵们死的死逃的逃。

见时机成熟,孙策骑着战马,舞着十二锋银枪,在山下高声叫骂:"窝心祖郎,胆小如獐!跟他走的,活该没粮!想要吃的,放下刀枪!来便是客,发粮发饷!"

山下的几百兵士也跟着孙策一起,一遍遍地齐声高喊,响彻整片山野。起初山贼们还在犹豫，可这一整日打下来，早已饥肠辘辘，再闻见家乡滋味，大部分人已经战意全无，手中的刀剑放松了下来，你看看我，我看看你，一脸疲惫。

半坡上有一天然形成的石凳，高背宽座，看似十分气派。今日祖郎坐镇于此，颇有几分运筹帷幄、决胜千里的架势。可此时此刻他再也坐不住，起身高喊："谁敢下山，立即处死！"

军阵之中，周瑜为避人耳目，立在偏僻犄角里，静观情势。山匪不比兵士，并无匹夫之志，卖命所求无非是丰衣足食。今日此计攻心，犹胜当年垓下之围的四面楚歌。项羽的楚军铁骑尚且逃不过，这些贼兵匪众定不会有如此强大的意志。果然，山上隐隐传来祖郎斩杀叛逃贼兵的声音。周瑜双拳紧握，指节凸白，今日对阵祖郎，乃是他与孙策的平生第一战，即便到现下这个阶段，依然不敢放松分毫。

周瑜缓缓合上眼，静静听着山上的响动。孙策与吕蒙仍一遍一遍地呼号着，约莫一炷香的时间，贼兵中有胆大者霍然起身，振臂一呼，竟带得七八人一道向山下狼奔。祖郎派人围追，可法不责众，仍有数人顺利逃往山下。袁军果然未曾伤害他们分毫，当他们走到灶旁时，周围的士兵还邀请他们坐下来吃。山上其余贼兵见了，再也按捺不住，纷纷丢下武器，争先恐后跑下山来，场面十分壮观。

周瑜长长舒了口气，回身望向孙策，笑得无比灿烂，只是掩映在铁面之下，难以看到。天色渐渐暗了，贼兵们用罢晚饭，悉数举手投诚。袁军大将纪灵率部上前，收缴善后。正在此时，吕蒙拱手上前："少将军，我们的人已杀上山去了，却未见祖郎本人。"

孙策一怔，旋即笑道："那贼人生性贪婪，必不肯如此轻易放手。继续挨个搜查，有提供线索者，赏金五百！"

吕蒙扁着嘴，有气无力地应承一声。孙策这一穷二白的野将军，哪里来的五百黄金？说来说去，这担子还不是落在了他的身上。

正当吕蒙牢骚满腹，不情愿地回过身扎入茫茫人群时，忽有一名头盔掩面的贼兵霍然掏出藏于怀中的宝剑，纵身一跃，冷不丁向孙策刺了过去。

数丈开外,周瑜恰好看到这一幕,他再也顾不得身份,高声喊道:"伯符当心!"

只听"锵"的一声金石巨响,孙策用手中的银枪锋挡住刺向自己心窝的宝剑。眼前之人抬起头颅,露出一张刀疤脸,面颊肌肉不住跳动,用尽全力与孙策角力。剑刃缓缓前移,与孙策的心脏只差毫厘,孙策却嘿嘿一笑,猛然一用力打飞了宝剑:"等的就是你,祖郎!"

听到从未谋面的孙策唤出了自己的名字,祖郎大为惊讶。他后退几步,气喘吁吁:"你是何人?报上名来!"

孙策将银枪横过,铿然道:"行不更名坐不改姓,吾乃江都孙策是也!"

孙策?完全没听说过。祖郎冷哼道:"好小子,你若有真本事,就与我单挑决斗,若你能赢我,我祖郎任凭你处置!"

见四面八方万余士兵皆看向自己,孙策自是不肯放过这军中立威的好机会,他解了披风,银枪一横:"要打就打,少说废话!"

兵士们见要开打,自觉让开一片圆形的空地来。祖郎手握宝剑,孙策架起银枪,两人皆摆好架势,寻找着对方的破绽。

正当此时,吕蒙扒开重重人群,来到第一排,双手拢在嘴边,使出吃奶的劲儿歇斯底里高喊:"少将军威武!"

孙策本聚精会神备战,此时却被吕蒙吓了一哆嗦,他回眸一望,只见吕蒙兴高采烈,宛如等看猴戏,而他身侧的周瑜却双拳紧握,好似在为自己担心。趁着孙策愣神的工夫,祖郎一个虎扑上前,剑刃直取中路而来。

只听一声铿锵,孙策用手中的银枪杆挡住了这刁钻一击,可祖郎力道极大,孙策不免连连撤步,站定后重新摆好架势。祖郎趁机咄咄前逼,不停以剑相刺,直要将孙策逼到人群中。众人忙要散开,孙策却在最后一刻突然一旋身,以手中银枪回旋一扫,直扎祖郎迈出的右腿。祖郎闪避不及,踉跄两步,孙策抓住机会一挺接一刺,锋刃紧逼祖郎首级。祖郎以腰部用力向后一闪,却仍被枪锋挑断了头巾,长发陡然披了下来,在东风中凌乱不已。

见孙策大获全胜,数百人高声齐呼:"威武!威武!"

祖郎见自己不是孙策的对手,站直了身子,手中宝剑当啷落地:"手下败将,愿赌服输,要杀要剐便来罢!"话音才落,祖郎紧抿双唇,双眼一闭,做出一副束手就擒之态。

众人皆欢呼雀跃,吕蒙更是要喊破嗓子。孙策高举银枪,洋洋自得地向众人示意,而后疾步上前,欲将祖郎擒拿。

"少将军且慢!"带着铁面的周瑜冷声上前,"祖郎,你左手袖藏何物?可否取出一观?"

方才孙策与祖郎交手之时,周瑜一直细细观察,见祖郎的左手总是不经意地捏拽袖口,动作颇不自然,便知他定是偷藏了凶器。

把戏被揭穿,祖郎猛然将袖中匕首甩出,直奔孙策面门而去。孙策已有防备,偏身一躲,银枪一横,便将匕首击落于地。

如行云流水般,祖郎甚至未看清招式,就见孙策已近身前,枪锋正停在他喉头间,轻狂笑道:"本来还想与你多玩一玩,但你要毁我面皮,可知道会有多少姑娘伤心?"话音未落,孙策以枪背猛击祖郎头部,祖郎躲闪未及,双目翻白,直挺挺地倒了下去。

见祖郎被击倒,左右士兵立刻围上前来,将其五花大绑。吕蒙立刻高呼:"祖郎抓住了!祖郎抓住了!"

士兵们也跟着齐声高喊。山上仅存寥寥无几的贼兵们见首领被擒,再也没有了负隅顽抗的理由,纷纷下山投降。

孙策和周瑜竟没有费一兵一卒,就将祖郎生擒回了大营,俘获倒戈贼兵不计其数。

营帐里,乔蕤坐在袁术身侧,边咳边道:"主公,那少年可是有些太眼熟了。"

袁术轻叹道:"你也看出来了……文台兄殁了三年了,没想到他有个如此骁勇的儿子。文台兄若泉下有知,也该瞑目了。"

帐中其他部将无心听袁术与乔蕤怀旧,只见纪灵上前急问:"主公,难道真要把九江太守之位给那个来历不明的浑小子?"

袁术垂目思忖良久,叹道:"当年文台兄在孤帐下,与孤并肩奋战,数度解救孤于危机之中,于情于理,这九江太守都应当给那孩子。可世道如此之乱,即便给了他,只怕他也难以坐稳哪。乔将军,你怎么看?"

乔蕤不明白袁术为何会问他的意见,狠命咳嗽几声,回道:"主公知道,乔某是个粗人,素来不懂用人,主公英明神武,还请主公决断。"

纪灵自是不肯见九江太守被孙策夺去,他眼珠子一转,对袁术道:"主公,孙少将军此战兵不血刃,到底不能服众。而且他年纪太轻,又没什么威望,如何能担任一郡太守要职?臣下听说孙坚的孀妻吴夫人,现就在寿春城内,主公既然要赏,不妨赏他们母子些金银,好让他们度日啊……"

听闻吴夫人就在寿春,袁术扶额急道:"嫂夫人就在寿春,你们为何不报?孤早就该前去探望……来人,传令!收兵回营,而后全军高阶将士与孤一道,移步寿春!"

## 第九章 媒妁之言

入夜时分,袁军驻地点起了篝火,一丛一丛,映得远山上的点点繁星皆索然没了生气。大军西去征伐祖郎,仍未回还,大乔担心乔蕤安危,在帐中来回踱步,焦急不已。

小乔却像个没事人一般倚在榻上,哈欠连天:"姐姐可别再来回转了,眼见这新买的绣鞋鞋底都要磨穿了。"

大乔回身嗔道:"你这孩子心倒是大,难道一点不担忧父亲安危?"

小乔起身做了个鬼脸,赖笑道:"我又不是石头里蹦出来的,怎会不担心父亲?只是袁大将军讨伐区区山贼,应当不会派军中第一大将出马吧?既然父亲不上阵,我又何必瞎操心呢?"

话虽如此,大乔心中仍是忐忑:"可天都黑了,父亲却还未回来……"

正当此时,帐外忽传来一阵嘈杂之音,大乔小乔赶忙出帐观望,只见数十士兵快步跑来。小乔随手拉拽一个最近的,谁知竟是吕蒙:"你怎么在这?可是出什么事儿了?"

吕蒙见到大小乔,清清嗓子挺直腰杆,无比自得:"我家少将军生擒了祖郎,袁大将军心情大好,设宴在寿春款待我们老夫人,我是来请吴景将军的。"

小乔差点惊掉下巴:"什么?生擒祖郎……那小混混竟然还会

打仗?"

吕蒙不悦:"这话怎么说的？行了,我去找吴将军了,你们俩等旁人接罢。"

语罢,吕蒙一溜烟跑没了影。小乔蹙眉低声嗔道:"这下可好了,那孙伯符自荐成功,竟比毛遂还厉害!"

一阵缱绻晚风来袭,拨乱了大乔鬓旁碎发,她神情怔怔,分毫听不进小乔之言:原本以为,孙策在军营中难以容身,欲讨回孙坚军队,必须由高阶将领引荐,自己的父亲则是不二人选,这才与他打了赌。谁知他如此骁勇,竟然抓住时机生擒了祖郎,扬名立万。明日便是三日之期,这场以他们二人作赌注的赌局,只怕她要输定了。

寿春县城中,府邸内,袁术设下太牢美宴款待吴夫人一行。孙策随袁术一道走入堂院,尚未站稳,便听得一双少年少女同时唤:"兄长!"

孙策循声望去,只见孙权与孙尚香一道跑来,他张开双臂,一手一个将他二人抱起:"两个小家伙!"

孙权已有十余岁,生得俊俏不凡,除了一双丹凤眼不同于孙策外,两兄弟仿佛一个模子刻出来一般。孙尚香形容尚小,不过十岁,她一身红裳衣裙,扎着两个总角,佩着珊瑚步摇,走起路来红穗轻轻甩动,煞是可爱。

见孙策将自己抱起,孙权挣扎着下来,红着脸:"兄长可别抱我了,没的让人笑话。"孙尚香倒是挂在孙策身上,亲昵地将小脸儿蹭来蹭去,神色十分餍足。

吴夫人一身素衣,手持佛珠走上前来,对袁术一礼:"袁将军,失礼了。这两个孩子从小天性自由,不谙礼教,请袁将军恕罪。"

袁术爽朗一笑:"嫂夫人折煞袁某,来来来,我们落座罢!"

堂院里,座序早已摆好。正中之位自是专属袁术,两侧座席沿中道对称分布,每侧各两列,每列各五席。袁术当仁不让走上案台坐定,众人才依礼徐徐坐下。乔蕤身为第一大将,居于右侧首席,同排并列则是杨弘、纪灵等谋臣武将。吴夫人坐于左侧首席,孙策与吴夫人并排,却未同坐。倒非孙策谦虚,只因他不敢与乔蕤正对,总觉得心中惴惴,却不知为何。

周瑜恐身份暴露,不露声色地坐在了孙策身后的次列席位上。孙权见此,拉着孙尚香一道坐在了吴夫人身后的次席上。

既是相邻而坐,周瑜忙向孙权、孙尚香行礼,兄妹二人亦回礼。孙权盯着铁面周瑜,若有所思:"这位先生可曾与晚生相识?"

周瑜压低嗓音,沙哑回道:"小人是少将军门下新客,匈奴人乌洛兰,未曾与孙公子相识。"

孙权淡然一笑,未再多言。倒是孙尚香瞪着清眸大眼,目光在周瑜身上来回逡巡。

见众人落座,袁术手握金樽,缓缓开口:"今日故人重逢,实乃孤之幸事。只是看到嫂夫人与孩子们,不由想起文台兄,实在是令孤……心里……"

袁术语带哽咽,扶额难以自持。众将士见此,赶忙起身劝慰:"主公,节哀啊主公!"

吴夫人亦站起身来,对袁术一礼:"文台去后三年,将军明里暗里接济我们母子许多,我们感怀在心。今日相逢,若令将军不快,便是我们的不是了。"

这些年袁氏兄弟横征暴敛,四处征伐,失尽民心,却偶尔会派人来周济吴夫人母子,甚至吴景在军中的官职,亦是照顾得来。

袁术听吴夫人如是说,赶忙示意她坐下:"嫂夫人莫拘礼,别因为孤,搅乱了大家吃酒的兴致。"

正当此时,吕蒙驾车带着吴景与大小乔一道前来,进堂院后,众人趋步而行,对袁术一礼。袁术笑道:"吴将军,今日可要罚你的酒了。"

吴景赶忙拱手赔罪:"属下来迟,请主公责罚。"

袁术哈哈大笑:"你可别跟我装傻,将伯符带到军营里,为何不与孤说明?这孩子宛如神兵天降,生擒祖郎,着实吓了孤一跳。"

孙策即刻起身,为舅父开脱:"袁将军,是伯符莽撞,听说你们讨伐祖郎,就跟了过去,舅父并不知情。"

袁术含笑摆摆手,示意孙策不必紧张,又对吴景道:"只罚你清酒一杯,却要赏金五百! 多谢你将伯符带到孤身边!"

未承想会有这样的好事,吴景一时愣住,磕巴回道:"谢……主公……"

"今日不必拘束官阶,便坐在你姐姐身侧吧。"

吴景拱手领命,走上前坐在吴夫人身侧。大小乔自是坐在乔蕤身后次席,吕蒙则与周瑜同案。

不知何时,暖风吹开一室海棠,香雾空蒙,随月色散入杯樽酒盏。打从大乔来后,整个堂院内的青年谋士武将皆如痴如醉,正襟危坐。孙尚香原本正小心翼翼撕下案上的炙肉准备偷食,看到大乔却瞬间忘了吃,万分激动对孙权道:"兄长你快看! 好漂亮的人!"

孙权的目光却未在大乔身上停驻,而是盯着她身侧的小乔:一双大眼睛顾盼生辉,微抿的薄唇写着倔强,肤光傲雪白皙,虽着一身男装,却一点也不像个小子。这便是乔蕤的小女儿吗?

大乔的座席与孙策成斜对角,大乔抬起眼,恰对上孙策投来的目光。不同于旁人爱慕或艳羡的神情,孙策的目光冷冷的,还透着几分掠夺之意。大乔的心蓦然一惊,赶忙偏过头去。

看来他还记得他们之间的赌约,并因此气恼。可她即便算计,也并无恶意,为何他会如此介怀?

小乔悄悄偏过身来:"姐姐,这位吴夫人好清雅,年轻时候一定是位大美人罢?"

大乔轻轻颔首:"风韵犹存,更难得的是她眉眼间的澄明。"

这时,袁术突然开口:"嫂夫人,伯符今年十八了,可有定亲?"

吴夫人一惊,差点跌了酒盏。倒是吴景反应更快些,起身拱手道:"主公关怀,臣下身为伯符舅父,代为致谢。只是这孩子从小主意多,故而我姐姐未曾为他定亲。"

袁术望着孙策,满面遗憾:"只可惜孤的女儿要么太大,要么太小,否则真想听伯符叫孤一声岳父。嫂夫人,吴将军,今日既然有缘相聚在此,袁某便卖弄一番资格,为伯符保一桩大媒,如何?"

袁术素来不爱张罗这些，今日如此，可见其对孙策万分喜爱。不过既然袁术的女儿并不在考虑之列，又有谁家能得到这位英俊神勇的如意郎君呢？堂下众人切切耳语，这堂院内外唯一适龄的，便只有大乔一人了。

果然，袁术的目光在孙策与大乔间转了几转，笑对乔蕤道："乔将军，你家的大丫头还没有定亲罢？我看伯符与她郎才女貌，可不是一般的登对，你以为如何？"

袁术话音方落，堂院内一阵叹息，唯有孙尚香兴奋地"哇"叫一声。大乔惊惶又尴尬，慌乱间正好与孙策目光相接，两人皆面露嫌恶之色，偏头望向了别处。

听了袁术这话，乔蕤一时语塞。单说孙策此人，自是万里挑一的人才，虽说现下没有功名，未来却不可限量。可袁术素来厌恶军中自成朋党，他如此喜爱孙策，真的愿意孙策成为这第一大将的东床快婿吗？

正当乔蕤踟蹰犹疑之际，孙策霍然站起，端起樽酒一饮而尽："伯符谢大将军赏识，只是伯符生性不羁，一生所求不过是一心思单纯、知冷知热的女子。若非如此，伯符宁愿孤身一生，也不愿与工于心计的女子成亲，即便她貌若天仙，在我眼中也一文不值。故而大将军盛情，伯符不敢承受，亦不敢与大乔姑娘攀亲。"

孙策这一席话掷地有声，片刻沉寂后，那些心死半截的年轻人又活泛起来，一脸亢奋地交头接耳议论不休。

被孙策在如此场合公然拒绝，还夹杂着些许羞辱之意，大乔气得小脸儿通红。小乔见大乔执筷的纤纤玉手微微颤抖，担忧不已，低声问："这登徒子说话真是难听……姐姐没事吧？"

大乔明白，现下众人的目光皆聚集在她身上，父亲没有儿子，她身为长女，无论如何不能令人看低。大乔深吸口气，极快稳住了情绪，小脸儿虽仍煞白，嘴角却泛起了一丝笑意，低声道："这登徒子还算识相，知道配不起我，否则岂非要耽误我一辈子。"

那一席话方说出口，孙策便有些懊悔。不知为何，见她姗姗来迟、略施粉黛巧笑嫣然的样子，他心里莫名不痛快。可伤到她那一瞬，她眼底的尴尬与无助反倒令他愈发难受。孙策望着盏中酒,满心尽是说不清道不明的烦闷。

孙尚香的反应可要比孙策激烈上百倍,她挥舞着小拳低声喊道:"兄长是不是疯了!这样的大美人竟然不要!"

孙尚香这话声音不大,却引得众人哄堂大笑。乔蕤虽解了围,却不免难堪,他起身举盏而笑:"伯符与莹儿倒是十分相像,自己有主意,并非我们这些做长辈的可以操心哪。伯符,此一杯酒,老夫敬主公与你。"

孙策仍在发怔,周瑜在后低声唤了几声,他才回过神来,赶忙起身举盏与乔蕤对饮。

袁术看看乔蕤,再看看孙策,轻笑起来:"罢了罢了,孩子们大了心思就多,做长辈的往往难以揣度……话说回来,孤有个小女儿,天资聪颖,模样也不错,与仲谋年纪相若,不妨说与仲谋为妻罢,嫂夫人以为如何?"

孙权本好端端呷酒,未想这火竟会烧到自己身上,呛咳两声,十分窘迫。孙策暗想,方才袁术为他与大乔保媒只怕是虚晃一枪,毕竟再心腹的大将,也不若自己的儿女保险。在人屋檐下,不好三番四次回绝,孙策偏头向孙权递了个眼色,孙权虽百般不情愿,却也只好随吴夫人一道站起身。

吴夫人手中佛珠不停,慢声道:"多谢袁将军抬爱,犬子不成器,实在高攀了。明年春日定请身份合宜之人,为两个孩子配一配八字。"

到底还是吴夫人有成算,孙权随之向袁术敬酒:"多谢袁将军赏识。"

孙尚香小小年纪不懂弄权,此时气鼓鼓地扁着嘴,心中暗想:这袁术长得不好看,他的女儿能好看吗?眼见长兄不要大乔那绝色美人,袁术就趁机塞了自己的女儿给她做二嫂嫂,真是气煞人了!

袁术得偿所愿,开怀不已:"从此便是一家人了,不必拘礼,大家开怀畅饮,一醉方休才好!"

看着袁术这般礼贤下士,简直要忘了他攻城略地剽掠百姓之种种,周瑜只觉如鲠在喉,低声对吕蒙道:"我去更衣。"而后起身离开了席位。

那用饭时怕脏衣物将袖笼细细折叠的动作,除了周瑜不会有旁人。

小乔猛然起身向外追去,大乔赶忙拦道:"婉儿你去哪?"可小乔分毫不曾理会,一溜烟便跑没了影。

春夜极凉,一弯明湖倒映一轮白月,湖畔一座飞檐小亭,周瑜立在亭中,痴痴望着月影发怔。今日他与孙策合谋破了祖郎,本以为可以顺利领兵而还,却被袁术拖延至此,又是攀亲又是叙旧,眼看是不会将孙坚的队伍老实交出。若就这般眼睁睁看着孙策成为袁术手中的利剑,只怕孙策的结局不会好过孙坚。想到这里,周瑜长叹连短叹,眉头紧蹙了起来。

"那个,铁头。"一个清脆的女声从身后响起,周瑜一怔,却未反应过来那是在唤自己。他回过身去,澄明月色下,孙尚香轻轻跑上前来,步摇上的红穗子一甩一甩,十足可爱。

周瑜赶忙拱手一礼:"在下乌洛兰……"

孙尚香咯咯一笑,踮着脚攀上周瑜的手臂,在他耳边悄声道:"你是公瑾哥哥吧?"

周瑜一怔,他与孙策自幼交好,孙权亦与他情同兄弟,唯有这孙尚香,年纪太小,与他交往不深。不承想他如此装扮,又刻意变声,竟还是被这小丫头一眼认了出来。

见周瑜许久不答话,孙尚香不由有些心急:"公瑾哥哥放心,尚香晓得厉害轻重。方才我来这一路用心观察了,四周都没有人……"

也是了,今夜袁术大宴,帐下众人恨不能出尽百宝讨好,自是不会注意他这样一个无足轻重的门客。想到这里,周瑜软了眉眼,将大手放在孙尚香的小脑袋上,宠溺笑道:"尚香已经长这么高了。"

正当此时,四处寻觅的小乔终于来到湖边,抬眼一瞬乍然望见亭中两人,只见周瑜不再假装佝偻,风姿俊逸地立在月影里,亲昵地摸着孙尚香的脑袋。看到这一幕,小乔连连退后几步,快步逃开了此处。

人逃开了,心却无法释怀:她风寒卧榻时,他悉心照拂,一整夜守在门外。她怕伤口剧痛耽误赶路,偷食麻沸散时,他生气地将药倒掉,却私下与孙策商量放慢行程。偏生她就是这么不争气,看似倔强要强,却从未被人如此宠爱过,就这样以为自己至少在他心里略有分量,谁承想只是被他提防。他对她扯谎称不会来此地,却能毫无保留地将身份暴露给孙尚香,难道她与旁人一样,在他眼里不过是袁术的帐下走犬吗?

小乔越跑越远,与觥筹交错的众人南辕北辙。回廊尽头一片黑压,小乔脚步不停,直到"砰"的一声猛然撞倒,她只觉头晕眼花,不知是伤得痛还是痛得伤,一行泪夺眶而出。正当她挣扎欲起时,忽闻一悦耳男声传来:"你没事吧?"

## 第十章 一往而深

春入铜壶,清酒微温,子夜时分,丝竹管弦犹在。不知何时,乐师弹起了《折杨柳歌辞》,随着柳絮纷飞,在月影下漂泊邈远。

袁术醺醺然倚在席位上,忽然起了几分叹息之意:"今夜这酒乃杜康陈酿,尽是家乡之味。孤生于洛阳长于洛阳,起势于洛阳,今宵却只能在此遥望,实在是……"

堂中文臣武将皆随之慨叹,只听杨弘起身拱手:"臣下与主公心有戚戚。臣幼时读《诗》,每见思乡之作,皆茫然不通,现下身处乱世,才终于懂了几分。奸人窃国,四境焦土,臣下等人失了故土。"

袁术坐正身子,咬牙道:"曹阿瞒欲学齐桓公,挟天子以令诸侯!可他名不正言不顺,终究难以成事!只可惜当初文台兄心太善,驱逐董卓后未占据京畿之地,否则怎会让那曹阿瞒乘虚而入!"

听袁术此言,满座之人皆随之唏嘘。吴夫人见众人不住将目光投向自己与孙策,起身趋步走到袁术座下,脱下发簪,垂眸道:"袁将军恕罪。夫君平生所信,只有'名正言顺'四字。他身为汉臣,受汉室庇荫,便要恪守本分。董贼已除,他便使命完成,必不会与董贼一样,占据京城。只可惜他这满腔报国志皆无用武之地,不过一年就客死他乡了……"

吴夫人边说边泣,在座之人亦掩面哀叹,孙策却满心疑窦:父亲去后,母亲虽万分悲痛,大病一场,却从未在他们兄妹面前落泪过,今日如此,只怕另有隐情。

袁术再也无法无动于衷,赶忙起身搀扶吴夫人:"嫂夫人节哀啊,若无文台兄,便无孤之今日,嫂夫人切莫太过伤悲,仔细自己的身子。"

吴景见此,上前扶吴夫人回席位。袁术沉吟片刻,方又开口叹道:"文台兄人品贵重,尽忠于汉室,汉室却无力回报。自灵帝驾崩后,皇位频繁更迭,如今那献帝,更是沦为曹阿瞒的玩物!孤自幼研习《史记》,深知'王侯将相宁有种乎',想当初这汉家天下,不也是高祖在垓下大败项羽后夺来?故而孤以为,与其扶大厦之将倾,不如早做谋划。取代汉世者,必出自今日之豪杰中!"

像是约定好了一般,众人皆随之附和。长史杨弘摇头摆尾,拱手笑道:"主公英明!臣读《春秋谶》有云:'代汉者,当涂高也。'主公的姓氏出自陈,陈乃舜帝之后,以土承火,正应其言。"

话音方落,众人纷纷跪倒大拜,山呼万岁。看着眼前这一出闹剧,孙策只觉浑身如有针扎刺挠,万分不自在。乔蕤亦在跪拜之列,大乔与孙策四目相接,满面尴尬之色。孙策却并未落井下石,只是端起樽酒,微微呷了一口。

袁术大笑几声后,又将目光投向吴夫人,悠然语调中透着一丝寒意:"嫂夫人,相传那汉室的传国玉玺,乃是秦始皇统一六国后,以和氏璧镌刻而成,上书'受命于天,既寿永昌'。可自从董卓败走关外之后,传国玉玺便不知所踪了。文台兄当年可是第一个到达洛阳城的,不知道嫂夫人可曾听文台兄生前提起过此玺啊?"

孙策面上似醉般痴痴笑着,心头却大力一揪:传国玉玺?难道父亲的死是因为传国玉玺?以父亲的磊落,若得了传国玉玺,必定不会藏匿。可若是有心人造谣,将传国玉玺的丢失说成是父亲有意为之,天下野心之辈必将蠢蠢欲动。如此一来,父亲那离奇之死便在情理之中了。可为何母亲从未提起过玉玺之事,若是有人构陷,为何不能明言?难道其中另有隐情?

吴夫人站起身徐徐道:"文台从未对我说起过什么玉玺,袁将军若不相信,只管派人去搜查。"

袁术赶忙摆手:"嫂夫人何出此言,孤不过是想起来随口问问……"

孙策似醉般嬉笑道:"母亲,袁将军随口玩笑话,你莫要坏了大家吃酒的兴致。"

吴夫人淡然一笑,柔声劝道:"伯符,莫饮太多,仔细又要头疼了。"

孙策酒量颇佳,吴夫人此言好似暗藏深意,孙策心下领会,面上却喃喃痴笑:"母亲放心,伯符心里有数。"

婵娟挂西楼,一阵哄闹后,众人皆有些疲累。意兴阑珊时,乔蕤起身张罗道:"来来来,大家吃酒,我再敬主公一杯!"

忽有一探子戎装跑来,于四五丈外扑通跪倒,满头虚汗磕磕巴巴:"报!报!主公……"

袁术厉声道:"慌慌张张成何体统!你是谁帐下的?可知道军法军规?"

那探子头脑发蒙,好似未听到袁术之言,哆哆嗦嗦,语带哭腔:"主公!曹操亲率三十万大军,一路上连克数镇,已到彭城,距此地不过二百里!"

哐当一声,铜樽重重落地,清酒如泼墨,晕染在青石板上。袁术本已微醺,面颊红得像猪肝,此时却瞬间刷白,全然醒了酒:"你说什么?此话当真?"

月影破云而出,斜照着飞檐回廊。小乔周身吃痛,抬眼看着孙权那张酷似孙策又截然不同的面庞,一时未回过神来。

孙权伸出骨节分明的手,欲将小乔扶起,小乔却自己挣扎起身,拍拍满身的尘土:"谢谢,我没事。"

"姑娘好像有伤在身,"孙权未介怀小乔对自己的态度,继续关切道,"皮肉伤静养为上,姑娘可要多注意才是啊。"

小乔面色惨白如纸,一言不发转身欲走。

孙权欲言又止:"小乔姑娘……可有看到我妹妹?酒宴一半她突然

跑没了影，我这才出来寻她。"

小乔身子一滞，脑中浮现出方才亭中周瑜抚着孙尚香小脑袋那一幕，她几经犹豫，明知自己不该却仍没忍住："我带你去寻她。"

听闻曹军杀来，袁术匆匆散了筵席，与心腹谋臣武将赶回营房商议对策。孙策一转脸竟发现周瑜与自己的弟弟妹妹全都不知所踪，他只好先命吕蒙送吴夫人与吴景回府，自己去后院寻人。

月华倾泻如水，孙策乘兴夜游，转朱阁，过回廊，忽见有一美人，立在一汪明湖畔，如瀑长发随晚风摇曳。

孙策走上前去，嘴角挂着一抹赖笑："我还纳闷是谁家的美人儿，原来是我孙伯符的人。"

大乔与孙策一样，亦是来此地寻人，看到孙策，大乔清目一瞋，起身欲走。

谁知襦裙束带被身后之人一拽，大乔迁延顾步，一瞬跌入了孙策怀中。杜康酒的清冽之气混合着孙策身上阳光般的味道，铺天盖地充盈鼻翼间，大乔见孙策仗势轻薄，新恨旧怨夹杂，竟抬手兜脸给了孙策一下，颤声怒道："你既然如此潇洒，推却了与我的婚事，现下为何又轻薄于我？！"

孙策踉跄两步，倚在廊下，抚着面颊，一双深目直勾勾盯着大乔，微微一叹："我还以为，若是在那样的场合，凭他人一句话便娶了你才是轻薄。"

大乔愣愣地看着孙策，清眸中倒映着他的俊脸：他这话是什么意思？难道方才筵席上他那般说话，并非为了羞辱她，只是不愿被旁人左右姻缘？

孙策避开大乔盈盈双目，面颊微红，偏头过去，故作轻松道："反正过了今日便是三日之期，横竖你都是我的人，哪里需要旁人来做媒。"

果然，他哪有她想象中那般好，不过是个涎皮赖脸的浪荡子罢了。大乔看着得意扬扬的孙策，又好气又好笑："按照你我赌约，也不过是说要我在你身边，可没说我就得嫁你。天下的风流名士不胜枚举，我为何要在你这样一个粗鄙之人身上浪费时间。"

孙策轻声一笑,在浩渺的暗夜里,既撩人又慑人:"所谓名士,不过是一群曲高和寡、徒有其表之人。在这乱世中,真正的英雄豪杰是不会有工夫沽名钓誉的。最多不出五年,你便会知道,我孙伯符与袁术帐下那些看你一眼便流涎三丈的登徒子有什么区别,届时你可莫要哭着求我娶你。"

方才开宴时,孙策看到大乔,想起她算计自己为乔蕤卖命,厌恶得简直不欲与她相视。可当他看到乔蕤咳喘不止,却还要强颜欢笑陪袁术等人豪饮时,胸中豁然,一下明白了大乔的苦衷。

她所做的一切,不过是为了父亲;而他孙伯符千辛万苦来到此处,亦是为了父亲。可怜他们这长子长女的心思,不过是想倾己所能,尽一份愚孝罢了。孙策的心蓦然软了,再不计较分毫。

大乔却不似孙策,脾气来去那般轻快,她美目一横,嗔道:"五年?届时我早已配得良人,儿女绕膝,哪里还知道你是谁。"

孙策听了这话,心里万分不舒服,他一把捏上大乔的小脸儿,在她耳畔低声道:"你敢。"

大乔被捏得生疼,欲将他的手打落,谁知他自己松了手,一头栽在大乔肩上,口鼻间的燥热喘息顺着白皙的脖颈流遍大乔全身,大乔狠命去推,却被他钳得更紧。孙策低声喃道:"我头疼得厉害,让我靠一会儿,一会儿便好。"

大乔见他如此,只好不再妄动。谁知此时不远处突然传来了一声闷响,伴着一声尖叫,在暗夜里甚是可怖。

孙策猛然松了大乔,俊眉紧拧,立着耳朵听动静。大乔见他神色自若,小脸儿红到了耳朵根:"你方才是装醉罢。"

孙策见大乔清眸中尽是愤怒,身子趔开丈远,大手却一把握紧她的皓腕,低笑道:"看在我宴席上帮你爹挡了几次酒的分上,莫计较这些了。我们快去看看,前头到底怎么了?"

吕蒙送吴夫人吴景一行回府时,黄盖与程普已守候许久。见到吴夫人,两位年近不惑的老将皆万分激动,快步上前行大礼:"夫人!"

自打孙坚死后,吴夫人虔心向佛,早已将诸事看淡,此时看到他二人却不免泪光闪闪:"公覆、德谋,真是多年未见了……"

程普老泪纵横,叩首不肯起身:"若非孙将军,德谋早已不在人世,当年岘山一战,未能保护好将军,德谋死有余辜!"

故人相逢,自是喜泪交加,可此地并非叙旧佳处,吴景忙张罗道:"公覆、德谋,外面人多眼杂,我们屋里说话。"

吕蒙见此,向众人一礼,躬身告辞。黄盖程普则随吴景吴夫人一道走入了府宅中。

众人还未进堂屋,程普便急问道:"方才那孩子是谁?可还可靠?"

黄盖含笑宽慰:"你不要见谁都怀疑一番,我见过那孩子,他是随公瑾一道来的。"

这名字甚是耳熟,却湮没脑海难寻其踪,程普只好再问:"公瑾又是谁?"

"便是那洛阳令周异之子周瑜,与我们少将军素来交好的,生得极其俊朗,三年前你曾见过他,可是忘了?"黄盖提起周瑜,赞不绝口。

程普脸上的疑窦未有分毫缓解,反而愈发凝重。吴夫人打开房门,走入堂屋,跪在佛像前拜了三拜,才起身问道:"二位将军这般出来,袁术可会怪罪?"

程普这才缓了神色,回道:"曹操率三十万大军打来了,袁公路与他帐下众臣定会为此伤透脑筋,哪里有空顾及我们。"

吴景叹道:"先前未曾与姐姐说,怕姐姐听了难受。打从姐夫离世后,公覆与德谋在袁术军中处境尴尬,时常被排挤,眼下已沦落为不入流的守门之将了。"

程普毫无伤怀之色,喜道:"所以我与公覆特来拜见夫人,再来拜见少将军,我们二人都愿意归在少将军麾下,听凭他差遣,哪怕做个喂马小卒,也心甘情愿!"

黄盖亦随程普一拱手:"盼了这么多年,终于把少将军盼来了!若少将军觉得我还堪用,黄某便万死不辞!"

吴夫人含笑带泪,揖道:"我代伯符谢谢你们二位叔伯了,只是宴席结束,他去寻公瑾、仲谋与尚香,未与我们一道回来。"

吴景为众人添茶倒水,又为吴夫人披上披肩:"趁这会儿工夫,我们不妨议一议,该如何让袁术将姐夫当年那批人马还给伯符罢。"

程普恰好口渴,端起茶盏一饮而尽:"我俩手下已无一兵一卒,袁术当不会在意。可当年跟随孙将军的,除了我和公覆外,尚有韩当、朱治二人,眼下皆为校尉,领一千人。除此之外,还有少将军的两个堂兄伯阳和国仪。伯阳已是丹杨都尉,领兵五千。国仪虽是校尉,也领了两千兵马。再加上吴将军的手下,粗算下来,虽比孙将军在世时少了不少,却也有万余人了。"

晓风残月,西窗烛冥冥晃眼。黄盖长叹:"袁术此人心胸狭隘,生性多疑,若直接请求,非但无法如愿,还可能给少将军招致祸端。吾等要如何顺理成章归入少将军麾下,需得从长计议。"

方才程普所说的孙策的两个堂兄,便是孙贲和孙辅,这两人是孙坚的同母兄孙羌之子,十五六的年纪便跟随孙坚南征北战,现下仍在袁术军中为将。

吴夫人应道:"贲儿和辅儿的事我知道,文台去世后,他们两兄弟被袁术拆散,也都想着往一起聚呢。此事确需从长计议,当务之急便是先想个法子把你们二人和韩、朱两将军要过来。"

府衙回廊下,孙尚香躲在小乔身后,小小的身子不住打抖。孙权与周瑜本一道去更衣,半路听到响动,赶忙快步折回,急问道:"尚香,你们没事吧?"

孙尚香哇地大哭一声,扑入孙权怀中:"方才来了好多乌鸦,莫名其妙就往我们身上扎,得亏这个小哥哥,甩出一堆石头,那些乌鸦才跑了!"

小乔见孙尚香当着周瑜的面误将自己认作男孩,颇有些不好意思,讷讷道:"我是女的……"

"哇!"孙尚香又惊叫一声,"那你长大后,也会像那个大美人儿一样好看吗?"

孙尚香的性子还真是可爱,小乔分毫生不起她的气,笑言道:"或许吧,不过我也有可能随我爹……"

孙权弯身一揖:"仲谋身为兄长,多谢小乔姑娘搭救舍妹。"

"你们兄妹俩倒是比那流氓可爱多了。"小乔莞尔一笑,目光却停驻在近前来的周瑜身上。

虽然明知不妥,却仍放心不下,周瑜躬身对小乔一礼,语带沙哑道:"小人是匈奴人,懂些匈奴医理,姑娘若不嫌弃,不妨让小人为你诊治一二。"

此处只有他们几人,周瑜仍以匈奴人自称,摆明了便是在提防自己。想到此处,小乔袖笼一甩,一颗飞石乍然而出,直奔周瑜铁面上的铜锁飞去。随着"嘭"的一声金石巨响,铜锁依旧岿然不动,周瑜眸色深沉,语调无奈:"姑娘何苦来哉?"

小乔哼笑一声,笑容却十分苦涩:"没什么,我只是想看看,你是否与你的主君一样,脸皮比城墙还厚。"

孙策与大乔一道前来,人未到,声便起:"谁又趁我不在说我坏话呢?"

孙尚香循声望去,看到孙策与大乔,激动不已。她蹿上前去一蹦,双臂牢牢环住孙策的脖颈,在他耳边高声问:"兄长为何跟大美人一起来?你们是不是偷偷相好了?"

孙策稳稳接住孙尚香,被她吵得耳鸣:"还说呢,若不是听到你尖叫,我怎会着急赶过来?到底是谁又踩了我妹妹的尾巴?"

孙尚香被孙策逗得咯咯直笑,孙权疾步上来将她抱走:"兄长今日打仗,定是累了,你莫要一直闹。"

"仲谋,方才我看到几只黑鸟乘着夜色飞到院外去了,你们可有受伤?"孙策与周瑜交换过眼神后,开口问孙权道。

孙权摇摇头:"我和乌洛兰更衣去了,小乔姑娘和尚香受到攻击,不过她二人皆未受伤,算是万幸。"

大乔走到小乔身侧,关切道:"你身上还有伤,没事吧?"

小乔吐舌一笑:"姐姐放心,孙姑娘无事便好。"

孙策却并不领情,神色一变,冷道:"深更半夜的,这鸟从哪里冒出来?先前是在汤山,后来是巢湖边,现下居然又追到了此处。这些鸟只怕是一直跟着你罢?今夜连我小妹都差点被袭,你若不说清楚,休怪我不客气。"

小乔愣怔一瞬,反应过来后即刻大怒:"你这话是什么意思?我故意招鸟来攻击你妹妹吗?"

今晚既得知传国玉玺之事,父亲之死便与袁术逃不开干系。现下又见怪鸟作祟,孙策已是怕极,生恐孙权或孙尚香有何闪失,气道:"无论汤山还是巢湖岸边,怪鸟皆是为你而来,听你指挥。袭击我妹妹,若非受你指使又是为何?"

孙策话音方落,大乔翩然上前,斥道:"亏你自诩英雄盖世,可知道遇事不能妄加揣测!那天在巢湖岸边,正是那群怪鸟袭击了我妹妹!"

飞鸟之事有太多疑窦,听到大乔此言,周瑜若有所悟:原来巢湖边小乔的伤并非箭矢所致,而是被怪鸟啄伤,难怪这伤口反复难以弥合,怕是有兽毒作祟。

孙尚香小脑袋摇得像个拨浪鼓:"兄长真是怪错了人,方才那些丑鸟飞来,一通乱扎,小乔姐姐一直护着我!"

听了大乔与孙尚香的话,孙策懊悔一时冲动,却又不知该如何收场,瞪眼叉腰,很是尴尬。

此时孙权上前一礼,温和开口:"兄长关心则乱,确有失察之处,仲谋代兄长赔罪,请两位姑娘消消气。"

小乔此时已听不进孙权之言,只觉心底极寒:原来无论出什么事,自己都是被揣测怀疑的对象,哪怕她为了守护孙尚香,周身被啄伤好几处。小乔看了看孙策,又看了看周瑜,冷笑一声,转身欲走。谁知未走出几步,她瘦弱的手臂便被一把拉住,她回眸一望,竟是周瑜。暗夜铁甲下,他的神色难以看清,语调却出奇的铿然:"姑娘受伤了,且让在下为你诊脉。"

既然提防怀疑，又何必假意关心？小乔一把甩开周瑜的手，颤声冷道："我体质特异，唯有居巢县县令周公瑾能诊断……只可惜，他未在此地。"

语罢，小乔再未作分毫停驻，起身扬长而去。大乔瞟了孙策一眼，眸中有痴有怨，百转千回，亦随小乔一道离去了。

## 第十一章 江左周郎

更漏声杳然,月影沉沉,良夜渐尽时,山前吹来两三点雨。小乔心中波澜四起,犹胜风急雨潇潇。大门外,乔蕤部下已守候多时。见大小乔一道走出府衙,那人上前一礼,躬身请她们上车。

大乔低声问:"父亲人在何处?"

那人回道:"将军仍在袁将军帐中议事。"

大乔心疼父亲年迈辛苦,却不敢表现出丝毫不满,微微一点头,与小乔一道登车而上,坐稳后,马车迤迤起行。

小乔颓然蜷缩在角落中,小脸上尽是怅然。大乔上前拉开小乔的袖笼,见她白嫩的小臂上血肉模糊,心疼不已:"这是怎么回事?又是那些怪鸟啄伤的吗?"

小乔猛然收了手臂,将小脑袋低低埋在臂弯中,许久未动。大乔坐在她身侧,却怕将她弄痛,轻扶着她的瘦肩,低声唤道:"婉儿,很痛吗?"

小乔依旧不肯抬头,不知过了多久,才听她轻轻哭道:"就因为我没有母亲,便无人心疼吗?"

大乔心头一震,扶着小乔双肩的纤手一抖:"你怎么能这样想?父亲不疼你吗?姐姐不疼你吗?"

小乔摇摇头,抽泣:"父亲……恨我……"

大乔与小乔的母亲因为生育小乔难产而亡,乔蕤与妻子感情甚笃,每每思念妻子,酗酒达旦,词语间会裹挟几分怨怪之意。大乔本以为小乔理解父亲苦衷,没想到她全部埋在了心里。大乔怎忍见小乔如此,她轻轻扳起小乔的身子,掏出手帕,为她拭去面颊上的泪水:"母亲未生你时,总抚着肚子跟你说话……其实我和父亲都知道,母亲虽然因为生你而去世,可她并不后悔。"

小乔抬起婆娑泪眼望着大乔:"姐姐说的可是真的?"

大乔的笑容比春阳更和煦美好:"傻丫头,当然是真的。非但如此,我和父亲都非常感谢母亲,把你带到这个世界上……让我有了全世界最好的妹妹。"

小乔再忍不住,趴在大乔怀中呜咽哭了起来。大乔见小乔背上两处鸟啄伤痕,万分心痛:"方才那乌洛兰,看身形看动作,怎么看都是周公瑾本人,你为何不让他诊治?"

小乔听大乔如是说,赶忙忍哭拭泪:"姐姐既认出他来,可千万别告诉父亲,若是被袁术知道,只怕他会有危险。"

大乔不明白小乔为何如此在意周瑜,照实回道:"父亲在营中情势,与孙伯符周公瑾二人无关,姐姐心中有分寸,不会伤害他们的。"

另一边,吕蒙驾车载着孙策、周瑜等人一道回府。周瑜独倚在车厢角落中,回忆小乔今日之种种,猜到她已知晓自己身份,不由忧心一叹。

这时孙策低声对周瑜道:"公瑾,看两个丫头的神色举动,怕是已经猜出来了。"

周瑜颔首:"正是,不过倒也无妨,曹操杀来的正是时机,若是把握好,很快我们便能领兵而还。"

吕蒙驾车极稳,车厢微微摆动如摇篮。孙尚香趴在孙权腿上睡得正香,孙权不敢妄动,压低嗓音,调侃道:"兄长真是厉害,出去几日不仅把公瑾哥哥带来,眼见婚事也是要有着落了吧?"

孙策轻轻一拧孙权的耳朵,小声骂道:"臭小子,我还要问你,你为何那般向着那野丫头,是不是眼瞎了?"

孙权不明所以："兄长这话是什么意思？"

见孙权茫然不知所谓，孙策身为长兄，不好意思太没正形，转向周瑜道："老鳏夫，我看我妹妹喜欢你喜欢得紧，不妨你将来做我妹夫吧？我也不嫌你娶过亲，也不要你三媒六聘，只要你待我妹妹好就行，如何？"

周瑜白了孙策一眼："都什么时候了，你还只惦记开玩笑？袁术眼下无将可用，极有可能会对你加以利用，你不好好想想对策，只在这里说这些无聊话？"

孙尚香入眠未深，听到孙策那一席话彻底清醒了，小拳紧握，闭着眼等听周瑜反应。没想到周瑜一心只想着为孙策筹谋，根本不接这一茬儿。孙尚香蹙着眉撇起小嘴，心中万分不痛快。

孙策含笑拱手："有你这天下一等一的智囊，我孙伯符垂衣拱手便可，何消费什么脑子？"

正在此时，马车忽然停了，众人赶忙立起耳朵缄口不语，只听吕蒙高声问："你们是什么人？为什么拦我们的马车？"

车外人答道："我们是袁将军的手下，特来请孙少将军前去问话！"

孙策与周瑜相视一眼，皆提起百倍精神，未承想这袁术的动作，竟比他们预想的还要快。

大小乔回到军营时，天已微亮，两人入营帐后，大乔细细为小乔查看伤势。见她白皙瘦弱的肩背处伤痕累累，大乔心疼得直落泪："这样多的伤，又是那怪鸟扎的，我还是请军医来看看罢。"

小乔连连摇头："我可不让他们来看我的身子，姐姐若是心疼我，帮我擦擦药就是了。"

大乔歪着头，满面疑窦："真是奇了，当初周明廷为你看伤时，你也没说不给看啊。"

小乔面颊上飞起两片可疑的红晕："姐姐瞎说什么！我当时晕了，根本不知道周公瑾给我看伤，再说他也只看了手臂而已……"

大乔眨着大眼睛，又问："婉儿不是晕了吗？怎么知道周明廷只看了手臂呢？"

正当小乔面颊红透,不知该如何回答时,营外忽然传来了一阵骚动。大乔出帐看去,只看到几个模糊身影一道入了袁术的营帐,她轻问巡逻之人:"方才来者何人?"

巡逻之人答道:"是孙少将军,带着自己的门客一道前来,拜访袁将军。"

看来孙策此番来此,正是为着曹操那三十万大军。天色已明,远处寒山雾霭迷蒙,云破日出,看似又是春阳晴好。大乔却深吸一口气,打了个寒战。战争的残酷并不仅仅在沙场上,眼前这情势,本身就比刀光剑雨更加防不胜防。

自董卓覆灭以后,天下诸侯分崩离析,刀兵相向,各自为战。黄河以北三雄并立,袁绍占据冀州,公孙瓒囊括幽州,曹操则屯兵兖州,其中尤以袁绍兵力最盛。然则曹操亦有筹谋,打败黄巾军时,他收缴残部,改编制,立军风,硬是将黄巾余部培养成了三十万骁勇无敌的青州兵,又礼贤下士,得到郭嘉、典韦等谋臣良将,短短几年内,实力大增。

淮水之畔袁军驻地内,中军帐下,袁术手下文臣武将齐齐列席。孙策与戴铁面的周瑜一道走入,对袁术行礼道:"见过袁将军。"

袁术状态极差,面色蜡黄,一手托头,另一只手微微一摆,示意孙策落座。周瑜见袁术如此颓然,竟有些憋不住要笑,好在铁面阻挡,无人察觉。也是了,袁术去年才于匡亭新败于曹操,被曹军追击六百余里,逼得他一路逃过长江才保住一命。那"活捉袁术,有重赏"的喊杀声仍犹在耳,曹军竟又杀了过来,此时此刻袁术能直挺挺地坐在此处,已是颇有风骨了。

大将张勋风尘仆仆赶回营中,大步走入中军帐后,对袁术一礼,而后当仁不让坐在了左侧首席,与乔蕤相对。

见所有人皆已来齐,袁术定了定神,清清嗓子道:"诸位也都听说了,曹阿瞒率军三十万,已达彭城,现下我们该如何是好,还请各位卿家各抒己见。"

纪灵按捺不住,率先道:"曹操要讨伐的人是陶谦,与我等何干?若不是陶谦老贼没管好自己的下属,害得曹操的养父曹嵩被劫掠致死,曹操何故要兴兵讨伐？属下以为，我等只需守住淮水以南，静观其变就好，切莫再惹祸上身。"

"伏义兄此言差矣。"长史杨弘摇着蒲扇出列，"如今这淮河以北，袁绍、公孙瓒、曹操三强分立，只剩彭城无强侯驻守。陶谦、刘备之流，根本无法抵挡住曹操的青州大军。若曹操攻克彭城拿下徐州，便会与兖州连成一片，彻底切断我等与公孙瓒联合进兵的路线。曹军兵力、士气大增，以曹操的狼子野心，难保不会挥师南下，若到那时，吾等将如何自处？主公又将如何自处？"

"袁绍与曹操彼此敌视，若曹操吞并徐州，袁绍会坐视不管吗？"纪灵反问道。

"伏义兄此语，岂非要将我等与主公的性命寄希望于那优柔寡断的袁绍？以袁绍之寡谋难断，只怕现在还大梦未醒、神游太虚呢！"

"够了！"听到杨弘提到袁绍，袁术气不打一处来，"那个庶出的野种，日日盘算如何篡夺我四世三公袁家的名望，做出何等蠢事皆不足为怪。若不是那小子狼子野心，同室操戈，孤何至于流落江南？杨长史，你且说，可有何良策？"

"这……"杨弘一时语塞，"属下无能，尚未想到万全之法，请容属下再细细思量。"

杨弘话音方落，众谋臣将领赶忙将头颅低垂，不与袁术对视，生恐袁术问到自己头上。袁术扫视四周，片刻沉寂后，竟哈哈大笑起来，声中满是寒意："一个说不能不管，一个又说不能多管，眼下正是用人之际，空有这满帐之人，竟连个像样的计策也提不出来！难怪孤会在匡亭被曹阿瞒算计，落得如此田地！"

众将羞愧之下，将头埋得更深。袁术见只有孙策未低头，仿佛看到一线生机："伯符，你可有何良策？"

孙策第一次来袁术军营，满心盘算着如何提起那生擒祖郎换来的九江太守之位，又该如何讨回父亲旧部，根本没有仔细听袁术与他下属那些纷争，眼下忽然被问及，不由发愣。他下意识地看向身后的周瑜，只见周瑜正襟危坐，面色沉稳，毫无表示。孙策只好转过身来，蹙眉盘算如何应对。

袁术看孙策与门客之举，似有为难之处，呵呵一笑："伯符，你不必有顾虑。孤帐下向来言路畅通，不会有什么人嫉恨你，若有此等心胸狭隘之人，孤定严惩不贷！"

若说破曹之计，周瑜心中早有成算。可破曹并非目的，帮孙策讨回旧部才是真章。现下袁术问到他们头上，自是送上门的机会，周瑜轻咳两声，示意孙策莫失良机。

孙策心领神会，佯做苦恼状，对袁术道："伯符乃习武之人，不通谋略，若有良策，也是我的门客乌洛兰替我筹谋。我二人珠联璧合，方能攻克强敌，只可惜……"

见孙策欲言又止，袁术十分焦急："可惜什么？你这孩子，本是直接爽利的性子，怎的今日如此拿乔起来？"

孙策笑道："并非伯符拿乔，我是有心无力，即便有退敌之计，手下却无半营之兵，想要为大将军出谋划策、沙场立功而不能啊。"

孙坚当年再骁勇，也不过是手下之臣，袁术对孙策未做过多提防，含笑回道："你这孩子，有话直说便好，要多少兵，孤都拨给你。"

"且慢，"一直未作声的张勋突然开口道，"主公，昨日生擒祖郎之事，末将已听人说起。可孙坚之子再骁勇，也该多加磨砺，况且他不过十七八岁，才入帐下便加以重用，岂非显得主公帐下无人？"

果然，此话一出，袁术瞬间变了脸色，捋须若有所思。孙策心中大骂，自己与张勋素未谋面，他为何这般刁难自己？

曹操虎狼师迫近，张勋之言又不无道理，袁术左右为难，问一侧的乔蕤道："乔将军，你意下如何？"

张勋乃袁术军中第二大将，乔蕤为第一大将，若是乔蕤肯帮孙策说上几句，此事怕还有回转余地。可孙策昨日与大乔怄气，在酒宴上羞辱于她，乔蕤究竟会如何，实在难以揣度。

孙策与周瑜皆有些紧张，只见乔蕤站起身，拱手对袁术道："江山才人代出,若不能用,旁人才会诟病主公。故而末将以为,孙少将军若有良策,则可堪大用。"

孙策与周瑜还未舒半口气,便又听张勋说道:"乔将军,你这私心有些太重了吧?你家大丫头已到嫁龄,与这孙伯符曾议过亲事,你偏帮他,到底有何目的?我可奉劝于你,莫要学王司徒嫁养女貂蝉与吕布,到头来,亦是圈不住吕布的狼子野心哪。"

见张勋刻意将孙策比作吕布那三姓家奴,周瑜深知此时必当表态,起身拱手道:"袁将军好气量!眼看张将军拿孙少将军比作吕布,乔将军比作王司徒,那袁大将军莫非便是董卓那奸贼?如此大不敬,将军竟还能容他于帐下,实在令人钦佩非常!"

这罪名扣得可实在不小,张勋再不能端然坐着,赶忙起身拜道:"主公,末将并无此意!请主公明察!"

张勋这一席言辞只顾讽刺乔蕤,确实令袁术十分难堪。袁术气得吹胡子瞪眼,指着张勋骂道:"你若无计策退曹军,便好好在此坐安稳,莫要再说些风凉无聊话!"

张勋满头冷汗,叩首后退回了座位上。

袁术定了定情绪,转向孙策:"伯符,你还太年轻,将兵太多不宜。想那冠军侯霍去病初次攻打匈奴,也不过将兵三两千。若你嫌不够,孤可令乔将军于翼侧助你一臂之力,你以为如何?"

孙策上前拱手道:"三两千便三两千,大将军可得说话算话,还有我的九江太守,大将军也别忘了。"

袁术哈哈大笑:"你这孩子,只管放心,只要你能出良策,孤定当如你所愿。孤深知疑人不用,用人不疑之理。更何况你是文台兄长子,孤岂能不信?"

孙策再揖道:"袁将军果然言出必行,伯符钦佩不已。不过伯符亦是本分之人,知晓轻重,绝不会令袁将军为难。此次征讨,我只要程普、黄盖二人做我的营卫,韩当、朱治做我的副将,其余的,我一概不要。"

果然,孙策只要了区区两千人。袁术觑眼看看左右,左右之人皆无异议,他欣然点头:"好! 韩当、朱治!"

两位听得号令,激动得小跑上前,齐声拱手道:"末将在!"

"从今日起,你们二人是伯符的副将,要尽力襄助伯符,不得有误。"

"是!"

袁术满意地点了点头,望向孙策道:"小子既已如愿,便说说你的计谋罢。"

孙策含笑一拱手,微微偏身唤道:"乌洛兰!"

周瑜应声起身,趋步上前,在众人目光注视之下,向袁术行了个匈奴之礼,哑声道:"小人虽是匈奴人,对中原之事却颇有了解。此次曹孟德讨伐徐州,并非蓄谋已久,而是心血来潮,不得不伐。小人之所以能下此定论,乃是细查了曹军进军路线图,发现曹军此番作战不同以往,长驱直入的同时,给自己留下了巨大隐患,若非进军心切,以曹孟德之成算,不该如此。"

果然,周瑜的话引起了袁术的兴趣,他不知不觉间将身体前倾,急切道:"是何隐患?"

周瑜背过手去:"曹孟德所占据的兖州乃是古九州之一,治所昌邑,有八郡。其地北有泰山,南临泗水,可自成一隅。然而此次曹操携主力尽出,令兖州空虚,恰逢吕布方从袁绍处出走,此刻正驻兵陈留。所以曹操此时讨伐徐州,乃是给了吕布一个夺取兖州的大好机会。因此,袁将军只需做好抵挡一个月的准备,一面深沟高墙、广积粮草,一面暗中支援刘备和吕布,即便曹操手下的青州兵再勇猛,也无法在一个月内结束战事。待到吕布在曹操的后院点火时,曹军必退。"

袁术拊掌赞许道:"好一招围魏救赵,可若是那吕布未如先生之言,可该如何?"

周瑜一笑,躬身一礼:"能否如小人之言,还得看大将军手段了。"

大小乔所住这方小小的营帐内,铁鼎煮药,水汽蒸腾。青云缭绕间,大乔细细用药粉为小乔擦拭啄伤,可这伤口又长又深,一直止血不住。大乔心痛又心急:"婉儿,这伤不能再拖,我还是请军医来看看罢。"

小乔赶忙制止："姐姐可别！若是让军医看了,父亲必会知道,婉儿不想他再忧心了。"

帐外忽然传来一男声："大乔姑娘可在？军医裴某,特来拜见。"

小乔拽拽大乔,嘟着小嘴低声道："不是说了不要找军医,姐姐怎么……"

大乔满面无奈又宠溺之色,抬手轻轻一刮小乔坚挺的琼鼻："我找裴军医是为问父亲的咳疾,婉儿可别多想。你在这里歇着罢,我出去与他说话,顺便多要些药粉来。"语罢,大乔起身走出了营帐。

小乔抬手一拽束发丝带,如瀑长发倾泻而下,她慢慢拉起褒衣,将自己瘦弱又伤痕累累的肩背裹起,轻手轻脚走回床榻旁,和衣欲睡。谁知帐外又传来一阵脚步声,不同于大乔脚步轻软,来者应是男子,既未问话又未请示,便掀帘走了进来。

小乔头也不回,没好气道："我不需要就医,若再不出去,休怪我不客气。"

那人未曾听从,继续阔步近前。小乔起身回眸,宽袖一甩,飞石将出,谁知来人竟是佩戴着铁面的周瑜。小乔瞬间愣住,飞石无力滚落在地,绕了个圈便停了下来。

日光从帐顶缝隙处洒落,投下斑驳疏落的光晕。周瑜不复勾身弯腰,俊逸挺拔地走上前来,距离小乔丈远时,他驻步停下,抬手轻轻攀上铜锁,缓缓将铁面取了下来。

小乔惊呼一声,旋即掩了口。周瑜一张倾世绝伦的俊颜乍然现出,小乔双手一攥,这才发现掌心中全是细汗,她低声嚷道："这里是军营,你是不是疯了！"

周瑜眸色漆黑如夜,语调淡然如常："居巢县明廷周公瑾,特请为小乔姑娘诊脉,可否？"

原来他是惦记着她的伤,又碍于她那句气话,才特意示明身份。小乔如在梦中,红着小脸儿眼睁睁看着周瑜走到近前,弯身蹲下,探出骨节分明的大手捉上了自己纤细的手腕,搭起脉来。

心头仿佛有甘泉醴酪灌注,小乔望着周瑜棱角分明的侧颜发愣。他的睫毛又长又密,眸色极深,虽不过十七八岁的年纪,却给人以极大安心之感。小乔只恨自己不争气,方才明明哭成那般,现下却再生不起气。

周瑜垂眸诊脉,神色定定,好似心无旁骛,却突然开口讷道:"周某此番前来,皆是为着伯符。若是暴露身份,可能会给伯符招来麻烦,并非刻意提防姑娘……"

周瑜竟语调温柔地解释与她听,小乔清澈如水的眼眸中即刻漾着华彩,苍白的小脸儿露出一抹粉晕,粲然笑道:"知道了,铁头军师。"

轩窗透出点点春风,拂过小乔如瀑的长发,仿佛一夜之间,乔家有女初长成。周瑜抬眼与小乔四目相接,一向沉静自持的人儿竟怔了一瞬,他轻咳一声,强摄心神,重新为小乔搭脉。小乔见此,也不由小脸儿一红,偏头望向了别处。

片刻后,周瑜又问:"姑娘第一次受到怪鸟袭击,是在何时?"

小乔回想一瞬:"就是那日和孙伯符一起游巢湖时。"

周瑜收了手,心中若有所思:"姑娘此番伤得不重,却不可置之不理。待周某回去后,便为你调配药酒,让大乔姑娘为你擦拭即可。"

小乔乖巧地点点头,小脑袋一歪,像是忽然想起了什么:"对了,我姐姐哪儿去了?"

## 第十二章 与君千里

帐下议事毕,袁术特意将孙策留下,带他在营中参观一二。两人边走边闲谈,及至军营尽头,袁术停下脚步,指着远处的八公山,问道:"伯符,看到那里,你有什么感觉?"

孙策不明白袁术葫芦里卖的什么药,故作轻率道:"天色不好,恐怕要下雨,若是今日打祖郎,伯符并无胜算。"

袁术哈哈一笑,轻轻拍了拍孙策的肩背:"小子,这是你打人生第一仗的地方,总还是要记住的。孤领兵作战数十载,依然记得此生第一次上战场的感觉……孤已上表朝廷,为你求官,从今往后,你孙伯符再不是个没有功名的野路将军了。"

孙策闻言,自是欣喜:"多谢袁将军。"

袁术望着远处云雾缭绕的八公山,眯眼叹道:"伯符啊,不瞒你说,打从文台兄去后,孤帐下的将领,一代不如一代……现如今,你能来到这里,孤真是万分欣慰。当年文台兄去世时,你们兄妹三人都很年幼,孤这些年每每想起此事,皆是心痛啊。"

若非知晓他横征暴敛、荒淫无度之种种恶行,简直要觉得他是世间第一重情重义的大好人。孙策淡笑道:"母亲从不许我们自怨自艾,更不许我们因为父亲早逝而自暴自弃。为百姓而战既是父亲的心愿,做儿女的,只有将他未完的路走完,才是极孝。"

"好!"袁术大为赞许,"真是有志气,你放心,孤必然不会薄待于你!"

不远处藩篱间,大乔身着一袭嫣紫襦裙,缥缈灵动,胜过八公山上的雾霭流岚。篱墙外,一树桃花开得正好,本是倾国名花相得宜,孙策却无心细观,只盯着大乔身侧那碍眼的男子,神色愈发难看。

"伯符,孤听闻你与居巢县明廷周瑜私交甚好,可有此事?想那周瑜少有才名,名震江左,这几年倒似不成器了,你……"袁术沉吟良久,却见孙策毫无反应,只是眯眼盯着远处,一动不动。

袁术干咳两声:"伯符……"

孙策这才应声,目光却仍未收离,敷衍道:"哦,公瑾的父亲和结发妻新丧,他伤心过度,心智有些失常。"

袁术思忖一瞬,又问:"你那匈奴门客是何来头?我见他熟谙中原事,十分不简单哪。"

孙策依然不看袁术,随口答道:"匈奴流亡人,还算聪明,为了讨口饭吃,豁出命去刻苦读书,研读汉家经典。旁人不敢用他,怕他心怀不臣,反正我也没什么怕的,就把他招到门下了。"

孙策看似心不在焉,倒还对答如流。只是军营重地,他到底在看什么?袁术不由警惕几分,微微侧身,顺着孙策目光方向望去。只见大乔与裴军医并肩而立,大乔不时垂眸低语,似有无限心事。

本以为这小子胸有城府,不想竟这般无状,袁术低头轻笑几声:"真是英雄难过美人关……走了半晌,孤也乏了,你好自为之。"

语罢,袁术转身离去,待他走出三两丈远,孙策才反应过来,拱手道:"袁将军慢走。"

纷繁桃枝下,人面桃花相映红。裴军医年轻有为,在军营中算得上英俊,自视与大乔十足般配。今日喜从天降,大乔竟主动找他说话,裴军医看着近在咫尺间的美人儿,心头不由泛起涟漪:"大乔姑娘莫要忧心,裴某定当尽力而为……"

霎时间,不知何处飘来一朵乌云,压得天幕阴沉欲雨。裴军医抬眼张望,只见孙策大步走上前来,面色黢黑犹如抹了几斤锅底灰。

裴军医未参与讨伐祖郎一战,故而不认得孙策,见他金盔银甲,姿貌绝世,不由心生敬畏之意,拱手道:"敢问这位将军是?"

大乔回身一望,纤弱的身子撞上孙策的银甲,跟跄几步差点摔倒。孙策牢牢扶稳大乔的纤腰,神色冷然,方欲张口,却被大乔抢了先。大乔身子尚未站稳,便急忙解释道:"这位是裴军医,我正询问他我父亲咳疾之事,现下已经问完了。"

大乔竟然如此贴心,孙策既意外又欣喜。裴军医亦是一怔,他本是识趣之人,见他二人如此,悻悻一拱手,便转身离去了。

桃花流水芳菲,孙策一改冷脸,满脸遮不住的得意:"今日是怎么了?大乔姑娘竟如此知情识趣,实在让孙某受宠若惊啊。"

大乔白了孙策一眼,后退一步:"你身上的铠甲扎人得很,离我远些……"

孙策歪头一笑,三下五除二解开皮绳,麻利地脱去银甲,扔到了一边:"三日之期已至,大乔姑娘不必客气,若还嫌扎,只管自己动手,想脱哪件便脱哪件罢。"

如此露骨又不堪的言辞,令大乔又羞又气:"我便是知道你爱占口上便宜,方才才会着急与你解释,免得你再说出什么唐突话吓着人家。"

听大乔言语间偏袒裴军医,孙策冷哼一声,转身欲走。大乔见他指节凸白,神情凌然,赶忙追问:"你干吗去?"

"我去找那个小白脸儿。不过你放心,我不揍他。"孙策头也未回,大步走去,"我就去跟他好好说说,你我是如何在巢湖里鸳鸯戏水的。"

大乔闻言,翩跹上前,张开纤弱的双臂拦住孙策的去路:"我也不管你昨晚说的话几真几假,反正我和我妹妹就要走了,今后也碍不到你的眼。你不要脸,我爹还要脸呢,还请你不要再这般无赖下去了……"

听闻大乔要走,孙策瞬间卸了劲儿,急问道:"你要去哪?"

正当此时,吕蒙从远处屁颠颠跑来,可他越近神色亦越发惊讶:孙策竟衣衫不整,大乔又小脸儿通红,他们到底在做什么?不知是看戏太过入迷还是脚下有绊,扑通一声巨响,吕蒙卡了个大跟头,嘴角鲜血直流,看着十分凄惨。

孙策听到响动回过身,蹙眉斥道:"有话便说,往回爬什么?"

吕蒙只好硬着头皮起身,拍拍屁股擦擦嘴,拱手赔笑:"二位打扰了……少将军,老夫人似有要事,急寻你回家去呢。"

未承想竟是母亲有事,孙策再顾不上与大乔插科打诨,起身快跑随吕蒙而去。

吴府庭院中,春花怒放,烟柳如织。韩当与朱治策马疾驰而来,拜见孙坚遗孀吴夫人。程普与黄盖尚未离去,听韩朱两将军说他们亦已被调去孙策帐下,两人喜得老泪纵横,呜咽不住。

吴夫人也禁不住泣泪涟涟:"文台去后,真委屈你们了……伯符虽不成器,却是个爽利性子,定不会亏待你们的……"

吴景扶住吴夫人的双肩,劝慰道:"姐姐真是,今日重逢乃是高兴事,怎能一直哭呢?等会儿我亲自下厨,给大家烧几个好菜,我们今日欢饮,不醉不归!"

吴夫人拭泪一笑,轻声回:"不忙,伯符与公瑾还没回来,等他们回来了,再张罗不迟。"

韩当若有所悟,拍着大腿:"原来那铁面郎君是周公瑾哪,我说怎的那样厉害!三言两语辩得那张勋哑口无言,若非有他,我二人未必能顺利回到少将军麾下。"

吴夫人点头:"有公瑾相助,我也能放心许多。眼见小功初成,我们母子三人不宜在此处久留了。"

孙尚香从后院腾腾跑来,手中握着毛笔,不由分说便画在了程普脸上。韩当朱治皆吓得一咧嘴,孰料程普分毫未怒,刻意作出那副哄孩子的语调,含笑弯身对孙尚香道:"尚香可要把程老伯画成个'王八'了!"

孙尚香笑得咯咯直颤,拉着程普去井边打水洗脸。朱治不由啧啧称奇:"德谋兄的脾气什么时候变得这么好了?"

黄盖叹道:"你这老头子,知道什么呀!孙将军生前最疼尚香了……"

众人闻言,皆是戚戚。正当此时,孙策与周瑜吕蒙一道走入院中,拱手笑道:"嚯,你们竟先到了!我还以为有什么要紧事,紧赶慢赶着回来。"

四员老将齐步上前,大拜行礼:"少将军!"

孙策将他们一一搀扶起身,笑道:"这阵仗可不行啊,若是被袁将军看到,可还得了?"

程普望见孙策身后头配铁面之人,猜测正是周瑜,冷声道:"既然进了自家门,为何不以真面目示人?"

孙策未察觉出程普言辞中的警惕,笑着上前敲了敲周瑜的铁面具道:"程老伯有所不知,有些人戴面罩是因为太丑,我这兄弟戴面罩,可是因为生得太俊俏了。若是摘了,只怕十村八乡的姑娘都要赶来,那场面如何收拾得住啊?"

吴夫人淡淡道:"德谋,八年前文台忙着四处征伐,无力顾及我们母子,若非公瑾这孩子将老宅让与我们母子居住,我们恐怕早已死在乱世之中了。若说亲,这孩子与我亲生骨肉是不差的。"

孙尚香本只顾着玩,听到母亲如是说,忽然接了口:"就是呢,公瑾哥哥比我的两个哥哥都好!"

孙权方从后院上前,恰听到这一句。两兄弟相视一眼,孙策不由幽幽道:"真是女大不中留啊。"

孙权更是感叹:"还未大,便已留不住了。"

孙尚香小脸儿羞红,气得一跺脚,总角上的步摇随风轻摆,可她嗫嚅半响,竟一字反驳也说不出,起身一溜烟跑没了影。

众人皆哄笑起来,孙策笑够了,转头问吴景:"舅父,我饿了,家里可有吃的?"

吴景回道:"现下是没有,但舅父如何能饿着你?你且等着,我这就去煮饭。"

吴夫人又道:"你们吃就是了,不必准备我的,我一会儿要去军中一趟。"

母亲不愿意涉足军营，今日竟要去军中，孙策不由满面狐疑："母亲干吗去？"

"我去见大乔与小乔姑娘。"

孙策更惊："母亲为何要去见那两个丫头？"

孙权笑得丹凤俊眼弯弯："自然是为了兄长的婚事了。"

孙策叉着腰看似淡定，恍惚的神情却已将他出卖。孙尚香复从后院跑来，趴在门框上，歪头道："不是要感谢小乔姐姐救了我吗？怎么……"

孙权扑哧笑出声来，孙策这才发现自己被孙权耍弄，飞起一脚直朝着他的屁股踹去。孙权早有准备，身子一趔，轻而易举便躲了过去。

眼见时日不早，周瑜心中记挂良多，拱手对众人道："伯母、几位将军、伯符，诸多事须得从长计议，我们进屋说话罢。"

淮水畔袁术军营中，大乔弯着纤腰，将衣物被褥等物皆仔细收好。小乔帮不上忙，只能立在一旁看大乔忙活："今年才到春天，我和姐姐就已经换了四五个地方，这般折腾的日子，什么时候才能到头啊……"

大乔停下手中的活计，抚着小乔的小脑袋："真是难为婉儿了，小小年纪便这样颠沛流离。奈何我们生逢乱世，诸事皆非自己可以选择。再过三两年，若是能给婉儿寻个好人家，或许能安稳些。"

周瑜的俊颜蓦然浮现脑海，小乔面颊一热，忸怩道："姐姐怎么突然说这些……对了，听闻孙伯符的母亲一会儿要来？"

"是啊，婉儿去帮我打些水来，我去寻些好茶，烹煮给吴夫人吃。"

小乔贼笑着打趣大乔："是呢，这位吴夫人将来可能会是姐姐的婆母，婉儿可不敢懈怠。"语罢，不待大乔回嘴，小乔便一溜烟蹿了出去。

大乔口中喃喃"这孩子，瞎说什么呀"，心中却颇不平静。打从那日袁术乱点鸳鸯谱，孙策对她的态度就怪怪的，忽冷忽热又似隔着薄纱，难以触及。他究竟是有意爱慕还是存心作弄，大乔实在参不透，而自己对他又是何种心思呢？见到他便气，不见却又有些惦念，实在是古怪得很。

寿春城小院中，议事毕，程黄韩朱四人起身告辞。吴夫人欲乘车去军中探望大小乔,孙权上前拱手道:"母亲,我驾车送你。"

孙策几步上前,拽住孙权的衣领:"你年纪小,不知军中规矩,恐生纰漏,还是我送母亲去罢。"

孙权未领会孙策意图,笑道:"兄长放心,我绝不乱看乱闯,只跟在母亲身边,断不会有事的。"

孙策心中一直惦记着大乔要走之事,只恨不能与孙权直说:"你跟着母亲我不放心,我要亲自去。"

孙权一身武艺皆由孙策与周瑜亲自教导,颇得真传,只身射虎尚且不惧。今日孙策竟说不放心,实在令孙权困惑不已。

两个儿子的心思皆逃不过吴夫人的眼睛,她淡淡对孙策道:"伯符,你去把我房里那匹碧色云锦拿上,大乔姑娘生得白皙,衬那个颜色。"

孙策应声一拱手,转身向吴夫人房中走去。孙权恍然大悟,嘴张得圆圆的,心中暗想,自己兄长本是个刚直如铁的性子,遇上大乔姑娘后竟变得柔情似水,晌午才从营中出来,没过两个时辰又要去见,真是缠绵。

吴夫人见孙权站着发愣,不由轻笑:"仲谋,快去准备一下罢,你和伯符随我一同去。"

孙权闻言,欢快一应,跑上前套马装车去了。

吴夫人到军营时,大乔已在帐外相候。见吴夫人带着孙策、孙权上前,大乔含笑揖道:"见过吴夫人。"

吴夫人忙将大乔扶起,轻拍她的小手:"大乔姑娘毓质淑媛,国色天香,真是百闻不如一见。"

大乔含羞回道:"夫人气韵清雅,实乃晚辈典范,里面请吧。"

大乔躬身为吴夫人掀开帐帘,吴夫人道谢一声,在孙权的搀扶下走入帐中。孙策站在原地未动,直勾勾地盯着大乔。大乔面颊一热,起身欲走,却被孙策拉住了衣袖。

大乔还未反应过来,便见孙策探身上前,在她耳畔轻道:"一会儿别走,我有话与你说。"语罢,孙策侧身钻进了军帐中,大乔一怔,也随之走进了帐篷。

吴夫人见帐内码放着整整齐齐的箱包，不由问道："姑娘要离开此处吗？"

大乔一边为吴夫人斟茶一边回："曹军杀来了，父亲随时可能出征，我们姐妹二人怕是拖累，所以父亲让我们回庐江祖宅去。"

孙权闻言，饶有兴味地看了孙策一眼。孙策自是看出孙权的打趣之意，却碍于吴夫人与大乔，无法发作。孙策忍不住兜着笑，拱手问大乔："敢问小乔姑娘何在？昨日若非小乔姑娘相护，舍妹定会受伤，我们母子三人定要当面谢上一谢。"

大乔莞尔一笑："帐里没有好茶，妹妹方才找人要了些，现下还茶罐去了，马上就回来。"

说话间，东风卷珠帘，着一身嫣色广袖留仙裙的少女飘入帐中，她如瀑的长发落于纤腰间，秀色难掩，芙蓉不及，娉婷袅娜如豆蔻新开，令人见之不忘。帐内数人皆傻了眼，倒是孙策先反应过来，指着眼前少女问："你是谁啊？"

少女面色一沉，广袖轻舞，一颗飞石直冲孙策面门而去："我看你记性不大好，不妨让我帮你长长脑子罢！"

孙策方饮罢茶，身子一侧杯盏一兜，便轻易将石子收入杯中。大乔急道："婉儿，不得无礼。"

原来这少女正是褪去男装的小乔，她轻吐舌头，上前对吴夫人一礼："见过吴夫人。"

吴夫人以长辈之仪回之，小乔转过身，不理会孙策，上前与孙权见礼。孙权怔怔地看着小乔，待回过神，他赶忙回礼，却失手碰掉了斟满茶水的杯盏，热茶泼了一地。

孙权大窘，忙弯身收拾。孙策低声提点："你可给我有点出息……"

小乔却无心理会他兄弟二人，四处张望："怎么就你们兄弟两个来了？"

孙权知道小乔在寻周瑜，心中泛起丝缕失落，却仍笑回道："乌洛兰留在寿春城，并未一道前来。"

小乔面颊一热,嘟着嘴回大乔身边坐好。吴夫人自是要向小乔道谢,并送了如意佩玉等物。众人闲谈片刻后,吴夫人起身:"明日我要启程回吴郡了,趁此机会,去看看辅儿和贡儿。"

孙权拱手:"母亲慢走,我和兄长前去不便,就在此地等候母亲。"

待吴夫人走出营帐后,憋了半晌的孙策再按捺不住,一把拉住大乔:"借一步说话。"

小乔本正投壶玩,见孙策不由分说将大乔拽走,自是气得直蹦。孙权适时开口:"小乔姑娘,你那飞石的功夫,可能指点我一二?"

小乔没好气道:"指点什么啊,你兄长武艺那么高,你问他不就得了。"

孙权未反驳,只是含笑学着小乔的招式,将石子抛出。小石子直直坠落于地,画了个小小的半圆便停了下来。

如此周而复始三四轮后,小乔再忍不住,噘着小嘴道:"你可真笨!看看我给你做示范!"

孙策拉着大乔一路走出军营,直到淮水之滨。春江水暖,落英缤纷,簌簌粉瓣落在一对璧人肩头,他们却无心怜春。

大乔只觉皓腕被孙策攥得生疼,费尽力气也不能挣脱。好在孙策自己放了手,他转过身来叉着腰,愤愤道:"你要回庐江?为什么不告诉我?"

大乔清眸双瞳剪水,低声回:"我又不是你的谁,为何要说与你听。"

孙策一愣,心中自知那打赌不过玩笑,拿此强辩无用,瞬间少了三分底气:"若是担忧曹军,你可以跟着我。我就算豁出命去,也会护你周全。"

感受到孙策的心跳从银甲后传来,犹如战鼓擂擂,大乔几经踌躇,才鼓起勇气,红着小脸说道:"你我非亲非故,你为何要这般护我……"

孙策即刻被大乔问住,沉默良久未语。他从未动过情,亦不知此时对她究竟算什么。或是怜惜她倾国之貌却乱世飘零,抑或是相识一场,对她有几分责任,唯独不敢去想,便是许她一生之诺。那日他饮醉了杜康酒,慷慨下让她等他五年,清醒时却深知,自己负不起这女子的一生。孙策下意识揩摸着手上的"卍"字疤痕,心下蓦然一惊,他终于开了口,艰难道:"明日……你几时出发……我送你。"

大乔愣愣地望着孙策,好似不相信自己的耳朵。方才看到他眸中暗潮汹涌,大乔险些要笃定,他对自己有情。可当她抛下闺秀之尊,问他心意时,他却再未做分毫挽留。

曾以为就要触到他铠甲下滚热的心,此时却像触到了三尺寒冰。大乔无声吞泪,冷然道:"我父亲自有安排,不必少将军操心。"

孙策好似未听到大乔的回绝,抬起大手抚上她绝美的面颊。大乔惊惶间抬眼,一滴泪不偏不倚地落在了孙策手上。他定定地望着大乔,此一次再无半分磕绊:"明日一早,我在此地相候,送你们回庐江。"

语罢,孙策转身而去,再未回头。大乔独立在淮水畔,莫名泪如雨下。她不知自己怎么了,亦不知孙策怎么了,更不知那一滴泪早已流在了孙策心上,划出了一道淡淡的血痕。

## 第十三章 寤寐思服

斜风细雨间,寿春城吴景宅院里,周瑜正帮着吴景张罗众人装运行李。为躲避战乱,吴夫人携一双儿女投奔胞弟吴景,从江都搬迁至寿春,家什物件一样未少带,未料才住了几月又要搬走,着实辛苦。

孙策与吴夫人、孙权一行自军营而返,走进大门来。周瑜见此,放下手中活计与韩当朱治一道上前一礼:"少将军。"

孙策轻声笑道:"听说方才程普与黄盖两位老伯教尚香射箭,差点被射秃了脑袋。现下他二人推托晚上要轮岗,回军营去了。我们快去后院看看,莫让尚香拆了舅父家的房子。"

满院之人皆笑,吴景命手下人继续装箱,自己则随众人一道,穿过回廊向后院走去。

吴府后院里,孙尚香独自坐在井边生闷气。随着院门"吱哟"一声响,众人先后走入院内,孙尚香即刻变了脸色,喜笑颜开地冲上前去,蹦得老高一把环住孙策的脖颈:"兄长!"

孙权看看泥泞不堪的井口,再看看孙尚香的襦裙,不由龇牙咧嘴:"你好歹也是个姑娘家,雨天坐在井口,弄得一身脏,又要挂在兄长身上……"

孙尚香扭头冲孙权做了个鬼脸,哼道:"长兄才不像你一样穷讲究,哪里会计较这些。"

孙策双手抱着孙尚香，哭笑不得："我说怎么一手滑腻腻的，原来是泥！你要学射箭就罢了，为什么不好好学？把程老伯都吓跑了。"

孙尚香眨着大眼睛，一脸无辜："才不是呢，程老伯说他要回军营轮岗去……再说了，程老伯比二哥还啰嗦，我也是硬着头皮听呢。"

听见四周人皆笑，孙权少年人心气，自然十分不好意思，他上前将孙尚香从孙策怀中拖出，重重放在地上："明日我们就回吴郡了，你当心我再不陪你去掏鸟蛋。"

孙策哈哈大笑："好了好了，你们两个有这斗嘴的工夫，不如去射两箭，让我看看有没有进步。"

孙权面露奇异之色，玩笑道："兄长看？兄长自己连拉弓都不会，怎么看我们……"

话未说完，孙策脸色涨红，拉过孙权，用臂弯夹住他的脖颈："你再多嘴……"

朱治看他们兄妹几人嬉闹，面露不解，低声问周瑜："公瑾老弟，少将军让我们来，难道就是为了看他们练箭吗？"

周瑜轻笑回道："伯符做事看似无状，心中却有丘壑，我们只要静观就好了。"

孙策自是听到了周瑜这段话，他微微侧身："公瑾，这里没外人，你把铁面摘了吧，总听你声音却看不到表情，实在有几分吓人。"

吴夫人帮腔道："是啊，这些日子委屈了你，此处没有外人，公瑾但摘无妨。"

既然吴夫人发了话，周瑜不好推辞，抬手解了铜锁，去了铁面。孙尚香目不转睛地盯着周瑜，俊颜乍现一瞬，她极力克制未叫出声，小手却将孙权的手心抠出了血。

见他们兄妹二人站着不动，孙策发话："趁着雨不大，还不快去？我们就坐在房檐下看。"

孙权一抱拳，拉着孙尚香走到木靶前。韩当笑对吴夫人道："夫人可还记得,少将军的箭法乃是在下所教。那时候少将军爱闹得狠,死活不肯学,也不知道这些年过去,少将军的箭术是否有所精进。"

周瑜深知孙策不谙箭术,笑回道:"怕是还不如以前呢。"

孙策梗着脖子辩解:"大丈夫驰骋沙场,当于万军之中取敌将首级,谁要学那暗箭伤人的功夫。"

朱治本正要喝茶,此时却放下了茶盏,劝解道:"少将军此言差矣!若说取敌将首级,射箭乃是最便捷之法,两军交战不是打架斗狠,万不能逞匹夫之勇啊。"

吴夫人笑叹:"伯符从小好胜心重,至大未改。往后军中,还需二位将军多多帮衬。"

韩朱二人赶忙拱手称是。正当此时,孙权挽弓如月,一箭正中靶心。韩当击掌叹道:"仲谋好箭法!本将军怕是要甘拜下风了!"

孙尚香闻言,叉着腰跺脚:"二哥哪里是在教我,明明是想自己出风头!"

"若非妹妹愚笨,也衬不出我的箭法好啊,为兄这厢谢过了!"孙权狡黠一笑,丹凤眼弯弯,俊俏又可爱。

孙尚香愈发气恼,珊瑚红步摇随风摆动:"二哥你可别得意,论箭术,这里还有个人,你怕是要逊他一大截呢。"

孙权少年人意气,挺直腰杆不服道:"谁啊?你说出来!除了韩伯伯以外,还有谁箭法比我高明,我定要同他比试比试!"

孙尚香托着苹果儿般的小脸儿,忸怩又兴奋,指向端坐在一旁喝茶的周瑜:"当然是天下第一俊朗威武的公瑾哥哥!怎么样?你敢比吗?"

周瑜闻言,呛咳个不住。孙策更是没撑住,一口茶喷了出来,大笑道:"我怎么不知道,你还有这'天下第一'的花名在外?"

听到"公瑾"二字,孙权的气焰瞬间矮了半截。吴景却看热闹不嫌事大,放下茶杯:"是啊,公瑾不仅饱读诗书,箭术亦卓越超群,只是多年未见,到底精进到何种地步,实在让人好奇。不妨今日露一手,让我们这些老头子开开眼罢。"

孙权几经纠结,终于下定决心,红着脸走到周瑜面前揖道:"请公瑾哥哥指教!"

见此,周瑜不再推辞,半避席,与孙权对面一礼,而后起身走到孙尚香跟前,笑道:"能否借你的弓一用?"

周瑜话音未落,孙尚香便立马伸出小手将弓奉上,她表面只是痴笑,内心却灿烂如百里春花齐放:终于能看到公瑾哥哥射箭了!

孙权并未就位,他垂眸一瞬,脑中浮现出那女子婀娜身姿,欲言又止道:"公瑾哥哥,既然要比,不妨赌个彩头罢?"

周瑜一挑俊眉,含笑问道:"仲谋想赌什么?"

袁术驻军之处,营帐中,小乔悻悻地趴在木案上,一脸无精打采。大乔坐在对侧榻上,慢慢地收拾着衣衫。

又是一年暮春时节,好似与往常无异,这颗心却因为孙策被搅得涟漪不断。既然无情,何必要装出一副含情脉脉的样子,大乔越想越气,无力地放下手中裙裳,沉默半晌无言。

忽然间,小乔打了个喷嚏。大乔这才回过神来,关切道:"婉儿怎么了?可是伤了风?"

小乔摇了摇头,上前倚靠在大乔肩上:"姐姐,你既然对那孙伯符有情,为何还要走呢?"

淮水滨军营畔长着一棵参天的红豆树,一夜东风来,竟吹得枯枝蜕尽,繁花盛开。纵使看了这般景致,也鲜有人能想到,待粉花败落后,树上会结出丛丛红豆,就好比不知何时已入骨的相思。

面对小乔这一问,大乔沉默一瞬,而后抬起清眸,莞尔一笑:"我的心思瞒不过婉儿,可那孙伯符惯会戏弄人,只怕仗着生得好,不知在多少地方留情……我若不走,难道眼看着自己越陷越深吗?"

小乔从未见过大乔如此黯然,轻轻捉住她的纤纤玉手,劝慰:"姐姐,我虽然不喜欢那孙伯符,但我觉得他并非轻薄之人,对姐姐的关怀在意也不像装出来的。姐姐心气高,这么多年皆未遇见可心之人,若真喜欢他,为何要走呢?"

"若是平常时候,或许能再等,可现下曹军杀来了,父亲随时可能上阵杀敌。我们姐妹二人留在此地,父亲惦记,定会分心……婉儿不用劝了,今夜寅时我们就出发。"

"啊?"小乔明眸圆瞪,一脸惊愕。

"孙伯符说一早要来送我们,我怕他又会纠缠,索性我们半夜就出发,还能早些到庐江。"

小乔听了大乔这一席话,绝望地向后躺倒,片刻又鲤鱼打挺而起,舞动小拳:"姐姐莫要怕那登徒子,他若纠缠你,我便打他!就算他不怕石箭之术,我还有那撒手锏呢。"

大乔听罢,吓得直捂住小乔的嘴:"莫要浑说,也不看看这是什么地方?再者说,我不过是不想见他,并不想害他性命啊!"

小乔明眸骨碌一转,巧笑嫣然:"姐姐可真是的,这就心疼上了?"

明白自己中了小乔的计,大乔忙红着脸转了话题:"你还说我哪,昨夜席间你跑去见谁了?打量我不知道吗?"

听到大乔如是说,小乔瘦弱的身躯一震,红着脸硬着头皮装傻:"我更衣去了,并未见什么人。"

见小乔脸颊上泛着可爱的绯红,大乔愈发有把握,含笑凑上前:"妹妹真是贵人多忘事,昨夜你与谁先后离席的来着?还有那孙仲谋,我看他席间三番五次瞧你,你一走他也走了……真是没想到,我们婉儿不出手便罢,一出手便来了个一箭双雕!"

小乔羞恼不已,梗着脖子辩道:"姐姐说别的也罢了,那孙仲谋可与我不相干!那孙伯符已经烦死个人了,我可不想再跟孙家的人有瓜葛!"

寿春城小院里,孙策莫名感到一阵恶寒,他赶忙站起身,舒活舒活筋骨,对周瑜和孙权喊:"公瑾仲谋,你们到底比不比啊?眼见雨势要大,再不比,只怕箭靶都看不真切了。"

周瑜笑道:"比箭的人没着急,你倒急成这样。仲谋还没说要赌什么,你且等等。"

孙策愈发不耐烦:"仲谋能赌什么啊?无非就是吃的喝的,最多赌个兵器……"说话间,孙策将目光转向孙权,却不由住了口,十几年间,他从未见过孙权如此认真的神情。

但看着温润如玉的周瑜,孙权愈发觉得自己无礼,毕竟自己与小乔只有两面之缘,而周瑜与她又没什么瓜葛,他尴尬一笑,怅然道:"是仲谋失礼了,请公瑾哥哥赐教。"

周瑜不明白孙权为何这般伤怀,却不忍见这孩子如此,他上前一步,拍拍孙权的肩:"仲谋别这么想,不拘今日,但凡你我比箭,只要你赢,我便随时答应你一件事,如何?"

孙权一怔,未想到周瑜如此顾及他的感受,既为他保了面子,又督促他好好练习,跟自己那不拘小节的兄长真是对比鲜明。孙权由愣转喜,露出一颗虎牙:"谢谢公瑾哥哥!"

吴景边鼓掌叫好边走上前来:"既是比试,起码要喝碗酒罢?"

众人如看戏法般,看着吴景从怀中掏出两只茶碗,又从腰间拽出酒葫芦:"昨晚那酒席上的杜康,我偷偷装了一壶,现下刚好因陋就简。"

吴夫人嗔怪道:"你可真是,如此年纪切莫贪酒,免得误事。"

韩当哈哈大笑:"末将作证,吴将军在军营里可从没因喝酒误事过。"

吴景将茶碗分别递与周瑜和孙权,笑对韩当道:"韩将军,你也别闲着,来给两个孩子居中仲裁,当个司射罢。"

"却之不恭。"韩当走到院中,以脚比长,各为五十步,用石子在地上划了道线,而后对周瑜与孙权道:"规则很简单,两人各射三番,以中得多者为胜,无射获,无猎获,不贯不释。"

孙尚香坐在吴夫人身边,偏着头问:"母亲,什么是'无射获,无猎获,不贯不释'?"

吴夫人轻拍孙尚香的小脑袋:"就是谁先射穿箭靶便赢了,还有不许以箭矢吓唬你韩伯伯。"

孙尚香听罢哭笑不得:"怎么可能啊……韩伯伯还真是调皮。"

周瑜与孙权对礼后,双双站在线前,孙权上射主位,先发弓。待到韩当下令后,他深吸口气,目视靶心。

头一番箭射毕,两人皆中了靶心,堂下众人纷纷叫好。只是若论中得正,孙权却比周瑜偏了半寸。

江左周郎果然名不虚传,他身形瘦削,却挽弓极稳,箭矢如直线般,径直朝靶心而去,无半分偏颇,简直堪称神技。孙权傻了眼,心中暗叹,若不做出改变,根本没有赢过周瑜的可能。

韩当上前检查过箭靶后,示意两人继续。孙权再度弯弓,心中思绪难平。他赶忙放下弓来,使劲摇了摇头,努力将心中的杂念摒除,而后再度弯弓,待到左手食指触及冰冷的箭镞后,便立即放开右手拇指。箭羽随之破风而去,重重钉在了距离靶心两三寸处。

心弦颤了,箭弦自是难以绷稳,这一射大失水准,孙权自嘲一笑,转身向周瑜致意。

周瑜温和一笑,弯弓搭箭,再度命中靶心。孙尚香不由欢呼雀跃,高喊:"公瑾哥哥太厉害了,果然是天下第一!"

孙尚香这一喊,逗得众人一笑,倒让孙权放松了几分。周瑜如此云淡风轻,倒显得自己太过小家子气,孙权深呼吸放松紧绷的手臂,抬眼直视箭靶,大力挽弓。只听弦响一声,箭矢再度命中靶心。

即便如此,胜负亦已分明。明眼人皆能看出,周瑜的箭术远在孙权之上。吴景和朱治窃窃私语,只怕周瑜即便蒙上双眼,也能毫不费力地射中靶心。

孙权望着眼前的周瑜,只叹他仿佛上天偏宠,完美无瑕,无论如何,自己皆是输了,但输给周瑜,实在是不得不服。

正当此时,周瑜拉满弓,目光瞄准五十步外的靶心,弦响一声,竟脱靶射中了院墙。众人愣怔良久无言,好似不敢相信自己的眼睛。周瑜放下弓,转身笑道:"本只想穿靶三寸,未料到没能正射,让大家见笑了。"

对于这样的结果,孙尚香当然不满意,嘟嘴道:"公瑾哥哥放水!"

众人皆开怀而笑,唯有孙策看着周瑜,若有所思。眨眼间,孙策又换上一副吊儿郎当的神情,对韩当朱治道:"两位将军请屋里说话,明日朱将军送我母亲回江都,我有些事交代。另外,请韩将军明日一早带些人马,随我去庐江送人。"

朱治与韩当皆万分好奇,孙策这是要送什么人,竟然比送自己的亲娘还要紧?两人相视一眼,对孙策一抱拳,齐步向堂屋走去。

周瑜刻意慢行,待众人皆离去后,孙策回过头,低声问:"公瑾,方才怎么了?"

"方才射箭一瞬,我察觉回廊门禁处有人窥视我,只是未待我看清,那人已经跑了。"

孙策盯着周瑜暴露在光天化日下的俊颜,不由一惊,拍着大腿:"坏了!"

## 第十四章 与子同袍

星临万户,月傍九霄,入夜时分,朱治韩当等人俱已回营,吴夫人将孙策唤入内室,递上一只云锦包袱。

孙策不明所以,接过包袱解开,只见厚厚的绢丝包裹着一只看似寻常的朱红木盒。孙策满面狐疑,抬眼与吴夫人相视,见母亲并无制止之意,他径直打开了盒盖。谁知才望向盒内一眼,孙策便猛然将木盒关上,一脸惊悸之色。

万万没想到,这方不起眼的木盒里,竟放着一枚晶莹剔透的玉玺。方圆四寸,上镌五龙交纽,旁缺一角,以黄金镶补,下有篆文"受命于天,既寿永昌",这不正是以和氏璧雕刻而成的秦汉两朝传国之宝吗?

吴夫人垂眸:"伯符,当年你父亲为伐董贼,攻破洛阳城,进入汉宫,见这玉玺散落阉人之手,生恐山河有恙,便悄悄带了出来,想着待汉室重振,便将其直接交给新登基的大汉天子。可是他没有想到,董卓逃后,天子落魄,各路豪强都争先恐后,想挟天子以令诸侯。二袁皆非良主,吕布狼子野心,曹操亦虎视眈眈,你父亲担忧他们有篡汉之心,一直没有寻得将其献给陛下的良机……"

孙策这才回过神来,想起昨夜筵席上袁术之举,不由冷哼一声:"可是那袁将军还是知道了。母亲,难道父亲正是因为这玉玺,才会遭人算计,牺牲在那岘山?"

吴夫人摇摇头:"三年前在岘山到底发生了什么,无人知晓。"

"那这玉玺……"孙策欲言又止,立着耳朵偏着头,只听屋顶上隐隐传来极小的瓦砾碰撞之音,他忽然抬高两分声调,洪亮却不刻意,"这玉玺便放在此处罢,明日一早我再来取,母亲交给我,以后便不必日日提心了。"

吴夫人一怔,但见孙策拉过自己的手,在手心处写了几个字。吴夫人反应极快,即刻调整了语调,忧虑却又无可奈何道:"你也要当心哪,千万别学你父亲那般,为人卖命却丢了性命。"

孙策笑回:"母亲放心,儿心中有数,明日一早就请朱将军送母亲与仲谋尚香回江都去。"

子夜时分,夜幕垂拢,鸦默雀静。吴府护卫手提明纸灯笼巡夜,却睡眼蒙眬,哈欠不断。新月黯淡,渐被云层遮盖,远处深巷中传来几声短促犬吠,片刻戛然而止。

吴府后院小门处却传来轻声吱响,一黑衣人从门外闪入,迈着猫一般无声无息的碎步向吴夫人居住的正房蹿去。及至屋檐下,见门窗皆紧闭,黑衣人掏出一细铁钩,从两扇窗扉的缝隙中伸进去,轻轻挑开窗闩,打开窗户,一个鱼跃便飞入了室内。

床榻之上,吴夫人裹着锦被正在熟睡,黑衣人借着无比昏暗的天光来到吴夫人榻旁,开始寻摸。可他翻箱倒柜,忙活半天,却没找到自己想要的东西。黑衣人按住腰间的匕首,恶毒之计泛上心头,缓缓向榻边走去。

忽然间,榻上人飞身跃起,一把将黑衣人擒抱在地。黑衣人不由大惊,一个鲤鱼打挺要起身,却复被扑倒。

月色渐浓,黯淡月光下,吕蒙披发及腰,身穿一身女子亵衣死死按着黑衣人,大吼:"吃我一拳!"

两人缠斗一处,吕蒙眼疾手快,一脚踢飞了黑衣人手中的匕首。黑衣人见此,起身欲逃,见吕蒙身着裙袍,便借机狠拽他胸前裙带。吕蒙正要飞脚相踹,忽听哗啦一声响,裙袍直坠在地。吕蒙赶忙蹲下拉裙,那黑衣人便趁着此刻飞身一跃,破窗冲至房外。

"哪里逃!"吕蒙顾不上系裙带,双手提裙大步追了出来,见那黑衣人翻墙欲逃,他即刻高喊:"捉拿夜盗!在西院墙!"

吕蒙声大如牛,这一吼立刻惊醒了外院营房里的守卫,偏房大门霍然大开,孙权手持弓箭,飞身登上矮墙,弯弓拉弦,只待时机。与此同时,院外忽传来马蹄阵阵,骏马嘶鸣,身着玄铁金甲红绸披风的孙策手持十二锋银枪,策马飞驰而来。

黑衣人方攀墙到一半,见孙策径冲来,吓得直直跌落。可他顾不上脚扭屁股痛,一瘸一拐爬上院外等候的马匹,狠命打马向城外奔去。

宅院内,府兵集结,孙尚香扶着吴夫人走出,见到披发提裙的吕蒙,不由哈哈大笑起来。吕蒙羞红着脸正不知该往何处躲时,吴夫人上前一揖:"今日若非阿蒙,老妇已身首异处,请受我一拜。"

吕蒙赶忙对礼:"老夫人别这么说,保护周明廷、少将军和你们,是阿蒙的职责。"

孙权上前几步:"当真不需要我去帮兄长吗?他一个人追去,万一那人有同谋……"

朱治从院外赶来,人未到,声先发:"小公子放心,公瑾一个时辰前已在城中唯一一条行马道旁埋伏,定会保少将军无虞。时辰不早,我们出发罢。"

吴夫人微微点头,对朱治道:"未承想世事发展比我们预料的还要棘手几分,劳烦朱将军了。"

朱治一抱拳:"朱某义不容辞!"

原来今日下午发现奸细行踪后,孙策便与周瑜商议,决意将计就计,让身形最为瘦削的吕蒙假扮吴夫人诱敌,将其除掉。眼见这寿春城已不是吴夫人能够安居之所,孙策密令朱治,待奸人暴露时,便送吴夫人等人出城。此刻时机已至,众人不再迟疑,纷纷登车,在三百士兵的护卫下,匆匆向吴郡出发。

寿春城里,周瑜头配铁面,身负箭筒,手持大弓立在暗影中。听得马蹄声渐近,周瑜屏息凝神,立着耳朵细细分辨:敌人之马在前,大宛驹在后,共两骑。约莫着敌人已入射程内,周瑜霍然起身,持弓至大道之上,弯弓搭箭,瞄准了策马的黑衣人。

黑衣人见此,立即偏身一侧,左脚钩住马镫,整个身子重量左倾,策马向左,让马匹为自己做掩护,同时右手拇指食指塞口,狠命一吹,呼哨声即刻响起。

五名刺客依次从道两侧阁楼顶跳下,向周瑜包抄而来。孙策策马赶上,大声唤道:"乌洛兰,当心!"

周瑜闪身如脱兔,几枚暗器擦身而过。黑衣人趁机快马加鞭,向城外冲去。五名刺客则个个手持利刃,挡住了孙策与周瑜的去路。

周瑜冷声道:"少将军,此处交给我就好。"

溶溶月华下,孙策轻笑一声,俯身对大宛驹耳语了几句。大宛驹扬蹄嘶鸣,调转马头,向后方退数十丈,而后回转过来,使出全力向前狂奔。五名刺客皆惊,想要向大宛驹发射暗器。周瑜眼疾手快,一弓拉五箭,刹那间将五柄暗器打落。孙策抓住机会,狠命拉缰,双腿猛夹马腹,大宛马奋起前蹄,如同蛟龙腾渊,跃起数丈,从刺客们头顶飞跨而过。待到他们反应过来时,孙策与大宛驹早已消失在了暗夜之中。

趁着刺客们愣神之际,周瑜抽出五支箭矢,左臂一震,弓弦一松,五支箭矢同时飞出,当胸插入了刺客心口。刺客们未即刻断气,他们口吐鲜血,瞪大双眸看着眼前之人,似是无论如何也不敢相信,天下竟有射术如此超神之人。

暗夜里,铁面极冷,周瑜的声调却更寒上三分:"本不想无故伤人性命,但以你们所持暗器推测,应当是张勋军下在淮南小县滥杀无辜村民之人。今日所为,也算是替那冤死的百姓报仇了……"

寿春城外,孙策御马疾行,眼见自己与黑衣人只相距丈远,却无法制敌。孙策不由想起朱治所言弓箭的好处,可现学哪里来得及,他只得高喊:"你若是个男人,就停下跟我决斗!"

可黑衣人哪里在意这些,他右手飞快打马,左手不住抛出暗器来。孙策以银枪左右抵挡,速度渐渐落于其后。

前方是淮水弯道最窄处,过了河便是袁术驻军之地,这贼人果然与袁术难逃干系。若是入了营,只怕传国玉玺与周瑜的身份皆会暴露。见那黑衣人绕行陆路,孙策轻抚大宛驹的鬃毛,俯身耳语几句,大宛驹即刻放慢了脚步。

暗夜深林间只剩下了自己的马蹄声,黑衣人以为甩掉了孙策,心下放松几分。大营就在河对岸,黑衣人快快赶马渡过木桥,眼见距营门只剩百步。说时迟那时快,忽有一庞然大物从淮水中蹿出,以迅雷不及掩耳之势冲上岸。黑衣人定睛望去,只见孙策骑在大宛马上,周身水花四溅,如同龙宫天将般扛枪刺来。

"拿命来!"

黑衣人大惊,未想到大宛驹如此神勇,竟能泅渡百步宽河,想掉头而逃却已来不及,只能双腿夹紧马腹,身子用力向后一倾,期望能躲过这一击。

谁知孙策早有防备,他银枪一横,挑住黑衣人的衣带一钩,用力将他拉下了马背。黑衣人重重跌下,不顾头晕眼花,连滚带爬地向数丈外的袁军大营跑去。

若让他进了这营门,先前的努力皆是白费,孙策定气调息,瞄准黑衣人,猛然将银枪掷出,重重地贯穿了黑衣人的脊背。

黑衣人应声倒地,孙策上前拔出银枪,将那人踩在脚下,见他腰间别有异物,孙策一把拽出,竟是一卷画轴。孙策不由分说,将画轴贴身收起,欲立即结果此人性命。

孰料袁军驻地瞭望垛上的守卫看到了两人,大喊道:"什么人?!"

须臾间,数十名弓箭手挽弓搭箭,走上营台,箭锋直对着孙策。孙策赶忙高声喊道:"是我!袁将军帐下孙策!"

军营重地,又有曹军追近,守卫不敢懈怠,数十人举着丛丛火把走出营门,将孙策团团围了起来。

孙策笑道:"大半夜打扰各位,实在不好意思。只是我家院里遭了贼,我一路追赶他至此处,并无冒犯之意……"

本以为能如此蒙混过关,谁知袁术与乔蕤、张勋等人竟闻讯从大帐走出,看到孙策及其足下之人,袁术与张勋相视一眼,神色万般怪异。

看到袁术,那重伤的黑衣人突然来了精神,扭动着身子口中呜呜咽咽不住。眼见袁术就要近前,孙策再不能等,一挥银枪,血溅三尺,那黑衣人便顷刻一命归西了。

四周之人皆惊,趋步将包围圈逼得更紧,却无人敢放箭。月光如水,玄红色披肩猎猎飘动,孙策气韵冷绝肃杀,如画眉目间清寒如冰,十二锋银枪利刃染血,颇有几分勾魂摄魄的意味。

张勋疾步上前,指着孙策大骂:"大胆孙伯符!竟敢在此地撒野!"

孙策抬眼睨了张勋一眼,竟吓得张勋微一踉跄。袁术走上前来,倒是神色如常:"伯符啊,大半夜的出什么事了?怎的闹到了营门口来?"

孙策放下银枪,拱手道:"今夜家中遭贼,我一路追赶,不想这贼人无道,竟然往将军的军营里扎。伯符生恐威胁将军安全,便将他斩杀了。"

张勋见孙策避重就轻,气得吹胡子瞪眼,却无话可驳。袁术轻笑两声,挥手示意弓箭手将箭弩放下:"那孤便谢过你了,夜深了,早点回去歇着罢。"

张勋心有不甘:"主公……"袁术瞥了张勋一眼,张勋只好闭了口,随袁术一道反身回中军帐去了。

乔蕤示意众人散去,自己亦欲离开。谁知孙策上前一步,拦住了他的去路:"乔将军,孙某有个不情之请。"

乔蕤与孙策鲜有来往,不由心生诧异:"孙少将军但说无妨。"

孙策挠挠头,万般不好意思:"孙某与大乔姑娘相识一场,现下听闻她们要回庐江避战乱,孙某担心她们路遇歹人,愿意亲自相送,还请乔将军成全。"

春夜微凉,孙策额角上竟渗出了涔涔细汗,乔蕤能清晰地感受到他的紧张,心想这小子上阵杀敌尚且不惧,这会儿却怕成这样,实在有趣。乔蕤轻笑回道:"多谢孙少将军关怀,可是莹儿与婉儿寅时就已出发了。"

天色渐明,青山古道,淡烟雾霭相遮蔽。一车四马沿山路慢行,大乔端坐车中,望着连峰重峦,长叹连短叹。

小乔托着粉腮娇道:"姐姐为何不住叹气,可是后悔了?"

忽然古道上传来一阵马蹄声,与车行慢慢不同,这马跑得极快,好似在追赶什么人。大乔掀开车帘,只见孙策御马疾驰,很快赶超马车,拦住了他们的去路。

送行之人即刻拔出刀剑相候,孙策面无表情,冷道:"孙伯符奉乔将军之命,送二位姑娘回庐江,你们可以走了。"

送行之人面面相觑,还未来得及细问,便见孙策银枪一竖,重重扎在地上,掀起一阵灰埃。送行之人皆吓得喉结滚动,冲孙策一拱手,快速策马向相反方向奔去。

未承想父亲的部下竟如此不负责任,大乔气不打一处来,却见小乔打了个哈欠,环膝倚着车厢懒懒道:"我还以为孙伯符要到六安才能追上我们,没想到一大早便追来了……"

昨日这丫头还义愤填膺,声称孙策若敢纠缠便出手揍他,今日竟一副事不关己的样子。大乔倍感无奈,掀开帘帐下了马车。

孙策看到大乔,翻身下马,俊眉紧拧一脸委屈之色:"你宁可要这几个虾兵蟹将送你,也不肯我送你吗?世道这么乱,若是碰上什么流氓歹徒,就靠你妹妹那两下三脚猫的功夫,能应付了事吗?"

两人近在咫尺间,孙策眼底寒中带星,好似能让人溺毙在他的深情中。大乔偏头不与他相视,喃喃:"我与妹妹在外流落多年,遇到最无赖的流氓歹徒就是你……"

孙策一怔,心想既已担了流氓无赖之名,也不必再有什么顾忌:"旁的无赖可不似我这般英俊,若你被他们占了便宜,恐怕会气得咬舌自尽了。"

语罢,孙策不由分说,上前一步揽住大乔的纤腰,将她扛抱起,直接塞回了马车中。大乔气愤不已,明明不谙武功,却仍挥着小拳:"孙伯符你这个混蛋……"可是孙策金盔银甲,周身无一处好下手,大乔举着小手半天,一拳也未打出来。

孙策为大宛驹套好车辕,偏头冲大乔一笑:"别急,等晚上我脱了盔甲让你打。"

小乔本在装睡,听了这话,纤细的胳膊再也撑不住脑袋,捂着耳朵摇头:"我还没到将笄之年,为何要听你们这些恶心话……"

天渐渐亮了,道路尽头终于传来孙策期盼已久的打马声,他抬眼一望,心情大好,高声唤道:"公瑾!我们在这!"

## 第十五章 心悦君兮

青山夹谷里，梨花满地，马踏幽香。听得马蹄声渐近，小乔以迅雷不及掩耳之势从怀中掏出篦子，梳理青丝，而后正襟危坐，一副闺秀之态。

周瑜行至马车前，对大小乔拱手见礼。本以为周瑜看到自己女装，至少会有些惊讶，谁知他好似司空见惯一般，毫无反应，转头对孙策道："伯符，车厢里东西这么多，怎的只有一匹马？"

孙策看了大乔一眼，忍不住偷笑："还说呢，乔将军的人着急回营，把所有的马都骑走了，我只好给大宛驹套上，让它拉车，快把你的马也给我。"

孙策与周瑜的坐骑皆是价值万金的战马，现下竟要沦落到拉车的地步，周瑜一时语塞："这大宛驹是你父亲留下的，早已通人性，你用它拉车，只怕它……"

孙策笑着捋一捋大宛驹的鬃毛，在它耳畔说道："好小子，今日好好表现，赶明我给你找个漂亮的小母马，让你……"孙策话未说完，就听得身后传来一声巨响，原是大乔与小乔一道，气鼓鼓地将车门合了起来。

孙策与周瑜即刻愣住，过了好一会儿，孙策才反应过来："她们怎的了？"

周瑜指着孙策道："肯定是你说错了话。"

孙策如丈二和尚摸不着头脑:"算了,女人就这样,一时哭一时笑的,过会子估计就好了。事不宜迟,我们快出发吧。"语罢,孙策套好了马车,与周瑜并排在车厢前横梁处坐好,驾车向前驶去。

晓风缱绻,周瑜低声问孙策:"你要送大乔姑娘,自己送不行吗?为何拉上我?"

孙策并未回话,而是从怀中掏出画轴,递给周瑜。周瑜打开一看,竟是自己的画像:"这是?"

"我从今夜那小贼身上搜得,怎么样,是不是画得特别好?若非知晓内情,只怕要以为是哪个暗恋你的闺秀画的呢。"

周瑜立即明白,孙策是担忧袁术已知晓他的真实身份,为难于他,才特意将他带上,可他若是在意生死,根本不会走这一遭。见周瑜定定望着自己,孙策笑问:"为何盯着我?怪吓人的。"

"你既然对大乔姑娘有意,为何不把她留下……"

孙策闻言一激灵,一把掩住周瑜的口:"你可给我小点声!"

孙策手上留有几分马尿味,呛得周瑜直咳嗽。周瑜赶忙将孙策推开:"你才套了马,就往我嘴上按。"

"莫矫情,大男人哪有怕脏的。"孙策笑得极其开怀,转瞬却又变了脸,"话说回来,我并未想瞒你,也没有轻薄人家姑娘的意思。只是我身负血海深仇,又一穷二白,明白自己配不上她,更不想连累她,若是害她跟我吃苦,我还算什么男人。"

"那若是她嫁与旁人,你心中便好受了?"

周瑜向来不多话,今日却十足锥心。孙策挥鞭不稳,一下抽在了自己大腿上,他尴尬一笑,良久未语。

袁军大营中军帐里,袁术一夜未眠,在帐内来回踱步。昨日他派出探子,入吴府打探玉玺下落,竟被孙策当着他的面斩杀于营门处。从那一刻起,无论睁眼闭眼,孙策那带血的银枪时时浮现眼前,令袁术坐立不安。将这孩子招入麾下,究竟是福是祸?那诡异的铁面门客又是什么来头?袁术不由越想越头疼。

张勋带着两员副将走入营帐,对袁术一揖:"主公,这是庐江太守陆康差人送来的回笺。"

袁术命书童接过信笺,问张勋:"这几日辛苦了,曹军可有新动向?"

张勋拱手道:"据探子回报,彭城、傅阳两地已落入曹操之手。曹军进城后,大举屠杀百姓,所到之处血流成河,伤及十数万民众,百姓因害怕曹军而强渡泗水,落水淹死者不计其数,以至于河道都被尸首阻塞了。"

袁术仰天长叹,怒捶桌案:"该死的曹阿瞒!若攻破城池的是孤,定会秋毫无犯!只可惜现下孤实力受损,难以与那奸贼抗衡!"

这几日因为孙策之故,张勋心中颇不痛快,见此良机,他赶忙向袁术进言:"主公既得了一员猛将,何不一试锋芒?眼下曹操进入徐州立足未稳,若主公派遣乔将军前往迎击,以孙策作为先锋,或许能出其不意给曹军一个下马威。"

曹军方经大战,必有损耗。此刻若能出兵击败曹军,不仅能得地千里,亦可得徐州万千百姓人心,袁术却不由得恐惧起来:俯瞰自己坐拥这千里之地,一大半是孙坚与乔蕤打下的,若再让孙策和乔蕤联手,自己岂非要受制于人?袁术立刻摇头:"不可,曹操此来连战连捷,士气正盛,我们断不可贸然出击。孙策年轻气盛,不是曹阿瞒的对手。"

张勋跟随袁术多年,对他的脾气早已摸透,听到这话,便知袁术定然已对孙策和乔蕤心生忌惮,索性就再添一把火:"主公所言甚是。我若是乔将军,怕也不舍得让孙策出阵。听闻孙策此次前来途中,乃是与乔将军二女结伴,现下这两个丫头要回庐江宛城老家,也是孙策相送。如此贤婿,真是打着灯笼都找不着啊!"

本以为孙策是投奔吴景而来,未曾想竟是与大小乔同行,天下怎会有如此巧合之事?袁术满腹疑虑,不住捋须:"乔蕤手下副将皆是孤的心腹,料他不敢有不臣之心。倒是孙策那小子,仗着他老子留下的人望,拉拢人心,很是可恶。昨日孤将韩当朱治归于他麾下,韩朱两人激动得恨不能哭出来,真是……"

此时书童已将庐江太守陆康之信拆好,双手奉上,袁术接过,只看了两行,便气得将信笺重重摔在地上:"这个老不死的混账!这几日真是无一日顺气!"

因惧怕曹军杀来须得连续作战,袁术特意修书一封,向庐江太守陆康求粮草。现下见他如此反应,想必那陆康未答应。张勋示意副将与书童退下,近前扶住袁术:"主公息怒!"

袁术扶额良久,才缓缓说道:"这个陆康,找他要点军粮,不给便罢了,竟敢仗着朝廷封他忠义将军,骂孤是叛逆!是可忍,孰不可忍!孤要出兵讨伐他,让他知道,在这江淮之地到底谁说了算!"

张勋双目一转,计上心头,立刻对袁术揖道:"主公,陆康固然可恨,但毕竟位列九卿,若是主公亲自讨伐,只怕会落人口实。不如派些急于立功的年轻之辈,就算到时候朝廷怪罪下来,主公也可免于责罚。"

陆康此人在江南颇有名望,百姓十分爱戴,袁术虽气,亦不敢轻易拿他怎样。听了张勋这话,袁术心里倒是有了几分打算,可他转念一想,又觉不妥:"孙伯符初到军营,独自将兵怕是不妥吧?一旦他带兵逃走,或是自立门户,又该如何是好?再者说,若他久攻不下,拿不到庐江的粮草,曹军趁机打来,我等岂不危在旦夕?"

张勋笑道:"这有何难?主公既然不放心孙策与乔将军的关系,不妨令他们各领一军,让乔将军作为孙策的侧翼,名为援护呼应,实则从旁监视。再派遣若干细作,潜入那小子营中,若是乔将军所报孙伯符之行迹,与我们所得情报不同,便可坐实他二人有私……至于粮草,想来孙伯符的舅父吴景捏在我们手中,他不敢不尽心。"

张勋这一计甚是歹毒,一石二鸟,欲同时除去乔蕤与孙策。袁术本就生性多疑,料定此计可试探人心,欢喜道:"好哇!既然那小子爱去庐江,就让他去个够!来人,唤乔蕤入帐!"

张勋又道:"主公莫急,末将又打听到一事,事关孙策帐下那匈奴门客乌洛兰……"

六安地处江淮之间,气蒸湖泽,步步成景。傍晚时分,暮色沉寂,残阳铺水,整座城皆笼在一片胭脂桃色之中。

孙策驾车至河畔停驻，周瑜掏出怀中司南，抬眼看看不甚明晰的星斗，两人相视一眼，确定此地正是与韩当约定的见面之处，翻身下了马车。

孙策轻叩厢门，唤道："大乔姑娘，我们到六安了，你们坐了一天，定是累了，下来活动活动罢。"

大乔打开厢门，见孙策探手欲接自己，特意从另一侧下了车。孙策的手悬在空中，不禁有些尴尬。小乔追随大乔下车，看到堵在车门处的孙策，面露好笑之色。

孙策方受了窝心气，见小乔笑话自己，愈发气不打一处来："臭丫头……"谁知大乔回眸一望，正好与孙策四目相接，孙策赶忙解释道："我不是骂你……"

周瑜撑不住笑出声，小声对孙策道："你不是惯会讨姑娘喜欢，现下怎么这么笨？"

今日也不知怎么了，大乔一句话也不肯跟孙策说，孙策满心不痛快，又被周瑜揶揄，气道："你这老鳏夫，不帮我就罢了，还在这说风凉话？快别废话了，赶紧帮我出出主意，你以前都怎么哄人的？"

周瑜垂眸一瞬，温润如水的眼波里几丝伤痛几丝怀念："我和我夫人从来不吵架。"

小乔本陪大乔立在水边看景，听了这话回头看看周瑜，连痴带怨，情思复杂。周瑜与孙策皆迷茫不知所谓，却深觉此处不宜久留。只听孙策尴尬一笑，对周瑜道："公瑾，你在这里护着她们，我去寻些吃的来。"

周瑜即刻否道："还是我去吧，女儿家脾胃娇嫩，只怕你不知道该找些什么。"语罢，周瑜不由分说背起竹筐，策马一溜烟蹿没了影。孙策只得倚在马车边，乖乖等周瑜回来。

江边，大乔一行清泪蓦然滚出。小乔见此，急道："姐姐这是何苦？好端端怄什么气？既然姐姐不肯去与他说话，我去跟他说，让他来跟你道歉不就好了吗？"

大乔赶忙拭泪，拉住小乔的袖笼："婉儿别去……昨晚父亲的裨将乐就来找我，我已答应嫁与他，这几日他就会找机会向父亲提亲的。"

小乔惊得差点咬了舌头:"姐姐真是瞎闹!那个乐就人丑就罢了,还自大猖狂,姐姐怎么能嫁给他呢,婉儿第一个不答应!"

大乔凄然一笑:"傻丫头,女子嫁人哪有称心如意的?父亲年纪大了,现下在军中地位愈发不稳,须得找个人帮衬他才是。只可惜我们俩都是女儿身,不能披挂杀敌,我若不寻个良将为婿,父亲……"

"乐就是谁?"孙策的声音猛然从近旁发出,吓得大小乔皆是一震。大乔回过身,只见孙策手中的牛皮水袋已然碎裂变形,他目光锐利如剑,好似能扎死河中的游鱼。

总见孙策笑,却从未见过他如此愤怒,大乔心头一揪,语气却仍是冷冷的:"与你又有什么相干?"

"不相干?"孙策眉头愈紧,双眸喷火,眯着眼对大乔道,"好一个不相干,我现下就回去宰了他,看看到底与我相干不相干!"

语罢,孙策翻身上马欲走,大乔急忙跑上前,拦住孙策的去路:"你别胡闹!刺杀帐中大将,你自己也不要命了吗?!"

孙策冷哼:"不杀也罢,我去阉了他,看他还敢不敢娶你!"

小乔扶着浑身颤抖的大乔,讥讽道:"孙伯符你真是个孬种!你又不喜欢我姐姐,管得着我姐姐嫁谁吗?你若喜欢我姐姐,就找我爹提亲啊!日日在这里混闹,有什么意思!"

恰逢周瑜寻了食材而还,见他们三人如此,多少猜了个大概。他走上前去牵住大宛驹的辔头,佯装无事道:"伯符,食材我已经找来了,你快去找点木头生火罢。"

谁知孙策根本不接这一茬儿,重重一哼,御马向远处大别山方向跑去。大乔掩面而泣,独自走向河边。小乔起身欲追,却被周瑜一把攥住广袖:"让他们分别冷静几分,我们不要去打扰。"

小乔的小脸儿刷地红透,乖巧地点了点头。周瑜放下竹筐,仔细翻拣着食材,小乔弯身轻道:"我帮你吧……"

大别山夹谷间,孙策御马如飞,可他无论如何攀山涉水,满心的烦忧皆如影随形。

三年前父亲离奇之死与那传国玉玺逃不开干系,孙策明白迟早会离开袁术的阵营。可大乔的父亲乔蕤是袁术手下第一大将,为人刚直,对袁术忠心不二,若是自己娶了大乔,再与袁术翻脸,岂非会害了乔蕤?可这个中情由,皆无法告诉大乔,明知她对自己有意,却无法承接,孙策一时失神,跌落马下,重重摔在了崖石上。

大宛驹赶忙驻步回身,上前咴叫着,好似十分担心。孙策却直直躺在石地上,抬臂遮面,半晌未起身。

入夜时分,孙策终于御马回到了六安城外。周瑜已架起了炭火,小乔颠簸一日,再也撑不住,倚在车厢内睡得很熟。孙策拴好大宛驹,沉默上前坐在周瑜身侧,半晌无语。

周瑜见他一身尘土,面颊手肘皆是擦伤,轻笑道:"你不是真去了罢?"

"什么?"孙策茫然一瞬,旋即明白周瑜又在揶揄他,冷道,"他若敢去找乔将军提亲,我一定会阉了他。"

周瑜从炭火架上取下一只烤鸡,递与孙策。孙策即刻推开:"没胃口,不吃。"

"谁让你吃了?打你负气跑后,大乔姑娘一直水米未进,你快去看看她罢。"

孙策抬眼望去,只见大乔碧裳纱衣,坐在烟笼寒水边,形单影只,甚是惹人生怜。孙策心生不忍,终于压下性子,起身向河边走去。

清河边,晚风拂过蒲草,空气中尽是淡淡幽香。大乔正望着星辉倒映出神,忽闻一阵脚步声,只见孙策走上前去,挨着自己坐下,强行挤出个灿烂的笑容:"不……不吃东西怎么能行?我撕鸡给你吃啊。"

大乔仍未抬眼,眼泪却簌簌落在轻纱衣襟上。从前孙策对姑娘流泪的理解仅停留在孙尚香的哭闹上,今日见大乔流泪,才体会到何为梨花带雨。他挺直身子,万分笨拙地为大乔拭泪:"别哭了……万般错皆是我错,你不可不吃不喝,身子会熬不住的。"

大乔抬起蒙眬泪眼,哽咽道:"少将军哪里会错?"

孙策本就没觉得自己有错,只是不忍见大乔哭,才如是说,此时他不知该如何回答,赶忙假意思索,看向周瑜处。

周瑜指指心口,再指指薄唇,示意孙策回答不应口是心非。孙策心领神会,即刻在大乔背后冲周瑜竖起拇指,而后望着大乔,认真回道:"莫说这些了,你饿了罢?我们吃东西,你是不是不吃鸡皮?公瑾都烤煳了,你等我撕下来……"

不远处,周瑜抚着胸胁,几欲吐血。天知道孙策是怎么根据"口"与"心"联想到"饿"和"鸡皮"的。

果然,大乔怔了一瞬,小脸上诧异转怒,后又化为克制自嘲:"孙少将军慢慢吃,告辞。"

大乔起身欲走,孙策登时急了,丢开烤鸡,一把将她拉至怀中,一字一顿道:"你嫌我哪里做得不好,只管明着告诉我,不要让我瞎猜好吗……"

大乔冷冷看孙策一眼,从他怀中挣脱,走到马车前,轻轻唤醒小乔:"婉儿,婉儿……快醒醒,我们去城中投宿,不跟这些臭男人待在一起。"

## 第十六章 但为君故

从寿春城到庐江郡皖城五百余里,六安城位于行程正中,南傍千年沉雪大别之山,东望烟波浩渺居巢之湖,依山傍水,物阜天宝。

虽是四方小城,却南北交融,八方通衢,商旅往来密集,门庭若市。昨日夜里,四人投宿城中客栈时,只剩下最后两间厢房。

孙策自是与周瑜同屋,他辗转一夜无眠,脑中皆是大乔与乐就之事,天还未亮,便迫不及待将周瑜摇醒。周瑜以为出了什么大事,迷蒙间起身摸出短刀:"可是有歹人杀来?"

清晨极寒,孙策穿着亵衣坐在榻边,边打喷嚏边问:"公瑾,我想了一夜,仍不知道该如何是好,你快帮我出出主意。"

周瑜未及深思,想当然道:"玉玺的事你不必担心,袁术并无证据,定然不敢贸然行动。伯母回到吴郡后,四面皆是你舅父的人,不会有差池的……"

孙策摆手:"我不是问这个,我是说大乔……若是那混球真的找乔将军提亲,乔将军一时疯癫答应了,我可该怎么办啊?"

周瑜未想到,孙策天不亮将他叫醒,竟然是为了大乔的事,他掀起锦被,歪身躺下,背对孙策不再理会。

谁知孙策仍不依不饶,绕到软榻的另一侧:"公瑾,你娶过媳妇,懂得多,快帮我想想啊。"

周瑜被孙策闹得睡意全无,他揉揉惺忪睡眼起身披上儒裳,行至案前斟茶。孙策知道周瑜讲究多,早起先要漱口,赶忙接过茶盏为他斟茶。

周瑜洗漱停当,坐回案边对孙策道:"混闹了这么多年,终于见你正经几分,连今日倒的茶都像醋一样,酸人得很。只是我也没有什么妙计,唯有'抓紧'二字送你,你若不抓紧,就等着喝大乔姑娘的喜酒罢。"

客栈绣房轩窗外,黄鹂鸣翠柳。小乔坐在小窗下,借着日光读书。

大乔收拾好行囊,上前轻轻拍拍小乔的肩背:"婉儿又在读兵书?再读下去可要成了大司马,定会把我未来的妹夫吓跑了。"

小乔小嘴一噘,将书卷丢到一旁,百无聊赖道:"姐姐还说呢,还不是姐姐教我识字,教我看兵书?现下怎的又揶揄起我来了?"

大乔抬手拂过小乔的总角:"我们家里只有兵书,闲时读来十分有趣,就是把婉儿教得像个小子,倒是我这做姐姐的不是。"

小乔明眸骨碌一转,掩口笑道:"姐姐也不白看啊,兵法用得炉火纯青,一招'声东击西',就引得孙伯符发了狂,好生厉害呢!"

大乔的脸儿刷地红透,又羞又气:"你这丫头瞎说什么?我哪里有用计谋算计他?"

小乔吐舌:"是是是,姐姐乃是情之所至,才不是什么兵略!"

孙策与周瑜收拾停当,沿走廊来到大小乔房门前,听得内里一阵噗笑,孙策不由蹙眉,低声嘟囔:"你看她昨日对我那般冷脸,今日就笑成这样,真是……"

周瑜做了个手势,示意孙策噤声:"若不想罪加一等,现在就少说几句。"

孙策心领神会:"那就按照原计划,你想办法,把我妻妹领开,让我跟大乔姑娘说几句话。"

看孙策这般挤眉弄眼之态,周瑜忍笑不住,他清清嗓子,叩门道:"小乔姑娘可在?"

听到周瑜的声音,小乔拍案而起,走到房门处却又绕回来对着铜镜理了理鬓间的碎发。大乔从未见过小乔这样,忍笑上前打开了房门。

周瑜与孙策赶忙向大乔见礼,大乔亦对二人回礼,望向孙策的神情却仍是冷冷的。孙策步伐微动,轻碰周瑜的鞋履,周瑜即刻对大乔道:"周某打算再买匹马,听闻小乔姑娘擅长相马,特请小乔姑娘随我前去看看。"

小乔自然知道,周瑜是为了给大乔和孙策创造说话的机会,才想出买马这样拙劣的由头。小乔虽不喜欢孙策,却更讨厌乐就之流,何况有周瑜做伴,便十分欢快地答允了。

见小乔与周瑜走下阁楼,大乔瞋视孙策一眼,欲关房门。孙策眼疾手快,揽住大乔纤腰,团身入房。大乔欲将孙策推开,却使不出一丝一毫力:"你快让开……"

孙策岿然不动,拉过大乔的纤纤玉手攥成小拳,在自己胸口重捶了两下。大乔不由惊叫:"你干什么……"

孙策望着大乔,墨瞳幽深,情思暗涌:"昨日你生气要打我,却没法下手。今日我特意未穿铠甲,你若还气,就再打几拳罢。"

大乔这小拳砸在孙策身上,仿佛砸在铁上。孙策毫无反应,大乔却觉手痛。看出大乔吃痛,孙策自悔莽撞,用长着厚茧的修长指节轻抚着她的小手,在唇边轻吹,好似捧着一件绝世珍宝。大乔心下动容,望向孙策的目光亦软了三分。孙策低声一叹:"莹儿……"

不知孙策为何突然唤自己的闺名,大乔小脸儿一热,低头未应。

绣房内,气氛温存,春光旖旎。谁知孙策好死不死,竟问了一句:"你,是叫莹儿罢?"

客栈楼下正是六安官道驿站,正值战乱,马匹尤其稀缺昂贵。此处乃六安城独一家,自然引得四面八方之人前来。周瑜与小乔一道,顺着熙熙攘攘的人群,在马棚处细细挑选。

四周尽是莽夫壮汉,时有奸人觊觎小乔美貌,欲上前来趁乱揩油。周瑜左抵右挡,顾此失彼,索性将小乔护在身前,保持着一拳的距离。

小乔暗自偷笑,假意趔趄,往后一摔。周瑜抬袖相扶,见小乔站稳即刻撒手:"小乔姑娘当心。"

周瑜的细心与周到超乎小乔意料,她不由感叹:"没想到你这么会照顾人。"

周瑜一本正经回道:"保护两位美人,自然要多花些心思。现下世道乱,登徒子太多,不得不防。"

看到周瑜以如此刚正不阿的神情说出这赞美之语,小乔好笑又得意:"若是孙伯符有你一半灵透,也不至于把我姐姐气成那样了。"

小乔这一席话无疑戳中了周瑜心中的隐忧:未想到孙策一旦动情竟手腕全无,若是再做错事,定要耽误行程,如此拖延下去,到底什么时候才能到皖城?

远山如眉,梨花坠落似雾。六安客栈里,孙策立在木窗前遥望青山发怔,恍惚间,那山气愁云竟幻化作大乔的模样,浓妆淡抹,宜喜宜嗔。

孙策一怔,垂眸长叹,他心知肚明,自己根本给不了大乔任何承诺,贸然前去叨扰,只会愈发让她失望。

周瑜不知何时走入房中,看孙策神情落寞便猜出一二,他走上前去,重重一拍孙策的肩背:"伯符……"

孙策未回头,只道:"韩当也不知怎么了,迟了半日仍未到约定地点,我担心军中有变故,波及她们姐妹。我们不要再等了,即刻准备出发罢。"

周瑜回道:"我也是这样想,方才已嘱咐小乔姑娘收拾东西装车,约莫再过一盏茶的工夫就能出发了。"

孙策略点点头,呆呆望着窗外发怔,绕过眼前这座山,便会到达素有"淮右襟喉"之称的庐江郡治所舒城,沿着舒城东南处的狭长古道南下,不到半日,就可通达大小乔的祖籍皖城了。孙策蓦然心惊,这才发现将她送回家后,自己竟然再也没有来寻她的由头,不由满心愁绪,握拳的手颤抖不已。

周瑜察觉孙策心思:"伯符,昨日我说你对大乔姑娘有意,不过是随口一提,没想到你还真对人家动心了……"

孙策睨了周瑜一眼，无奈道："我们打小一起长大，我的事皆不瞒你。一开始我确实没看上她……漂亮姑娘太多了，若只见色起意，我孙伯符与那些登徒子又有何分别。"

周瑜从未见过孙策如此深情，揶揄道："漂亮姑娘虽多，但漂亮到大乔姑娘这地步的，世间也难有几人罢……"

孙策一把揽住周瑜的脖颈："有个乐就已经够我受了，你可不许打她主意！"

周瑜大笑不止："你这争风吃醋也太没谱了，别岔话，继续说说，既然不是见色起意，为何相中人家姑娘？"

"你还记得她算计我，与我打赌之事吗？"

"怎会不记得？你可是把人家姑娘臭骂一顿，甚至还在那袁将军的酒宴上公然羞辱人家。"周瑜想起过去种种，直替孙策捏一把汗。

"就从那天起，我发现她与我一样，不过是个操碎心的笨人罢了。"孙策自嘲笑道，"偏生她是乔将军的女儿，若是我与她相好，岂不是害了她爹？我不敢言明，更怕她会嫁与旁人，现在真不知道该如何是好了。"

周瑜抬手拍拍孙策的脑袋，一字一顿："伯符啊，你真是长大了，大乔姑娘迟早会明白你的心意的……"

孙策一把将周瑜推开："去去去，你比我还小一个月，装什么老成？"

正当此时，门外传来一阵轻巧的脚步声，随着几声叩门，小乔清泉般的嗓音响起："我们收拾好了。"

周瑜与孙策相视一眼，即刻回道："小乔姑娘稍等，我们马上下去。"

官道上，商旅往来，络绎不绝。周瑜买下新马后，将自己的坐骑解放出来，于头前探路。春日高悬，和煦的阳光晒在身上，孙策不禁昏然欲睡："这百余里山路毫无景致，连个山贼都不见，可叹我江都孙郎，生得好看武艺又高，却无用武之地，真是扫兴啊，扫兴。"

小乔闻言，从车窗探出小脑袋，宽袖一甩，一颗榧子直直击中孙策的银甲："你这臭嘴，自己想死可别拉我们垫背！"

孙策刻意未挡，回眸道："你这丫头可太野蛮了，多学学你姐姐，才有个美人儿的样子。"

小乔撑头笑道："学我姐姐什么？不理你吗？"

孙策被小乔噎得懊恼无比又无法反驳，周瑜看出孙策窘迫，岔话为他解围："庐江太守陆康是江南望族、汉室忠臣，自他上任以来，治郡有方，颇得百姓称赞，所以这一路才能如此太平。"

话音未落，一行人自岔路向右，转过山崖，步入密林小路。此处恰是大山之中的隘口，位于三座山峰之间，两侧壁立千仞，长满荫天蔽日的巨木。足下之路陡然由宽变窄，往来商旅皆与之分道而行，目之所及只有他们一车一马，甚是萧瑟。

孙策本能地警觉起来，问周瑜："此地距舒城还有多远？"

"还有不到二十里，伯符，我们快马加鞭，速速通过此地罢。"

见周瑜眉头紧蹙，俊脸凝重，孙策猜测："怎么了？此地有山贼？"

"庐江郡多山川，故而山匪横行，先前我等讨伐的祖郎便是其一。前些日子在居巢时，我听鲁子敬说起，这附近的山越贼人推举了一位东莱人当首领。这位新首领年少时曾驰骋沙场，武艺深不可测，打遍诸山未逢敌手，一时间名声大噪，引得附近山头上的匪众皆心生向往，意图归附……"

孙策立刻起了精神："等送罢这两个丫头，咱俩一道去会会他，待我孙伯符将他制服，他就会知道什么才叫天下无敌。若是他愿意现在来送死，我也不拦着……"

周瑜见孙策不忧反乐，不由扶额。也是，大乔现下正在与他赌气，若不披荆斩棘，怎能显出他孙伯符护送有功，重获美人心呢？

不知何处飘来几朵流云，林间蓦然阴沉，天幕黯淡。忽然间，一支箭矢毫无征兆地破风而来，直冲孙策心口飞去。孙策反应极快，抬起银枪将箭矢击飞，大喝道："什么人？竟以暗箭伤人！"

羌管之音悠悠响起，四周丛林中突然冒出十数山越贼人，他们锥发文身，凶神恶煞，手持弓弩，不住放箭。周瑜即刻挽弓搭箭，以精准的箭术压制对方："伯符！快！"

孙策心领神会，挥枪挡箭同时急急打马，大宛驹全力奋蹄，快速向前奔去。

送上门的买卖，山贼们自是不会善罢甘休。隐匿梢头的贼人瞄准车窗，继续放箭。一时间厢内箭如雨下，小乔护着大乔躲在车厢死角，却仍被箭矢擦伤了皓腕。

周瑜不顾一己之身，策马上前挡在车窗处。小乔趁机探出小脑袋，一甩广袖击中了几名山匪。周瑜见此，高声喝道："快进去！"

两名山贼见周瑜分心，舞刀上前，大力向他砍去。小乔的心登时悬到了嗓子眼，她左手撑窗，右手宽袖一甩，击伤山贼双目，为周瑜解了围，自己却从飞驰的马车上坠落下来。

大乔不由尖叫失声："婉儿！"

周瑜本就与马车相距不远，见小乔有难，即刻御马而上，一把揽过她的纤腰，将她拉到马背上。小乔的心猛然一阵悸动，可她还未来得及窃喜，便听得两侧石壁一阵闷响，轰隆间，几块巨大的山石滚落，直冲马车砸下。

周瑜心弦一震，歇斯底里喊道："当心！"

碎石沙砾簌簌落满全身，孙策明白，若不快速通过此处，便会葬身石海，他逆着颠簸跨步站上车辕，使出全力扬鞭打马。大宛驹被飞石击伤，皮毛处渗血不止，却仍奋身跃出数丈。飞石加速陨落，几乎擦着马车后轮坠下。孙策回身一望，只见身后之路已被巨石掩埋，而周瑜与小乔竟然没了踪影。

大乔不顾马车未停稳，跌撞而下，瘦弱的身躯向前推滚着巨石，双手流血不止："婉儿！婉儿！"

说时迟那时快，孙策方冲上前去将大乔拉至怀中，十余块鹅卵大的碎石便顺着石阵缝隙滚出，重重击在孙策的金盔银甲上。孙策抱紧大乔，团身一跃，跌跌撞撞逃出数丈，两人还未来得及松口气，忽听身后有人浪笑道："好一个吴郡孙郎，着实有两把刷子！"

巨石阵那头，周瑜与小乔被落石阻断了去路。小乔急得直掉眼泪：

"这可如何是好？我姐姐也不知道怎么样了……"

周瑜望着巨大山石，思忖片刻："为今之计只有下山绕道居巢，带些人马再来寻伯符与你姐姐了。"

小乔万般忧心，哽咽道："我姐姐会不会有危险，她会不会……"

周瑜轻声宽慰："不会的，伯符反应机敏武艺高超，而且他很在乎大乔姑娘，一定会护她周全。若想早点见到她，我们就要赶快动身了。"语罢，周瑜翻身上马，探手伸向小乔。小乔一怔，颤抖着小手递向周瑜，轻巧地被他拉上了马。

眼下最要紧的便是时间，周瑜御马如飞，脑中惦记着孙策安危，未注意小乔一直捂着心口。若说方才心中悸动是小鹿乱撞，现下被他拥在怀中，简直犹如千百斤巨石在心头乱捶，小乔只觉自己即刻要断气，可恨周瑜身上那若有似无芷兰般的香气时时萦绕，简直让她头晕眼花，难以招架。若非记挂着大乔安危，心头吊着一口气，只怕自己早已昏厥过去。

眼见小乔的身子越颠越远，周瑜抬手轻扶她的纤腰："坐稳……你是不是害怕了？"

如清泉碎玉般的嗓音在耳边响起，合着吐纳的气息，令小乔的小脸儿一直红到纤细的颈根。可她乃将门之女，生性倔强，怎能受得被周瑜小觑："不就骑个马，有什么怕的……"

语罢，小乔坐直了身子，挣出周瑜的怀抱欲逞强。谁知周瑜一把将小乔揽回身前，又把缰绳塞入她手中："前面是陡峭弯道，不可玩笑，抓好！"

周瑜竟不顾自己安危，将缰绳全给了自己，小乔心中暖流涌动，小脸儿红得宛如三月里的桃花。

白马疾驰，两侧美景无人观，山谷间忽然传来一阵悠远而低沉的声响。小乔立刻警觉起来，问周瑜："你可听到了？能否听出这是什么声音？"

江左之地，无人不知周瑜通晓音律，他偏头思忖："像是大笙，又像号，怎么了？"

小乔语带哭腔，急道："那日在巢湖边，就是这声音引来一群大鸟袭击了我!"

话音方落,山谷中由远及近刮起一阵强风,应和着仿佛滔天白浪之音,数十只怪鸟集结,如乌云般向策马奔驰的周瑜、小乔追来。周瑜见情况不妙,抬手拂过胯下骏马的鬃毛,马儿咴叫一声,四蹄奋疾如击战鼓,踏地而飞,风驰电掣般蹿了出去。

前面不远处正是山谷豁口,生死一线间,那些长羽鳞翅的怪鸟突然收紧翅膀,如同离弦利箭般俯冲下来。小乔偏头一望,长袖一甩,只听"啪啪"几声应和着惨叫,几只飞鸟蓦然坠地。可怪鸟数量众多,根本无法尽数击落,十余大鸟一齐俯冲而下,千钧一发之际,周瑜横过斗篷,将小乔牢牢包住,自己却被尖锐的鸟嘴重重扎在手臂与肩背上。

身上之痛犹如万箭穿心,周瑜咬紧牙关,拼尽最后一口气力,御马蹿出了山谷。眼前豁然开朗,一马平川,飞鸟见无处避身,不再追击,即刻振翅飞出了九霄云外。

胯下战马亦被怪鸟扎伤,悲切地咴叫几声,驻步溃然跪地。小乔不安地抬手拍拍压在自己身上的周瑜:"你没事吧?"孰料周瑜那颀长俊秀的身子竟失了平衡,猝然坠下马去。

周身血液一瞬凝固,小乔慌乱滚下马背,连滚带爬扑向坠落草丛中的周瑜:"周郎!周郎!"

## 第十七章 美人之恩

山谷间,晚风吹拂着苜蓿草,惹得马儿摇尾上前,咴呜不住。乱石阵外,十二锋银枪染血未干。孙策将大乔牢牢护在身后,循声望去,只见十余山匪拱卫着一身骑高头大马的男子,他头戴凤翅盔,身着金吾甲,手握丈八红缨枪,气魄慑人。

此人竟能叫出自己名字,难道是相熟之人?孙策觑眼细观,却毫无印象:"你是谁?为何认得我?又为何在此伏击我们?!"

那人畅快大笑几声,讥讽道:"江都孙郎花名在外,我即便知道,也不稀奇罢?"

见这人竟当着大乔的面浑说,孙策急忙否认:"少放屁!我哪有什么花名!"

那人歪嘴一笑,冷声道:"不管真假,今日你算是风流到头了!你杀我的弟兄,我焉能坐视不理,定要宰你复仇,方可祭我兄弟亡魂!可现下你我力量悬殊,谁胜谁负早已是天注定,我敬你是条汉子,许你自尽,快快动手罢!"

感受到身后大乔不住颤抖,孙策悄悄探过手去,握住她的手,嘴上回应却毫不耽搁,铿然有力:"你这身衣服是偷来的还是自己的?若是自己的,你好歹也是个将士,落到与山贼为伍,已是不耻,竟还敢口出狂言,跟我说这些屁话！你脱队而逃，是为不忠；滥杀无辜，是为不义！若我是你，早已一头戕死在巨石上，哪里还好意思让旁人自尽！"

此人出身行伍，虽落草为寇，却从不滥杀无辜，这一身戎装亦是他生平所重。听了孙策这话，他扬鞭立马，一字一顿道："鄙人东莱人太史慈，因为在家乡斩杀了几名官宦人家的渣滓，被州府通缉，流落此地，幸得这帮弟兄们接济，我才没有饿死街头！你杀了他们，便是杀了我恩人，我岂能放过！"

果然不出孙策所料，此人并非寻常草寇，孙策眉头一皱，计上心头："你既要做报仇雪恨的英雄豪杰，就该与我决斗，仗势欺人算什么本事！"

一众山匪不耐烦起哄："决斗什么呀！寨主，我们三两下戳死他，抢了他们的行李和马，再干下一票便得了！若是这小子使诈，把大家伙儿都折进去，可就不划算了！"

手下人所言有理，可以多欺少亦是不义，太史慈半晌未说话。

大乔虽被孙策挡在身后，却一直搜肠刮肚，思量着破敌之法。现下孙策激将未果，大乔深吸一口气，缓和几分紧张情绪，从孙策身后走出，颤声对太史慈道："这位英雄可是在想，决斗却无彩头，实在扫兴？小女子愿意以身作赌注，不知你意下如何？"

未想到孙策身后竟藏了个绝世美人，聒噪不住的贼众们看到大乔容色，刹那间噤了声，个个呆头傻望，似已忘却今夕是何夕。

大乔未施粉黛，小脸儿依然苍白傲雪，一双明眸如缀碎琼乱玉，晶莹清亮，一颦一笑皆能撩人心弦。她身着烟色襦裙，纤细身姿掩在三尺云锦中，风流婉转，不与人间烟火相干："小女子乃后将军袁氏帐下乔将军之女，素来爱慕英雄，故而年过二八尚未婚配。今日在此得见阁下，不胜欣喜，今日决斗，若你胜过孙伯符，我便嫁与你为妻……"

众山匪一阵惊呼，兴奋地交头接耳。孙策心急不已，一把将大乔拉至怀中，气道："莹儿，你别混闹，你可知道这……"

大乔未理会孙策："若你胜过孙伯符，我便嫁与你，但请你手下留情，莫要伤害孙伯符性命。若是孙伯符赢了，请你放任我二人离去，莫再为难,如何?"

明明吓得战抖,说起话来却不卑不亢,清晰了然,太史慈望着大乔,情思复杂。站在太史慈身侧的山匪上前一步,低声喃道:"江东有二乔,河北甄宓俏……寨主,你可真赚到了!弟兄们,赶紧三下五除二解决掉那个碍事的小子,把大美人儿抢回去,给咱们寨主做压寨夫人!"

"且慢!"太史慈一抬手,制止了贼众们的蠢蠢欲动。乔蕤乃称霸淮南的袁术手下大将军,若真能赢下这彩头,娶大乔为妻,自己不仅能怀抱暖玉温香,更能重获机会,征战沙场。想到这里,太史慈朗声应战:"好!便依姑娘所言,我与你决斗!"

无论眼前形势多棘手,孙策从未想过以大乔为赌注,令她以身犯险,更未想过大乔竟不顾自身安危,要求人留他性命。孙策将大乔紧紧抱在怀中,仿佛要将她融入自己的骨血:"莹儿别怕,你躲到车上去,让我来结果了这几个疯子……"

大乔双眸含泪,假意装羞,趁着轻轻推开孙策的工夫,小声讷道:"敌众我寡,莫吃这个哑巴亏,趁这机会,全身而退……"

这女子当真不只容貌倾城,七窍玲珑更让孙策动心。他痴痴望着大乔,俊俏绝伦的面庞上挂着云淡风轻的浅笑:"你放心,我即便死,也不会让你嫁与旁人。"

语罢,孙策提起十二锋银枪上前,对太史慈道:"山间道路狭窄,在这里打定然无法尽兴。你我不如移至平地,酣畅淋漓地打一场!"

山谷出口处,萋萋荒草间,小乔不顾浑身伤痛,上前艰难扳过周瑜的身子,查看他的伤情。

虽武艺高超,却不过凡胎肉体,周瑜的肩背上多处溃烂,令人触目惊心,被他紧紧护在怀中的小乔却毫发无损。小乔不由肝肠寸断,纤细的手臂紧抱周瑜,痛哭不止。唯一值得庆幸的便是伤处皆不致命,小乔颤手抽出周瑜随身的短剑,割破他的衣袍,将他染血的衣物除去,露出血肉模糊之伤处。方忍住的泪水又决堤而出,小乔割下裙裳,撒上药粉,小心翼翼地为他包扎。

血终于止住了，小乔见此，长长舒了口气，为周瑜合上衣衫，再上前给受伤的汗血马擦药。

　　可止了血的周瑜未有分毫好转迹象，气息愈发微弱了。小乔手足无措，回到周瑜身侧，在他耳边不住唤："周郎，周郎……"

　　定是怪鸟喙子上的毒汁浸体，周瑜的伤势再也耽搁不起。大路尽头传来一阵马蹄声，小乔抬眼望去，只见一驾马车匆匆驶过，她赶忙放下周瑜，跟跟跄跄向车追去："救命！救……"

　　谁知马车一骑绝尘，顷刻便擦身而过，小乔早已体力不支，重重摔在石板路上。她拼尽全力，撑起身子，将周瑜随身的短刀抛出，直直命中在马车后厢上。

　　马车依然未停，渐行渐远，缓缓消失在了道路尽头。小乔大哭不止，绝美的小脸儿上泪水血水混作一团。谁知天无绝人之路，小路上终于又有一驾马车驶来，看到小乔，驾车之人即刻勒马，一名十一二岁眉清目秀的少年跳下车，走上前来："这位姑娘，你没事吧？"

　　小乔费力站起，央求："救……救他……"

　　少年顺着小乔目光看去，只见一俊逸非凡的男子仰卧草丛间，四周血腥气极重。他顾不上问前因后果，立刻对赶车的管家道："范伯，这人受了重伤，劳烦你赶紧带他和这位姑娘回府里，请城里最好的大夫来医治。其余之事，我去向祖父通传。"语罢，那少年翻身上马，扬鞭向大别山官道方向驶去。

　　青山夕阳晚照，北岭高地上，风吹麦浪，彼黍离离。大乔立在车辕上，望着不远处那金盔银甲玄红披风的潇洒身影，心中且喜且怜，滋味难辨。

　　身为乱世中的倾国佳人，又是乔蕤长女，大乔深知荣辱爱恨皆是过眼云烟，从不敢奢望与心悦之人共白首。母亲早逝，她所希冀的，不过是倾尽一己之身，换得父亲和妹妹永世平安喜乐。

　　可孙策的出现犹如夏日晌午最耀眼的光芒，穿透了层层铜墙铁壁，令她不可遏止地心动了。此一时此一世，若能一直这样望着他，该有多好。

　　晚风卷残阳，决斗即将开始。孙策与太史慈御马向相反方向各行五十步,而后调转马头,正面相对,如同两颗流星般对冲而来。

大乔的心瞬间提到了嗓子眼,只见孙策握紧银枪,太史慈舞起长枪,两马交颈一瞬,金石铿鸣。孙策使出全力,挡开太史慈的刺击,而后利用惯势,将银枪大力劈下。太史慈后仰躲过,挺身刺向孙策心口。

从未有过如此牵肠挂肚之感,大乔的心跳不由漏了一拍。好在孙策反应奇快,略一偏头晃过这一击,枪尖擦着金盔划过。

两人各自策马分开,重新上阵。孙策握枪的手竟在微微颤抖,太史慈亦然。两人对视一瞬,朗声大笑起来。

"不愧是江东猛虎孙坚之子!我太史慈闯荡江湖,征战沙场,你是第一个能与我过这么多招的人!"

孙策御马横枪,回敬道:"你也不赖!"

大宛马与太史慈的栗色大马似乎亦认定对方是此生宿敌,铆足了劲兜圈缠斗,座上的两员大将更是兵来将挡水来土掩,各自抡起手中的枪戟勾挑砍刺。太史慈步步紧逼,孙策亦愈战愈勇,原野上电光火石,宛如传说中黄帝大战蚩尤。一旁观战的大乔更是万分煎熬,生恐孙策有任何闪失。

两人酣战间,大宛马后蹄不慎踩到草莽中的顽石,座上孙策亦跟着一个趔趄。此等千载难逢的良机,太史慈怎肯错过,手中长枪如同一道闪电般直朝孙策心窝刺去。眼见太史慈手中的长枪距孙策不过毫厘,大乔腿一软,险些跌落车辕。

千钧一发之际,孙策未躲,反而猛然朝前挺身迎上,枪尖擦着金甲自心口处划至肺胁,激出一道微弱却耀眼的火花。孙策的金甲竟如此坚不可摧,太史慈不由一怔。孙策反应奇快,偏身一侧,立刻屈臂用护肘死死夹住太史慈的长枪。太史慈用力去拔,却无法动弹分毫。

趁此机会,孙策咬紧牙关,挺起十二锋银枪,刺向太史慈的心口:"我……绝不会把她让给任何人……"

太史慈自知中计,只好放开长枪,坠马保命,同时抬腿大力蹬向孙策腰腹之处。果然,孙策为躲这一脚,不得不松开长枪,回旋下马。一侧的山贼本不停高喊为太史慈助力,此时却已鸦雀无声。

两人马下再战,各自抄枪摆好架势,虚步上前,挑枪一齐刺向对方。太史慈花枪点缀,皆被孙策的银枪一一化解,孙策看准机会,突然用枪朝地上一扫,登时扬起一道飞沙屏障。太史慈只觉飞沙眯眼,什么也看不真切了,忽然间,银光一闪,孙策的银枪如同破风的箭矢一般穿透飞沙,直取太史慈首级而来。

太史慈一惊,下意识一仰头,银枪锋擦着鼻翼飞过,挑落了凤翅盔的顶花。太史慈狼狈后退,一抹脸上泥浆,啐道:"堂堂男子汉,为何不光明正大地过招……"

话音未落,孙策的大手猛然从沙尘中伸出,一把扼住太史慈的脖颈,将他按倒在地:"光明正大?你抢我女人不算,方才那一脚还想让我断子绝孙?得亏我躲得快……"

孙策说着,一脚将太史慈手中的红缨枪踹飞。可他不过是个少年,不若太史慈魁梧敦实,太史慈猛一起身,反将孙策扑倒在地,抢拳重砸而下。孙策偏头一晃,屈腿大力一踹,将太史慈连人带甲蹬开。两人皆已手无寸铁,唯一的武器便是双手,却都不肯认输。

一阵西风吹散了扬沙,正当两人准备再度交手时,忽听得山贼们喊道:"官兵来了!官兵来了!"

孙策觑眼眺望,只见地平线尽头处旌旗猎猎,为首的黄旗上隶书"陆"字甚是醒目。孙策心下了然,定是庐江太守陆康,为捉拿山贼而来。

众山贼见此,哪里还顾得上太史慈,屁滚尿流逃遁而去。

太史慈看看车辕上的大乔,微微一笑,对孙策一抱拳:"虽非君子,亦有成人之美,美人归你了。"语罢,太史慈翻身上马,挥鞭欲走。

孙策抬手:"且慢!"

太史慈一愣,但见孙策拱手一礼:"若有走投无路时,请来投我,我必以礼相待!"

太史慈朗声一笑:"那就要看到时候,你我胜负几何了。"语罢,他马鞭一挥,向大别山深处疾行而去。

赶来的官兵见太史慈与山越逃遁入山,立刻尾随追击。见情势已经转危为安,孙策三步并作两步赶到马车前,伸开双臂接大乔下车:"莹儿莫怕……没事了……"

不知为何,大乔只觉眼中泪水潺潺,再难抑制。孙策见大乔落泪,赶忙将大手在袍上擦蹭几下,轻抚她的小脑袋:"莫哭了,都是我不好,不该让你看这些的……"

孙策方经大战,衣衫破损,盔甲上更是留下了一道深深的枪痕。他俊俏的面颊上血污伴泥污,甚是狼狈,目光却依然澄明坚定。大乔情难自持,上前环住孙策脖颈,呜咽不止。漫天黄沙仿若即刻转作纷飞桃花,气氛温存,孙策身子一震,紧紧揽住大乔纤腰,喃道:"莹儿,我的心要被你哭碎了,以后我绝不再让你以身犯险。"

大乔抽噎:"那你呢……你也不要以身犯险,可好?"

孙策笑得灿烂又温柔:"只要你惦记着我,我一定攻无不克,好吗?"

大乔乖顺地一点头,晶莹的泪水滴落在金甲上,顺着那一道伤痕缓缓流下:"我倒是不想惦记你呢……"

大乔的温婉实在太令人心动,孙策颤手捧起大乔白玉般的面颊,她温软的气息近在咫尺间,清甜如兰,令人迷醉。

正在这时,一儒生模样的少年策马近前,看到孙策与大乔,不知该进还是该退。大乔见有人来,羞得一把将孙策推开。孙策心中暗骂两句,上前问那少年:"你们是庐江太守陆康的人?"

少年尴尬一笑,拱手一礼:"晚生陆逊,庐江太守陆康之孙,来得不是时候,还请两位见谅。"

孙策与之对礼,又问:"官道被岩石阻隔,我们与同行之人失散,欲回去寻他们,你可知道有没有旁的路可以走?"

陆逊回想一瞬,问道:"敢问公子同行共有几人?可是个俊俏男子带着美貌的少女?"

大乔喜道:"正是呢,陆公子可有见过他们?"

陆逊挠挠头,讪笑:"他们两人皆受了伤,我已命人将他们送回府中医治了。"

"什么?"孙策与大乔皆是一惊,方平复的心又高悬了起来。

舒城内,陆府厢房,小乔守在周瑜榻旁,寸步不离。

大夫诊脉完毕,微微一叹,对小乔摇了摇头:"外伤好医,用金创药遍敷于创处,七日即可痊愈。但此人脉象虚浮,气血凝结,正气不通,疑为中毒之兆。只是此毒引而不发,颇为奇异,老夫也不知其所以然。还望姑娘另寻高明罢。"语罢,大夫躬身一揖,起身退出了厢房。

小乔欲追,忽听周瑜喃喃低语,她赶忙凑上前去,竟听到周瑜昏迷中不住唤:"婉……婉儿……"

## 第十八章 入骨相思

孙策与大乔赶至舒城陆府,夜幕已深。孙策请陆逊转达对陆康的谢意后,急匆匆带大乔奔至厢房,果然看到周瑜昏迷在榻,气息微弱,小乔坐在榻旁,不住啼哭。看到大乔,小乔起身冲上前来,痛哭不止:"姐姐……周公瑾他……"

孙策跨步走上前去,查看周瑜伤情:"这伤口……又是那鸟?"

小乔哽咽:"我们行马到夹谷时,又听到那日巢湖边的怪声,还没来得及跑,就见好几十只怪鸟飞来。他……为了保护我,才被伤成了这样……"小乔说着说着,又号啕大哭起来。

孙策翻看周瑜身上伤痕,神色愈发凝重。大乔亦心急不已,追问小乔:"可找郎中看过了?"

小乔来不及回话,忽听昏迷中的周瑜蹙眉低喃:"婉儿……婉……"

坐在周瑜身侧的孙策万分惊诧,险从榻上滑落下来。他站起身,与大乔相视一眼,大乔亦神情怔怔,两人不约而同看向小乔,满面愕然。

小乔小脸儿上泪痕未干,她顾不上理会那探寻的目光,急道:"周公瑾体内剧毒沉积,请遍舒城中的名医,皆说治不得。若是这般拖延下去,不过两三日,他便会毒发身亡……"

孙策重拳拍案,大步向外走去:"此地离居巢不远,我即刻去请张仲景那老汉来!"

小乔摇头:"我下午已经托陆府的人去问过了,说是张神医几日前已经回了长沙,不知道要何时才能再回庐江来。"

孙策颓然扶额,咬牙道:"就算死我也要救公瑾! 张仲景找不到还有华佗! 横竖一定要医!"

正在这时,陆逊轻叩木门,拱手道:"打扰了,听到这里有些喧哗,祖父不知何事,让我来问。若有能帮得上的,但凭差遣。"

孙策心急如焚,说话不由冲了几分:"小孩儿,你知道神医华佗吗? 他现在可在庐江?"

陆逊哈哈一笑,小大人似的背着手:"华神医确实曾在庐江用药行医,但已是十年前的事了,你怎的竟连这也不知道?"

眼前这十一二岁的小屁孩竟敢轻视自己,孙策不由气不打一处来:"那你来这有什么用,什么忙都帮不上。去去去,一边玩儿去。"

小乔好似突然想到了什么,疯了般拽过大乔手中的包袱,颤手翻出一只小小的瓷瓶,递给陆逊:"劳烦你去帮我寻庐江最好的郎中来,让他看看,能不能照着这个再给我配一服一模一样的药来。"

陆逊打开瓷瓶,只见内里空空如也,一粒药丸也没有,不由满面疑惑:"姑娘是不是疯了? 这里什么也没有啊?"

小乔上前一把薅住陆逊的衣襟,急道:"我知道这药用完了,劳烦你找大夫闻一闻。但凡药材皆有气味,只要是有经验的郎中,定能闻出里面的成分。"

"懂了,我这就去。"陆逊正正衣襟,悻悻而去,嘴里嘟囔:"这哪是来做客,简直比主人还厉害嘛……"

三更天,漏断人静,孙策独自立在陆府回廊下,望着周瑜房中微弱的火光发怔。

大乔不知何时走上前来,将玄红色披风轻轻披在孙策身上。孙策顺势捉住大乔的手,低问:"公瑾怎么样了?"

"陆公子按照婉儿所说,找了七八个郎中,挨个闻那个药瓶子,让他们一起斟酌对应的药方,想来周明廷很快就会有救了。"

孙策未再多言,只是将大乔拉至身前,紧紧抱住。不同于往常的霸道无礼,今夜的孙策竟在微微颤抖。大乔知晓他担忧周瑜,劝慰道:"周明廷平日与人为善,相信吉人自有天相,定能逢凶化吉的。"

孙策沉默半晌,轻声叹道:"十年前,父亲征战在外,我们母子四人初到庐江无处容身,是公瑾让出了家中老宅,为我们遮风避雨;三年前,父亲不明惨死,我悲痛万分,不知今后该如何是好,又是公瑾,助我料理善后,还劝我勤修武艺,与我一道研习兵法。我与他,虽无血缘,却比骨肉至亲还亲……"

"你们相交十余载,一心为着彼此,自然是万分投契。不过话说回来,我从未见过婉儿如此专注,虽时常急得大哭,却耐着性子逐一回答那些郎中的提问。我这做姐姐的真是失职,竟不知她已经钟情周明廷到如此地步……"

正当此时,厢房房门忽然大开,陆逊送几名郎中走出,孙策与大乔赶忙迎上前去:"怎么样?能把药配出来吗?"

陆逊拱手回道:"几名郎中闻了许久,都写了方子出来,用哪几味药已经可以断定,只是……"

"只是什么,你倒是说啊!"孙策最讨厌儒生讲话慢慢吞吞,一把拉过陆逊,高声质问。

这小乔与孙策倒像是亲兄妹,动辄薅人衣襟,气势慑人。想必周瑜对于他们皆是万般重要,陆逊不愠不恼回道:"只是各味药材用量配比,竟有二十几种方法。周明廷已是命悬一线,再经不起试药折腾了。"

孙策无力地松开陆逊的衣襟,跨步走回周瑜的房间。卧榻上,周瑜仍是那般虚弱,冠玉般的面庞上血色全无,他合目卧着,长长的睫毛微微颤动,鼻梁笔挺,气息愈发微弱。孙策再忍耐不住,语带几分哽咽:"公瑾……"

小乔坐在木案旁,对房内仅剩的那名郎中道:"大夫,我们就按照先前之言,由你负责配药,我来试药罢。"

大乔闻言,又惊又怒:"婉儿瞎说什么,怎么能这么胡来,肯定还……"

"这不是胡来,"小乔甚少反驳大乔,此时却径直打断了她的话,"上次巢湖遇袭后,我身上残毒未消,只要在我身上试试,便会知道哪种才是解药。姐姐放心,我每次只试一点,隔半个时辰试一次,断然不会有事的。"

大乔仍不同意:"是药三分毒,哪里是开玩笑的?解毒之法,无外乎以毒攻毒,这二十余种解药试下来,你……"

"姐姐,如果此时躺在那里的人是孙伯符,你又会如何?你会置之不理,眼睁睁看他断气吗?!"

听到小乔提起自己,孙策长叹一声,却未插话。他双手合掌,强迫自己冷静下来:张仲景那老汉,平时烦得要死,要找他的时候却找不到;华佗行踪不定,好游名山,亦是难以指望。难道眼下真的只有让小乔试药这唯一之法吗?一个不小心,他们二人便会保不住命。孙策只恨自己空余一身武艺,却毫无救人之力。

晚风破窗吹来,凉意侵骨,榻上周瑜却昏然无觉。孙策的呼唤,大乔与小乔的龃龉,周瑜一句也听不见。灵识从未这般模糊,却又陡然清晰,恍惚间仿若回到了两年前,十六岁的周瑜遵照父命,从江东赶回洛阳。他担心父亲身体有恙,快马加鞭,一路疾驰,回到府中却只听说父亲为他定了亲,让他迎娶当朝司徒的嫡女为妻。

周瑜本正与孙策四处游历,纵情山水,现下猛然被叫回,还要娶一个素未谋面的女子为妻,即便孝顺至极,也不由有几分不悦。

还记得那是暮春三月的午后,满城烟雨蒙蒙,周瑜带着家中小厮策马往城中官家花园赶去。

牡丹尽数盛开,在朦胧烟雨间,娇娆妩媚,甚是动人。周瑜游历花丛间,却显得有些不走心,他低声问身侧小厮:"你说王家那姑娘会来此赏花,消息准确吗?"

小厮笑得见牙不见眼:"您放心,我打听的事,断然不会有差池。"

说话间，一辆马车从远处驶来，缓缓停住。三四名丫鬟婆妇搀着一名十四五岁的少女走下车来。

小厮激动地扯了扯周瑜的衣袖："公子，这是司徒家的马车，这位姑娘应当就是司徒的嫡女了。"

周瑜抬眼望去，只见那少女生得甚是瘦弱，模样清纯，眼波温柔动人。周瑜还未说什么，便听身侧小厮蹙眉叹道："倒也算是个美人，只是有些配不上我们家公子……"

看花的人渐渐多了起来，少女随着家丁一道，顺着青石小道迤逦而行。杏花细雨打在身上，沾衣欲湿，少女轻拢长发，纤声细语制止不远处几个攀折花枝的孩子："莫要摘它呀，若是摘了，别人就看不到了。"

几个小男孩看到有人制止，扮个鬼脸儿，起身跑没了影，只剩下个四五岁的丫头，笨手笨脚费了好大的劲，才从花圃上爬下。见小伙伴们丢下自己跑了，小丫头赶忙欲追，却"啪"的一声摔倒在地，大声哭了起来。

此处是官家花园，折花乃是重罪，眼见这丫头的哭声要将看守招来，少女拨开家丁，上前抱起那小丫头，轻声哄道："别怕了，以后莫要乱摘花就好了啊，若是有人怪罪，你的爹娘可要遭殃了。"

这小丫头身上尽是泥水，染脏了少女的襦裙，少女却毫无嫌恶之色，从怀中掏出绢帕，为那小丫头拭泪，而后将她交予身侧婆妇："送她出去罢，别让人为难她。"

看惯了官宦小姐骄横无礼，周瑜的心不由蓦然软了一瞬。正当此时，忽有人上前一拍他的肩背："周公瑾，真的是你！前几日听说你回来，我还想去府上寻你呢！"

此人是周瑜幼时私塾同窗，在此相见自是喜事，可周瑜却有些窘迫。果然，王家一行人听到这高呼声，皆回过头来。少女一回眸，恰与周瑜对视，身侧丫鬟低声揶揄："赶巧了，这位周公子，好似就是司徒为你定的亲……"

常听人说洛阳令周异之子俊逸非凡，是天下一等一的人物，却从未想过有朝一日，自己会与他定亲，更未想过，今日会在此地相遇。少女的小脸儿红到了耳朵根,垂眸一笑,如芙蓉出水,清丽动人。

周瑜看她如此娇羞可人,语调竟是从未有过的温柔:"在下周公瑾,幸会……"

若是时光能永远停留在初遇那日,该有多好。可同样的暮春三月,物是人非,转眼已过去整整两年。即便深陷昏迷,心依然会痛,周瑜颤声低喃,声音越来越小:"婉儿……"

烛火冥冥,案上摆着二十余只药碗,小乔调息凝神,拿起一只,放在嘴边欲饮。大乔一把按住她的小手,央求:"总还有别的法子……"

小乔一把推开大乔的手,仰头将碗中汤药一饮而尽:"他受伤都是因为我,即便死,我也要救他性命……"

小乔每次服药后,皆由郎中诊脉,判断所服药物是否为解药配比。如此大半日下来,小乔已试了十余服,却仍未找到真正的解药。

郎中切脉的手颤抖不已,他悬壶济世数十载,治病救人,从未眼睁睁看人深陷泥淖,阻止不得。这丫头体内五行倒转,身体本就不好,这十来碗药喝下去,仍能在此处安坐着,已是奇迹了。

众人皆一夜未眠,大乔看着小乔,既心疼又无奈,明知无法劝阻,只能在心底一遍遍地祈求。

又过了半个时辰,小乔复端起药碗,谁知方咽下,便使劲呛咳起来。大乔赶忙上前帮她捶背,小乔只觉嗓内一阵腥甜,一口鲜血咳出,濡湿了锦绣衣袂。

大乔吓得直掉眼泪,疾声问一侧的郎中:"你不是说剂量极小,不会有事吗?婉儿怎么会咯血了?"

郎中额上虚汗涔涔:"是不会有性命之忧,但这解药中有一味砒霜,这丫头不吃不喝不眠不休,只怕是药物直达胃底,刺激出了血啊……"

血吗?昏迷中的周瑜眉间微动,思绪飘至去岁秋日那个悲伤的雨夜。彼时父亲因疫过世,他带着重病的妻子扶灵回舒城老家,还未到舒城境内,妻子已陷入弥留之中。

夜幕昏暗,大雨滂沱,周瑜抱着轻若落叶的妻子坐在破庙中,感受到怀中生命逐渐流失，周瑜哽咽不止，一声声唤："婉儿，婉儿……"

病怏多日的妻子抬手轻抚周瑜的眉心："周郎，我不喜欢看你皱眉，活像个老夫子……"

周瑜轻笑一声，眼泪却簌簌落在了妻子面颊上，他赶忙抬手，轻轻为她拭面："婉儿，只要你在我身侧，我就不会皱眉。"

怀中妻子莞尔一笑，青玉般的面庞上泛起了几丝红晕："周郎，方才我做了个梦，梦见自己变成了佛前拈花的小丫头……"

周瑜的心猛地一痛，将怀中妻环得更紧，嘴上却玩笑着："即便佛祖来抢你，我也不会放手的。"

细软的长睫毛上挂满泪滴，妻子瘦如柴骨的小手费力攀上周瑜的肩头："周郎，我想穿那件嫣色的襦裙，你帮我换上好不好？"

周瑜强忍着心痛，怀抱妻子起身，拿起包袱找出裙裳，细心为她换衣。妻子气若游丝，她费尽气力，捉住周瑜的大手："周郎，你还记得吗？我们初见那天，我穿的就是这条裙子。"

周瑜极力忍泪，故作轻松："我当然记得……婉儿，我永世都不会忘……"

妻子陡然落泪，痴痴凝望着周瑜："周郎，我不过是个最平凡的女子，此生能嫁与你，已是三生有幸。今夜过后，你就……忘了我吧……"

"你说什么傻话，我怎么可能……"反驳之话还未说出，就见妻子猛然开始呛咳。周瑜赶忙抚着她的后背，为她顺气，可她并未有丝毫好转，一口鲜血落在他月白色的长袍上，如雪中落梅。

周瑜心惊不已，浑身战抖。妻子的气息愈发微弱，她低声喃道："周郎……你，你跟我说说话罢，别让我，害怕……"

明白此生挚爱大限已至，周瑜忍着眼泪，在她耳边一字一句说着："婉儿，再过八十里路，就到我们的老宅了。我在巢湖边为你种了一排桃树，不知明年会不会开花……"

"你说打小没出过洛阳城，我想带你去爬山，去看海……海很大，你一定会喜欢……"

"我和伯符曾约好,将来一道带着妻子儿女去大漠,听说大漠的落日特别恢宏。你还未见过伯符,但我相信你会喜欢他,他是我此生最好的朋友……"

"婉儿,我好后悔……若我和你青梅竹马该有多好,我想早一点,再早一点把你娶进门……可现在还是只剩下我一个,婉儿,你怎么这么狠心……"

瘗玉埋香,孤魂已乘孤鸿去,缥缈无踪。怀中那瘦弱娇小的身子渐渐冷了,周瑜怎么也无法将她焐热,徒剩苍凉满怀。心中之痛何止撕心裂肺,周瑜再也绷不住,眼泪不住滚落,竟比庙外的秋雨还急:"婉儿,你竟说让我忘了你,我如何才能忘了你啊,婉儿……"

回忆来袭,如波涛卷怒浪,令周瑜窒息沉沦。厢房内,其他人却欢呼雀跃。大乔落泪而笑:"试了快二十种才找到解药,婉儿,你快回房休息罢,其余事交给我。"

小乔心中大喜,早已忘却了试药之苦,摇头:"姐姐熬了一夜,快去休息罢,我去煮药。"

陆逊深知自己已沦落为使唤童子,先声夺人道:"你可是要去膳房?随我来吧。"

孙策终于松了口气,恭恭敬敬对那郎中行了个大礼。郎中赶忙回礼:"不必谢老夫,要谢就谢那小丫头罢。"陆府下人早已备好厢房,请郎中休息。郎中捶捶困乏的身子,随之退了下去。

孙策对大乔道:"莹儿,这两日连惊带吓,实在委屈了你。你去睡会儿罢,我看着公瑾就好了。"

大乔摇头:"你才累坏了,现下周明廷无事,你去睡会儿罢。等婉儿煮了药回来,我们喂给他吃。"

孙策不由分说,一把将大乔横抱而起,跨步走入旁侧厢房,将她放至卧榻之上:"美人儿怎么能不睡觉呢?若是熬坏了,旁人定会说我对你不好。"

两人近在咫尺,气息相交,大乔不由想起昨日大别山下,孙策目光定定捧起自己面颊那一幕。她眼眸低垂，小脸儿霎时红透，不敢与孙策相视。

孙策望着眼前如花似玉的美人儿，坏笑："莹儿怎么脸这么红？在想什么呢？"

见孙策竟然戏谑自己，大乔又羞又恼，狠命推着孙策："滚。"

大乔连生气的样子都这般好看，孙策心驰神荡，在她额上轻轻一吻。只见孙策面颊微红，手心里细汗涔涔："莹儿，你别恼，我打算找你爹提亲了。"

厢房卧榻上，周瑜不知自己究竟睡了多久，亦不知自己被小乔、孙策等人喂了多少次汤药。他缓缓睁开眼，发觉自己躺在一片残阳斜照下，愣怔半晌，渐渐想起那日与小乔在大别山夹谷中遇险之事。

孙策一直守在榻旁，见周瑜醒了，他无比欢欣上前，调侃："你可算醒了？不过这里没有婉儿，只有策儿，若要找婉儿，且等她熬药回来。"

周瑜浑身麻木发沉，他握起拳来，缓缓恢复着四肢的感觉："你在说什么疯话？"

孙策睨着周瑜，笑嘻嘻道："你我兄弟，有什么好装的？梦里你可是一直喊人家姑娘名字，不过那丫头也真够义气，竟为了你以身试药。以前我以为你会做我妹夫，没想到现下却是要娶我妻妹。罢了罢了，横竖我们都是亲戚，你也跑不开……"

孙策这一席没轻没重的话，让周瑜着实消化了好一阵。他沉默良久，才低声回："先夫人王氏，单名一个婉字。"

孙策惊得张圆了嘴，可他还没来得及说话，便听得房门外一声脆响。他赶忙跑出门去，只见小乔早已没了踪影，空余一只木盘、一地碎瓷和四溢流淌的药汤。

孙策不由无语，回头望着周瑜。周瑜面色惨白，眉头紧锁，亦说不出一字。

## 第十九章 千钧一发

舒城外,水光十里,小乔立在巢湖边,挥泪如斛珠洒落。雀鸟繁花见美人呜咽,振翅惊飞,香残粉堕,甚是应景。

小乔却无心细观,愁肠百转。周瑜对她如何,她心知肚明,亦从未期许他会对自己有情。可那一声声的"婉儿"确实让她有了几丝不切实际的神往,现下梦醒了,不过是一场误会,空余惆怅满怀。

可她心里清楚,即便没有那几声"婉儿",她依然会豁出命去为周瑜试药。打小长在军营,她早已看惯世态炎凉人情冷暖:父亲征战若胜,她们姐妹二人便能过几天安稳日子;若败,她们便会饱尝冷眼。所以她爱穿男装,勤修武艺,生性要强,皆是为了保护姐姐,亦是为了在乱世中谋得一方栖身之所。

可周瑜与旁人不一样,他不攀附父亲官阶,不觊觎姐姐美貌,待人赤诚坦荡。自己不由被他吸引,豆蔻年华,情窦初开,在所难免,实在是怪不得他,亦怪不得自己。小乔抬起手,拭去脸上的泪珠,转身欲向回走。无论如何,她都不希望大乔担心。

道旁忽然传来一阵策马声,小乔一个激灵,赶忙躲入一侧的灌木丛。策马之人渐渐靠近,竟是韩当。小乔这才从树丛中走出,高喊道:"韩将军!"

韩当看到小乔,急急勒马,翻身而下:"小乔姑娘怎在此处?我家少将军不是送你们回皖城了吗?"

听了韩当这一问,小乔不由想起那日湖畔的怪鸟,心中一颤。韩当见小乔面色不好,心急万分:"小乔姑娘这是怎么了?难道少将军遇到了什么不测?"

小乔揉了揉眼,勉强挤出一丝笑意:"没事,周公瑾染了风寒,孙伯符和姐姐都在陪着他,眼下都在陆康府上。"

韩当一怔,心中暗叫坏事:"这可糟了!"

这下不解的换作了小乔:"什么糟了?"

小乔是乔蕤之女,并没什么好欺瞒的,韩当拿出身后信筒,无奈道:"袁大将军命少将军率兵讨伐庐江太守陆康,还让乔将军于翼侧支援。一个时辰前,二万大军已抵达六安,我这快马加鞭赶来,正是为了给少将军送信,没想到他竟然就在陆康家里,这……"

小乔亦是一惊,顷刻明白了事态严重:"韩将军,你是袁军将领,若是出现在陆府,定会引起陆康怀疑。你若信得过我,就把这信笺交给我。我现在就回陆府去,把他们都带出来。"

韩当犹豫片刻:"所言有理。来,快上马,我们得赶在陆康的信使到陆府前把大家带出城去。"

陆府中,大乔重新烹好一服新药,端入厢房,递与孙策。孙策见大乔神情不悦,哄道:"莹儿,我们真的不知道你妹妹在外面,如果知道的话,肯定不会说出那些话引她生气的。"

大乔瞥了孙策一眼:"你与周明廷自幼相识,怎会连他先夫人的名讳都不知道?"

孙策赶忙辩解:"只有定亲时才会纳彩问名,旁人不知道又有什么奇怪?再说公瑾是我兄弟,我无故打探他夫人名讳作甚?"

见大乔仍一脸不快,孙策忙向周瑜递了个眼色,谁知周瑜回过头来,望着大乔问道:"大乔姑娘,令妹年幼时是否遇过什么怪事,或是认识什么怪人?"

大乔未想到周瑜会如此问,她思忖片刻,回道:"婉儿小时候走失过,父亲动用所有关系去寻,都没找到。谁知过了大半年,婉儿竟自己回来了。问她去过哪里,接触过什么人,何人把她带走的,皆说不记得了。只是回来后,婉儿便学会了石箭之术。"

"公瑾,你问这做什么?"孙策十分不解,"难道那鸟……"

"那些怪鸟确实是冲着小乔姑娘来的,只是她小小年纪,亦无仇家,为何会有人以如此阴毒之术意图害她性命?所以我推测,应是与她幼时经历有关。"

孙策点头:"也是呢,若是乔将军的宿敌,不可能只针对小乔姑娘而不针对莹儿……"

忽闻有人轻叩木门,大乔翻身上前,打开房门,只见陆逊带着一名鹤发白须的老者立在门外。

见到大乔,陆逊拱手:"这位是我的祖父,听闻孙郎竟打跑了太史慈,特来相见。"

原来这老者正是庐江太守陆康,孙策正正衣襟,走上前来,恭敬一礼:"来府上叨扰多日,还未来得及道谢,请陆明府海涵。"

陆康摇手笑道:"江东最好的两个儿郎都在我府上,老朽万分荣幸,哪里是叨扰?"

陆逊搀扶着陆康走进厢房,卧榻上的周瑜强撑起身,拱手礼道:"身染剧毒,失礼于陆明府,万望见谅。"

陆康上下打量周瑜几番:"到底还是年轻,这就能下地了。"

舒城北门,韩当将小乔从马背上放下,随后从怀中掏出竹简,递上前去:"事不宜迟,乔将军率军南下六安的消息恐怕很快就要传到陆康那里,一定要尽快让少将军离开这是非之地,韩某就在此地接应你们。"

小乔点了点头,立刻顺着大街朝陆府的方向飞奔而去。傍晚时分,行人寥寥,小乔灵巧地穿街过府,如春燕般轻盈迅捷。她深知,庐江府衙的信使定然已在路上,晚一步便可能陷姐姐、孙策与周瑜于水火之中。

小乔穿出街巷,来到一弯清河畔,陆府宅院正在对岸。小乔三步并作两步朝不远处的石拱桥奔去。谁知拱桥上两驾马车冲撞,两拨人横在桥上起了争执,不少行人围观,将原本便不宽绰的桥面挤得水泄不通。

不走拱桥便要绕路,一绕就是七八里。小乔再不能等,箭步冲向马车,一脚踏上车辕,借势腾空半丈,踏上拱桥扶栏,轻快穿越而过,稳稳落在了河对岸。

陆府厢房中,孙策与周瑜皆未察觉近在咫尺的危机。陆逊笑道:"未想到孙郎年纪轻轻,武功竟已如此了得,能将那太史慈打跑……"

孙策被这么一夸,不由有些骄矜:"那太史慈有那么厉害吗?我怎的从未听说过?"

"此人在东莱颇有名望,号称无敌,曾单人单骑解救北海太守孔融……"陆康边答边打量着眼前孙策,见他身形瘦削,眉清目秀,直叹难以置信。

孙策轻笑着挠了挠头:"赌注太大,孙某不得不胜。"

大乔烹茶而归,听到这一句,又与孙策四目相接,小脸儿霎时红到了耳根。孙策亦有几分不好意思,偏头望向了别处。

陆逊到底是个孩子,不依不饶问周瑜道:"那日见到周郎时,周郎已经昏厥,未能得见英姿,实在可惜,若能露一手……"

孙策即刻出言否决:"不行,公瑾身子才好,露什么露啊。"

陆逊仍旧不肯罢休:"不是说江左周郎箭术奇佳,擅长投壶吗……"

陆康制止他:"伯言,客人不愿意,哪有逼迫的道理。"

陆逊一脸沮丧,拱手一礼:"是。"

周瑜见气氛尴尬,含笑捡起桌案上的筷箸,随手一抛,筷箸竟像是着了魔一般,径直落入了厢房外婢女手捧的铁壶中。

陆府后院外,小乔爬上参天乔木,张望着厢房内的情况。只见孙策与周瑜正与一位白髯长者一处叙话,陆逊坐在老者旁边,为宾主斟茶斟酒。

小乔心中大叫不妙,陆康竟然来看周瑜了,手里这军事密函又要如何送到孙策手上?

正思索间,大门处传来一阵骏马嘶鸣,小乔远眺而去,只见一信使模样之人策马停在前门。小乔顿觉不好,立刻跃下大树,跳至院中假山后,恰好被抬手投壶的周瑜瞧见。

陆康节俭,故而陆府后院家丁不多。若非情急,小乔必然不会无故翻墙,周瑜略一思忖,起身道:"我去更衣,失陪。"

陆府回廊下,信使三步并作两步匆匆向前走,忽见一小美人儿迎面走来。信使见是女眷,忙低头回避,恭敬一揖。

小乔眨眨明眸:"这位大哥请留步。"

"敢问姑娘是?"信使颇为疑惑,却又不敢抬眼相看。

小乔娇俏一笑,语调轻快道:"祖父正在会客,不欲外人打扰。若有军中急件,交给我便好,我必尽快转达。"

信使听罢,略一抬眼,只见小乔明眸善睐,姿容绝世,一时忘乎所以,待发觉自己无礼时,赶忙低头:"原来是陆姑娘,属下失礼了。这信笺乃是前线急件,还望陆姑娘尽快转交明府,属下在前厅等候吩咐。"

语罢,信使快步退下。待他走远不见,小乔深吸了一口气,团身躲入暗影中,她打开信件一看,所报果然是父亲率部来袭的动向。

"若不是那人没见过陆家两位姑娘,你这冒牌的可要露馅了。"周瑜清冷的嗓音从身后传来,吓得小乔原地蹦起。

还未想好如何面对他,他却已站在了身后。军机不可误,小乔强迫自己调息凝神,缓缓转过身来。

周瑜身长八尺,小乔年纪尚小,脑袋还不过他的肩线。她不敢抬头,小脸儿红得羞煞桃花,嗫嚅道:"干吗站人身后,想吓死谁啊。"

周瑜不动声色,冲小乔摊开掌心。小乔一怔,脑中不知翻滚过多少怪念头,差点把自己的小手放上。

周瑜哪里知道她在想这些,径直拉过她的手打开信笺,看罢脸色大变。小乔这才反应过来周瑜要的是信,赶忙将韩当那一封递上:"事不宜迟,我们必须即刻离开此处。我去爬上后院那棵大树,趁机把老太守打翻,你带上我姐姐和孙伯符……"

周瑜不由笑了起来,弯身低声对小乔道:"哪里需要那么麻烦,只消……"

厢房中,孙策仍在与陆康笑谈,心下却暗暗嘀咕:公瑾更衣去已有一盏茶的工夫,难道身体未康复,失足落坑了不成?

正当此时,后院忽然传来一阵嘈杂人声:"走水啦!走水啦!快来人哪!"

柴房处浓烟滚滚,似有大火之势,后院中为数不多的家丁闻声,尽数赶了过去,陆逊亦搀扶着陆康走出查看火情。大乔与孙策正犹豫之际,忽见小乔怀抱包袱冲入厢房,对他二人道:"快走!"

后院大门处,周瑜套好了马车。见小乔带着孙策与大乔快步跑来,周瑜赶忙掀开车帘。孙策不由分说,一把将周瑜推入车中:"你大病才好,进去坐着!"

待众人坐好后,孙策速速关好车门,扬鞭一挥,驾车向北城门外疾驰而去。

与此同时,陆家下人皆聚在井边,灌满铜盆木桶后,冲进柴房,却只见陶瓷米缸里放着一大捆浸湿的木柴,火光寥寥,烟雾弥散。

回廊下,陆康眯着眼,总觉得今日之事哪里不太对劲。一下人忽然来报:"陆明府,大事不好。有前线信使称自己被府中女郎君截了密函,可女郎君皆回老宅去了,这……"

陆康明眸一聚:"密函所告何事?"

下人拱手回道:"袁术两万大军已抵达六安,恐怕明日一早便会到达舒城了!"

陆康急问:"先锋是谁?"

"这……是个从未听过的名字,好像叫孙、孙伯符?"

血色云霞下,孙策驾着马车在舒城街道上疾驰。车厢内,周瑜大病初愈,咳喘不止。

小乔十分心疼,嘴上却不好承认,递上牛皮水袋玩笑道:"你那烧湿柴火的馊主意,不光吓着了旁人,也熏了自己呢,快喝口水压一压罢。"

周瑜接过水袋:"多谢。"

大乔看不惯小乔如此卑微,偷偷扯了扯她的宽袖。谁知小乔笑得没心没肺,冲大乔做了个鬼脸,示意自己无事。大乔瞬间无语,当着周瑜又不好说什么,只得作罢。

孙策御马如乘风,很快便赶到了舒城北门处。韩当见到孙策,心中巨石落地,上前拱手:"少将军无恙,真是太好了。"

孙策笑对韩当道:"还说呢,我在六安左等右等不见你来,这才孤身南下,差点就被山越贼人所害……朱将军也随军来了罢?我母亲与弟妹已经平安到达吴郡了?"

"是,府上一切皆好,少将军可以放心。"

周瑜与大小乔一道走下车来,分别与韩当见礼。大乔问道:"韩将军,父亲可有话带给我们姐妹?我们是不是不必回皖城了?"

"正是,恰好二位姑娘在此地,不消再去皖城相接,随我一道回六安便好。"

孙策笑得合不拢嘴,上前一步捉住大乔的小手:"太好了莹儿,我们不必分开了。"

孙策看大乔的眼神简直犹如干柴迸火星,韩当老脸一热,转头过去不敢相视。大乔羞赧不已,可她顾惜孙策颜面,不好直接抽手,转言低声道:"周明廷你打算如何安置?难道还让他扮匈奴谋士吗?"

小乔瞪大眼睛,等听他二人如何决断。谁知孙策与周瑜对视一眼,旋即一笑,什么也没说。

人定之时,一行人终于赶到了六安城外驻军之处。星辉倒映,清河银河水天相接,八百连营介乎其间,宛若天兵之阵。孙策的两千将士扎营在前,乔蕤率兵一万八千屯兵在后,两军营地相距不过两三里,互相照应,各为掎角。

程普与黄盖早早在营门处相候,看到孙策,二人恭敬揖道:"少将军。"

孙策与周瑜一道走下马车,与程黄二人见礼后,孙策回身对韩当道:"劳烦韩将军再辛苦一趟,送两位姑娘回乔将军营地。"语罢,孙策掀开车帘,又低声对大乔道:"莹儿,我得空便会去看你,我们的事……你且放心。"

大乔乖顺地点点头,缓缓放下了车帘。小乔见周瑜果然只顾与黄盖唠家常,根本没留神自己,不由有些失落,可她转念一想,忽然笑了起来:"姐姐,那日你在河边说自己答应嫁与乐就,把孙伯符气了个半死,现下……"

大乔见小乔一副看热闹不嫌事大的模样,好气又好笑:"婉儿学坏了,只知道打趣姐姐。"可她心中确实泛起了几丝忧虑:领兵作战需要通力合作,若因为自己,令他二人心生嫌隙,岂非害了他们?

孙策周瑜与程普黄盖一道向营帐走去,孙策低声问:"这袁术为何忽然要打庐江,真是稀奇。"

程普满面肃然:"少将军,以末将之浅见,你最好即刻去拜访乔将军。他是袁术心腹,此次前来,既然是带兵助你,有些礼数还是要遵循一下的。"

孙策略点点头,想起方才在陆府那一幕,仍是心有余悸:"若非公瑾和小乔姑娘急中生智,还未开战我们便成了陆康那老头的阶下囚了,岂不是要成为千古笑话。"

黄盖回道:"各路诸侯割据,形势错综复杂,少将军行事需得小心加小心。若仅凭一己好恶行事,容易遭人暗算啊。"

不待孙策回话,程普便急急插话:"此事倒不能全赖少将军。据我所知,袁术之所以讨伐陆康,乃是因为陆康拒绝给他提供粮草,还写信骂他叛逆……"

孙策惊道:"这么说,陆康那家伙早就知道袁术会来讨伐他?那他为何还如此厚待我?难道是想伺机害我不成?"

"陆康应当不知你在袁术帐下,但他确实对袁军有所防备。"周瑜边思忖边说,"从其得知山越作乱,到出兵讨伐,前后不过半个时辰,陆康只怕早已开始磨刀。只是以袁术的脾性,本应该亲自讨伐,现下却让你来做先锋,又让乔将军督军断后,显然是利用我们来替他啃这块硬骨头。"

孙策叉着腰,十分不服气:"硬骨头?老骨头还差不多!不过,我看那老头颇明事理,也不像贪恋权势之人,若我以理服之,告诉他我此来只为取城,对他陆家和舒城百姓都秋毫无犯,他那么大年纪了,有何理由拒绝?"

程普附议:"少将军英明,正所谓不战而屈人之兵,善之善者也。"

周瑜却没有这般乐观:若真能如此顺利自然大喜,若是不能如愿,又该如何是好呢?

"话说回来,二位将军可知道乔将军此次出兵,带的是哪位裨将?"周瑜问道。

黄盖笑回:"是个年轻的小将,比少将军和公瑾只大一两岁,名叫乐就。"

周瑜一听这名字,忍不住无奈而笑。果然,孙策停下了脚步,站在原地,俊俏的面庞登时拉黑,仿若抹了锅底灰一般。

## 第二十章 慰我彷徨

明月不知何时升起，流光皎洁，映得星河黯淡。孙策与周瑜策马向乔蕤军营奔去，想到大乔与乐就同在军中，孙策满心皆是说不出的烦闷，足下这两三里路更似万里般冗长。

大帐里，乔蕤正与下属研究庐江的山形地势，忽听帐外来报："乔将军，孙少将军求见！"

乔蕤笑对左右道："这孙少将军倒是勤谨，漏夜赶来，快快请进！"

孙策与周瑜一同走入大帐，上前对乔蕤一拱手，只听孙策说道："乔将军，这位是我的好友，居巢县令周公瑾，听闻我带兵讨伐庐江，特来相助。"

打那日从刺客身上搜出周瑜画像，孙策便知晓，袁术已开始注意他身侧的铁面谋士。与其坐等拆穿，不若让周瑜以居巢县令的身份重新来到他身边，反倒令袁术一时无理由下手。

乔蕤看到周瑜，面色如常，赞许道："江左周郎真是百闻不如一见，孙少将军得你相助，定会如虎添翼。"

帐中两名小将亦上前与孙周二人见礼，乔蕤介绍："这两位是我的裨将，李丰与乐就。"

原来眼前这厮就是乐就，想到他竟趁自己不防，去找大乔表明心迹，孙策便气不打一处来。

见孙策面色暗沉,指节凸白,周瑜赶忙出来打圆场:"乔将军虎狼之将,两位将军亦是年轻有为,今日得见真乃幸事。"

嘴上虽这般客套着,周瑜心里却忍不住笑孙策:他可是吴郡无数少女心中的翩翩公子,高不可攀,在大乔面前却如此笨拙。那乐就虽不像小乔所说的那般不堪,中等样貌,身材魁梧,与孙策却是云泥之别。

好在孙策虽然吃醋,却未忘记正事:"乔将军,讨伐檄文是否已送到舒城了?"

乔蕤回:"与行军同步,约莫明日一早便会放在陆康老儿的桌案上。"

孙策行至沙盘前,指着舒城的标识比画:"庐江一郡,物阜民丰,舒城位于其中,北靠大别山,南依巢湖,易守难攻。不瞒乔将军,昨日我与公瑾就在舒城内,其城四方,粮库充盈,民生殷实。若要强取,只怕损兵折将,亦难攻克。"

乐就凑上前来,对乔蕤道:"将军,孙少将军之言,令我想起一计:听闻陆康早先将家中女眷尽数送回了吴县老家,若是……"

周瑜即刻出言否决:"不可!若用挟持女眷这等卑劣手段,天下人不仅会耻笑孙少将军无能,更会诟病袁将军与乔将军卑劣无道。"

"上兵伐谋,其次伐交,再次伐兵,其下攻城。此招乃是谋略,我们请陆明府的家眷来营里坐坐,又不伤害她们分毫,天下人如何诟病?"

"既然乐将军如此大度,我不妨便请你的老子娘去我营里坐坐罢。"孙策睨了乐就一眼,冷声回道。

不知为何,孙策看自己的神情仿若大敌,乐就暂且住了口。

攻打庐江之事,确是棘手。乔蕤亦毫无头绪,转而问孙策:"孙少将军既已实地探查,可有破城妙计?"

乔蕤部大举进攻庐江,家眷亦随军而行,驻帐在营地末端。大乔与小乔回到帐内,洗漱完毕欲睡,忽闻私下里窸窸窣窣,笑声四起。

小乔起身对大乔道:"姐姐稍等,我出去看看。"

大乔轻声一应,却有些不走心。与孙策分开还不过半个时辰,自己便已忍不住开始思念他,大乔轻轻环住双膝,素玉般的双足微凉。心悦一个人的感觉,犹如月华洒落,捉不住说不出,却映得满心亮堂。只是乱世如斯,即便相悦,亦不知何时才能相守,如瀑长发披在大乔的瘦肩上,拥着她不安的心。大乔费尽巧思,搜肠刮肚,欲想出妙计,助孙策攻破舒城。

小乔翩然入帐,带来微风清霜,她掩口而笑:"姐姐,你猜是怎么回事?所有的女眷几乎都出去了,竟是因为听闻孙伯符来了,想一睹他的风姿……"

大乔心弦一颤,嘴上却只说:"周明廷也一道来了罢。"

提起周瑜,小乔蹙眉咬唇,嘴角却忍不住往上翘:"他们两个寸步不离,自然也跟来了啊。"

大乔望着小乔,欲言又止:"婉儿……你不生周明廷的气吗?"

小乔明白大乔所指,心头一涩,却不想人知:"不生气啊,又不是第一天知道那老鳏夫想着他夫人,只是有些尴尬罢了。"

话虽如此,只有她自己才知道,听到那句"先夫人王氏,单名一个婉字"的时候,她的心有多痛。可她连作色的权利都没有,姐姐与孙策两心相悦,周瑜又是孙策挚友,难道她要放任自己的小情绪,让众人难堪吗?

小乔拼命克制住心底的悲凉,眨眨清眸,打趣起来:"姐姐,你说我这位孙姐夫大晚上来找爹爹,到底是为了明日攻打舒城之事,还是为了提亲呢?"

方才听闻孙策漏夜前来,大乔亦有一瞬间的惶惑,可大敌当前,孙策既为先锋,哪里有记挂儿女私情的道理。大乔红着面颊驳道:"婉儿净瞎说,孙郎哪会这般冲动。"

大帐里,孙策拱手对乔蕤道:"兵贵神速,孙某欲带兵一千,卯时出发,天亮时赶赴舒城北门,与陆康周旋。乔将军既带有辎重,巳时出发,傍晚与我等汇合便好。"

李丰听了这话,不由哂笑:"孙少将军,舒城驻兵万余,你带兵一千再早赶去,也是人为刀俎你为鱼肉,又是何必呢?"

乔蕤亦十足疑惑:"孙少将军,据探子回报,舒城四面,北城门最高,你却特意攻之,究竟为何啊?"

周瑜见孙策胸有成竹,心下了然,看来孙策与他一样,注意到了舒城北面的破绽。可军机秘事,不宜多言,以孙策的身份,又不好三番五次驳斥乔蕤下属,周瑜含笑拱手道:"不瞒乔将军,我等与陆康是旧相识,一早赶去,乃是欲劝降于他。孙少将军生性仁厚,若非如此,心下难安,请乔将军见谅。"

李丰乐就闻言,面上讥笑之色更浓。乔蕤不好再说什么,只道:"那便如此吧,若是谈不拢,不要贸然攻城,免得损兵耗力,于战事无益。"

孙策拱手称是,却未有离去之意。他沉吟片刻,上前一步,鼓起勇气对乔蕤道:"乔将军,我与大乔姑娘两心相悦,欲娶她为妻,求乔将军成全!"

听了孙策这肺腑之言,帐内寂静片刻,旋即爆发出一阵大笑。乔蕤便罢了,那李丰与乐就竟也敢笑话自己,孙策觑着那两人,只恨不能出手将他们好打一顿。

乔蕤笑够了,上前拍拍孙策的肩:"小子,先前主公赐婚时,你可是跳着脚拒绝,说宁可永世不娶,也不会娶我闺女……"

明明是春夜微凉,孙策却汗如雨下,急忙解释:"那会儿孙某与莹儿相识未深,有所误解,才……"

只听李丰冷声讥讽:"我们二人皆与大乔姑娘相识十载有余呢。"

虽知晓孙策爱重大乔,却没想到他会在此情此景下向乔蕤提亲,周瑜一时愣神,待反应过来,即刻含笑为孙策帮腔:"李将军与大乔姑娘相识十载,却未能俘获美人芳心,如此看来,伯符当真幸运。"

乐就终于明白,为何孙策处处针对自己,不由恨得咬牙切齿。那日他去寻大乔,表明压藏多年的爱慕之意,大乔却如游魂般讷讷,根本听不进他的话,定是已对孙策这臭小子芳心暗许。本打算攻打庐江一役建功立业后,即刻向乔蕤提亲,没承想竟被这臭小子抢了先。乐就气不打一处来,暗骂孙策除了这一副皮囊外,哪里有分毫可取之处。

大敌当前,先锋竟与手下裨将互相暗讽,还是因为自己女儿,乔蕤一时头痛,赶忙出言调停:"孙少将军,你的心思,本将军记下了。只是莹儿打小没了母亲,跟着我南征北战,颠沛流离。做父亲的不图她大富大贵,只希望她找个好人家,过安生日子。孙少将军若能坐上一方太守之位,我便把女儿许给你,如何?"

孙策心下大喜,转念一想又觉哪里不对:"我不应该已经是九江太守了吗?"

生擒祖郎那日,袁术便上表为孙策求封赏,今日更是派了朝廷礼官一道前来,朗读圣旨,却未按约定封孙策为九江太守。难怪方才孙策并未动怒,原来是惦记着大乔,根本没有听清。周瑜上前一步,笑道:"伯符,朝廷封你为怀义校尉,未封九江太守。"

不消说,定然又是袁术背后捣鬼,言而无信,孙策盛怒之下差点骂出声。可不论如何,与大乔的婚事总算有了眉目,孙策拱手对乔蕤一礼:"孙某定当尽心竭力,早成大器,不负莹儿待我之心。"

寿春袁氏大营里,中军帐下,袁术斜倚在正中之位,懒声问眼前报探:"乔蕤部已到六安了罢?"

报探回道:"主公英明,乔将军部半日前已到达六安,预计明日便可抵达舒城。"

袁术满意地点点头:"告诉乔蕤,孙伯符骁勇,不逊其父。可宝剑虽好,却利刃伤人,让乔蕤仔细使用,若有不虞,即刻回报给孤。"

报探拱手称是,速速躬身退了下去。袁术站起身,背手望着眼前的巨大的地图屏风,手中玉玦重重扣在"舒城"二字之上,轻笑喃道:"江东猛虎之子……凭你多猛,还不是我袁某人的帐下之臣!"

卯时既至,孙策从韩当与朱治麾下拣选出擅长弓箭的精兵一千,轻骑快马赶赴舒城。

看到身侧御马疾驰的周瑜,孙策不禁有些担心:"公瑾,你的身子不妨事罢?剧毒方解,又一夜未眠,若是扛不住就告诉我。"

"到底是要娶妻的人了,当真比先前体贴。我的身子不打紧,你记得吗,小时候咱们去爬山,三两日不眠不休,在山里来回走也不觉得累……

话说回来,伯符,我倒是有些担心你。还未开始打仗,你就得罪了乔将军的两名裨将,若是他们从中作梗,不好好配合,吃亏的岂不是我们?"

孙策重重一哼:"那两个酒囊饭袋,原本也指望不上。有你在,至少顶他十个裨将。我本不想为袁术卖命,可他又说,若能打下庐江,便许我做庐江太守,姑且再信他一次罢。若无太守之位,便无法招兵买马,无法为父报仇,亦无法娶莹儿为妻。"

身后程普与黄盖策马紧随,周瑜压低嗓音:"伯符,你留下朱将军率军一千,与乔将军一同出兵便罢,竟然还偷偷嘱咐他看着大乔姑娘的车马,这些事若让身后这些老将们知道,不知该如何笑话你。"

"你以为我让朱治留下,只是为了护着莹儿吗?"孙策一挑眉,一脸贼笑,"对了,公瑾,我先前拜托你的事,你可都准备好了?"

周瑜执鞭拱手,玩笑道:"区区小事,请少将军放心。"

两三丈外,程普看着孙策与周瑜嬉笑攀谈,神色愈发难看,他偏头对身侧的黄盖道:"黄公覆,我们去打庐江,带着个外人,怕是不妥罢。"

"外人?"见程普盯着周瑜的背影,黄盖吹须笑道,"只怕在少将军看来,公瑾不是外人是亲人。你莫要因为他年少就看轻于他,公瑾在江左极有名望,定然不是徒有虚名。"

"沽名钓誉罢了,你看他细胳膊细腿细皮嫩肉的,哪里像是会打仗的样子?"

"呵,"黄盖微一撇嘴,"你这一把年纪了,竟还嫉妒人家公瑾生得好看?会不会打仗,看看不就知道了?"

六安城外驻地处,乔蕤一夜无眠,眼见启明星出于东方,他太息一声,立在帐门处翘首而望。

他十五岁入行伍,至今已追随袁术二十余载,从一个默默无名的牵马小卒,到帐下第一大将,袁术的脾气秉性,他早已了如指掌。此番将兵,名义上是从旁协助,实际则是监视。袁术忌惮孙策,更甚于当年忌惮孙坚。

若非担忧袁术作梗,能得孙策为婿,乔蕤只觉大慰平生。可现下若答允孙策所求,定会将自己与孙策推向万劫不复,乔蕤心下烦闷,深深吸气,却因晨起微凉不住咳喘起来。

大乔不知何时走入帐中,看到父亲咳嗽,她赶忙拾起木架上的披风,为父亲披上。

乔蕤边咳边问:"莹儿怎么来了?"

大乔笑着摊开小手:"父亲今日要出征了,我和婉儿准备了镇咳的草药荷包,父亲莫忘带上。"

家中无子,大乔还未满十六岁,却比别人家的姑娘懂事许多。乔蕤总觉得亏欠于她,今时今日尤甚。可眼下受制于人,一不留神便会惹祸上身。乔蕤踟蹰半晌,开口对大乔道:"莹儿,你听爹的,最近不要去与孙伯符见面了。"

一颗心仿若从九天云霄跌落深渊,大乔手上的荷包赫然坠地,缓缓落入了尘埃里。

## 第二十一章 舒城之战

清晨第一缕日光穿破苍穹,角声满天,孙策率千名将士列阵于舒城外。他身着龙鳞金甲,下跨大宛驹,手握十二锋银枪,器宇轩昂,威风八面。在他身后半丈处,周瑜儒裳纶巾,外披玉麟肩甲,骑着高头白马相随。

飞鸟重檐的箭楼上,年逾古稀的陆康亦是全副武装,可他身边竟无一名守军,只有方足十岁的陆逊在侧相扶。这一老一少孤零零立在城头,实在令见者心酸。可他二人迎风玉立,未有半分怯懦之意。

孙策仰望城楼,高声喊:"陆明府,别来无恙!日前承蒙你照顾,还未来得及言谢,没想到这么快又见面了!"

陆康朗声笑道:"是啊,没想到昨日以礼相待的座上宾不辞而别,今朝竟带着两万大军围我舒城,如此大礼,老夫实在受之不起啊!"

孙策早已料到他会如是说,抬手指天:"我乃朝廷亲封怀义校尉,体恤陆明府老迈,特来接替庐江太守之位。孙某无意伤害陆家分毫,亦不会苟待城中百姓,请你快开城门,免得兵戎相见,祸及无辜!"

陆康冷笑:"呵!接替我的太守之位?朝廷的符节何在?任命的文书何在?若有,老夫立刻大开城门相迎,绝不含糊!怕只怕你名为汉臣,实为汉贼,助纣为虐,竟成了袁术那老贼的帐下走狗!"

孙策借朝廷名义,正是顾惜陆康的颜面,谁知他分毫不留情面,言辞如此难听。列阵中,韩当与程普黄盖皆愤愤,孙策却不急不恼:"陆明府,你口口声声忠于汉室,却不护汉民,即便要舒城生灵涂炭,也不肯放弃太守之位,只怕是贪恋权势,而非为了尽忠罢?"

陆康闻言,放声而笑。陆逊年轻气盛,再按捺不住,劈头盖脸骂道:"孙伯符!你莫要血口喷人!我祖父为人如何,城中百姓自有公论!明明是你觊觎我庐江一郡,兴起兵祸,现下反倒要骂我祖父贪慕权势,真是强词夺理!"

孙策抬手扬鞭,指着陆逊:"小毛孩儿,现下世道这么乱,庐江一郡,危若累卵,就靠你们老朽幼童,能守得住城吗?即便不是我孙伯符,也会有旁人来攻,你们……"

孙策话未说完,便听陆逊高声啐道:"亏我还仰慕你吴郡孙郎之名,说到底,不过与山匪流氓无异!"

眼见这般对骂下去,于事无益,周瑜拱手上前:"舒城是周某祖籍,陆太守是周某万分敬重的尊长,而伯符则是我自幼相交的挚友。昨日叨扰是因我意外遇袭,绝无刻意设计,今日之事亦是情非得已。伯符受人之托,若是空手而还,定会惹得袁将军派出更多军队前来攻打庐江,待那时,陆氏一门的命运、舒城百姓的安危又当如何?请陆明府三思啊!"语罢,周瑜深深一揖,良久未起。

陆逊见陆康沉默半响,不禁有些疑惑:"祖父……"

只见陆康仰天一叹:"公瑾,你是个好孩子,老夫明白。想当年,你父亲出任洛阳令,便是老夫在先皇面前举荐。那时你比逊儿现在还小,"陆康眸中尽是慈爱的光芒,抚了抚陆逊的小脑袋,随后话锋一转,"可是你不懂!老夫终究与你们不同!即便先皇驾崩,陆某亦时刻不敢忘恩!老朽已七十有余,若是丢了庐江郡,为奸人所得,将来我奔赴黄泉,有何颜面再见先皇!来人!拿我的汉节来!"

话音方落,一士兵小跑上前,将汉节奉上。陆康双手接过,高高擎起,沉气大喝:"孙伯符!我陆某人在城在,人亡城破!你要进舒城,便从老夫的尸首上踩过!"

听了陆康这一席话,孙策气得直笑:"我说你这老头……你要用汉制,我便沿你汉制;你愿擎汉节,我亦不阻拦,为何定要你死我活啊?"

看到陆康高擎汉节的手微微颤抖,陆逊扶住他的手肘,喃道:"祖父……"

周瑜明白,陆康已劝无可劝,他调转马头,沉声对孙策道:"伯符,我们回去罢……"

孙策仍不死心,高声喊:"难道我身在袁氏帐下,便一定会苛待百姓吗?"

陆康将手中汉节交予陆逊,拾起脚边大弓,以年迈之躯挽弓搭箭,箭矢直落大宛驹足下,惊得大宛驹扬蹄嘶鸣,咴叫不住。与此同时,藏在城垛后的数百弓箭手一齐现身,挽弓如满月,箭矢对准了城下的孙策和周瑜。

"唉!"孙策长叹一声,不得不调转马头,与周瑜一道策马向阵中赶去。

陆逊目送远去的孙策和周瑜,问陆康:"祖父,我总觉得孙伯符并没有袁狗贼那般不堪,周郎亦是人中之龙,难道真要杀掉他们吗?多可惜啊!"

陆康未答话,只是凝望着他二人远去的身影,苦涩一笑,起身走入了箭楼之中。两名弓箭手立刻补上缺位,将弓矢对准了城外平原上队列严整的军队。

战鼓声再度响起,声如雷鸣,一场大战已不可避免。

天明时分,乔蕤部一万八千大军自六安出发,浩浩荡荡向舒城驶去。

大小乔亦随军而行。见大乔不时掀帘观望,小乔不解:"姐姐是不是担心前线战事,才这般急躁?"

大乔愁眉不展:"婉儿,我思来想去,打庐江这事,真是出力不讨好……"

"可不是嘛!那陆太守在江南颇有名望,又年过七十,就算赢了,世人也会说我们胜之不武。孙伯符可真是够倒霉的,方入行伍就遇到这种事,无论进退都不对,这可怎么办啊?"

大乔低垂眼眸,半晌未语。于她而言,孙策只要平安就好,可他身负杀父之仇,又有鸿鹄之志,必会全力而战,想到这里,大乔喉间酸涩,问小乔:"婉儿,昨夜编的那些藤盔,都送去韩将军那里了罢?"

小乔心疼地揉搓着大乔通红的手指,嘴上却不住打趣:"姐姐放心,已全部交予韩将军了。而且我专门交代过,姐姐编的那一顶,可是给孙伯符的。"

寿春城大营中军帐内,袁术连夜查看密函。曹操三十万大军屯兵彭城,派去联络吕布的信使亦没有消息。袁术时常梦见曹军突至,惊悸万分,无法安睡,索性爬起身来,试图从密函中找出些许令人宽心的消息。

各地发来的密函可谓汗牛充栋,堆满了整张木案。袁术嫌麻烦,喊来张勋为其甄选。

张勋强忍着瞌睡,小心翼翼翻阅着,看到紧要的便递与闭目凝神的袁术:"主公,请看。"

袁术睁开双目一看,瞬间醒了盹儿:"该死的曹阿瞒要暗访武平?此事当真?"

张勋思量回道:"曹贼爱好私访,尤其爱访亲友之宅,为不暴露身份,常着常服,不携护卫。日前我曾听闻,他有一养子名曹真,本姓秦,其父秦伯南居于武平。此人平素生活十分简朴,最近却突然买了一头牛宰杀了,故而末将揣测,必是因为曹操将要到访。"

袁术大喜过望,霍然站起:"好!曹阿瞒既然离开了徐州,便一时三刻不会攻来。这等天赐良机,绝不可放过!我这就派刺客快马加鞭赶往武平,务必要将曹操的首级带回来!曹操一死,曹军必四分五裂,我便可趁机拿下徐州和豫州,长驱直入!洛阳,不,天下便是我袁某人的了!"

张勋赶忙拍马:"主公当真英明神武,必将威震寰宇、一统天下!另外……"

话未说完,袁术便已仰天大笑出门而去。张勋无奈地放下手中密函,只见其上书:孙策近侧之铁面谋士,经查明,乃洛阳令周异之子周公瑾是也。

舒城外,大雾忽至,四下弥漫,天地间一片混沌。孙策与周瑜静静立在阵前,许久未动。韩当走上前来,将藤盔递与孙策。孙策瞥了一眼,不解道:"这是什么?"

韩当笑得极其神秘:"龙骨藤编成的,比金盔轻,戴在头上,刀枪无伤,箭矢不入……"

孙策接过藤盔,上下打量,疑窦满面:"这也太难看了罢?真能刀枪不入吗?"

"这可是大乔姑娘的妙计。吴地藤蔓少,故而少将军不晓得。庐江地僻,山上藤条横生。传说百越之地的南蛮便以此制作盔甲,号为藤甲军。"一侧的黄盖出言解释道。

孙策来回翻看几次,递向周瑜:"绿乎乎的不好看,公瑾,你戴罢。"

周瑜手持大弓,目不转睛地盯着城头:"我不上阵前,用不着。伯符,还是你戴罢。"

韩当见孙策不情不愿,蹙眉道:"小乔姑娘专门吩咐,这一顶是少将军你的,说是大乔姑娘编了一夜的工夫,才……"

因为太过担忧孙策安危,大乔一夜未眠,找来随军女眷与护营士兵若干,连夜赶制藤盔。此盔以附近山上常见的硬骨藤的茎制作,轻便多缝,纵横交错坚如磐石,不仅箭矢无法穿透,刀锋亦难以割破。

听说是大乔亲手编的,孙策立即护在怀中,强忍嘴角笑意,佯装想起了什么,岔话道:"对了,韩将军,我吩咐你的事,可安排好了?"

韩当拱手:"请少将军放心!"

雾气渐渐由空蒙淡薄转作浓稠弥天,绝佳战机正在此时。孙策俊脸肃然,轻一挥手,一赤膊壮汉即刻登上高台,铆足全身气力,大力击鼓。

守城士兵们看不见进攻之兵,却听得鼓声震天,杀声四起,以为乔蕤的两万大军已列阵城外,赶忙严阵以待,却难掩心中惊惶。

说时迟那时快,浓雾中嗖嗖射来一排飞箭,几名弓箭手未见敌人,便应声倒地。

指挥弓箭手的将领见此,强摄心神,根据落箭角度判断,认定弓箭手已到达城下,于是高喊:"敌人已到城下,快扔礌石!"

士兵们搬出十几块一人高的巨石,大力抛落,礌石顺着城墙滚落浓雾中,却没有任何呻吟回应,唯有几声木板碎裂似的闷响。守城将士心中诧异尤甚,裹挟着丝缕恐惧,愈演愈烈。

昨夜彻夜未眠的何止大小乔,孙策与周瑜亦秉烛夜谈,商议攻城之事。周瑜将手中的羽扇点在羊皮地图上:"伯符你看,舒城西靠大别山,东临巢湖,城北门正对一处低地。这个季节,西风被大别山阻挡,晨起气温陡升,最适宜形成浓雾,堆积在北城门处,三五丈外,人畜不辨。"

孙策笑道:"昨日逃离舒城时,我亦留意到这一点,可谓天时地利。"

周瑜点头:"攻城最怕从天而降的礌石,故而我等须先借着浓雾从城下向城头放箭,让守军以为攻城部队已达城下,诱敌将礌石抛出。待到那时,我等再行攻城,便可以礌石做掩护,减少伤亡。"

"可若是如此,第一批弓箭手便会被礌石击中了啊。"

周瑜胸有成竹道:"你可还记得,先前小乔姑娘在巢湖边遇袭时,我们得了四个会射箭的机关箱吗?"

孙策恍然大悟,拊掌:"真是妙计!"

于是孙策命韩当连夜赶去居巢老宅,将那四个机关箱运来,趁夜黑风高埋在脚下,以薄土作伪装,这才有了方才浓雾中的万箭齐发。

待石阵落定,孙策亲率八百将士冲锋。士兵们皆背负弓箭,腰挎短刀,抬着云梯大步跑上,以巨石为屏障。守城军这才明白上当,即刻向城下放箭,可上有藤盔抵挡下有巨石相护,孙策部将竟毫发无损。

孙策银枪一挥,示意众人登城,他正欲身先士卒,却被程普黄盖从两侧夹住。程普双目圆瞪,吼道:"少将军莫要逞英雄,仔细伤着!这些杂兵,交给我们这些老将即可!"

前头部队骁勇难当,架起云梯,攀爬登城。守军毫不示弱,合力以长竿将云梯挑翻。

水雾渐渐淡了,周瑜见此,翻身策马,挽弓搭箭射向那些试图挑翻云梯的守军士兵。

情势紧急，程普与黄盖亦策马射箭，掩护攀梯而上的士兵。孙策箭法不精，生怕射中自己人，急得抓耳挠腮，犹如热锅上的蚂蚁。忽然间，一支箭矢迎面射来，孙策偏身一闪，但见城头一众弓箭手正拉弓对准自己。

孙策灵机一动，立即驰马在军阵中穿梭，高喊道："吴郡孙郎在此！"他身着赤红披风万分醒目，此刻更是成了众矢之的。一时间泼天箭雨飞落，惊得程普黄盖即刻策马回援。

孙策将银枪舞得密不透风，无奈飞箭若流星，臂膀仍被擦伤。忽然，一旁飞来数支箭矢，将射向孙策的箭矢悉数击落。

孙策回眸笑道："还是公瑾厉害！"

周瑜无心玩笑，即刻抽出箭矢，继续拉弓。

城门楼处，韩当率十余兵士登城，与守城军近身厮杀。泼天箭雨终于停下，程普策马上前，一把将孙策从马背上拽下："少将军太胡闹了！哪有这么打仗的！"

黄盖见周瑜周身多处擦伤，不由数落他们："你们两个要不要命，啊？才打个庐江城就豁出命去，亏你们还是旁人眼中的人中龙凤，真是……"

话音未落，只听远处一阵喧哗，几十名布衣男子闪现城下，他们用手中的锄头和扁担抢向攻城的士兵，还伺机要将云梯推翻。

孙策不由惊诧："那些是什么人？"

一名将官快步跑来："禀告少将军，舒城的百姓听闻大军围城，特意回来帮陆明府，属下不知该如何处置啊。"

周瑜心生不忍："伯符……"

孙策未想到事情竟会如此，吩咐程普："传令下去，不要杀害百姓，若阻拦攻城，驱赶到一旁即可……"孙策话音未落，却见百余百姓自东西两侧拥来，其间不乏老弱妇孺，他们与攻城士兵互相拉扯，即使以刀斧吓之，亦不退缩。

孙策不禁目瞪口呆，眼见攻城的士兵们要被人流团团围住，孙策下令："撤！撤退！"

令官即刻鸣金示意，众兵士速速撤回。可韩当已杀至城楼，被守城士兵趁乱按在城垣上，劈刀砍下，眼见要身首异处。孙策等人皆相距数十丈，心急万分却无法搭救。

　　撤离的兵士中有两人格外显眼，一人身高近十尺，另一人则只到他腰间，见此情形，小个子大喝一声："阿泰！"那高个即刻回身，托起小个子，向上奋力一扔，小个子蹿出数丈，飞出袖中刀柄，重重击在了守城士兵眉心处。

　　韩当趁此机会，一把推开守城兵，撑起身子飞身跃下城墙，与其他士兵一道撤退而去。

　　此战虽败，孙策嘴角却泛起了一丝轻笑："有意思……黄将军，吩咐下去，清点伤亡，扎营城北。待乔将军率部赶到后，再做打算。另外，把方才搭救韩当的两名士兵叫来。"

## 第二十二章 进退失据

舒城之北有山名曰紫蓬,因仙雾出峰、紫气东来而得名。攻城罢,孙策率军于此山南麓扎营,与舒城相距约十里之遥。

韩当清点过伤亡人数后,入帐对孙策道:"禀少将军,此役我军伤约百人,其中重伤者四十有余。阵亡十五人,已尽数收敛,饷贴抚恤按照军规,择日发放至其家中。"

凡战必有死伤,但身为主帅,怎能罔顾牺牲。孙策沉吟片刻,缓过神来:"方才那两人,我说让招入帐内问话,怎么……"

黄盖回道:"方才程将军去请了,可那大高个一直吵吵着饿,程将军就放他们先吃饭去了。"

程普笑道:"那大个子是咱们军中有名的大力士,但饭量也比旁人大不少,动辄喊饿,先前就令韩将军十分头疼。"

不知不觉间已过晌午,军中开始发粮。孙策起身:"正好我也想看看伙食,我们一道去罢。公瑾,走。"

语罢,周瑜随孙策一道走出营帐,黄盖与程普紧随其后。只听黄盖低声问:"怎么样?公瑾的箭术很高超罢?"

韩当睨了黄盖一眼,不解道:"黄公覆,你平素里那般严肃,怎的一提到周公瑾就像换了个人似的?"

"再严肃的人,也会有赏识的对象,这有什么奇怪?"

营中大灶旁,士兵端着小桶,排队打取菽粟粥,而后蹲坐一旁食用。方才于城头解救韩当的小个兵士倚坐在大力士身边,两人一高一矮一壮一瘦,相映成趣。

大力士一阵"呼噜噜",三两口便将手中木盆喝了个底朝天。他咂咂嘴揉揉腹,只觉毫不顶饥,于是目光一转,直勾勾盯着身侧小个子士兵,扁嘴瞑目,甚是楚楚可怜。

那小个子被大力士盯得头皮发麻,无奈将手中木盆塞入大力士手中:"好了好了,我吃饱了,你拿去吧。"大力士立马接过,一饮而尽,抬手一抹嘴,满面餍足笑意。

孙策与周瑜隔栏遥望半晌,回身笑道:"好了,他们吃完了,现下便把他们请来罢。"

大力士与小个子被叫入帐中,尚是一脸迷惑。韩当见他二人愣怔,轻咳提点:"还不快见过少将军。"

二人这才慌张行礼。孙策摆摆手,示意两人不必紧张:"寻常问话,不拘礼数。我方才听他叫你阿泰?"

大力士笑得极其憨厚:"我叫周泰!字幼平,九江下蔡人,大伙儿都叫我阿泰!"

"原来你也姓周……"孙策看看周泰,再歪头看看周瑜,"长得也太不像了。"

帐中众人皆笑,周瑜有些不自在,向孙策递了个眼色,示意他莫要以貌取人。

谁知周泰一点也不在意,笑得最为大声:"我也想长得好看,可我更喜欢力气大!"

孙策起身近前,只见自己这八尺之躯在周泰面前竟矮了一头,不由起了几分好胜之心。他猛一挥拳,直击周泰面门,周泰并未闪躲,生生挨了这一下,眨巴眨巴眼,一脸迷茫。

孙策不由惊诧:"你怎么不躲啊?"

周泰回:"少将军打我,我不敢躲。"

寻常人若是挨了孙策这一下,纵使不昏厥也要吃痛半晌,周泰竟没什么反应。周瑜亦起了敬佩之意,直叹此人难得。

孙策哈哈大笑,转身问一侧的小个子:"你呢,你叫什么?方才城墙上那一击,实在精彩。"

小个子见问到自己,拱手回道:"禀告少将军,小人名叫蒋钦,寿春人士。那一击不过是情急之下的反应,小人不敢居功。"

韩当上前,冲蒋钦一揖:"若无这一下,韩某已身首异处,你二人不必过谦,受韩某一拜罢。"

孙策上前拍拍周泰与蒋钦的肩背,称赞:"一个力能扛鼎,一个身手敏捷,你二人可愿意留在我帐下,做我的近身侍卫?"

周泰不假思索:"不愿意,我想上前线打仗。"

周瑜闻言,极力忍笑。果然,孙策心生不悦:"什么意思?难道我孙某人在你眼里便是那等遇战便躲之人?我告诉你,跟在我身侧,才能有打不完的硬仗,你可明白?"

蒋钦踮起脚,轻声对周泰道:"跟着少将军,粥便能吃个够,说不准隔三岔五还能有窝窝呢。"

周泰这才笑开了,抱拳回道:"好,我干!"

傍晚时分,乔蕤部按照约定时间来到紫蓬山下,于距孙策部二里处扎营。孙策与周瑜韩当一道,策马赶赴营中,与乔蕤汇报今日战况。

舟车劳顿,季节交更,乔蕤咳疾又犯,未谈几句便咳喘不住。见此,孙策与周瑜赶忙起身告辞,腾出时间让乔蕤好好休息养病。

大帐外,一万八千士兵正在扎营。看到孙策,朱治赶上前来,拱手道:"少将军。"

孙策低声问:"我吩咐的事,可都查清楚了?"

"禀告少将军,末将已查清,袁术派来运粮的士兵中,确实混杂着三五名张勋下属……"

周瑜恐隔墙有耳,岔话:"朱将军,天色不早了,你部一千将士仍未扎营,我们已经把地方给你们留好了,事不宜迟啊……"

果然,侧方有一士兵不远不近站着,目光闪烁。朱治领会周瑜之意,即刻拱手一礼:"周明廷,那个叫吕蒙的孩子,母亲忽染重病,我们护送老夫人回吴郡后,他就回老家侍疾去了。"

周瑜点头:"周某知道了,劳朱将军费心了。"

营地末端处搭好了丛丛矮帐,孙策见此,忍着笑意对韩当朱治道:"韩将军、朱将军,你们先回营去罢。记着想想打庐江的事,我们晚上商议作战计划。"

韩当朱治一抱拳,躬身退下。孙策与周瑜一道缓步向矮帐处走去,距离百步左右,周瑜停了下来:"伯符,前面都是女眷,有所不便,我在这里等你。"

"放心,你所托之事,我都记着呢。"孙策应道。

此地乃亲眷住所,有专人把守。见到孙策,守门人一把拦住:"你是何人?为何擅闯?!"

孙策不敢唐突,恭敬回答:"我是吴郡孙伯符,来寻大乔姑娘,若是女眷多不方便,我可以在此处相候。"

守门人将孙策上下打量一番:"来寻大乔姑娘,可有乔将军手令?"

想到要见大乔,孙策心情颇佳,不欲与人争执:"我来寻大乔姑娘,又不是军机秘事,为何要乔将军手令?烦你通传一声,若她不认得我,便不会出来相见,你又有什么可担心的?"

孙策所言有理,守门人虽不情愿,亦只得拖着步子,缓缓前去通报。

木篱之侧,孙策静候佳人。美景映目而入,夕阳西下,山气极佳,比翼鸟振翅双飞,转眼已是初夏,他终于长舒一口气,攻城未果的烦闷渐缓。

身后忽然传来一阵绵软的脚步声,孙策喜不自胜,回过身去,却见来人不是大乔而是小乔,他忍不住满面失落:"你怎么来了?"

小乔冷哼一声,睨着孙策:"你以为我多想来见你?若非姐姐所托,我才懒得来呢。"

"你姐姐呢?"

"我姐姐……不大舒服,所以就不出来见你了。"

孙策的眸色瞬间黯淡,一脸惆怅。小乔见此,不由轻声嘟囔道:"真是痴男怨女……喏,这信是我姐姐托我交给你的,你……"话未说完,孙策便一把扯过小乔手中的信笺,将双手在衣袍上搓蹭两下,迫不及待展信欲读。

小乔撇嘴:"有这么急吗?好了,任务完成了,我走了。"

孙策想起周瑜所托之事,赶忙喝住小乔:"哎你别走,公瑾有事找你,你沿着这条路走出去十来丈远,就能看到他了。"

小乔嘴上答应得十分敷衍,心却险些跳出嗓子眼:周瑜找自己?究竟所为何事?

翠茵初夏,周瑜一身素衣儒裳,立在烟火阑珊处。小乔快步赶来,看到周瑜却止步未前,站在拐角呆愣良久。

他还是那般俊逸出尘,不知不觉间便能左右旁人的心跳。小乔抚着胸口,强迫自己凝神调息,心悸却未有分毫好转。

"你在这做什么?"周瑜不知何时走来,清泉淙淙般的嗓音蓦然响起,惊得小乔原地一蹦。她心虚地垂下小脑袋:"没,没什么,你找我究竟何事?"

周瑜拱手道:"听闻小乔姑娘幼时曾经遇拐,周某想问问具体情形,不知……"

听了这话,小乔面色霎时惨白,她即刻转身背对着周瑜,瘦弱的双肩微微颤抖。

周瑜见小乔如此反应,明白此事应是她幼时阴影。可这既关系到三年前孙策之父孙坚遇刺之谜,亦关系到小乔为何接连受怪鸟伤害,周瑜不得不查。他轻拍拍小乔的肩:"你放心,有我在,不会再有人能伤你,你只管将能想起来的事全部告诉我,好吗?"

周瑜的大手好似能传来令人心安的力量,小乔渐渐止了颤抖,断断续续道:"那年我……五岁,和姐姐一起在皖城老宅里……三五个家丁照顾我们,我中午不爱睡,有个婆子便抱我出去玩……旁的我记不清楚了,只记得好像被拐到了一个山上,山上有个破庙,里面有很多小孩子,可那些小孩子慢慢就不知道去哪了,最后只剩下我和一个男孩。那男孩比我大不少,彼时应当有十一二岁了,长得还挺好看的……"

听到此处,周瑜放在小乔瘦肩上的手下意识一握,小乔赶忙转回正题:"我当时什么也不懂,但依稀记得他们一直在说我的命格风水。我很害怕,有天夜里趁着暴雨逃了出去。那些人自然是要追,我既是父亲的女儿,宁死也不能做人傀儡,走投无路下,就跳下了山崖。"

看着眼前这身躯瘦弱、眉目清秀的姑娘,周瑜心头蓦然有些震撼,面上却不动声色:"而后呢?你是如何找回家的?"

"我再度醒来的时候,躺在一个老爷爷的草筐里,他医好了我的断腿,又将我送回皖城。临别时,他赠了我一张药方,让我上药时涂在患处,可缓解痛楚,只是莫要轻易外传。"

"那老人家难道是……"周瑜联系前情,只觉心中疑窦突解。

果然,小乔回道:"神医华佗。"

看来七八年前华佗在庐江行医的传闻是真。可这所谓的五行命格又与孙坚遇刺有什么干系,周瑜仍想不通:"小乔姑娘,关于那座山,你还能想起什么?"

小乔细细回溯,周瑜记得认真,流年似水匆匆,转眼间太阳已落入西山之下。周瑜冲小乔一揖:"今日之事,周某谢过小乔姑娘。往后姑娘若想起什么细节,随时来找我。"

小乔轻轻颔首,见周瑜转身欲走,她赶忙一把拉住他的袖笼:"周公瑾……"

正当这时,孙策的大呼小叫声从不远处传来:"原来你们在这啊,让我好找!"

小乔面颊飞红,赶忙撒了手。孙策大步走上前来,分毫未察觉小乔的窘迫,将信笺往她手中一塞:"给你姐姐的回信,劳烦帮我给她。"

小乔瞥了孙策一眼,不悦道:"我又不是你们的使唤丫头,怎么让我帮忙传信,连声谢也没有?"

孙策含笑敷衍:"谢谢谢谢,等我打下了庐江,给你买糖吃。"

小乔"切"的一声,转身离去。孙策见此,赶忙招呼周瑜:"公瑾,我们也回去罢,那些老头子等急了又要唠叨。"

家眷营地,大乔立在帐门处,翘首盼着小乔回来。袁军已接管庐阳之地,按照规矩,明日一早,亲眷们便要被送往庐阳安置。即便如此,大乔亦不敢与孙策相见,生怕会惹父亲不悦,可心中的思念与牵挂,非但未减少半分,反而与那藤盔一样婉转纠结,愈演愈烈。

小乔大步跑回,气喘吁吁将信笺交予大乔,而后蹿入帐内,直直躺在了榻上:"孙伯符的回信……你们两个相好,可要把我累死了。"

大乔顾不上回嘴,赶忙展开信笺读了起来。孙策的字如龙飞凤舞,跃然纸上,像极了他本人的性子。小乔见大乔一脸甜蜜笑意,起身揶揄:"姐姐,你和孙伯符都说些什么呀?是不是你写着'上邪,我欲与孙郎相知,长命无绝衰',他回了'宁死也要娶莹儿为妻,永志不相负'?"

大乔的小脸儿上一阵红一阵白,嗔道:"婉儿再皮,仔细我真生气了……我与孙郎写的,不过是我想出来的破城之法,能不能用好不好用,我自己可一点没把握。"

"破城之法?"小乔惊道,"姐姐竟然想出了破舒城之法?"

孙策帐下,众将议事。程普与黄盖掀帘而入,只见周瑜与韩当分坐孙策左右。程普不满周瑜与孙策寸步不离,上前道:"老夫耳朵不灵,坐远了听不清……"

周瑜明白程普言下之意,轻笑一声,起身让座,自己则行至左侧末席坐下。

程普乃军中老将,孙策不好说什么,只道:"人都到齐了,我们来谈谈攻城之事罢。今日下午,我与公瑾商议了一番,大计初定。公瑾,舒城是你祖籍,你最了解这里的情况,跟大家说一说。"

周瑜起身上前,背手道:"陆太守有城中百姓支持,誓与我等对抗到底,正面强攻显然不可取,必须要发动奇袭,在百姓们无法及时赶来支援的夜间,一举拿下舒城,方为上策。为此,我拟定了以下的几种方案……"

周瑜将几种破城的办法一一讲出,其间旁征博引,众人皆聚精会神地聆听。待周瑜讲完,孙策问左右:"各位将军以为如何?"

程普率先回道:"程某以为,此计妙则妙矣,然则太费时间,且变数太大,很难成功。程某跟随老将军打过无数仗,攻打京畿洛阳尚未如此费力,何况这区区几万人的小城?若是担心百姓伤亡便束手束脚,少将军未来如何建功立业?程某这双手已经沾过无数人的血,若是少将军顾及名声,交给程某便可。待攻下舒城,少将军可对外称是程某擅作主张,程某绝无怨言。"

"难道在程将军眼中,我孙伯符是那等沽名钓誉、毫无担当之辈?"

程普沉吟半晌,不知该如何接话,索性挑明了:"少将军,你如此顾惜此城,难道是有别的什么原因?武帝朝的韩嫣,官至上大夫亦不敢左右政事。少将军莫要因为某人,错失攻城良机……"

众所周知,韩嫣乃汉武帝男宠,《史记》中更是记载两人同卧同眠。程普竟以此来类比孙策与周瑜的关系,不由令孙策勃然大怒:"程德谋!"

程普赶忙拱手:"要杀要罚皆由少将军,可程某不能眼看着少将军妇人之仁,遗恨万年!"

孙策强压着性子,一字一句道:"我不强攻舒城,一方面是顾惜此地乃公瑾籍贯,但除此之外,我更顾惜它是我孙伯符的人生第一战!攻城略地事小,若是滥杀无辜之名传出,以后无论我打哪里,皆只能强攻,而那些地方的百姓,则会抗争得愈发激烈!我孙伯符不欲如此,更不想无论行军至何处,皆是满地横尸!除公瑾外,何人还有奇袭良策?但说无妨!"

## 第二十三章 何日见许

入夜时分，中军帐里，孙策斜卧榻上，想起傍晚之事，他心烦意乱，死活睡不着，索性披上衣裳，走出大帐。巡夜的士兵见到孙策，皆驻足行礼。

不远处正是周瑜的营帐，荧荧的烛火映出一个清瘦的身影。孙策见此，阔步上前，掀开帐帘走了进去。

烛台照明案，周瑜正在读书，看到孙策，他毫不意外："你来了。"

"这么晚还在读书，小心伤风啊。"孙策拣了个蒲团，坐在周瑜身侧，长声一叹。

周瑜合书笑道："小时候你半夜找我，皆是因为兴奋睡不着，怎么今天哭丧个脸？"

"方才委屈你了，那程德谋跟随我父亲多年，一向居功自傲，但他并非存心……"

"我还以为你要说什么，原来是因为这个。你我之间，什么时候用得上委屈二字？我之所以追随你，并非因为你我多年交情，而是因为我知道，你我皆有个共同的理想……为了这，受些委屈又有何妨？"

听了周瑜这一席话，孙策愈发感慨："公瑾，你知我懂我，我心里明白。可我必得顾及你，才对得起我们相交之意。你是舒城出身，若我大举屠城，你的邻里街坊会如何看你？袁术此计并非仅在于想要败坏我的名声,更是为了离间你我,我岂能上当。"

"心意我懂,只是莫要过分偏袒,你并非只是我一人的挚友,更是众人敬服的少将军。程将军那边,你需得费心安抚。"

"不过话说回来,公瑾,你现下在军中并无官阶,只以军师之名,难免被那些老头子欺负,不如我许你……"

周瑜含笑驳道:"我可不愿意依附袁术帐下,待你孙伯符自立门户时,我周公瑾一定为你肝脑涂地。但现下,还是让我做个无名军师罢。"

门外忽传来士兵通报之声:"禀告少将军,乔将军派人传信,他部已准备妥当,随时可以开拔。"

孙策朗声回道:"知道了,你去告诉乔将军,我们按照先前约定,半个时辰后,同时出发。"

士兵一应,躬身退了下去。孙策继续低声对周瑜道:"你可知道,今日莹儿给我的信里,竟也写了让我围城……"

翌日清晨,当舒城的守军登上城楼眺望时,他们惊奇地发现,孙策率部再次杀至城下。然而这一次,他似乎没有攻城的意思,而是派出弓兵步兵各一千,做出防守之势,而后搬来刀车拒马,在射程外兴建起了营房。

万余士兵从附近的小山上就地取材,伐木建垒。守城之军很快将消息传给了太守陆康,陆康明白孙策的意图,奈何城中兵力有限,不敢开城门派兵袭扰,更怕孙策趁机率骑兵攻入,只好眼睁睁看着孙策的军队三天内就在舒城四周建起一座环绕城池的营寨。随后,乔蕤的一万八千人与孙策的两千人悉数进驻,将舒城围了个水泄不通。

随后的几日,孙策白天率军到城头挑战,傍晚罢兵回营。起初陆康担心孙策将百姓困在包围圈内,但据探子回报,孙策不仅对百姓出城未有阻拦,还特意吩咐下属不得克扣往来商旅的货物。陆康这才放下心来,专心应对围城之困。

庐阳城外营地,女眷尽数被安置于此。此地距舒城不过百里,是后方补给前线的必经之所。

大帐中,大乔用草纸仔仔细细将药材包好,分装成捆。小乔在一旁托腮看着，忍不住跃跃欲试："姐姐，我帮你吧！"

大乔当即回绝："婉儿可别碰，先前你哪次不把药弄得乱七八糟啊……"

小乔收了手，悻悻道："我就是不会这些细活儿，等姐姐嫁给孙伯符，只剩我照顾父亲，父亲的日子只怕不好过了。"

听到这话，大乔放下手中的活计："我可不想这么早嫁人，父亲身体不好，婉儿还没长大，这个家还离不开我呢。"

小乔乌亮的清眸溜溜打转，她小嘴一抿，指着案上的两包吃食，笑问："姐姐，这些熏鸭炙肉，也是给父亲准备的吗？"

大乔看小乔一脸贼笑，便知她刻意作弄自己，清目一瞋未回话。小乔笑开了，拊掌道："孙伯符那傻子真是几世修来的福气啊……不过你们是不是太肉麻了些？隔日传信不说，还送这些东西……"

大乔红着小脸儿将药悉数捆好："我可不跟婉儿打嘴仗，等会子我会随送粮的士兵一道去舒城军营，你要不要一起？"

小乔踟蹰半晌，暗骂自己太笨，那日周瑜一问，她便将所有信息和盘托出，一点余地也没给自己留，现下想见他，却没有理由。与其傻愣愣地站在一旁，打扰姐姐与孙策，不妨留下来想想当年之事，小乔嘟嘴回道："我不去了……还是老老实实在这里看家罢。"

傍晚时分，孙策下阵而归，照例去乔蕤营中汇报。暑气愈来愈重，乔蕤的咳疾亦越来越沉。见孙策一身灰土，满头大汗，乔蕤递上一方素帕，边咳边道："少将军勤谨，日日上阵，可谓辛苦，坐罢。"

孙策接过帕子，拱手一揖："多日攻城未果，已是万分惭愧，谢乔将军体谅。"

帐外吹来一阵清风，大乔银铃般的笑声传来："父亲，我给你送药来了。"

孙策执帕的手不由一颤，他抬眼一望，只见大乔芳尘忽至。两人四目相对，眼光流转，一时怔在当下。

乔蕤轻咳一声，孙策才回过了神来，尴尬一笑，用帕子擦擦脸上的泥水,起身对乔蕤道:"不耽误乔将军父女说话了,孙某先告辞。"

待孙策离去后,大乔上前,将药材递上:"这是我从庐阳带来的药,方子是根据时气新配的,父亲一定要按时吃呀。"

乔蕤接过药材,随手放在案上:"这些小事不必你亲自来做,交给送粮的士兵就好。"

"担心父亲身体,想亲眼看看。"

乔蕤点点头:"为父身在此位,有许多身不由己,你与婉儿照顾好彼此,便是给我宽心了。时候不早,你早些回,莫耽搁到太晚。"

乔蕤好似知道大乔会悄悄去见孙策,这一句叮嘱显得既心疼又无奈。大乔红着小脸儿答应一声,起身退出了大营。

长烟落日官道旁,孙策一身布衣,骑着大宛驹静静相候。待大乔的马车缓缓驶来,孙策策马上前,与之并行,刻意作弄道:"这位姑娘生得好俊俏,可愿与本将军同游?"

大乔命车夫停驻,走下车来,拉着孙策的袖笼至木林间,低声嗔道:"当着外人瞎说什么呀……"

孙策拉过大乔的小手,笑得如沐春风:"莹儿,好些日子没见到你了,你可想我了?"

大乔想起乔蕤的话,满心负罪感,慢慢将手抽出:"爹爹不让我见你,你快回去罢。"

"不让你见我?不可能吧?你爹可是答应了,等我做了太守,就把你许给我的。"

大乔瞪大杏眼:"你……难道已经跟我爹提亲了?"

"那当然了!我不提,难道让乐就捷足先登吗?"

一提起乐就,孙策便咬牙切齿,大乔忍不住笑了起来:"你也别气了,乐将军已经被召回寿春了。还是好好想想,怎么攻破舒城,怎么当上太守罢。"

孙策一挑俊眉,打趣道:"哟?莹儿这么着急嫁我吗?你可别慌,今夜我便要奇袭舒城了,说不准明日就做了太守,后日便娶你过门呢。"

舒城外大营中,周瑜摇着画扇,遥望着落日下的城池。他生于斯长于斯,此地的一砖一瓦、一草一木,皆有他的回忆。

乱世浮沉,英雄逐鹿,陆康年岁已高,此城若不为孙策所破,必会落入虎狼之辈手中。手中画扇重重合起,周瑜清目坚定,誓要将此城完好收入囊中。

正值朔日,云黑风高,不见星月。孙策麾下二百名敢死之士身着黑衣,趁着夜色掩护,猫腰来到舒城下。

与此同时,孙策与黄盖一道,率一千骑兵埋伏于城外山林间,只待城头烽火为号,便要杀进城去。

城楼上,守军严阵以待,可城下黢黑一片,大大增加了守城难度。孙策部士兵悄无声息地掏出随身携带的钩索绑在腰间,待众人准备好,为首将领大手一挥,众人便一齐将钩索向城上扔去。

刹那间,百余钩索稳稳钩住城垣,士兵们立即脚踏城墙,以绳索为支撑,朝城头攀步而上。

此计乃是黄盖所献,他生于荆州零陵,当地多有山越贼人借此攀爬城墙入城打劫,名曰"升仙索",黄盖出于好奇亦研习过此法。孙策命黄盖选拔军中体态轻盈易于攀缘者二百名,亲自教授"升仙索"。待众人悉数掌握后,便瞄准本月朔日之夜,欲对舒城进行偷袭。

"黄二伯,这绳索到底行不行啊?"孙策极力按捺着焦急的心情,定定望向点点火光下的舒城。

不待黄盖回话,城头星星寥寥的火点蓦然聚起,显然是守军发现了趁夜奇袭的士兵。孙策的心一下子提到了嗓子眼,黄盖一声"哎呀",似乎预示着大事不妙。

陆康的守城军不徐不疾,搬出数十袋液石,冲着攀缘的士兵们抛洒而下。一阵劲风裹挟着铺天盖地的白色粉末,迎面糊满攻城士兵全身,他们来不及反应,便开始手脚打滑,一个接一个跌落回了城墙脚下。

陆康携陆逊出现在了城头,弓箭手列队上前,箭矢对准了城下的攻城军。二百黑衣士兵们见偷袭不成,只得放弃钩索,速速逃回己方阵地。

"祖父,为何不下令放箭?"陆逊不解道。

"孙伯符奉命围城却从未滥杀无辜,祖父又有何理由射杀失去战意的士兵呢?走吧,逊儿,今夜可以睡个好觉了。"陆康轻声一笑,携陆逊走下了箭楼。

孙策营中,逃回营那二百士兵们手持毛掸,互相敲打着身上的白灰,一时间团烟堆雾漫天。周瑜与韩当闻声从帐内赶出,看到此景,韩当颇为惊讶:"怎么黑的出去白了回来?难不成砸了面粉铺?"

听韩当此言,黄盖羞愧难当。周瑜忍俊不禁:"怕是被洒了液石罢?"

孙策叉腰愤愤道:"这个陆康,真是个老狐狸!"

周瑜上前拍拍孙策的肩膀:"陆明府为治庐江,与山越贼人交手过无数次,知道常备液石乃是情理之中。半夜偷袭饿了罢?我煮了碗汤饼,来我帐里吃罢。"

猜测到周瑜有话说,孙策答允一声,随他走入了营帐。帐内满是淡淡清香,孙策接过周瑜递来的汤饼,不禁赞叹:"嚯!你还真给我备了消夜,我只当你随口说的。"

周瑜坐在孙策对面:"伯符,舒城虽小,却固若金汤,眼见不是一时三刻能攻下的……我身为居巢明廷,一直待在你军中不像个样子……你慢慢吃,别呛着了。"

孙策边咳边问:"什么意思?你要走?"

"我打算回居巢一趟。另外,当年你父亲遇袭之事,我有了些许眉目,想亲自去探查一番。"

孙策一下变了神色,放下瓷碗,肃然问道:"难道不是黄祖的人设伏吗?"

"定然与黄祖逃不开干系,只是其中疑窦颇多,若是贸然杀了黄祖,让真凶逍遥事外,岂不糊涂?"

"黄祖必死,若有同谋,一个也别想逃!"想起杀父之仇,孙策神情森然,与平日调笑的模样大相径庭。

"另外,明日我得去一趟庐阳,有些事当面问小乔姑娘。我在军中没有官阶,只怕要劳你随我去一趟。"

孙策沉吟一瞬:"也好,前两日乔将军跟我说,既要围城,便不必日日出战,沉下心来,静待城中粮草枯竭就是了⋯⋯"

周瑜见孙策闷闷不悦,打趣道:"不会吧,怎么要去见大乔姑娘,你却如此不开心?你们⋯⋯吵架了?"

"看到她的小脸儿,盯着她的眼睛,我连句重话都说不出,哪里还能跟她吵架?不过是今日跟她吹了牛皮,说今夜便能拿下舒城,现下觉得有些尴尬。"

周瑜伏案而笑:"未想到你孙伯符也有今日!不过你可别小看大乔姑娘,她出身将门,自然明白作战需要天时地利人和,哪里会因为这些事笑你?"

翌日清晨,周瑜与孙策一道策马向庐阳驶去。这一带尽数被袁军接管,两人一路畅通无阻,不过一个多时辰,便赶到了庐阳。

大乔正在灶火旁烧饭,看到孙策,她既惊又喜,翩然跑上前来:"你们怎么来了?"

孙策见大乔一身布衣,长发轻挽,别有一番清甜滋味,满心怜惜之意:"莹儿在做饭?我帮你罢。"

大乔含笑推着孙策走向帐篷处:"君子远庖厨,这哪里是你能做的事?你和周明廷进帐歇着吧,等我再给你们加几个菜来。"

帐篷内,小乔正趴在榻上摆弄围棋。大乔领着孙策周瑜走入帐中,招呼小乔道:"婉儿,周明廷和孙郎来了,你泡些好茶来。"

见大乔忙活小乔却在玩,孙策不由有些不快:"你这丫头可真懒!怎的不帮你姐姐做饭啊?!"

小乔今日未梳头,丝发披在瘦肩上,满是小女儿家的懒怠。谁知周瑜竟来了,她来不及打招呼,撑起身子,飞奔跑出了营帐。

孙策不由好气又好笑:"疯疯癫癫的⋯⋯公瑾,我们坐罢。"

周瑜走上前,只见榻上摆着个棋盘,黑白双子你攻我守,杀伐甚是激烈。

片刻后,当小乔反身回到帐中时,她已重换了衣裳,鬓发梳理得整整齐齐,捯着茶壶上前,给周瑜与孙策沏茶。周瑜指着棋盘:"你也喜欢下棋?"

小乔轻声回道:"喜欢,只是姐姐不爱下,只能自己玩玩。"

大乔捧着佳肴走入帐中,放在案上:"饭好了,我们先用,有什么话一会子再说罢?"

小乔乖顺地帮大乔摆碗筷,及至孙策处,见他笑得十分戏谑,小乔重重将碗撂在他眼前,冷哼一声,一屁股坐了下来。

"你们来得匆忙,我也没好好准备,粗茶淡饭,尝尝看罢。"

周瑜轻呷一口,即刻称赞:"大乔姑娘好手艺,味道真是妙极。"

"去去去,"孙策蹙眉打趣道,"莹儿不必你夸,吃你的饭就得了。"

"大乔姑娘,不瞒你说,周某认识许多青年俊才,他们皆久闻姑娘之名,想与你相识呢。"周瑜见孙策吃味,刻意作弄,呛得孙策咳喘不住。

大乔莞尔:"谢周明廷美意,我倒是不必了,若有合适的,不妨介绍给我们婉儿认识认识罢。"

周瑜一抬眼,目光恰与小乔相对,气氛陡然有些尴尬。小乔赶忙垂下眼眸:"我不要。"

孙策只顾吃菜,满口余香,根本未察觉旁人情绪:"对了公瑾,你不是有事要问这丫头吗?"

周瑜从怀中掏出一卷羊皮地图,摊开放在案上,只见其上两处标红,皆是山地。

"根据姑娘先前所言,周某筛选出了这两处,皆距皖城半日之遥。小乔姑娘看看,此一路沿线,可有些许印象?"

小乔拿过地图,看了许久,踟蹰道:"记不得了,也许去实地看看还能有些印象。"

"这几日围城不攻,我打算策马去看看,若有什么发现,再回来问姑娘罢。"

听闻周瑜要去探访她幼时被拐的地方,小乔脱口而出:"我也去!"

"不行!"孙策径直回绝道,"公瑾要回居巢,顺道去查访,你这么爱招鸟,再把公瑾害了。"

小乔气急,宽袖一甩,飞石直冲孙策而去。孙策闪身一躲,偏头对周瑜道:"公瑾,你也不想带这丫头去罢?这么凶,还不是个拖累?"

大乔见小乔不悦,柔声宽慰:"婉儿,你一个未出阁的姑娘,跟着周明廷确实不方便。此地距居巢不远,传信也很快的。"

哪知周瑜思忖片刻,对小乔道:"好,我带你去。"

众人皆惊,大乔否决道:"不行,我知道周明廷是正人君子,可我妹妹尚未婚配,此事若是传出去……"

"哎呀姐姐,"小乔摇着大乔的手臂,撒娇道,"我们不说,谁会知道?再说你也知道,周公瑾是正人君子,又不会对我如何。"

孙策冷哼道:"公瑾对你如何?你想得美……"

此次小乔不再用石箭,起身便要捶孙策。大乔赶忙在一旁拉扯,却笑得使不上力气。

周瑜抬高声调,语气却依旧和缓:"好了,大家听我一言!大乔姑娘,周某带令妹出去,并非心存歹念。此事不单事关令妹安危,亦关系到伯符父亲遇刺之事,周某实在担心夜长梦多,生出变故,毕竟敌暗我明……"

大乔犹豫半晌,见小乔双目通红,可怜巴巴,只得硬着头皮道:"婉儿想去,我也没办法。只是这事须得瞒着父亲,不然我们姐妹皆少不了挨罚……"

小乔这才笑开了,环着大乔的肩,亲昵地蹭来蹭去。

帐外忽然传来一阵狂乱的马蹄声,只听有人在外大喝:"少将军何在?!少将军何在?!"

孙策一惊,掀开帐帘大步走出,只见蒋钦满头大汗,连滚带爬从马背上跑下,对孙策揖道:"少将军,不好了!程将军一早带着几百人攻城去了,正与守城军厮杀呢!"

## 第二十四章 落子无悔

孙策与周瑜赶回舒城时,程普已战败回营。数百具死难遗体堆列,士兵们逐一核查每具遗体身份,而后登记在册。孙策见此,怒不可遏,大步入营,只见程普脱簪披发跪在正门处,双手持剑举过头顶。

孙策阔步而上,一把夺过宝剑,还未挥起,便被黄盖韩当朱治等人从四面拦住,声声劝阻道:"少将军三思啊!"

周瑜低声问黄盖:"黄将军,双方交战情形如何?"

黄盖紧蹙眉头,满面难色:"德谋率军强攻,杀死射伤五百余守城士兵和二百名百姓,陆康的三名侄孙为护城外百姓冲出城缠斗,皆被德谋斩落马下。守军见此,非但没有溃败,反而同仇敌忾,豁出命抗击我军,最终我军伤亡过重而不敌。"

孙策脑中登时一片空白,他实在未料到程普竟然如此胆大包天,气血瞬间上涌,青筋暴起,厉声喝道:"程德谋,你可知罪?!"

本想趁着孙策不在,强攻拿下舒城,未承想功亏一篑,程普目眦尽裂,薄唇颤抖,朗声道:"大丈夫敢作敢当!程某自当以死谢罪!"

孙策见程普梗着脖子,毫无悔改之意,不由更怒:"好一个以死谢罪!你知法犯法,更是罪加一等!来人,给我脱下他的甲衣,捆起来吊在营门口,当众鞭笞二百,再行关押,听候发落!"

黄盖忍不住求情："少将军,鞭笞二百便是要活活打死他了！"

孙策睨了黄盖一眼,未再多言,气冲冲向中军帐走去。

蒋钦和周泰奉命上前,周泰抓住程普的胳膊反手一拧,程普咬紧牙关,并未反抗,任凭蒋钦解下他的铠甲和战袍。而后他被五花大绑着押出了营帐。

周瑜满面无奈,对黄盖道："黄将军,不怪伯符如此生气,程将军此举确实太过胡来……但无论如何,程将军若死,伯符一定会后悔……现下能否保住他这一条命,全靠你了……"

黄盖思量一瞬,即刻明白了周瑜的话中深意,他拱手一揖,转身欲走。

周瑜却未打算就这么让他走了,抬手一拦："陆家那三名男丁的遗体,可还完好？"

黄盖摇手："肯定不完好了！刀剑无眼,不太烂就不错了……"

周瑜拱手深深一揖："劳烦黄将军,着人快马加鞭,买三副上好的棺椁来,周某感激不尽！"

黄盖一脸不解："买棺椁？这是为何？"

"现下来不及详细解释,程将军能否保命,舒城百姓的未来命运,皆系在黄将军身上,有劳了……"

黄盖见周瑜神情肃然,不再多问,点头一应,快步离去。

中军帐里,盛怒中的孙策取出银枪,大步向外走去。恰遇到周瑜掀帘而入,看到孙策如此,周瑜赶忙将他拦住："伯符,现下不是冲动的时候……"

"冲动？"孙策大声嚷道,"你先前给陆康传了那么多信,那老顽固好不容易松动了两分,却被这程德谋一仗打回了原形！且不说舒城能不能如愿攻下,乔将军那边,我又如何交代？！"

周瑜费力拽过孙策手中的银枪："也不知是你命好还是程将军命好,今日一早,乔将军便被召回寿春去了。"

"那围城的人马呢？"

"乔将军带走了一万人,剩下八千助你围城。伯符,陆明府那边不可轻言放弃，一会儿我打算入城去，找……"

"不行！"孙策径直打断周瑜，"你现在进舒城，陆康那老头若是迁怒于你，对你不利……"

"伯符，此一城于你我而言，意义非比寻常……我会以归还陆家人尸身的名义，进城去求见陆康，以他的性子，不会牵连于我的。"

"陆家死了三个男丁，他即便再大度，亦会愤怒难当。就算他不迁怒你，难道旁人也不会吗？再者，若是陆康不杀你，而是将你扣下作人质，我又该怎么办？"孙策说什么也不肯让周瑜以身犯险，可他心知肚明，今日之事，若被陆康和城中百姓误解，往后攻城会愈发困难，而他孙伯符亦会背上滥杀无辜、残暴无道的罪名。

周瑜面上带笑，眸色却异常坚定不容辩驳："伯符，我的性子你还不了解吗？即便今日你不让我进城，我寻到机会，也一定会想方设法进城去找陆康的。"

"你……你去了又能如何？难道陆康会相信，此事并非我授意，而是程德谋自作主张吗？公瑾，我知道你心急，可心急又有何用？经此一事，舒城内外势同水火，再也不会有回转的余地了。"

庐阳驻地，大乔心中焦急，立在帐门处翘首而望，却迟迟不见有舒城方向来人。

小乔走上前来，轻轻挽住大乔的手臂："姐姐，你在等舒城那边的消息吗？"

"是啊，程将军捅了这么个大娄子，孙郎定会大怒，我怎能不担心啊……"

小乔歪头思忖："那程将军是孙伯符老爹的旧臣，即便捅了娄子，孙伯符也不会杀了他罢？"

大乔依旧呆立着，虽是初夏时节，却只觉浑身发冷："杀不杀程将军，并非此事关键，关键的是孙郎一直以来欲推行的怀柔之策……"

"姐姐，孙伯符才多大呀，谁一出来便会一帆风顺呢？千古名相管仲还蹲过大狱呢，不也一样助齐桓公建立霸业吗？更何况孙伯符身侧还有个周公瑾,周公瑾能看着孙伯符有难不管吗?"

诚如小乔所言,孙策果敢,周瑜机智,似乎没有什么化解不了的难题,但大乔却仍觉得心中发虚,万分担忧。

大乔心烦意乱,根本听不进旁人之言。小乔转回案边,无意间瞥见榻上棋盘,只见黑方腹地内不知何时落下一白子,原本旗鼓相当的棋局,胜败竟瞬间分明。今日她自弈后,唯有周公瑾碰过这棋盘。小乔明眸一瞋,震惊之余不由添了几分倾慕之意。

而庐江之势,庐江之局,真的能如这盘棋一般瞬息万变吗?小乔莞尔一笑,将黑子一一捡拾,随手抛入了筐中。

浓云滚滚,隐雷阵阵,空气低压凝滞,宛若一潭死水。舒城城头旌旗低垂不动,城下鲜血犹未风干,浓重的血腥气裹挟着梅雨时节的湿沉,令人窒息。

四方小城之中,街市热闹,犹胜往昔。虽然无人明言,但百姓们皆自发屯起了米盐,以应对随时可能出现的滥杀之战。

不仅舒城百姓未雨绸缪,陆康身为太守,亦是满心隐忧。陆府正堂内供奉着昨日战死的三名陆氏子孙牌位,几名女眷披麻戴孝,啼哭不住。陆康一身戎装,立在堂前小院中,眸色异常森然。

这时管家趋步跑来,对陆康一礼,小声道:"家公,两位公子都送走了。"

"逊儿怎么样?闹了没有?"

"逊公子确实很不情愿,老奴不得已,只能用绳子将他绑了塞至车上,还请家公恕罪。"

陆康薄唇微颤,重重叹了口气,又问:"吴郡那边可都招呼好了?"

"昨夜便命人快马加鞭将家书送了过去,估摸着下午就到了。"

陆康沉吟太息道:"我陆家祖祖辈辈的荣光皆系于此战,绝不能让他们俩受牵连。只要这两个小家伙安然无事,我陆家便香火永存。"

"是。"

四四方方的天空上,阴云堆积,似有大雨将至。陆府上下所有男丁全副武装,立于前院。守城军各部将领坐于前堂中,个个面色凝重,如临大敌。

府门外,半城百姓围坐于府街之上,隔着两进大门,驻足而观。男子们挽着袖子、扛着锄头,妇女们则肩搭汗巾,手持绷带铲勺。不消说,只要陆康一声令下,这些百姓便会冲出城去,与孙策部拼命。

可陆康端坐于前堂,闭目凝神,一言不发,任凭风云变幻,皆岿然不动。

不知过了多久,陆康忽然睁开双目,低声问管家:"什么时候了?"

"回明府,午时三刻。"

陆康闻言,霍然起身,堂中之将、院中男丁及大门外的百姓亦随之起身,势如山呼海啸,颇为慑人。

昨日战后,陆康便下定决心,誓与围城军队决一死战,为此他连夜命人将陆逊和陆绩送往江东吴郡的侄子陆骏处。此战应是此生最后一战,陆康大手一挥,喝道:"拿我的宝刀来!"

两名男丁应声抬出一柄七寸长的玄龙玉刀,陆康伸出枯枝般的大手,一把握住,想要将刀竖起。可他年事已高,力道早已不似当年,不得不用上另一只手,才勉强将玉刀竖了起来。

"哐"的一声,长刀立地,发出慑人的声响,陆康慨然道:"陆某曾对先皇牌位发誓,势必守得舒城百姓周全,然而就在昨天,二百父老乡亲命丧黄泉! 陆某身为庐江太守,深知其耻,誓与此城共存亡! 今时今日,便是陆某此生最后一战,虽死亦当击溃围城之军,为无辜百姓报仇!"

语罢,陆康接过管家递来的酒碗一饮而尽,众将与陆家男丁亦端起酒碗痛饮。只听"啪啪"一阵脆响,无数酒碗摔在地上,徒留一地齑粉。

"人在城在! 人亡城破!"陆康高喊。

"人在城在! 人亡城破!"众人群情激奋,皆随之高喊,其声直冲云霄,与天上的隆隆雷声共鸣。

正值此时,忽有一长声"报"字传来,一名守城裨将飞奔进了陆府,跪地拱手道:"启禀陆明府,城外有异状!"

舒城城头，百名弓箭手拉满弓弦，严阵以待。道路尽头，周瑜一身素衣白袍，驾着马车缓缓前行，三具上好的桐木棺椁并列车上。马车之侧，孙策骑着大宛马，手握十二锋银枪，银盔金甲，护送马车一路前行。

距离约一射之地处，孙策翻身下马，对周瑜道："我就在这等你，一定要平安而还。"

周瑜偏身一笑："不必担心，太阳落山前，我一定会回来。"

孙策放大宛马于郊野，旋即将银枪重重扎在地上，示意自己不会贸然前进半步。

未想到孙策竟敢如此嚣张，守城士兵咬牙切齿，只恨军令如山，不能乱箭将他射死。为首的将领强压心底怒火，依例问道："来者何人？！"

周瑜放下缰绳，对守城之将一礼："我乃居巢明廷周公瑾，此行只为送陆家三位公子回城，还请将军放行！"

当值将领睨着城下的周瑜，见他身形瘦削，单车一马，未带兵刃，疑其有诈："把三具棺椁都打开！"

昨日黄盖派人连夜从庐阳寻来三具上好的棺椁，又请入殓师为其殓葬。人手不足，周瑜一直在侧帮衬，一夜未眠及至午前才得妥当，他未进水米，立即抬上马车，驱驰到此，可谓尽心尽力。

孙策远远望见开棺查验，心里颇不痛快，直叹周瑜良苦用心被当作了驴肝肺。

周瑜却不气不恼，小心翼翼将棺盖推开，只见陆康牺牲的三位堂侄堂孙安详地躺在其中。陆家在庐江颇受爱戴，这些守城士兵强忍怒气，未将周瑜乱箭射死，已算是万分隐忍。

守城将领高声道："棺椁留下，你可以走了。"

周瑜不徐不疾，背手玉立："周某身为居巢明廷，乃陆明府下官，这是其一；我周氏一族与陆家素有交往，先父洛阳令之职，正是仰赖陆明府引荐，这是其二；周某久闻三位公子高义，亲自为其入殓，愿聊表心意，这是其三。于情于理，周某不过是来此处吊唁，你们如此阻拦，岂非要陷陆明府于不仁不义？"

正当此时,一名裨将快步登上城楼,向守城将领耳语了几句。守城将领沉吟一瞬,下令道:"开城门!"

随着一阵巨大的机关轮转声,悬索渐渐落下,周瑜握起缰绳,正要驱车进城,忽听身后传来孙策的高喊:"陆康守军听好了!陆家三将之死,我孙伯符一人担当,与周公瑾无半分干系!日落之前,我必要看到周公瑾完好如初回到此处!若有人胆敢动他半根头发,我便屠你满城!"

## 第二十五章 总角之好

雷霆乍惊,大雨忽至。陆府中,下人小心翼翼将三具棺椁搬下马车,放在正堂停灵。女眷们趴在棺木上,止不住地大声号啕,男丁则围棺而立,握拳咬牙,满眼恨意。

周瑜缓缓步入灵堂,神情愀然,行至灵位前,他深深一揖,而后从护灵童子手中接过三炷香,插在了牌位前的香炉中。

几位孀妻看到周瑜,情绪几乎失控,悲啼不止。陆康站在一侧,沉声道:"公瑾,你能将这三个孩子送回来,老夫十分感激。只是大战当前,相交不宜,你请回去吧。"

陆康下罢逐客令,转身欲走。周瑜赶忙拱手:"陆明府且慢,周某此番前来,除了归还三位公子遗体,还有一事相告……"

"周公瑾,你可是欺我陆家无人!见明府对你客气几分,你便要蹬鼻子上脸!还不快滚!"

"住口!"见家丁对周瑜恶语相向,陆康大声呵斥,神色愈发阴沉。

此等情形下,周瑜非但未退,反而上前一步,对那人一礼:"陆家三名公子之死,周某万分遗憾,但周某斗胆相问:自古以来,哪一场战事没有死伤?陆家折了三位公子,难道孙少将军就没有损兵折将?若是他们家中的未亡人前来找陆家索命,你们又该如何说?"

"我们庐江郡素来治理有方,百姓安居,物产富饶……若非某些人黑了良心,为袁术那逆贼卖命,我们何至于沦落到如此田地!"

"我周公瑾生在舒城,长在庐江,难道忍心看百姓危殆,城垣破损?今日若非孙少将军带兵前来,袁术定会派其他将领。若是旁人来此,只怕早已大肆攻城,哪里会围城三月而不强攻!"

"不强攻?若是不强攻,我舒城二百平民、五百士兵又是为何而死?"

"若真是孙少将军授意,程将军会只带五百士兵攻城?若孙少将军真下定决心屠城,现下舒城早已寸草不生了!"

经此几轮强辩,陆家上下被周瑜驳得面面相觑,哑口无言。周瑜适时对陆康一揖:"诚如方才所言,昨日一早,周某与孙少将军一道去了庐阳。中午时分方得手下传信,我二人即刻赶回,仍未能避免悲剧……生逢乱世,百姓难以安居,此乃当世人共同之灾祸。孙少将军之父乌程侯孙文台,当年先斩黄巾后平董贼之乱,尽忠于汉室,只愿天下清明,却被奸人暗算,遇伏身死。孙少将军失去父亲,家道中落,亦是这乱世兵祸之受害者。他虽然暂居袁术帐下,心中牵挂的,却是百姓安危。只是军令如山,孙少将军别有苦衷,才不得不打庐江。现下陆明府带人冲出城去,为舒城战死,是可成全你忠良之名,可百姓们又当如何自处?"

雷声隆隆,堂中却鸦雀无声。院外百姓淋着瓢泼大雨,瑟瑟发抖:"话是没错,可若旁人接管了舒城,陆明府就没法做太守了……"

其他人闻言,如醍醐灌顶,皆不住附和。周瑜一时语塞,道理可讲通达,民心相悖却并非朝夕工夫可改,他还未想好如何应对,便听陆康低声道:"公瑾,你随我来。"

陆府内室中,陆康取出一坛清酒,斟满陶碗摆在案上,而后示意周瑜:"坐罢。"

周瑜拱手一揖,跪坐案前的软席上,望着陶碗发怔。陆康一挑寿眉,问道:"怎么,怕有毒?还是洛阳的杜康酒喝惯了,嫌弃家乡这一碗薄酒?"

周瑜二话不说,端起三只陶碗,一饮而尽:"杜康酒虽妙,却不是家乡滋味……"

陆康捋须而笑,神色却愈发清苦:"公瑾,你好端端的居巢县令不做,为何要来蹚这浑水……"

"穷则独善其身,达则兼济天下。舒城有难,公瑾不敢置身事外。"

陆康端起酒坛,仰头痛饮:"公瑾,你与我说实话,昨日攻城,到底是不是孙伯符那小子下的令?!"

周瑜跪直了身子,指天誓日道:"周某以周氏一族之名起誓,昨日之事并非伯符之意!请陆太守查明,莫要一时冲动,令亲者痛仇者快啊!"

"亲者痛仇者快?我庐江七百军民,便这般枉死了?即便不是孙伯符授意,那程德谋亦逃不了干系!若孙伯符将程德谋手刃,老夫便不再追究于他,如何?"

"此事绝无可能。程将军对于伯符而言,如同亲叔伯。陆明府疼惜自己的侄孙,伯符亦非无情之人。程将军擅自出战,自是有罪,伯符定会按照军规处置,还陆太守一个公道。"

听了周瑜这一席话,陆康轻笑两声,端起酒坛大口痛饮。见垂暮老者如此伤神,周瑜心中不是滋味:"陆明府,酒多伤身啊……"

陆康放下酒坛,抹嘴睨着周瑜:"公瑾,你真的了解孙伯符吗?"

"我们打小就在一起,自然万分了解。"

"人都是会变的……乱世英雄四起,他孙伯符若想谋得一席之地,只会为自己筹谋更多。即便他今日不滥杀无辜,你怎能保证,他往后亦会如此?"

周瑜一怔,随即拱手:"我了解他的品行,虽好勇爱斗,却绝非滥杀无辜之人。"

陆康颓然坐倒,笑道:"真是孩子般的玩话,你们才多大?人生漫漫数十载,只有到老夫这个年纪,才能说,再不会变了……"

"无论三年五年,三十年五十年,我皆会伴他左右,他不会变,我也不会。"

周瑜性情温良,君子如玉,说话向来不紧不慢不起高声,今日这几句话却是异常铿然。酒气上头,陆康斜倚在案上,不知是哭是笑。良久,他才说道:"你走罢,我会吩咐下去,不让人难为你……"

此番进城,周瑜已做好了最坏的打算,即便身死亦不愿舒城百姓遭殃,本以为陆康会十分难以劝服,没想到他如此轻易便将自己放走,周瑜迟疑:"陆明府便这么放过周某了?"

陆康饱经世事的面颊上挂着一抹无奈的笑:"若是不走,你那孙伯符可要屠我满城了……"

雷声阵阵,大雨倾盆,潺潺雨滴串联如线,从飞檐上不住滴落。巨大苍幕雨帘下,百名守城士兵恪尽职守,手中箭矢对准着城楼下那孤零零的人影。虽相隔百丈,却依旧被那人气魄所震,守城士兵想起周瑜进城时孙策撂下那一席话,只觉喉头发紧,执弓的手不由微微发颤。

孙策依旧立在原处,岿然不动,一双星眸怒视城头,哪怕雨水顺着浓密的睫毛滴落成线,他也毫不眨眼。

天光渐暗,孙策的面色愈发铁青,那最坏的结局不住在脑中盘旋,每一瞬的等待皆是煎熬。

最后一缕天光被黑暗吞噬,城头落雨皆已看不真切,孙策万念俱灰,大手紧攥上身侧银枪,城门内却忽然传来一阵隐隐的马蹄声。

孙策身子一震,目不转睛地盯着城门,只听轰隆一声巨响,索桥缓缓下落,雨帘后闪现一个清绝出尘的身影。孙策这才长舒一口气,缓了神情,静待周瑜走来。

看到孙策这副狼狈相,周瑜不由嗔怪:"这么大雨,怎么不回去?傻戳在这里,也不知道躲躲?"

孙策拽过周瑜的袖笼,擦擦脸上的雨水:"你找人去评评理,是只身入城的傻,还是在城外守着的傻?"

周瑜还未回嘴,忽见营房处韩当快步跑来,气喘吁吁对二人道:"少将军,大乔姑娘带着小乔姑娘来了,想来是担忧少将军的安危……"

孙策自然大喜:"真的?"

"但是……"韩当欲言又止,面露难色,好似有什么难言之隐。

周瑜觉察出韩当的异常:"到底怎么了?难道程将军他……"

"程将军他难受鞭笞之辱,在狱中自己撞墙,天灵盖都快撞碎了……"

"什么?"孙策闻言,再顾不上别的,快步向军营赶去。

幽暗逼仄的牢房中,血腥气异常刺鼻。孙策与周瑜快步赶来,只见程普满身是血,黄盖在侧不住用净布按压,为他止血,声声唤道:"程德谋!程德谋!"

周瑜上前看过程普伤处,急对黄盖道:"黄将军,这般按着止血不住,快让人去我帐里,拿我的药箱子来!"

黄盖还未来得及反应,朱治便大步跑了出去,须臾间捧着药箱折返而还。周瑜撸起长袖,与几名军医一道,为程普处理伤口。

孙策心急不已却帮不上忙,低声问韩当:"到底怎么回事?他为何忽然寻死?"

韩当踟蹰回道:"少将军虽未下令杀他,可当众鞭刑,简直比杀他还难受啊……"

今日盛怒之下,做事确实有些冲动,可程普所犯乃是死罪,自己还未追究,他倒先耍起了脾气。孙策又气又心疼,问周瑜:"怎么样啊?到底要不要命?"

周瑜站起身,抬手拭去额上的细汗:"性命无虞,几位军医皆有补血良方,只是失血太多,恐怕要睡上好几天……"

孙策暗暗松了口气,吩咐韩当朱治:"你们找几个得力的人,把他好好抬回帐内,派人昼夜看着,每一个时辰换班一次,一定要确保毫发无损,若他出了什么差池,我便唯你二人是问。"

韩当、朱治抱拳一礼,异口同声道:"少将军放心!"

此事既已处理得当,孙策招呼周瑜一道离去:"今日你进城之事还未说清,城中情形如何?"

周瑜叹道:"三个年轻女人做了寡妇,白发人送黑发人,哪里还有比这更惨的事……"

"陆康如何说？可有为难你？"

说话间，两人走出了牢房。大雨终于停了，晚风凉凉，夹杂几分湿润气息，孙策不由打了个寒战。

周瑜蹙眉提点："你晚上淋了大雨，当心莫染上风寒。"

孙策重重敲了敲自己的身板，得意扬扬道："我身子好得很，哪里会染什么风寒？你别岔话，快说说，陆康到底怎么说，可会杀出城来？"

"原本是打算杀出来的……但他虽怜惜战死的百姓与牺牲的士兵，却更心疼现下城中的几万人，应是不会贸然行动了。"

两人边走边聊，行至中军帐前，想到大乔在此相候，孙策瞬间转忧为喜，轻唤道："莹儿。"而后大步走入了帐中。

大乔一身月白色儒裳男装，更显娇俏清秀。看到孙策，她莞尔竖起食指轻碰唇边，示意小声说话，而后指了指趴在案上熟睡的小乔，满面宠溺笑意。

孙策压低嗓音，挑眉道："嚯，这丫头倒是舒坦，已经会周公去了。"

看到小乔睡得如此恬然，好似世事安稳，并无征伐，周瑜不由软了眉眼："也不怪小乔姑娘困，已经三更天了。"

孙策抬手轻拍大乔的小脑袋，语带疼惜："莹儿，昨日事发突然，害你担心实在抱歉。夜深又逢大雨，路上不好走，你们便在此安歇吧，有什么话，我们明日再说。"

大乔面露难色："可你这军中并无安置女眷的地方，我们在这里不方便罢……"

"哪有什么不方便，你们姐妹歇在我帐里，我去公瑾帐里睡就好了。"

周瑜深觉不妥："你这帐子，几位将军动辄掀帘而入，连通报都没有，两位姑娘住在这里……"

周瑜所言有理，孙策灵机一动："对了！你那帐里没人去，让她们姐妹住你那里罢。你房里干净整洁还会焚香，适合姑娘住……"

话已说到如此地步，周瑜总不好眼睁睁看着大小乔无处安身："帐中粗陋，实在唐突，委屈两位姑娘了。"

大乔微笑一揖算是谢过,而后走上前去,轻轻拍拍小乔的瘦肩,唤道:"婉儿,婉儿……"

小乔睡得又香又沉,怎么也晃不醒。孙策见此,对周瑜道:"这丫头睡死了,公瑾,你把她抱过去罢。"

周瑜面颊一热,立即回绝:"男女授受不亲,如何使得。"

未想到周瑜会是如此反应,孙策歪头蹙眉:"她才多大,有什么授受不亲的?你就看在她舍命救你的分儿上,让她睡个好觉罢。"

想来孙策不愿大乔烦心,自己又不好抱,才将这活计交予了周瑜。周瑜无奈,只得走上前将这小人儿抱了起来。

若是小乔知道自己窝在周瑜怀中,不知会有何反应,可此时此刻她双目紧闭,睡得十分香甜,对外界事毫无知觉。

及至周瑜帐中,周瑜将小乔稳稳放在榻上,对大乔道:"陋室简薄,委屈二位姑娘,你们随意就好,不必客气。"

大乔颔首:"多谢周明廷,给你添麻烦了。"

"莹儿不必跟公瑾客套,这两日你也跟着遭罪了,好好歇着,明日一早我再来寻你。"

听了孙策这话,大乔垂眸一笑,起身送他二人走出帐去,而后反身回来,收拾东西准备歇息。

周瑜随孙策一道向中军帐走去,见孙策神色舒缓了几分,周瑜揶揄道:"大乔姑娘来得真是时候,终于看见你笑了。"

孙策将手搭在周瑜肩头,低声问:"你别跟我岔话,陆康那老狐狸到底有没有为难你,有没有提什么条件?"

周瑜不打算将陆康要求处死程普之事告知孙策,便戏谑道:"你问这些无意,难道他让你撤兵,你便会撤兵吗?"

及至中军帐内,孙策挑眉一笑:"得亏那程老伯把自己磕晕了,不然看见你我同室,还不知会说出什么话来。"

不单是陆康之怒气,程普此人本身,亦令人头疼。周瑜思量片刻道:"伯符,程将军骁勇,对你又是难得的忠心。当年他追随你父亲,数度出生入死，没有功劳亦有苦劳。你万万不可擅杀老将，伤了将士们的心哪。"

孙策倒在榻上，长声嗟叹："这道理你不说我也明白，眼下这两千人皆是念及我父亲的旧恩，才会追随我。而我本人至今未打一场正经八百的胜仗，程老伯心急亦在情理之中。可难道我就不急吗？我不仅要拿下这块地，更要收服民心。若能将庐江郡收入囊中，西攻黄祖东望吴郡，不知有多便捷。"

"所以你究竟打算如何处置程将军？"周瑜将濡湿的衣袍褪下，缓缓拧干，只穿一身纯白深衣，皎如玉树临风前。

程普的问题确实棘手，孙策还未想对策，只玩笑道："公瑾，你生得如此俊朗，难怪那些小姑娘看见你眼直呢。"

周瑜瞥了孙策一眼，冷道："有什么话直说，别拐弯抹角。"

孙策大笑不止，他坐直身子，正色道："你之前不是要带我妻妹出去吗？打算什么时候动身？"

"双眼犯桃，眉尾带梢，嘴角一抹贱笑……伯符，你这如意算盘是不是打得太响了些？我把小乔姑娘带走，剩下大乔姑娘在此，你要作甚？"

孙策面颊一热，辩驳："我能作甚？还不是我妻妹见天缠着莹儿，我们连句体己话都说不上……反正你本来就要出门，不妨就趁这几日罢。"

见孙策冲自己拱手抱拳，周瑜不好拒绝："好是好，可你要娶人家姑娘，总要通知你母亲罢。也不能就凭自己去乔将军那里胡说八道一通，也太失礼了。"

听得周瑜答允，孙策心满意足躺下，昏然欲睡："早就给我母亲传信了……"

周瑜回过身，看到孙策片刻间睡得昏沉，不由轻笑，上前为他披了锦被："这家伙怎么还跟小时候一样……"

## 第二十六章 怪鸟之谋

连日阴雨绵绵，仿若春日犹在，今日陡然放晴，方觉夏日已深。天方擦亮，足下之地便暑气蒸腾，孙策与周瑜在膳房打了粥汤，前往营帐处给大小乔送饭。

谁知帐中满是清香，大乔不知从何处寻来红泥小炉，煨起了清粥。见孙策、周瑜愣在门口，大乔招呼："发什么呆呀？还不快来吃饭。"

孙策与周瑜赶忙应声，入帐落座，与大小乔相对。小乔已听大乔说过昨夜之事，看到周瑜十分不自在，整张小脸儿埋在粥碗里，只露出两个圆圆的总角，十足可爱。

大乔将清粥递与孙策："孙郎，前日我父亲带兵回寿春去了，路过庐阳，找了我们姐妹……"

"此事我知道，乔将军留了个便条给我，只是不知他为何忽然回寿春。"

"父亲此去乃是奉密函，故而不能告之于你。但在庐阳时，父亲将原因告诉了我们俩，还叮嘱我找机会当面告诉你呢。"

未想到乔蕤谨慎如斯，又对自己如此信赖，孙策一拱手，对大乔道："真是谢过乔将军了，我们在此围城，对后方事分毫不了解。一旦有何变故，只怕死都不知是怎么死的……"

周瑜本就对乔蕤忽然撤兵心存疑虑,此时更显焦急:"大乔姑娘,令尊究竟说了什么,烦请即刻告知。"

"先前周明廷以匈奴门客的身份献计袁将军,称可以联合吕布在曹操后院放火,现下果如周明廷所料,曹操快速回援,与吕布打了起来。袁将军料定此时正是攻徐州的良机,所以才将我父亲火速召了回去。"

"此事没什么见不得人,袁术为何要刻意瞒我?"孙策思忖片刻,若有所悟,对周瑜道:"只怕他已查明你周公瑾就是那匈奴门客,对我们更添了几分提防……"

周瑜眸色深沉,当机立断:"事已至此,我若再留,定会牵累于你,我打算明日便动身回居巢……"

听周瑜如是说,小乔放下手中陶碗,眨着清眸,好似有所期待。谁知周瑜未注意到她,只顾偏头叮嘱孙策:"伯符,程将军清醒后,你莫要再与他口角,眼下正是用人的时候,万事不可冲动。"

提起程普,孙策顿觉头疼不已:"现在不是他怕我,而是我怕他……你不必担心,我会尽力处理好,不会让将士们寒心。"

孙策无意瞥到小乔,见她噘着小嘴,一双杏眼骨碌碌打转,想起周瑜竟未提正事,赶忙暗地戳他几下。

周瑜一脸无奈,对小乔道:"小乔姑娘,这几日出门,你可方便?"

小乔粲然一笑,点头如小鸡叨米:"方便,每日都方便……"

孙策望向大乔,一脸掩藏不住的笑意。大乔一怔,小脸儿飞红羞煞桃花。见他二人眉来眼去,小乔若有所悟,转头对大乔道:"姐姐,你今日便回庐阳……不,你干脆回寿春罢。"

"回什么寿春!"见这丫头竟然出来坏事,孙策气不打一处来,"你爹说不定要打徐州,你姐姐去寿春,无依无傍,被人欺负了怎么办?!"

"那就回庐阳,总不能让我姐姐待在你军中,跟你朝夕相对罢!"

正当此时,忽有一兵士慌张跑来,在帐外大声通报:"少将军,我们运粮的人马在紫蓬山夹谷中被袭击了!"

孙策与周瑜相视一眼:"快!带我过去!"

正午时分,毒日高照,夹谷中马车倾翻,粮草却已被洗劫一空,地面上横着数十具士兵遗体,却独不见对手尸身。

孙策不由起疑:"究竟什么人,能劫我粮草,杀我十余甲兵,己方却未死一人?"

周瑜走上前,查看尸体伤处,顿时一惊:这些人身上的伤口,与自己被怪鸟啄伤的创口颇为相像。

周瑜只觉浑身血液皆向头上冲去,他快速起身,细细查看每一具遗体。孙策见周瑜如此,急问:"公瑾,怎么了? 难道……"

终于,周瑜缓缓掰开一名士兵紧握的手,手心中赫然可见一根黑色鸟羽,显然是生前与成群的怪鸟搏斗过的铁证。周瑜看向孙策,两人皆倒吸一口凉气,久久未回过神来。

千算万算,未承想还是落在了对手之后。小乔遇袭、士兵的死与当年孙坚遇伏,究竟是否皆同一拨人所为? 他们的最终目的又是什么? 周瑜与孙策皆想不明晰,心中却有个相同的想法,便是再不能这般耽搁下去,而是要主动出击了。

随后,孙策命人将死难士兵登记在簿,就地掩埋,而后下令封锁消息,班师回营。

中军帐内,周瑜与孙策分别立在沙盘两侧,盯着这江南之地千山万水发呆。不知过了多久,周瑜低声对孙策道:"伯符,第一次遇到那怪鸟,是初见两位姑娘那日;第二次则在巢湖边,你离开不过一炷香的工夫,怪鸟便出现了,直冲小乔姑娘而去,把她啄成了重伤;第三次乃是寿春夜宴当晚,还有尚香在场,怪鸟数量不多,不过三两只,或许是忌惮寿春城中的守军;而这最近一次,则是我们送两位姑娘回宛城的路上,这一路数百里,我们只停了六安一地,连韩将军都是事后才赶到。将此线索一一串联,你难道不觉得,这怪鸟对两位姑娘的行踪,知道得太清楚了些?"

"你的意思,难道……"孙策眸色一沉,一颗心猛然揪了起来。

"不错,能够事无巨细知道二乔姑娘行踪的,只有乔将军和他身边的人。"周瑜说出这一席话,心头更添几分寒意。

孙策紧握双拳,骨节凸白,咬牙道:"若让我知道是哪个杂碎,我一定将他碎尸万段!"

周瑜重叹一声:"伯符,明日一早,我就带小乔姑娘出发,你一定要保护好大乔姑娘,更要保护好你自己……"

许久未见周瑜如此神情,孙策淡然一笑,双眸却异常坚定:"你放心。"

翌日清晨,周瑜备好车马,准备出发,孙策与大乔前来相送。见小乔一脸兴奋懵懂,大乔不免忧心,上前对周瑜一礼:"周明廷,我妹妹年幼无知,这一路劳你费心照料……"

周瑜赶忙躬身回礼:"大乔姑娘不必担心,令妹虽年少却心思玲珑,周某定会全力护她周全。"

听到周瑜夸奖自己,小乔十分欢悦,从车窗探出头来:"姐姐放心……倒是你,千万别被登徒子占了便宜啊。"

孙策自然知道小乔在暗讽自己,哼笑一声:"公瑾,你这一路千万当心,可别被登徒子占了便宜啊。"

小乔见孙策鹦鹉学舌还含沙射影,抓起包裹内的桃儿向他丢去。谁知孙策反手一兜,将桃儿稳稳拿在手中,轻咬一口:"好甜啊,多谢妻妹。"

若是任凭他们这般闹下去,不知今日还能不能出门,周瑜拱手算作道别,扬鞭打马,白马奋蹄,一溜烟蹿出了军营,须臾便掩映在了崇山峻岭间。

孙策这边轻揽住大乔的纤腰,低声道:"莹儿,这几日你就放心待在此处吧,等你妹妹回来,我再送你们回庐阳。"

孙策待她如此温柔,大乔忍不住心头小鹿乱撞,纤纤玉手却将他推开:"别在这搂搂抱抱的,莫让你手下士兵看见……"

"不想让他们看,我们就去别处,如何?"孙策在大乔耳边轻笑,"我想带你去个地方。"不待大乔答允,孙策便一个呼哨叫来了大宛驹,翻身而上,向大乔探出手来。

和煦日光下,马上公子翩翩,峥嵘不羁,笑容暖胜三春。心中最灰暗的角落亦被这一缕阳光穿破,大乔不再迟疑,将微凉的小手递向孙策,轻而易举便被拉上了马背。

仿佛感受到主人的欢愉,大宛驹咴叫几声,载着一对璧人向青山碧水间驶去。

林荫官道上,小乔从车厢中探身出来,晃晃手中的水袋:"周公瑾,要不要喝点水?"

周瑜专注打马,头也不回:"不必了,我不渴。小乔姑娘饿了罢?委屈你吃点桃儿垫一下,等下午回到居巢,就有热饭吃了。"

小乔歪着小脑袋问:"先去居巢吗?我以为先去寻山呢。"

"去寻山总要做足准备,我得回居巢去,找鲁子敬要些箭矢。"

小乔愈发不解:"营里不有的是各种兵器,为何不直接拿了?"

"伯符的军资皆由袁术提供,我若随便拿走,岂不害伯符落人口实?小乔姑娘,昨日那怪鸟之事,你可听你姐姐说了?"

小乔抿着樱唇,重重点了点头:"听说了,只是不知那鸟为何要攻击运粮队……不过你别怕,姐姐给我装了许多解药,若是怪鸟来,我一定会保护你的。"

"小乔姑娘,保护你是我的责任。若有事,千万不要逞强,只要躲在我身后就好,听到了吗?"

没想到周瑜会这么说,一股甜蜜之意在小乔心头油然而生,望向周瑜的目光不由更软了几分。

好似感受到小乔的眼波,周瑜边打马边问:"为何这般盯着我?"

仿佛听到轰然一声巨响,小乔小脸儿红得要炸:"你……你背上长眼了吗?"

"原来小乔姑娘真的在看我啊,我不过随口一说。"

周瑜这是什么意思?难道是在作弄自己?小乔几丝羞几丝恼,一甩车帘钻回了车厢之中。

舒城北山上,孙策牵着大乔缓缓而行:"莹儿,初到庐江时,我和公瑾常在此山游猎。一晃十年过去了,没想到我人生的第一战,居然是要攻下此城。人生因缘际会,实在有趣……"

大乔抬手拭去额上香汗:"孙郎,昨日才出了那样的事,今日带我来此,不仅是为了登高怀旧罢?"

孙策抬手捏捏大乔凝脂般的小脸儿:"跟我在一起,万事不需你操心。带兵打仗实在很累,若是你每天能对我笑笑,便算是为我解忧了。"

大乔不忍驳孙策的好意,故而并未直接献计,纤声细语道:"孙郎,此处土质太硬,不适合耕种。但战乱这么多年,农人家里皆少劳力,若是秋收时,士兵们能去助他们收粮,说不定能换来不少粮食……"

昨日粮草被怪鸟打劫后,孙策一直在想应对之法。袁术本就靠不住,再加上诸般怪力乱神,孙策不得不去思考,若有朝一日断了粮草,这一万大军以何为生。他确实曾动念头,开垦此山,可这并非朝夕工夫。没想到大乔竟看穿了他的心思,费力为他筹谋。

有如此佳人在侧,怎能不心动神驰。孙策拉过大乔的手,在唇边一吻:"莹儿,此生若能娶你为妻便是无憾。"

大乔红着脸将小手抽出,背身过去,呢喃:"八字还没一撇,你可别瞎说。"

见大乔含羞带臊,孙策趁机凑在她耳边,低声问:"害羞了?"

大乔急忙侧身跑开,气息慌乱岔话道:"若……若要去与农人接近,你可以先派三五面善之人,身着常服,以口渴借水的名义……"

孙策见大乔宛如受惊的小兔子,粲然一笑,露出齐整皓齿:"方才你说起这主意,我便有了成算。若是你夫君连这些事都处理不好,如何担得起你待我之心呢?不过话说起来,我倒是有些担心乔将军,若袁术丧心病狂,真的让他去打曹操,无疑是以卵击石啊。"

孙策所言,亦戳中了大乔的隐忧,她不由眉眼盈盈,尽是愁楚。孙策走上前来,轻揉大乔的眉心:"无论未来情形如何,我皆会想办法护乔将军周全。你可以依靠我,万事皆可以依靠我……"

孙策不过十八岁,周身却散发着令人安心的力量,大乔一笑如桃李:"我信你……"

孙策心中偷乐,调侃道:"乔将军说,要我坐上太守之位,才肯将你许给我。若是我一直打不下庐江,岂不要把你拖成老姑娘了?"

　　"怎么? 孙少将军初战未捷,这就要打退堂鼓了?"

　　"退?"孙策一把捏住大乔的小脸儿,俯身凑上前去,两人气息近在咫尺,"我孙伯符的人生,没有'退'这一字。"

## 第二十七章 凤归故里

落日时分,中军帐里,孙策召蒋钦近前,询问:"你是寿春人士,口音与此地可相近?"

蒋钦拱手回道:"禀少将军,口音差不多,若非特别较真便听不出来。"

"甚好,你从军中挑几个与你口音相近之人,明日起一道去城东村中给农人做活。切记,一定不要让他们发现你是我军中之人,至于托词,你自己随便编好就是。"

蒋钦大略一想,即刻领会了孙策之意:"少将军放心!"

孙策又问:"程将军今日如何?醒了没有?"

"白日里醒了一次,喂他药皆不肯吃,也不说话。黄将军趁他再次昏过去,才把药灌了。"

孙策又气又无奈:"无论如何,先把他医好了,其他事以后再说。"

说话间,韩当掀帘入帐:"少将军找我?"见韩当来此,蒋钦抱拳一礼,退出了营帐。

孙策这才开口:"今日城中情况如何?陆康可有什么动静?"

"据城中探子所报,陆康今日一直在正堂操持那三位陆氏公子的葬礼,无有异动。"

孙策偏头轻笑，自言自语："看来那老头真的被公瑾劝住了……对了，可有居巢来的消息？"

"还没有……想来周明廷快马加鞭，应当也不过刚到居巢，少将军莫要担心。"

孙策不置可否，低声再问："那件事……如何了？"

韩当凑至近前，以最小声音回："已将细作反安插至乔将军营中，并做了吩咐，万事皆以乔将军安危为先。"

"除了保护乔将军外，更要早日抓出乔将军身侧的奸人，明白吗？"

"少将军放心，此次安插之人，曾跟老将军南征北战，再没比他更可靠的了。"

孙策微微点头算作回应，站起身来掀开帐帘，看着暮色下炊烟袅袅的舒城发怔。无论付出多少代价，他皆要守得大乔一家周全，亦不会允许旁人动周瑜分毫。无论对方是人神鬼兽，他皆不会放手，三年前痛失父亲的痛楚，他已不能再承受第二次了。

居巢老宅中，周婶已备好了晚饭，听得马蹄踏过石板之音，哑儿即刻快步跑去，趴在木板门上向外张望。

周婶眼角满是慈爱笑意："哑儿，若是明廷回来自会敲门，你不必守在那里的……"

可哑儿根本听不进周婶的话，径直扒开了大门。周瑜清泉般的嗓音幽幽传来："呵，哑儿可是在等我？"

原来来人真是周瑜，哑儿欢悦无比，将门大开，接过周瑜手中的缰绳，牵马车进院。小乔连蹦带跳从车上走下，轻巧地伸了个懒腰。哑儿看到小乔，不禁疑惑，歪着脑袋仿佛在问她是谁。

周瑜方要对周婶说明小乔的来历，小乔便自己跑上前去，挽住周婶的手臂："周婶，是我呀，被鸟啄伤的那个，你还给我煮过药呢。"

"原来是小乔姑娘啊，换上襦裙像换了个人似的……"周婶轻笑着，转头对周瑜道，"明廷，饭菜皆已备好了。"

"周婶辛苦，劳烦为小乔姑娘收拾间客房出来。"

晚风徐徐,仲夏夜巢湖边凉爽惬意。用过晚饭后,小乔便回到房中,卧榻安然而睡,一夜清甜无梦,直至第二天日上三竿。

小乔洗漱停当,换好衣衫走出房间,颇有些难为情,毕竟客居他乡,还这样懒怠,实在有些失礼。周婶正在庭院中做活,看到小乔,语气谦卑又和蔼:"小乔姑娘醒了?饭热在锅里,粥在鼎里,快些用了罢。"

小乔娇笑颔首致谢:"谢谢周婶,周公瑾呢?"

"周明廷一早便出门了,但没说去哪,估摸是去找鲁明廷了。"

小乔想起周瑜昨日曾说过,要找鲁肃借兵器,猜想他应是忙此事去了。用罢早饭后,见天光无限好,小乔对周婶道:"我出去玩一会儿,就在附近……"

周婶还来不及应声,小乔便已连蹦带跳跑出了门。天朗气清,惠风和畅,居巢小县依山傍水,风景如画,小乔流连忘返,不知不觉跑上了一座小丘。丘上灌木丛生,山花遍野,小乔不由乐极,拈花扑蝶一直追到一棵大树后,忽闻有人声传来。她赶忙静下心,团身躲在树后,只听那人唤道:"婉儿……"

小乔一怔,原来树后之人正是周瑜,她偷眼望去,见这青山环抱繁花丛间立着三座矮矮的坟包,想来便是他父母与妻子的安葬之所。

小乔起身欲走,却被那一声声"婉儿"牵绊,明明他唤的不是自己,却能感受到他蚀骨的心痛。小乔蜷缩在大树后,听得周瑜以从未有过的温柔口吻娓娓道:"婉儿,伯符围了舒城,我跟他一道打仗去了,故而清明未来得及看你。你若是在,定会担心我的安危罢。刀剑无眼,可我却一点也不害怕,也许是因为知道你在那边,死于我而言,不是终结而是归途……婉儿,说了这些,其实是不希望你再为我担心了。你在那边还好吗?一年过去了,你却从未入过我的梦……婉儿,如果想我,就入梦来看看我罢,我真的,很想你……"

小乔再也听不下去,起身轻巧跑开,一溜烟蹿到了山下。可她脚步未停,一直跑到巢湖边,才扶膝大口喘息,眼泪不知何时落了下来。小乔抬袖拭泪,暗骂自己不争气,思绪异常复杂,既有倾慕又有怨怼更有几分艳羡,交织在一起,充斥着她的小脑瓜。她虽不懂离殇,却不可抑制地痛哭起来。

可周瑜哪里知道这些,上坟罢,他策马来到湖东的鲁肃府上,才叩门两声,府门便豁然敞开,鲁肃探出身来,大吼道:"公瑾,你可算回来了!"

周瑜拱手:"子敬兄,多日未见,府上一切可好?"

鲁肃一把将周瑜拽入府中,嗔道:"我可都听说了,你们去打了舒城!快跟我说说,情况到底如何?孙伯符那小子真的会打仗吗?"

周瑜晌午入鲁肃府中,傍晚时分才被放出。不过鲁肃虽啰唆,却当真够义气,周瑜所求箭矢弓弩,鲁肃皆备了最好的相赠,还命人赶车打马,一路送回了周家老宅。

屋内院外,独不见小乔身影,周瑜蹙眉问道:"婶婆,小乔姑娘怎么不在?"

周婶诧异道:"小乔姑娘一早出门了,中午也没回来,我以为她跟您在一起……"

周瑜心头如蒙重锤,怪鸟的叫声蓦然穿脑而过,他低喃一声"糟了!",飞身向院外跑去。

舒城外军营中,孙策与大乔正用晚饭。见大乔有些闷闷不乐,孙策放下碗筷:"莹儿怎么了?可是哪里不舒服?"

"我没事,不必担心。不过是天气热了,人有些恹恹的。"

"你少瞒我,是担心你父亲,还是担心你妹妹?"孙策貌似粗枝大叶,对大乔却无比耐心体贴,将她的一颦一笑皆看在眼里。

大乔垂眼轻道:"什么事都瞒不过你的眼睛,婉儿上一次离开我身边,还是幼年被拐之时,我这做姐姐的怎能不担心呢……"

"可等你嫁我的时候,也不能带上妻妹罢?现下让她锻炼锻炼,未必不好。"

孙策这话说得理直气壮,却令大乔满面羞红,她抬眼一瞋:"孙郎不许胡说乱叫……不过,我真没想到,婉儿竟会这么喜欢周明廷,就这样跟他走了,什么都不管不顾了。"

"这点你无须担心,我跟公瑾一起长大,见识过喜欢他的小姑娘可多了去了。这种感情不过是情窦初开的迷恋,等她们长大后,就什么也不记得了。"

"那你呢?"

大乔忽然反问一句,令孙策丈二和尚摸不着头脑:"莹儿什么意思?是问我喜不喜欢公瑾吗?"

大乔笑得前仰后合:"我是问,那些喜欢你的小姑娘呢?"

孙策未答话,而是傻乐了好一阵。大乔愈发不解,拽着他的袖笼轻摇:"孙郎笑什么?"

孙策一把捧起大乔的小脸儿,坏笑道:"江南第一大美人为我争风吃醋,我难道不该开心吗?"美人在怀,孙策不由心荡神驰,坚挺的鼻梁蹭过大乔滑腻的面庞,她的樱唇近在咫尺。

谁知大乔一把掩住孙策的口,万分慌张站起身来:"你……快回中军帐去罢。"

见大乔害羞,孙策心下暗笑,拉住她的小手,扁嘴故作伤怀:"为了晚上能多陪陪你,我下午可是看完了舒城的县志……你难道就不肯陪我多待一会儿吗?"

大乔深知孙策辛苦,不忍心拒绝,便乖顺地坐在他身侧。孙策餍足地向后一倒,托着脑袋叹道:"莹儿,我嘴笨,不会说什么好听话,但旁人皆不在我眼里,我现在所做的一切,既是为着天下人,亦是为着你我……等到不用打仗那一天,你我才能真正地相守。"

孙策的愿望如此美好又质朴,大乔心下一暖,还未出言回应,便听帐外有人报道:"少将军!吴郡加急密函!"

居巢老宅外,天幕垂降,星汉灿烂。周瑜却毫无观景意趣,焦急犹如热锅上的蚂蚁。小乔不知所踪,生死未卜,周瑜四处去寻,甚至请求鲁肃派出府中所有家丁搜山,却仍未找到她的芳踪。

周瑜靠在屋瓦白墙下,强迫自己稳住心神,猜想着小乔可能的去处。

无论是怪鸟还是乔蕤军中的细作,皆非善类,他越想心越乱,难以保持理智,脑中一片混沌。

鲁肃手持火把快步走来:"公瑾,你在这儿啊,去搜山的回来了,仍未找到那丫头,你说我们要不要去邻县也找找……"

周瑜俊脸发青,神色凛然,半晌未语。鲁肃从未看过他如此,走上前捉住周瑜的手臂:"公瑾……这隔了夜可就危险了,到底怎么是好,你得拿个主意啊。"

小乔是怪鸟之事最大的线人,又是孙策未来的姨妹,更是个鲜活美好的生命,周瑜心头如泰山压顶:"找,就算翻遍整个庐江,也要把她给我找出来!"

正值此时,小乔手捧红果儿拐过街巷,连蹦带跳走来:"哇,怎么这么多人,要干吗去?"

动用全居巢之力找了一晚上,这丫头竟然像个没事人一般,自己钻了出来。鲁肃看到小乔,上下打量一番:"你是小乔姑娘?"

小乔不明白他为何这般语气,不悦道:"老伯,你是哪位?"

被貌美如花的姑娘称作老伯,鲁肃赶忙挠头搔首:"鲁某名肃字子敬,年纪与公瑾相仿,只是有些少白头而已……"

周瑜见到小乔,高悬的心蓦然放下,却仍十分后怕,语气不由急躁了几分:"你去哪了,怎的一直不回家?"

白日里听到周瑜对亡妻那一席话后,小乔仿佛没了魂儿,漫无目的四处乱走,不知不觉就走到了居巢县城。东西两市十分热闹,看到卖红果的商贩,小乔垂涎三尺,瞬间忘了烦恼,亦忘了时间,直至月上柳梢,才想起要回来。

没承想周瑜竟摆出这么大的阵仗找自己,小乔只觉受宠若惊,凑上前去欢悦道:"这些人都是找我的?你这是……担心我?"

"难道不该担心你?你若有三长两短,我如何向伯符和你姐姐交代。"

小脸儿上的笑容瞬间垮掉,小乔冷哼一声,转身跑向老宅。

周瑜不懂小乔为何这般喜怒无常,无奈转身欲对鲁肃致谢。谁知鲁肃昂首望着小乔离去的身影,根本未看他。周瑜抬手一敲鲁肃的脑袋:"子敬兄,非礼勿视……"

鲁肃一把将周瑜的手打掉:"公瑾你是不是傻？江东有二乔,河北甄宓俏。这举世闻名的美人,不看才是暴殄天物……还有,你怎么没跟我说明,小乔姑娘换了女装,我还只管让他们去寻假小子呢。"

在周瑜看来,小乔就是小乔,哪里有什么着装打扮的区别。他对鲁肃拱手一礼:"总之今日之事谢过了,你快些回府,嫂夫人只怕还等你用晚饭呢。"

语罢,周瑜不等鲁肃回嘴,起身走回了老宅。这周瑜今日竟闲到刻意提点自己,鲁肃只觉万分好笑,转身对众人道:"今日辛苦,回府找账房领赏罢。"

老宅前院里,周婶正端着餐盘走向客房。周瑜几步上前,对周婶道:"我来罢。"

周婶躬身将餐盘交予周瑜,上前叩门道:"小乔姑娘,周明廷来给你送饭了。"

屋内半晌无人应声,周瑜只好说道:"小乔姑娘,得罪了。"而后拉门走入了房中。

小乔正环膝埋头坐在案边,看到周瑜,她眼眶莫名一红,赶忙强力忍住,佯装无事。

周瑜走上前,将饭食摆在案上,自己则坐在小乔对面:"午饭也没吃罢？无论怎样,皆不该对不起自己的身子……"

小乔忍了半晌的眼泪终于滚了出来,她赶忙抬手拭泪,偏头道:"谢谢……"

周瑜从怀中掏出素帕,递上前去:"为什么哭？"

小乔抽噎不已,却不答话,掏出几个红果问周瑜:"要吃吗？"

周瑜沉吟半晌,抬手轻轻拍拍小乔的小脑袋:"明日一早我们就出发去寻山了,吃完饭早些休息。"

语罢,周瑜起身走出了客房。他不知身后小乔是何反应,只看到仲夏之夜,却冷月如霜,他不由倒吸一口气,心中喃喃自语:周公瑾,你当真不知她为何哭吗?

## 第二十八章 非梧不栖

舒城东巢湖畔，莲叶接天，荷花映日。孙策一身布衣，率百名兵士在此相候，神情却颇不安乐。昨夜正与大乔闲话时，收到吴郡传来的密函，竟是吕蒙驾车载着吴夫人与孙权、孙尚香往舒城来了。

不消说，吴夫人此次前来，定是为着程普之事。程普曾随父亲南征北战十余载，功勋卓著，来自己军中三个月就这般头破血流，吴夫人忧心不已，来此乃是情理之中。

可拖家带口在军中本就不便，自己更是好不容易有机会跟大乔朝夕相对，孰料才把小乔支走，自己的母亲与弟妹便来了。想到这里，孙策新恨旧怨满怀，不由长声嗟叹起来。

终于，地平线尽头驶来一车一马，正是吕蒙驱车前来。及至近前，吕蒙躬身对孙策一礼。孙策微微摆手，示意吕蒙继续前行，自己则策马带路。

孙尚香从未来过军营，此时激动不已，掀开车帘露出小脑袋，不住唤："兄长！"

孙策一脸无奈，却不忍责怪孙尚香，回头笑道："尚香，快把头缩回去，若是摔下车破了相，以后可要嫁不出去了。"

果然，孙尚香听了这话，赶忙钻回了帘内。及至军营，孙权兴奋地四处参观,孙尚香则悄悄爬上孙策的背,笑得十分娇憨。

吴夫人走上前来,语调温和却不容拒绝:"仲谋,你带尚香下去玩,我有话与你们兄长说。"

孙权连连称是,掐住孙尚香的双臂将她从孙策身上拽了下来。孙策垂首,跟着吴夫人一道向中军帐走去。

及至帐内,不等吴夫人发话,孙策即刻拱手认罪:"母亲,程将军之事,确实是我欠考虑。可当时那种情形,实在顾不得周全。"

吴夫人坐在软席上,沉默半晌,才叹息道:"伯符,程将军现下情形如何?"

"身上的鞭伤好得差不多了,头上的大窟窿还未痊愈……昏迷时候还好,黄二伯能把药给他灌进去。现下醒了过来,见天像和尚打坐似的不吃不喝不理人,实在拿他一点办法都没有。"

"伯符,这两日你安排一下,我去看看程将军。"到底还是心疼儿子,吴夫人渐渐缓了神情,"围城辛苦,你要照顾好身子,公瑾可随你一道来了?"

"先前一直在,这几日方回居巢去了。母亲,你们打算待多久?"

"近期吴郡匪兵出没,你舅父让我们多避几日再回去。你不必额外关照我们,只要给我们寻个住处就好了。"

孙策挠挠头,磕磕巴巴道:"母亲……其实,那个,呃,乔将军的长女,现下在我军中……"

吴夫人与孙策大眼瞪小眼,愣了好一会儿,才反应过来:"大乔姑娘怎会在此,你们……"

孙策走上前跪坐在吴夫人对面,正色道:"母亲,我要娶她。"

双瞳映着长子难得一见的渴求,吴夫人却无法顺从他的心意:"伯符,你难道不明白,你不可能永远在袁术帐下,若有反目那一日,你难道要与你岳父兵戎相见?还是说你已斗志全无,只想做个帐下之臣了?"

"不,"孙策连连否道,"母亲,我想娶莹儿,既非色迷心窍,亦非斗志已失,我只是……很喜欢她……母亲先前不也挺喜欢莹儿吗,为何现下却如此反对这门亲事？"

看到孙策这般模样，吴夫人便知他的的确确动了真心："你可知在吴郡的几个月，袁术动辄派人问候，家中更是日日遭窃，这般明里施压暗中窃取，皆是为了那传国玉玺。若他知道玉玺真的在我们手上，不知会做出什么事来要挟……大乔是个好姑娘，可她跟了你，难免要与袁氏对立，你前线作战已是万分艰辛，难道还要腹背受敌，祸起萧墙吗？！"

孙策双拳紧握，言辞恳切道："母亲，你说的这些道理我都明白，我亦曾试过放手，可每当我想到她会嫁与旁人，简直比死还难受……"

吴夫人没想到自己离开不过三四个月，孙策竟已这般喜欢大乔，她握着手中佛珠，却一下也拨弄不动。母子二人僵持许久，孙策大拜道："母亲，我一定尽全力护你们周全，亦会保护乔将军，一定不会让事情发展到与他交兵对垒那一日，求母亲成全……"

中军帐外，孙尚香四处乱窜，孙权紧随其后，只觉力不从心："尚香，你别乱跑，当心长兄骂你！"

孙尚香哪里理会孙权这些说辞，她灵巧地一转身，逃出孙权的捕捉圈，掀帘入帐："长兄才舍不得骂我，我要看看公瑾哥哥的帐子……"

大乔正在帐中看书，听闻吴夫人要来，她不由有些忐忑。虽然孙策打包票，吴夫人一定会喜欢她，大乔却仍是心乱如麻，手脚冰凉。谁知正值她愣神之际，孙尚香闯了进来。看到孙尚香，大乔颇为窘迫，起身招呼道："孙姑娘。"

看到大乔在周瑜帐中，孙尚香差点哭出来："大美人姐姐，你怎么……"

大乔赶忙解释："孙姑娘不要误会，周明廷回居巢去了，我才暂住在此处的。"

在吴郡时只听闻兄长围城不攻，却不知他金屋藏娇，在这里乐得逍遥，孙权忍笑上前一礼："舍妹无礼，还请大乔姑娘见谅。"

正在这时，孙策掀帘入帐，一声"莹儿"还未出口，便怔在了当下："你们俩怎么在这？"

孙尚香年纪虽小,却能看出眉眼高低,赶忙讪笑摆手:"误闯误闯,兄长跟大美人姐姐说话罢。"而后拽着孙权飞身跑了出去。

见孙策满头大汗,大乔拿起丝帕,轻轻为他擦拭:"孙郎怎么这般急急忙忙的,可是出了什么事?"

孙策将大乔紧紧拥入怀中,仿佛要将她融入自己的骨血中:"莹儿,你让我抱一会儿,一会儿就好……"

孙策使出全力这一抱,箍得大乔纤细的身子生疼,可她一声未吭,只轻轻环着孙策的肩背,心头却有一丝痛意缓缓漫散。不消说,能让孙策如此反常的,定是吴夫人对他二人亲事的态度。可她本是不擅钻营之人,亦不知该如何讨他母亲欢心。孙策的怀抱这样宽广,能包容她的一切,可眼下的温存能留几时,她不敢去想,只是尽力抱着他,紧紧地抱着他,仿佛这短短一刻,便是永恒。

崇山峻岭间,周瑜驾着马车慢慢前行,他时不时下车细观地形山势,与小乔商讨,以期许在她残存的记忆中获取些许蛛丝马迹。不同于以往的明艳活泼,小乔今日无精打采、神色怏怏。周瑜担心她又想起了幼年遭拐的恐惧,安抚道:"若是怕了,随时告诉我。"

小乔摇摇头:"不知为何,突然特别担心我姐姐,也不知道孙伯符待我姐姐如何,有没有趁我不在欺负她。"

"小乔姑娘,这本是你最不必担忧之事……我与伯符从小一起长大,最了解他,他对你姐姐绝对是掏心掏肺的。若还不放心,我们便早些找到那山,早些回舒城去,如何?"

小乔乖乖点了点头,抬眼望天,只见厚重的云层遮天蔽日,空气中忽然起了水汽,似有大雨将至。小乔赶忙对周瑜道:"好像要下大雨了,我们找个地方躲躲罢……"

周瑜微一颔首,四处张望,谁知山雨急急,顷刻间倾盆而下。山路泥泞难行,周瑜让小乔坐在车中,自己则冒着大雨牵着白马,踽踽独行。

终于,山路拐角处有一洞窟,不大不小,正好能停下一车一马。周瑜速速走入洞中,擦擦面颊上的雨水。小乔亦走下马车,见周瑜浑身湿透,她赶忙拿出包袱递上,红着小脸儿道:"我背过身去,你换衣服罢。"

哪知周瑜一摆手,蹙眉道:"等等,此洞有诈。"

舒城外军营中,程普重伤卧榻,却不吃不喝,双眸微睁躺在床上挺尸。吴夫人携孙尚香走入帐中,唤道:"程将军。"

程普瞪大双眸,似是怀疑自己的眼睛,待确认眼前之人确实是吴夫人后,他挣扎着起身,拱手哽咽道:"程某有罪,怎还能劳动夫人来看我……"

孙尚香挣开吴夫人的手,快步跑至榻边,指着程普头上的绷带,小脸儿拧作了一团:"程老伯这是怎么了?难道是被我兄长打了?"

程普满是老茧的大手拍拍孙尚香的小脑袋,摇头道:"是老伯自己累了,想休息了。"

吴夫人拣了个蒲团坐在一旁:"程将军,打从文台起事,你就一直跟着他了罢?"

"是。"想起当年事,程普不由太息而掩泣,"末将跟着主公征战二十载,走过无数次鬼门关,好容易才创下这基业!谁知天不假年,主公竟离奇遇害!末将比谁都着急,希望少将军能早日建功立业,好重振主公当年的雄风啊!"

吴夫人笑叹道:"程将军待孙家如何,自不消说,伯符亦知晓你是为了他好。可有些事情,确实急不得。陆康不仅位列九卿,更是灵帝一朝最有威望的封疆大吏,整个庐江的百姓都归心于他,眼看他陆家要与舒城共存亡,强攻如何使得呀?程将军身经百战,通晓兵法,定然明白,对伯符来说,比起拿下舒城,更重要的是在军中立威啊……"

自己此番擅动,确有倚老卖老、藐视孙策威仪之嫌,程普默默喘息,面有愧悔之意。

吴夫人趁热打铁:"至于伯符和公瑾,从小便十足要好,同吃同住,不分你我。你一直跟着文台在外征战,不知道也正常。公瑾这孩子我从小看大,是个非常好的孩子,克己知礼,聪慧非常,伯符对他比对你更亲,所以便依他的计多一些,并非是不相信你。反倒因为公瑾在,伯符才会更加理智,更理解文台与你们的交情。只是这次事出紧急,伯符失了分寸,我已骂过他,他也知道错了。待你身子好些,我便让他来向你赔不是……程将军是他的老伯,不会不原谅他罢?"

吴夫人说罢,向孙尚香使了个眼色。孙尚香抬起小脑袋,放在榻边,扁着小嘴嘟囔道:"程老伯,不要生我哥哥的气了罢……"

程普看着孙尚香,孙坚浴血杀敌的场景蓦然浮现眼前,他顿觉悔不当初,挣扎着从榻上起身,对吴夫人五体投地道:"德谋思虑不周,令夫人担忧,实在是罪该万死。德谋无颜奢求少将军赔礼,待身体痊愈,必将当众向少将军谢罪!"

黟山山脚下,周瑜以火石点燃火把,照映着昏暗的洞窟。小乔抬眼细观,这才发现洞壁上满是怪异的图画,其间夹杂着"卍"字符,她不由吓得连连尖叫,不住后退,慌乱间踩上石子就要滑倒。

周瑜左手执火把,右手一拦,将小乔环至身前:"别怕,有我在,你仔细看看这些画,可有印象?"

周瑜的手紧紧握在小乔的瘦肩上,虽有些称兄道弟的意味,却令她安心了许多。她双手捂眼,从指缝中观察壁画:"这些……都没见过,只有那个字符,在孙伯符手腕上看过……"

当年孙坚离奇遇刺,身上留下这离奇符号,孙策为提醒自己不忘父仇,硬是用利刃在手腕上一刀刀刻下了这字。想到这里,周瑜双眸黯淡,半晌未语。

小乔越想越怕,仰头轻声问周瑜:"这些壁画是红色的,不会是用人血画的罢?"

周瑜走上前,揩摸着红色漆样物,细细观察:"应当不是人血,像是动物血,许是牛或马之类的。"

"这画得乱七八糟的是什么呀……"小乔见壁画上人形分崩离析,躲在周瑜身后拽着他的衣襟,惊恐万状。

"升仙图。"周瑜并不擅长此道,搜肠刮肚细细思考,这诡异的图画与孙坚的死和那慑人的大鸟,究竟有没有联系?他仔细勘察画中每一笔,却未发现鸟的意象,不由愈发茫然。

"这地方太吓人了,我们快走吧。"小乔语带哭腔,伏在周瑜身后颤颤发抖。

雷声渐止,大雨依旧,天色愈发暗沉,周瑜瞥了一眼洞外雨帘,走至车前抱出干柴,铺在地上聚成柴堆:"今日只怕要在此过夜了,委屈小乔姑娘睡在车上,周某守在车外,你大可放心。"

小乔面色惨白,抱着周瑜的手臂,不住央求:"能不能别在这里睡啊,我会做噩梦的。"

现下若是出去,一时三刻找不到容身之所,不知会遭遇什么危险。周瑜对小乔轻笑道:"周某一直以为小乔姑娘不同于寻常女子,有侠义之心,非凡之勇,怎的……"

虽明知周瑜是在激将,小乔却还是中了他的招,梗着脖子犟道:"睡就睡。"语罢,小乔钻入马车,重重合上了木门。

虽是仲夏时节,山中阴冷又逢大雨,竟令人恍惚间有身处深秋之感。周瑜轻扫地面后,坐在篝火边,捡起竹枝,将线索在石地上勾勾画画,不知不觉已至深夜。

山洞外,大雨骤停,冷风阵阵,周瑜不由轻咳几声,手中的竹枝却毫不停歇。

本应是夜半无人时,小乔却悄然走下车,一身深衣,丝发未绾,凑上前去低声道:"周公瑾……"

周瑜未抬眼,只问:"怎么?真的做噩梦了吗?"

小乔挨着周瑜身侧坐下,嘟着小嘴没有回话。周瑜这才放下竹枝,安抚她:"等天亮了,我们就离开此处……"

只要在周瑜身边,心中的恐惧感便渐渐消弭,不过片刻,睡意便重新席卷而来,小乔小脑袋一沉,一头栽在了周瑜怀中,她旋即清醒,万分窘迫:"对不起,对不起……"

周瑜话到嘴边还未说出,就见小乔灵猴儿似的蹿上车去,紧紧掩上了车帘。

清晨时分,大乔像往常一样煨了清粥备了小菜,虽不知孙策是否会来,她还是备了两副碗筷。

　　打从吴夫人来后,孙策便有诸多事情要处理,从昨日起便不得闲。大乔本有许多话要跟他说,现下却寻不到机会,自己更不好盲目去拜见吴夫人,只能待在这一方小小的帐里胡思乱想。

　　正当大乔心烦意乱之际,帐外忽然传来一阵脚步声,她心头一喜,掀开帐帘,却见来人竟是吴夫人。大乔窘在当场,半晌未说出一个字来。吴夫人见此,温和一笑:"大乔姑娘可方便?我想跟你谈谈。"

## 第二十九章 弃而不许

周瑜帐里，大乔躬身为吴夫人斟茶。吴夫人见大乔小手微颤，竟有些莫名心疼，一时吞了嘴边的话，转言道："听闻令尊回寿春去了，应是有军机要事罢。"

大乔细细滗了茶渣，用露水泡煮后，才将茶盏奉上："父亲未与我们说太多，只吩咐我们姐妹好好待在庐阳……谁知周明廷邀舍妹一道前去调查旧事，小女子便暂住此处，等妹妹回来。"

吴夫人接过茶盏，偏头一闻，赞道："好香啊，姑娘真是好手艺。"

大乔赧然一笑，声如银铃："夫人特意来寻我，应当是有要事罢？晚辈洗耳恭听，请夫人赐教。"

大乔虽温柔似水，性子倒是直接爽快，难怪孙策会这般喜欢她。吴夫人亦非等闲之辈，她拿起杯盏，若有所指："大乔姑娘擅茶艺，应当知晓，什么样的茶配什么样的杯盏，才算是相得益彰。"

大乔难掩伤怀，嘴角却仍挂着笑意："夫人的意思，小女子明白了，我本乱世草芥之人，配不上孙郎，亦不求能与他相守。只是遇此良人，未能克制己心，若令夫人苦恼，便是我的不是了……"

吴夫人望着大乔，见她姿容绝美，一双小手却显得有些粗糙。不消说，乱世如斯，她们姐妹风雨漂萍，家务重担定皆落在了大乔身上。吴夫人怜惜又愧疚,心中暗想若非袁术之故,她实在不愿做这恶人,棒打鸳鸯:"大乔姑娘,你如此美貌,又这般懂事,天下好男儿皆会为你倾倒,是我那傻儿子配你不上……"

大乔不知袁术与玉玺之事,只想孙策若欲建功立业,最快的途径,便是娶个豪阀闺秀,自己根本帮不上他分毫。眼泪终于再难遏制,大乔极力忍住啜泣,尽量不失礼道:"孙郎在军中辛苦,小女子自知没资格,亦觍然恳请夫人,一定照顾好他……今日下午,我就会离开此处,回寿春寻我父亲,还请夫人帮我绊住孙郎,莫要让他发觉……"

吴夫人半晌未应,看着眼前泪如雨下的大乔,心中颇不是滋味。可若现下放任不管,任由他们越陷越深,待到孙策与袁术决裂那日,岂不会让他们伤得更重?吴夫人深吸一口气:"如此便不打扰姑娘了,有缘再聚。"

语罢,吴夫人起身离开了营帐。大乔看着帐帘纷飞,日光乍现旋即又黯淡如初,似在昭示着她的人生。孙策的出现照亮了她平淡无奇的生命,让她第一次有了切实的快乐,却又转瞬消逝,再难寻觅。

原来得到后再失去,心境早已不复如初。大乔掩面而泣,尽量控制自己不哭出声,眼泪却如梅子时节绵延不断的大雨,怎么也停不下来。

天明时分,周瑜与小乔在山间逡巡而行,爬山爬了大半日,小乔已是气喘吁吁,周瑜却像没事人一般,认真勘察着每一处,一花一木皆不放过。

见那儒裳身影拾级而上,小乔边追边在心里抱怨:这周公瑾做起事来心无旁骛,只怕早已忘记身边还跟着个姑娘。只可恨他一夜未眠,体力竟还如此充沛。小乔拖着疲累的步伐,奋力追上,一把拉住周瑜的衣袖:"周公瑾,这黟山有七十二座峰,难道我们都要走一遍吗?"

"不必,根据你的描述,我已筛选出其中十七座,我们只要将它们细细搜罢便好。"

听了这话,小乔愈发绝望,还来不及与周瑜讨价还价,便见他长袖飘摇,攀山而去。小乔只得咬紧牙关,有气无力地追随。

及至正午时分,小乔又累又饿,扶膝大口喘气:"周公瑾,我可走不动了,你自己去寻山罢。"

语罢,小乔气鼓鼓坐上道旁石头,噘着小嘴万分委屈。周瑜见此,回身坐在小乔身侧,将牛皮水袋递上:"对不起,是我只顾找线索,未顾及你……你若累了,不妨我背你罢。"

小乔本正喝水,听了这话差点呛着。周瑜竟然要背她?小乔满面羞红搓着衣角,极力压制着情绪,想要自然地答允,却半晌说不出一个字来。

哪知正在此时,寂静无人的林间传来一男子之声:"婉儿?"

周瑜与小乔皆是一惊,循声望去,只见一樵夫模样之人,身长八尺,粗布短褐,眉眼却十分俊秀,气韵俱佳,望之不似凡人。

周瑜站起身,与之相隔数丈对望:"敢问阁下是何人?"

小乔歪头盯着那男子,尘封的记忆被逐渐唤醒,她霍然起身,清泉般的嗓音朗朗:"修哥哥?"

婉儿?修哥哥?这是什么情况?周瑜眉头紧锁,望着眼前甜笑的小乔,心头几丝忧虑几丝疑惑,相互交织愈演愈烈。

军营里,程普大伤初愈,在众将士面前向孙策负荆请罪。孙策自是按照先前与吴夫人商量好的,罚奉贬职,以示警告。

傍晚时分,吴夫人自出金银,请人于军营中设宴,邀请列位将军宴饮,通宵达旦,宾主尽欢,前嫌尽释。孙策不免向众将敬酒,不多时便数坛下肚,醺然欲醉。即便如此,他心中无一时不惦记着大乔,只待酒宴结束,便要速速去找她。

这两日诸事烦扰,与她相见的时间甚少,今日更是还未来得及见面。觥筹交错间,烛火恍惚,好似能看到她的倩影。若她知道今晚自己有应酬,定会煮了醒酒的汤药等着他,想到这里,孙策嘴角漫起一丝浅笑,不知不觉间竟有几分沉醉。

天色将明之时,众人终于散了筵席,孙策乘着月色,走到大乔帐前,不住唤道:"莹儿,莹儿,你睡了吗?"

帐内无人应声,孙策倚着门梁,喃喃道:"莹儿,我知道现下进去有些失礼,可我真的太想你了……我就进去看看你,绝不会伤害你的。"

不知是酒气上头,还是有些羞赧,孙策红着脸掀开帐帘,走入帐篷之中。月色下,卧榻上空无一人,屋内干干净净,未有分毫大乔来过的痕迹,连那总是冒着清香的红泥小炉,亦渺然不知所踪了。

孙策瞬间醒了酒,神色慌张冲出帐去,一把拽起三五丈外的看守,厉声质问:"这帐里的人呢?"

看守吓得直哆嗦,说话亦有些不利索:"下……下午时便走了……"

孙策踉跄几步,慌乱间望向远处山谷,却只闻鸟声蝉鸣,再不见佳人芳尘。

黔山北麓夹谷中有两间破落的民宅,茅檐低小,瓦墙凌乱,在千仞峰峦下,显得尤为岌岌可危。

入夜时分,周瑜带着小乔随樵夫来到此处,他看似无心实则有意,问道:"听闻你们竟是幼年遭拐时相识的,敢问兄台可是此地人?"

樵夫回过身,对上周瑜审度的目光,怯怯道:"婉儿,你兄长为何总问我这些事,怪吓人的。"

晌午初遇时,周瑜为隐藏身份,谎称自己是小乔兄长,可他对小乔十分客套,一点没有兄妹间亲昵的样子,对樵夫又不停追问。小乔无奈地瞥了周瑜一眼,玩笑道:"我兄长就喜欢问些有的没的,不必理他。"

行至房门口,樵夫张罗:"先前我们姐弟二人相依为命,三年前姐姐嫁人了,现下便只有我一人独住。你们既是亲兄妹,便一起住那一间罢。"

周瑜与小乔对视一眼,皆不自在地偏过头去。周瑜面色铁青,却尽量显得平静自然:"叨扰,敢问尊姓大名?"

樵夫回道:"鄙姓长,单名顾,字木修,敢问阁下……"

周瑜还未编好姓名,恐怕自己会露馅,不待长木修问完,便转身走入草房中。

小乔未随周瑜一起,背手娇声问:"修哥哥,一别多年,没想到还能在此处相见……当初你是怎么逃出来的啊?"

长木修清朗一笑:"还说呢,你跑了以后没多久,就来了一众官兵,把那起子混蛋抓的抓杀的杀,我们这些孩子便被放了。只是为何抓我们,抓了我们到底何用,皆不清楚。"

"只要人没事就好了。"小乔哈欠道,"我累了,先去休息,谢谢修哥哥让我们借宿。"

语罢,小乔连蹦带跳走向茅屋。长木修在其后轻唤:"婉儿……"小乔回身偏头,眨着大眼睛,只听长木修轻道:"能够再见你真好,我很开心……"

小乔杏眼弯弯:"我也是!"

草房中,周瑜细细查看屋内陈设。果如长木修所言,此处的衣物布置,确实像个出嫁之女的闺房。小乔走进房内,揶揄道:"周明廷今日怎么了?咄咄逼人,一点也不温文尔雅了。"

周瑜回身至小乔面前,澄明清澈的双眸中漾着几分难得一见的不悦:"小乔姑娘,不要与陌生男子过从亲近,当心有诈……"

小乔眨着清眸,托腮而笑:"既然是我兄长,叫我小乔姑娘可还合适?"

周瑜身子一滞,薄唇一颤,一声"婉儿"却怎么也叫不出口。见周瑜如此作难,小乔嘴角梨涡一弯:"罢了罢了,时辰不早,早些休息罢。"

周瑜拣了个软席放在门口,一甩衣摆,潇洒坐上:"今天你定是累坏了,好好睡一觉罢,婉妹。"

看来"婉儿"这称谓,周瑜心中只认准那一人,旁人再无染指的余地。小乔"嗯"了一声算是答允,和衣卧在榻上,转过身去背对着周瑜,心中暗想:既然这样不近人情,为何不直接去做了和尚,也省得招惹人家伤心。

小乔越想越烦躁,来回翻腾难以入眠,她索性起身下榻,只见周瑜靠在门板上,合目而睡。小乔轻手轻脚走上前去,缓缓蹲下,打量着周瑜的睡颜,他的眉目如画,鼻梁直挺,龙章凤姿,天质自然,实非凡间之品。心中的怨气瞬间消弭了一大半,小乔暗自赞叹周瑜光芒万丈,只要一靠近他,便觉无地自容。如此这般,哪里还能祈望与他自然相处。

小乔自嘲一笑,才要起身,谁知周瑜竟睁开双目,轻声问:"看够了?"

小乔不由大窘,一屁股坐在地上:"你……你没睡吗?"

周瑜伸手将小乔拉起:"我一直在想,这位长木修,来得实在有些蹊跷……"

"蹊跷?"小乔歪头不解,"小时候我记得修哥哥说过,他家世代是山中的樵夫,只是碰巧在此遇见了啊……"

"可你们到底被拐到了哪座山,他竟也想不起来了,彼时他应当已经有十一二岁了罢?"

小乔小声驳:"你若觉得他说假话,回去查查各县县志,看看那一年是否曾上山剿匪,不就清楚了吗?"

小乔所言有理,可她幼年遭拐之事,与怪鸟、黟山脚下的洞窟和孙坚遇伏,当真没有关系吗?周瑜反复思量,总觉得自己漏掉了什么关键线索。

清风半夜鸣蝉,周瑜见小乔睡眼蒙眬,嘱咐道:"你快睡吧,莫要陪我一起熬着了。另外,你那修哥哥的称呼,能否改一改……"

小乔本已困得迷糊,听了这话却蓦然精神了几分,周公瑾这是什么意思?难道是在吃味吗?可他眉头紧蹙,目光分毫未停驻在自己身上,根本看不出半分嫉妒的意思。

"真是个怪人。"小乔暗暗嘟囔一声,蹦回榻边,一头栽在榻上,一夜清甜无梦。

舒城外军营中,孙策吹起呼哨,叫来大宛驹,翻身上马就要出营。吴夫人闻声赶来,上前拦住孙策的去路:"伯符!你要干吗去?!"

孙策急急勒马,大宛驹前蹄扬起,划过吴夫人头顶,才重重落地。孙权亦从帐中冲出来,看到这一幕,赶忙上前将吴夫人拉到一旁:"母亲小心……兄长,大半夜你要去哪?"

孙策握紧缰绳,冷道:"我去把莹儿找回来。"

孙权不解:"怎么会……大乔姑娘不在军中吗?"

孙策望着吴夫人,伤怀满眼,双唇颤动却未说出一字。吴夫人死死拉住马辔头,急道:"伯符,你听娘的话,莫要一时任性,埋下祸根……"

孙策怅然满眼,苦涩难当:"母亲,三年前父亲去后,你含辛茹苦抚养我们兄妹几人,伯符无以为报。无论你做什么,我都不敢怨怪你分毫。可莹儿不一样,不论如何,我都不会放手……"

语罢,孙策挥鞭打马,绕开吴夫人疾驰而去。吴夫人焦急不已,赶忙对身侧的孙权道:"你兄长喝了那么多酒,现下策马如何使得呀!"

孙权急忙跑到马棚处,牵出骏马翻身而上:"母亲放心,我去保护兄长安全!"

天色将明,黛幕垂落,吴夫人看着两子一前一后驶出军营,没入青山夹谷中,周身冷战,手中佛珠如有千斤重,怎么也拨转不动。光阴匆匆,过客往来,潮起潮落,是缘是劫?吴夫人长叹一声,双目紧闭,半晌未能缓过神来。

## 第三十章 思之如狂

清晨时分,彩霞满天,不知是否昭示阴雨将至。庐阳官道上,孙策打马如飞,以迅雷不及掩耳之势快速驶过森林与村庄。

孙权紧随其后,高喊:"兄长还在围城,怎能贸然离开。已经过了庐阳地界了,你到底要去哪啊?"

孙策来不及回话,却加快了打马的频次。围城之事,现下正在相持,昨日已交代过韩当朱治两将军,定然不会有差池。可乔蕤身边的细作,与黑翅羽鳞的怪鸟以及父仇血案间,好似有着千丝万缕的联系。孙策越想越害怕,打马的手不由微微颤抖。

孙权使出吃奶的劲儿,终于赶上前来:"兄长,你要去找大乔姑娘,知道该往何处去吗?"

"寿春方向,若是赶得及,应当能在六安拦下她。"孙策心中笃定,却不敢将那些慑人之事告诉孙权。昨日下午,线人来报称袁术已派乔蕤、纪灵率兵前往徐州,欲趁曹操与吕布交战之时,将徐州吞入囊中。而大乔必不知道此消息,乱世飘摇,她只能投奔父亲,殊不知军中细作可能早已织下一张大网,等着他们自取灭亡。

云破日出,鸟鸣深涧。黟山夹谷茅草屋里,周瑜缓缓苏醒,但闻屋外一阵隐隐的箫声,袅袅吹断水云间,甚是动人。

周瑜心下生疑，洗漱收拾停当，走出草屋，只见山谷间仙云浩渺，长松钻山崖而出，别有几分出世得道之意。而那长木修正坐卧云霭间，吹着一管木箫，好不惬意。

周瑜衣袂一甩，背手阔步而上："兄台吹的是《聂政刺韩傀曲》罢。"

箫声戛然而止，长木修放下箫管："未想到竟然在此遇上知音了……"

"只是这曲本应是琴曲，你却以箫吹来，是否有些风马牛不相及？"

长木修上下打量罢周瑜，轻笑道："真是稀奇，我本以为，能听出这曲儿的，应当只有那'曲有误周郎顾'的周公瑾，未想到阁下亦有此耳力……我见你俊逸潇洒，气韵不凡，不妨让长某为你看看面相，如何？"

这长木修衣着打扮不过普通樵夫，气质与相貌却并非凡品，而他方才竟提及"周公瑾"，难道是识破了自己的身份？周瑜对此人愈发警惕，似笑非笑道："长兄还会相面？"

"你可听闻过周王朝大卜一脉？以通天神力掐算，上知天文下知地理，无所不知无所不晓……"

"你是大卜一脉后人？"

见周瑜当真了，长木修捧腹大笑："我一个砍柴的，哪里能是什么大卜一脉的后人。只是闲暇时爱学学《周易》，看看《鬼谷子》罢了。不过……阁下现下正处在万分危险之际，若不后退，可能会粉身碎骨啊。"

周瑜素来云淡风轻，今日眸中却满是难得一见的敌意："长兄这话是什么意思？烦请明白告知。"

长木修强忍笑意，一努嘴，指指周瑜脚下。周瑜垂眸望去，透过茫茫雾霭，发觉自己竟正立在悬崖边，他赶忙后撤一步，再看长木修，已是掩面笑出了眼泪。

周瑜盯着长木修，心中疑窦丛生，这小子是故意装傻还是真傻？怎么总像小孩子般开些低龄玩笑。

正当这时，小乔走出茅屋，看到云团水雾间的两人，竟先对长木修打了招呼："哇，修哥哥，原来你会吹箫！"

看到小乔,长木修蓦然坐直了身子,面颊微红,应声道:"闲来吹着玩,雕虫小技不足挂齿。"

小乔笑开了,蹦蹦跳跳走下石阶,却踩上碎石扭了脚。周瑜既是兄长,此时自该发言,他赶忙学着孙策对孙尚香的态度:"不许哭,自己站起来,慢慢走。"

周瑜今日怎么这样凶,小乔脚踝生疼,心里更加难受,咬着薄唇,眼泪在眼眶里打转转。

长木修见此,一溜烟快步跑上,按住她的脚腕:"婉儿痛吗?有没有伤到骨头?"

小乔还没回话,忽见周瑜翩然飘至,一双骨节分明的大手一把将她拽至身前。他弯身蹲下,语调铿然:"多谢长兄好意,舍妹虽年幼,却男女授受不亲,不劳阁下惦记。"

语罢,周瑜挽起小乔的裤脚,只见她白皙纤细的脚踝上红肿一片。周瑜轻轻一吹,低声问:"痛吗?"

小乔只觉轰然一声,小脑袋晕晕乎乎似要炸开,连山间的鸟鸣也听不真切,更莫说脚上的几丝痛楚了:"不……不痛……"

长木修见此,歪头一叹,回屋扛起斧头走出:"两位,我要上山砍柴去了,家里没什么吃的,要走要留请自便罢。"

周瑜未抬头,只道:"再会。"

小乔没有接腔,只是微笑着冲他挤挤眼,摆摆小手算作道别。

见长木修离去,周瑜用丝帕为小乔固定好伤处,起身道:"时辰不早,我们也该出发了。"

小乔望着周瑜转身而去的清冷背影,满心憧憬陡然落空,垂着小脑袋失望地应了一声"哦",一瘸一拐地跟了上去。

周瑜行出三五步,沉声叹了口气,虽未回头,却躬起身子:"我背你。"

小乔怔在当下,待她反应过来时,纤瘦的身子已不由自主爬上了周瑜宽阔的肩背,她又羞又喜,悄悄将头埋在了臂弯中。

山中梨花方坠,随风飘落满头,素白纯净,令人心醉,而小乔心底那朵小花才欲含苞,不知何时才会绽放,又有谁将采撷呢。

烈日午后,六安城外三十里官道上,马蹄声遒劲。孙策汗流如雨,却仍打马急急。随着时间推移,他满心的忐忑恐惧犹如铜鼎中的沸水,愈演愈烈。

本以为大乔与自己一样,将对方看作此生唯一,至死不渝,没承想她竟然这样轻易放弃了自己。孙策越想心越痛,只恨不能马上见到大乔,拉着她问个明白。

终于,视线尽头浮现一辆马车,孙策再不能等,双腿一夹马肚,快速赶上前去,调转马头,直直拦住了马车的去向。

赶车的两名士兵见来人竟是孙策,面面相觑,却不敢忘记行礼:"孙少将军……"

孙策怒如猛虎,瞋视两人:"滚!"

两名士兵僵在原地,不知该如何是好,可看孙策双手握拳如锤,若不赶快走开,只怕会被他打死。所幸孙权赶上前来,翻身下马,对两人赔笑道:"两位大哥辛苦,还没用午饭罢?我这里有干粮有酒,两位请随我来……"

马车中,大乔听到孙策的声音,尖尖的下颌紧绷,小手猛然抓住裙裾,不住颤抖。她并非无情,只是不愿看他母子因她争吵,更不想父亲颜面无存,才忍痛泣血,离开了舒城。她曾想过,以孙策的脾气性情,只怕会找来,可她万万没想到,孙策竟会来得这样快。

不待大乔想好托词,只见车帘翻飞,日光倾泻,孙策大步踏上车来,紧挨大乔坐下,双眼直直盯着她,再不给她分毫闪躲的机会。

孙策盛怒难当,本有一千一万句话等着质问她,在看到她的一刻却瞬间化为乌有,徒剩一句:"我在你心里,就那么不要紧吗?"

大乔忍了半晌的泪顷刻决堤:"要紧也好,不要紧也罢,还不是一样的结局……"

看到大乔泪如雨下,孙策情难自持,一把将她拉至怀中,捧着她满是泪痕的小脸儿,指天誓日道:"我自己的婚事,自己能做主……若是连婚事皆无法做主,我又如何做主天下!"

语罢,不待大乔回嘴,孙策便重重吻在她的樱唇上。大乔吓得忘了呼吸,懵然半晌,待回过神来,双眸正映着他放大的俊颜,口鼻间尽是他的气息,而自己竟与他丹唇交叠,全然败在了他的一腔柔情下,那昨日的决绝与痛楚则被晌午的烈日蒸腾,早已随风飘远了。

难怪天有比翼鸟,地有并蒂莲,原来两心相悦竟是这般难解难分。大乔的泪滴缓缓滚落,一颗心终于不再冷如冰窖。感受到大乔笨拙的回应,孙策不由将她抱得更紧:"莹儿,算我求你,再也不要离开我了……"

晌午时分,暧暧山云间,暖阳似曈昽。周瑜背着小乔,在翠山深壑间缓缓前行。走了大半日的山路,小乔不禁有些心疼:"背了我这么久,你不累吗?"

可周瑜正在翻看羊皮地图,压根未留意小乔的话:"你方才说什么?"

小乔无奈扶额:"我说我累了,我们歇会儿罢。"

周瑜轻应一声,小心翼翼扶着小乔坐在石凳上,自己则立在一旁,继续埋头看地图。

青山隐隐,碧水迢迢,周瑜儒裳素衣如谪仙,小乔抬眼一望,竟有些许倾倒之意。她赶忙垂眸,揉揉肿痛的脚踝,小声问:"来山里三两日了,一点进展也没有,你到底怎么打算的啊?"

周瑜卷起羊皮地图,塞入宽袖中,笑得如沐春风:"既然来山里玩,有什么进展不进展的?你歇得如何了?让兄长看看你的伤处。"

小乔小嘴张得圆圆的,瞪着周瑜思索片刻,心中暗暗忖度,他怎会忽然这么说?难道是觉察周围有人跟踪不成?小乔心下了然,扬起小脸儿撒娇道:"我还是走不动,还要再休息会儿。"

周瑜走上前来,俯身蹲在小乔面前,佯装为她看伤,低声问:"你可带了石箭?"

小乔乖巧地点点头,回声朗朗:"兄长放心,只是还有些疼……"

看似答非所问,实则心有灵犀。周瑜将小乔揽在身侧,右手则悄悄按住短剑,他面色平淡如常,游目骋怀,好似在欣赏黟山的美景。

东风拂密林,绿叶婆娑,发出沙沙声响,约莫一盏茶的工夫,四下又恢复了平静。

待确认周遭恢复安全后,周瑜松了口气。可林间那股杀气究竟因何而来,又为何凭空消失得无影无踪,周瑜只觉百思不得其解:"小乔姑娘,关于长木修的事,你还记得多少?能否皆告知于我。"

"你是在怀疑长木修吗?"小乔满眼困惑,"他真的是好人,与我一样被拐到山上的,你怎么不相信呢?"

听到小乔这般袒护长木修,周瑜面色更沉了三分:"你小小年纪,不知人心险恶……算了,不必说这些,你只要将过去之事一五一十告诉我就好了。"

小乔双眸一转,权衡后对周瑜道:"许多事我皆记不清楚了,不妨我今晚寻个机会,找修哥哥聊天,与他叙叙旧,你可以在门后听着。两个人一起回忆,总好过一个人的片面之语罢?"

"你竟然让我做这种听墙脚的勾当?"

小乔禁不住笑出了声来:"那你跟我打听事,不也一样不是君子所为吗?何况大行不顾细谨,若能洗脱修哥哥的嫌疑,再治好你的疑心病,岂非一举两得?"

周瑜面无表情,心里却愈发不舒服。长木修的谈吐气度,哪里像个山林间的樵夫,自己怀疑他乃是情理中事,怎的在小乔看来,却像是刻意针对一般。即便心中千回百转,面上却不动声色,周瑜朗声答允:"好,既然如此,我们现下就回草屋去。"语罢,周瑜拦腰将小乔抱起,掉头沿着来时方向大步前行。

小乔明白,周瑜此举是担心背后有人偷袭,护她不及,可她却仍不可遏止地心荡神驰。

那个春日汤山上的邂逅,将他们的命运牢牢羁绊在了一起,此后他的喜怒哀乐便左右了她的心情。可他好像并不知道,抑或是明明知道,却毫不在意。想到这里,小乔不由倒吸了一口凉气。

"怎么?脚又痛了?"

周瑜好听的嗓音传来,带着几分探询之意。小乔赶忙含笑摇头,一踢绣鞋,示意自己无事,心底的怅然若失却无半分消弭。

百里开外的六安官道上,孙权驭马引着马车一路疾行向南。孙策与大乔同坐车中,只听大乔说道:"孙郎,我还是不要回舒城了罢?现下这种情形,我不愿意令吴夫人不快……"

孙策斜倚着车壁,望着大乔:"你的顾虑我明白,我不会做那种傻事,让你与我母亲产生不必要的嫌隙。只是你父亲昨日已将兵赶赴徐州,你既去不了寿春,亦去不了皖城了。"

大乔闻言,纤细的手臂环住双膝,神情楚楚:"真是的,竟没有我能容身的地方……"

孙策搭上大乔的瘦肩,温柔笑道:"这样撒娇的样子只能给我看……"

大乔面颊飞红:"少浑说,谁撒娇了。"

"莹儿,我会送你去居巢,公瑾在那里做县令,可保你们姐妹无虞。待乔将军回寿春或待我攻下了舒城,再接你们回来。"孙策不欲将乔蕤军中细作之事告知大乔,免得她牵肠挂肚昼夜难眠,自己却时时在思量破敌之法。

眼见别无他法,大乔只得乖乖应道:"那好罢,只是要烦扰周明廷了。"

"烦扰什么,不必跟公瑾客套。等我围城有闲暇时,便去看你,横竖相隔不过百里,还是很方便的。"

大乔欲言又止,小脸儿鲜妍如桃花,嗫嚅道:"孙郎……"

孙策牵过大乔的小手,语调不由又低软了三分:"怎么了?"

"不会……有喜罢……"

孙策愣怔好一会儿,才反应过来,大乔竟是怕亲吻会怀孕,他亦红了面颊:"不会的,这才哪到哪啊……"

大乔几分迷惑几分狐疑:"不会吗?可是……"

"当然,又没有脱衣服……可究竟怎样有喜,只怕公瑾才知道,待我得空问问他。"

大乔自悔不该问孙策,竟招出他这一串没羞没臊的话来,她转头侧向栏栅处,不再理会他。

孙策坏笑着拉着大乔的袖笼,还未来得及说话,忽听四下隐隐传来几声弦响,他赶忙一个猛子将大乔扑倒在地。与此同时,伴着"嗖嗖"几声,箭矢从四面八方飞射入车厢中。

孙策面色一凛,边护着大乔边高声喊:"仲谋!"

夕阳缓缓沉下西岭,群山沟壑倏忽间转作冥茫,群鸟回巢而栖,周瑜抱着小乔回到夹谷草房处。

长木修还未回来,房中空无一人,周瑜将小乔放下,推门走入草屋,只见草屋中家徒四壁,破败潦倒,除了一张木榻,便只有堆叠一地的书卷。

周瑜走上前去,捡起最上面一本随手翻翻,竟是《周易》。周瑜心中暗想,这长木修神神道道,只怕皆是看多了此类,他无奈一笑,刚要将书放下,却发现其间夹杂着一张薄如蝉翼的纸样物。

周瑜小心翼翼将它展开,只见上面所画图案十分怪异,分散在纸张数处,彼此并不相连。小乔不知何时走上前来,看到这画,探头过来:"这是什么啊?乱七八糟的。"

周瑜未回答,只是盯着那图案发怔。这怪异图形间的间隔,好似在哪里见过,周瑜却一时想不起来。

正当此时,草屋外忽然传来长木修警惕又略带颤抖的声音:"谁……谁在屋里?"

## 第三十一章 断鸿声里

落日时分，不知谁家老牛悠然啮草，卧于坡头夕阳下，甚是惬意。黛色两峰间，羊肠小道上，长木修像往常一样，哼着小曲背着柴草顺着蜿蜒山路踽踽独行。

他已记不清自己是何时来到这大山中，只知道这方圆千里的山路，他已走过无数次，足下的一花一木，皆是熟稔又亲切。

可今时今日，余晖晚照下的草屋却有些不同寻常，柴门半掩，似有人声窸窸窣窣。长木修定定神，抖抖放下背上的柴草，握紧手中的斧头，颤身缓缓走向草屋，壮胆高喊道："谁……谁在屋里？"

仿佛过了一世之久，小乔探身而出，甜笑着："修哥哥，是我啊。"

长木修这才松了口气，神色转忧为大喜："婉儿，是你啊！"话音未落，板斧从手心中滑脱而出，差点砸断长木修的右脚骨，他大叫一声，抱着右脚单腿跳个不住。

这板斧至少有十余斤重，小乔看着便觉剧痛难当，小嘴直咧："修哥哥你的脚……"

长木修面色由铁青变作苍白，额上虚汗涔涔，却极力克制，咬紧牙关："婉儿……我没事……"

小乔搀扶着长木修走到一旁，慢慢坐在石凳上。过了好一会儿，长木修才缓过神来，满面羞愧："婉儿，你的扭伤还没好，我却还要你照顾，真是不好意思。"

小乔莞尔："这有何妨，小时候你经常护着我，如果不是你，我怕是早被打死了呢。"

夕阳微光，晚风沉醉，小乔长发轻扬，一笑倾城，长木修一时愣神，不由自主开口讷道："我没有想到，此生还能再见你……真的，真的是太好了……"

"那天夜里我逃走后，他们可有为难你……"小乔沉吟良久，终于问出了这困扰自己多年的问题。

四下里一片寂寥，唯有雀鸟啼鸣几声，反衬得山间愈发幽幽。长木修垂眸挽起袖管，只见他白皙修长的手肘上竟有一道长长浅浅的疤痕。

小乔瞪大杏眼，纤弱的肩背颤抖不止："这……这是……"

"那个雷雨夜，你才翻出窗户，便被那伙坏人发现了，他们自然气急，即刻便要去抓你。如果那时你被抓住，定会被杀掉，所以我想也没想，就冲上前去堵住了破庙的大门……"

小乔瞑目掩口，思绪又飘回到那可怕的暴雨之夜，彼时她与抓捕之人擦身而过，躲在灌木丛中，却最终还是被发现，走投无路间只得跳下了山崖。若非遇上华佗，只怕她早已没了小命。在余后的七八年中，她学着慢慢将这段记忆尘封，却不知那一夜，长木修为了护她，竟付出了如此惨痛的代价。

小乔再顾不得矜持，双手托着长木修的手臂，泪流满面："修哥哥，你的手……筋都断了，这些年……"

长木修垂下衣袖，将那浅浅的伤疤藏起，抬起素手，温柔地为小乔拭泪："婉儿不必担心我，我已经好了，你看我现下，既能砍柴又能做粗活，什么也不影响。何况救你助你，皆是我一厢情愿，你实在不必内疚……"

"可是为何你孤零零住在山里？你是不是很怕外面的世界？我回家后，有好长一段时间都不敢走出房门……"小乔无法想象那一夜长木修究竟遭遇了什么，更无法想象他是靠着怎样的意志，令残臂渐渐恢复了力量。

"并不是害怕。"长木修双眸尽是笑意,柔声对小乔道,"姐姐嫁到寿春后,我也曾想过,出山去谋个差事做。可我还是喜欢这里,若是哪一日闲云野鹤够了,说不定会出山去的。"

"待你出山时,一定要去皖城找我。"小乔心绪难平,已然忘却了要帮周瑜套话之事,拍着胸脯道,"我一定带你去皖城最好的酒肆吃酒。"

那厢周瑜趁二人闲话,悄然离开内堂,回到昨夜居住的草屋内,倚着门板听动静。谁知没过多久,小乔竟哭了起来,与那长木修拉扯个不休。

不知是怨怪小乔忘却了所托之事,还是看不得他二人郎情妾意花前月下,周瑜渐渐锁起了眉头。可他细细思量长木修之言,却并未察觉有什么纰漏,难道长木修当真只是当年被拐的几个孩子之一,别无其他?那今日林间的杀气与他书中所夹的奇怪图案,又当作何解释呢?

正当周瑜满腹疑虑之际,小乔终于想起来问长木修:"修哥哥,方才我在房中等你时,无意翻到一本《周易》,看到里面夹着一张薄薄的纸片……那是什么东西啊?"

见小乔问到了正题,周瑜赶忙沉下心听动静。谁知那长木修愣怔片刻,哈哈大笑起来:"婉儿你看,是不是这种纸?"

周瑜从门缝间向外望去,只见长木修从怀中掏出羊皮地图与薄纸,将纸张覆在地图上,指给小乔看:"婉儿,这是我标的砍柴图。这些横杠,代表着本月去这座峰砍过几次柴。'斧斤以时入山林,木材不可胜用也',我虽然只是个樵夫,却亦信奉儒学,自然要遵守孟子之言。"

没想到砍柴也有学问,小乔由衷称赞:"修哥哥你真的好棒,你若出仕,定会比江南许多名士都厉害许多呢!"

"是吗?若是与江左闻名的周郎相较,又当如何?"

小乔没想到长木修会这么问,周瑜那不笑也含情的双眸浮现脑海,她不由自主地红了面颊,半晌未说出一个字来。

长木修难掩失落之色,叹息岔话道:"对了,你兄长呢?"

斜阳草木,断鸿声里,孙权与两名士兵合力,将林间设伏的七八刺客尸体拖出，整整齐齐码在道旁。

孙策与大乔立在马车处相候，虽是将门之女，大乔仍不免心惊，小手紧攥孙策的衣角，偏头过去不敢相视。

孙策拍拍大乔的小手算作宽慰，继而吩咐道："搜！"

两名士兵拱手领命，翻查着刺客的随身之物。除去弓弩箭矢外，每名刺客内兜中皆有一块木牌，正反面分别镌刻着"刘""黄"两字。

孙策与孙权两兄弟见此，同时愣在当下，两人不需沟通便心知肚明，派出这些刺客的只怕便是他们的杀父仇人黄祖。

孙权自幼丧父，比起同龄人可算作少年老成，可当他看到这木牌之时，却像疯了一般，猛然上前，大力捶踹着地上那几具残破的遗体。

大乔不由轻呼："孙公子……"

孙策示意两名士兵将孙权拉开，自己却暗暗攥紧了铁拳："够了！若是惦记杀父之仇，就去杀了黄祖，打这几个死人有什么用！"

孙权被两名士兵架着，喘着粗气，双眸泛红尽是不甘。孙策身为兄长，怎会不心疼，他无奈一叹："仲谋，现下不是逞匹夫之勇的时候。看此情形，今夜我们怕是要宿在六安了……你们二人之中，谁更擅御马？"

两名士兵见问到自己，相视一眼，其中个头较小的出声拱手道："禀少将军，属下稍稍擅长几分。"

孙策点头道："好！那便由你前往舒城报信，务必将我的手信亲手交予韩当将军。"

明月照西楼，六安城驿站厢房里，大乔放好行囊，回身对孙策道："你怎的一直在这里戳着，快回去看看你弟弟啊。"

孙策定定望着大乔，欲言又止："莹儿，你不会再跑了罢？"

大乔好笑又心疼："你扣了我的行李和车马，我能去哪啊……"

孙策自嘲太过患得患失，可他还是细细检查了门窗，心想这厢房在二楼上，大乔不谙武艺，定不会贸然跳下，这才放下心。他歪嘴一笑，将轩窗紧闭，转身对大乔道："我和仲谋的房间与你挨着，若有什么事，只管大声叫我。"

大乔乖巧地点点头，欲送孙策离开。可孙策面色不佳，仍戳着未动，大乔轻轻挽住他的手臂："今日那几个刺客的事，是不是也令你不快了……"

打从昨夜起，孙策便一直憋着一口气，下午那几名刺客，更是令他感到窒息般的愤然。本已快不能呼吸，大乔这一句话，却让孙策瞬间放松下来。他垂头牵起大乔的手："我本来不想说，可是待在你身边，我真的觉得放松许多。今日下午那几名刺客，应是我那杀父仇人黄祖派来的。"

大乔见不得孙策如此神伤，纤瘦的身子钻入他的怀中，红着小脸儿道："孙郎，你才崭露头角，这黄祖便派人前来暗杀，还有你弟弟在场，你肯定会很担心……不过我相信，无论出什么事，你都一定能解决好的。"

有大乔在怀，轻声细语为他解忧，孙策的心瞬间松弛了三分："莹儿，有你在真好。其实我并不惧怕黄祖，即便他今日不来挑衅，我也一定会亲手揭了他的皮。我只是没想到，仲谋竟会如此反应。当年我和公瑾赶到岘山时，父亲已中伏身亡，后来我独自扶灵回富春，仲谋与尚香虽伤心，却未见如此恼怒。今日见仲谋如此，我才知道，这杀父之仇不仅困扰了我整整三年，更折磨了我母亲与弟妹三年。说一千道一万，皆是我这长子长兄做得不够好，不然又何至于让他们如此难过……"

"其实你不必这样想。当年江左之地，谁人不知江东猛虎孙破虏将军，他四处征战，不是为着哪位主君，而是为着江南百姓，为的是天下苍生。我想如果他能再次选择，亦会走上同样的路，而你作为他的长子，承其遗志，平祖郎之乱，围舒城而不屠城，处处彰显仁义之风。在我看来，你做得特别好。至于杀父之仇，眼下不过是时机尚未成熟，我相信终有一日，你能手刃仇雠，为父报仇雪恨……"

大乔这一席话，竟说得孙策眼眶一热，他强压住情绪，叹息笑道："除了公瑾，你最懂我。"

大乔拉过孙策的左手，纤细的手指揩摸着他一笔一画刻上的"卍"字伤痕："疼吗？"

"用刀刻的时候，我整个人是木的，一点也不觉得疼，只是眼睁睁望着腕上血肉模糊,却没有流血的感觉,想来是心痛比切肤之痛尤甚。那日你不辞而别,我又感受到那种彻骨的痛感,实在太难受了,你以后都不要再离开我了……"

大乔含羞颔首算作答允,接着转言道:"你弟弟那边,还是要多劝劝的。先前我总以为婉儿年幼不懂事,后来才明白,失去血亲之痛,无论多大年纪,皆是一样的。我想他虽不言明,心中亦无时无刻不惦记着杀父之仇罢。"

孙策心中早有疑惑,却一直未敢多问,趁大乔说起才嗫嚅问道:"莹儿,你母亲……"

大乔清潭般的双眸泛起一层薄雾,她樱唇紧绷,倏然转过身去,良久才回:"生婉儿的时候,难产过世了。父亲与母亲情深,独身十余载未再续弦。你别看婉儿日日傻呵呵没心没肺,其实她只是不把心里的苦说出来罢了。"

"原来妻妹也是个可怜之人,等她到将笄之年,不再那般迷恋公瑾,我们给她寻个好人家……"

大乔本双眸含泪,听了孙策这大家长一般的言辞却不由破涕为笑:"有父亲在,哪里需要你操这个心?不过,我倒是觉得婉儿和周明廷挺般配的。"

孙策面露哂笑之意,连连摆手:"你不了解公瑾为人,他先前那位夫人知书达理,温婉贤良,才令他魂牵梦萦,难以忘怀。妻妹虽然长得漂亮,却也只是长得漂亮罢了……"

听到孙策如此编排小乔,大乔美目一瞋:"你是说我们家婉儿不知书达礼,不温婉贤良了?"

孙策明白自己说错了话,赶忙赔笑:"并非如此,妻妹她……"

谁料大乔已懒得听他找补,从他怀中抽身而出:"我乏了,你也早些回去歇着罢。"

见大乔生气,孙策急忙哄道:"我不是说妻妹不好,只是觉得她还小……费了九牛二虎之力才把你找回来,莹儿可别恼我了。"

"那就罚你帮我打水罢,我要洗澡。你去楼下找店家要些热水来,把那木盆注满。"

孙策老老实实捡起木桶,拱手以示领命,谁知他走出不过三两步,忽然飞身回来,在大乔脸上重重一吻,而后逃也似的跑出了厢房。

东风破窗,满是暧昧缱绻之意。有如此良人在侧,那些忧心恐惧又算得了什么?大乔倦倚横栏,衣袂翩翩,盈盈眼波间尽刻执着。

黔山夹谷中,小乔与长木修闲话毕,快步走回草庐中。方才一时失态,竟当着长木修哭了出来,虽有些难为情,却更期待周瑜的反应。

心中的倾慕之意如同初春时节的满城飞絮,不知何时起便飘落四散,难以收拾得住。而周瑜此人,却像自带一座百尺高的堡垒,时时拒人千里,难以攻克。小乔时常出神望着他,欲从他眉眼间获取些许在意她的迹象,却总是失望而返。

今日亦是如此,当小乔推门而入时,周瑜正坐在木案边看书,面色如常,未有一分一毫的不快。小乔难掩失落,气鼓鼓一踹脚下蒲团,快步上前趴在榻上,一动不动。

如此这般相持良久,周瑜好似认定小乔睡着了,他走到榻边为小乔盖上锦被,低声道:"明日一早我打算去莲花峰看看,你脚上有伤,不妨留在这里歇着罢。"

## 第三十二章 山巅云海

日出时分,莲花峰上,鸡犬云中喧吠。周瑜身着月白夹衫,与云山雾渺相融,他飘然攀上黟山之巅,只见白石断崖,四壁接天,黄云万里,一览众山皆小。

不知为何,昨日看到那图纸,周瑜心中波澜四起,即便长木修解释那是伐木之图,他却并不相信。图纸上各处所标,极像卦爻,阴阳相交,其间唯一未被标注的山头,便是莲花峰了。

此峰高千仞,去天不盈尺,峰峦直耸,上出重霄,云层广深如海,周瑜置身其间,只觉四下茫然,万物朦胧,一个不小心便会跌落云梯,葬身深崖难寻尸骨。

山之巅,周瑜长身玉立,纶巾随山风飘动,视距不过方寸,清眸映满山雾。他矗立半晌,从怀中摸出一管竹笛,放在薄唇间轻轻吹起。

笛声悠悠,却不成曲调,呜呜咽咽颇为慑人。周瑜边吹笛边观望,只见周遭悄无人影,唯有山风沙沙作响。

"一大早扔下我,你就为了来这练笛子?"小乔语带嗔怪,嗓音却仍动听如清泉。

周瑜即刻转过身去,蹙眉道:"你的脚伤未愈,我不是说让你不要跟来……路上可有什么可疑之人?"

小乔摇头:"莲花峰方圆二十里内荒无人烟,哪来什么可疑之人?若说可疑,当数你最甚,不是说'曲有误,周郎顾'吗?你这吹得什么乱七八糟的。"

"长木修呢?没跟着你出来?"周瑜顾不上回应小乔的揶揄,继续追问。

"人家可是砍柴为生的,哪有那闲工夫管我?再说他昨天伤了脚,现下还一瘸一拐的。我今早出门时,正好来了个收柴火的贩子,拿了他的木柴,正给他找铜板呢。"

谁知周瑜听了这话,愈发警觉:"那人长什么样,你可记下了?"

小乔好气又好笑:"周公瑾你是不是有些过分紧张了?修哥哥真的不是坏人,若他真是那操纵怪鸟的幕后黑手,待在寿春城或者居巢,不是比待在这深山里方便得多?你这样三番五次地怀疑他,该不会是……嫉妒他罢?"

周瑜未反驳,而是睨着小乔,嘴角泛起一抹轻笑:"再过片刻,你便知道为何我会如此紧张了。"

话音落,四下里忽然响起一阵瘆人的鸟鸣,小乔不由一惊,额上瞬间虚汗涔涔。

"你这笛子是比照着那唤鸟的乐声做的?难怪听起来那么吓人。"小乔吓得一把捉住周瑜的衣襟,怯生生藏在他身后。

周瑜笑道:"别怕,它们不会伤人。"

小乔这才徐徐探出小脑袋,只见怪鸟们只是绕着山顶慢慢兜圈,如云中漫步一般,并未做出俯冲之态。

"自那日听到笛声后,我便猜测操纵这怪鸟的一定是音调,只要像我方才那样奏出一段正宫调,它们便会从四面八方聚集而来,但不会伤人。"

周瑜立在山崖间合目吹笛,与先前的慑人可怖不同,此时笛声幽婉悦耳,声声动人心弦。

小乔抬眼望着绕云而飞的鸟群,崇拜之情油然而生:"江左周郎果然名不虚传!"

谁知正值此时,浓雾间霍然传来旁的笛音,其声高亢嘹亮,响遏行云。

小乔吓了一跳,周瑜亦不由放下手中长笛,高喊:"谁!"

云海浓雾间,无人应声,而长翅鳞羽的怪鸟听到高亢的笛音之后,登时性情大变,唰唰鸣叫几声后,如利箭般从云中射出,冲向莲花峰顶。

小乔忙欲以飞石应敌,谁知周瑜一把将她拉至怀中,按住她的小脑袋,示意她不要妄动。

千钧一发之际,周瑜定定气,将长笛横过,悠然吹响,与那来路不明的笛声对垒。两边笛声此起彼伏,怪鸟不由驻步,盘旋逡巡,似是有些茫然。

对面笛声见此,不甘示弱,倏然变了节奏与音调,其声愈发亢奋刺耳。数只怪鸟听到后,不再犹豫,呼啸着朝周瑜和小乔俯冲下来。

"当心!"小乔宽袖一甩,三粒飞石乍出,击中了怪鸟。

周瑜仍蹙眉吹笛,与对面笛声相较量,他心知肚明,此时若贸然放弃,这数百只飞鸟便会一齐向他们扎来。

周瑜与小乔虽未交流,却心照不宣,周瑜吹笛控制大部分的飞鸟,小乔则以飞石击退个别来犯之敌。此处恰好是山顶,细碎的石头随处可见,小乔边捡边飞,动作十分轻盈灵巧。可这样的坚持对于体力心力皆是严酷考验,周瑜苦苦思索,却仍未想出脱身之法。

不知过了多久,小乔已毫无气力,周瑜亦感两腮生疼,浓雾间忽然响起几声弓弦之音,怪鸟纷纷中箭,几声凄鸣便坠下山崖。与此同时,吕蒙的嗓音悠悠传来:"敢跟我家明廷比吹笛?我看这人是活得不耐烦了!"

周瑜循声望去,只见浓雾中显出三个人影,竟是吕蒙、韩当和蒋钦。

三人走上顶峰,连射数矢击落飞鸟,箭无虚发。怪鸟折损过半,那不明来路的笛声登时转作低沉,随后戛然而止。仅剩的怪鸟们听闻此讯,一个猛子扎入云雾之中,杳然不知所踪了。

周瑜终于松了口气,放下木笛。韩当与蒋钦纷纷向周瑜行礼,只听韩当拱手道:"周明廷,我们是奉少将军之命,专程来寻你们的。尊府上的哑儿与我们一道前来,正在山下等着。"

"伯符让你们来?难道他……"

见周瑜变了脸色,吕蒙赶忙解释:"少将军在六安城外遇了埋伏,不过并无大碍。现下少将军与大乔姑娘正往居巢赶,特派我们三人来此寻明廷。"

"糟了!"周瑜想起吹笛人,急对吕蒙道,"阿蒙,你们一路攀上来是否见到其他人?比如砍柴的樵夫之类的…"

吕蒙一脸茫然,不知所谓:"并未看到有其他人啊,若有,我早把他捉来了。"

难道那笛声并非来自莲花峰,而是来自相邻山峰?好不容易找来的线索,周瑜自然不欲这般轻易放过,他转身向山下走去,迈出近百步,才想起小乔脚伤未愈,急忙反身赶回小乔身侧,果然见她扁嘴立在原地,满面不快。

周瑜自知理亏,低声问道:"你的脚还疼吗?下山不比上山,陡峭难行,你还能撑得住吗?"

今日晨起,草屋内外便不见周瑜身影,小乔万分担心,强忍着脚痛攀上莲花峰寻他,方才以飞石击打怪鸟,更是耗尽了气力。谁知周瑜一点也不领情,只想着探查怪鸟之事,压根不管她死活。想到这里,小乔眼眶一热,险些滚出泪来。

周瑜见小乔如此,手足无措,又见韩当等人一直望着自己,只得硬着头皮在她耳畔低道:"当着外人,能否给我个面子……"

外人?小乔心下一震,蓦然回首,与周瑜四目相对。见他满面为难之色,小乔自知不敌,歪着小脑袋伸出双臂,赖道:"我受伤了,你抱我。"

半山夹谷间,长木修坐在松下煮茶。身处深山家境寒微,所用碗具皆粗陋简薄,可长木修垂目举盏,神态自若,仿若品着甘露琼浆。

夹谷尽头传来一阵脚步声,长木修循声望去,只见周瑜扶着小乔缓缓走来,吕蒙紧随其后。及至近前,小乔杏眼弯弯,对长木修招呼道:"修哥哥!"

长木修亦含笑回应,目光却定在周瑜搀扶小乔的大手上,他起身迎上来:"婉儿,你的脚伤怎么愈发严重了?可是上山扭到了?"

小乔摇摇小脑袋:"修哥哥,我没事。"

"快,来这边坐。"

长木修不顾周瑜异样的目光,拉着小乔走向石凳,却被周瑜一把拦下:"舍妹自由我照顾,不劳兄台费心。"语罢,周瑜薅着小乔的衣领向茅屋走去。

小乔被周瑜这般提拽着,活像个被拎着后颈的幼犬。及至房中,周瑜将小乔放在卧榻上:"我有几句话问长兄,你在这休息会儿。"

小乔气鼓鼓地瞪着周瑜,心想方才在莲花峰顶,他说出那样的话,现下竟然翻脸不认人了,当时就不该给他留什么面子才对!

谁知周瑜根本压根未接她怒意满满的目光,转身走到门口,对吕蒙道:"阿蒙,你来帮忙收拾下屋里的东西,一会儿我们就出发。"

"不是说了不要叫我阿蒙了……"吕蒙已过了十五岁生辰,再不愿旁人喊自己乳名,对周瑜的话却不得不遵。

云松下,长木修方从后厨端着温水走出,看到周瑜走向此处,拿出一只杯盏,边斟茶边道:"请坐罢。"

周瑜瞥了一眼后厨,除了一口大缸、一把柴刀和三两碗筷外别无长物。他甩开长裾,与长木修对坐,轻轻端起杯盏,纤长指节一触杯壁,只觉茶水微温。方才山顶遇险后,周瑜怀抱小乔快速原路返还,一瞬也未耽搁。若那吹笛之人真的是长木修,他此时必定呼哧带喘,又怎能气定神闲在此煮水。

可周瑜并未放松警惕,嘴角带着笑意,深眸却冷如寒冰:"听闻今早长兄有生意上门了?"

长木修憨笑:"每月初三和十六,会有山下人来此处,收购我的山柴。只可惜生逢乱世,柴价颇贱,不值几个钱。"

"既然木柴贱价,长兄怎不去采些药材呢? 神医华佗与张仲景曾来此处行医,皆是看中这山里的药材。长兄若能采些,手头当会宽裕不少。"

听出周瑜有套话之意,长木修不由哈哈大笑:"我这么个粗人,哪里认得什么药材?"

"长兄过谦了,长兄连《聂政刺韩傀曲》都奏得,便算不上什么粗人。况且在下听兄台口音,似乎不是土生土长的庐江人士罢?"

"嗨,"长木修叹息道,"兄台好眼力,实不相瞒,我乃清河郡人,祖上也曾在郡内做官,只是到家父那辈便因获罪抄家,这才辗转来到庐江,在这深山中避居。家父未留下什么家财给我,唯一传下来的便只有这木箫和那琴谱罢了。"

长木修口音中确有冀州乡音混杂其中,所言也没有什么矛盾之处,周瑜轻蹙眉头,未再多言。

见周瑜不再追问,长木修递上杯盏:"我与兄台相识一场,敢问兄台尊姓大名?"

周瑜从容接过杯盏,望着碧色茶水上漂浮着的茶梗,脑中飞速思索:这长木修到底知不知道小乔是乔蕤将军的女儿?若是不知道还罢,若是知道,自己岂能信口胡说?

须臾后,周瑜决计还是隐瞒小乔的身份以防万一,他放下杯盏,正色道:"敝姓张,字子昭,居巢人士。"

听闻周瑜姓张,长木修眼中闪过一丝不一样的神采,他凑上前来,神神道道:"你当真不是居巢县令周公瑾?我还以为,这庐江郡里如此俊逸又擅长音律之人,唯有那居巢县令周公瑾了呢!"

周瑜不由有些窘迫:"长兄折煞张某了,我自然比不上周公瑾。"

"我姓长,你姓张,看来咱们还是有缘人。家中无酒,便以粗茶招待张兄罢。"长木修倒似是个性情中人,说得兴起,便站起身敬周瑜。

见长木修跟跟跄跄,周瑜问道:"你这脚,可是昨日与婉妹聊天时砸伤的?"

长木修抬腿:"那时未觉察,晚上睡觉才发现剧痛难当。不过你怎么知道我跟婉儿聊天时砸到了脚?你不会是听墙脚了?"

周瑜虽早想好了应对之语,此时却不免心虚磕巴:"我、我是听婉妹说起的……"

不过这长木修的脚确实伤得极重,他今日只着木屐,足上鼓起的青紫色淤伤清晰可见,瘦削的脚腕外侧,留下一道长长的凹陷。顶着这样的伤处,只怕长木修难以走出夹谷,更别说攀上莲花峰了。看来今日在山顶所遇的不明笛声,的确非长木修所奏。这黟山如此之大,吹笛之人是跟踪他们上了山,还是潜伏在山间等出手,皆不好说,好不容易寻到的线索,又这般中断了。

正当周瑜满心愁闷之时,吕蒙收拾好了行李,走出草房:"公子,收拾妥当了。"

周瑜闻言,起身对长木修一礼:"这几日叨扰了,若是有缘,他日定会相见。"

长木修笑道:"哪里哪里,只要张兄不嫌弃,我长木修的蓬门随时为张兄敞开。"语罢,长木修向周瑜恭敬一揖算作回礼。

小乔一瘸一拐地从房中走出,眼见道别的时刻将至,小乔收起情绪,甜笑着向长木修挥挥小手:"修哥哥再见!"

小乔竟对长木修笑得这么甜,对自己却突然横眉冷对,周瑜百思不得其解,只觉女人心简直如海底针,实在难以揣度。

长木修满目怅然,却仍清朗笑着,冲小乔挥手,又转身对周瑜道:"张兄,临行前能否让我跟婉儿说几句话?我二人一道遭拐,今朝能在此处相见,实在是万年修来的缘分,若不能话别,实在要遗憾终生啊。"

"请便。"周瑜本想拒绝,但听长木修言下之意,当与他们幼时遇拐之事相关,或许能有新的线索。

长木修开开心心瘸至小乔眼前,俯身对她耳语一句。孰料小乔听完突然双眼放光,兴奋地一把抱住长木修的手臂:"我想起来了!"

## 第三十三章 无情流水

明月别枝惊鹊,夜半时分,居巢老宅正堂中,周婶端上方出炉的桂花糕,孙策笑得见牙不见眼,招呼大乔与孙权:"莹儿、仲谋,你们快尝尝这个,周婶做的桂花糕,简直世间绝品!"

大乔顾不上吃,盈盈起身向周婶致谢:"夜半方赶到此处,实在叨扰,又劳动周婶为我们准备吃食,真是太不好意思了。"

周婶还未回话,孙策便挥挥大手:"莹儿不必客气,周婶是公瑾家老仆了,算是看着我和仲谋长大的。"

周婶满面慈爱笑意,望向孙权:"正是呢,多年未见,小公子已经这么高了。"

孙权挠挠头,起了几分害羞之意:"周婶一切还好罢?我总记挂着在舒城时你做的桂花糕,今日终于又吃上了。"

众人正闲话,忽听大门处传来一阵叩门声。孙策霍然站起,兴奋嚷道:"定是公瑾回来了!"

果然,周婶打开大门,周瑜带着几分疲惫的俊颜即刻映入眼帘。吕蒙未见其人但闻其声:"累死了累死了,婶婆,家里还有没有饭吃?"

孙策再次抢过话头,骂声响彻老宅:"吃吃吃,就知道吃,哪日短你粮了,让你饿成这样。"

哄笑之间,周瑜一行走入老宅,蒋钦即刻上前与孙策见礼。孙策一把搂住周瑜的脖颈:"你可算回来了,我有顶要紧的事问你,快跟我来。"

大乔翘首而望,人群末端灯火阑珊处,小乔终于拖着伤脚慢慢走来,见到大乔,她无精打采唤道:"姐姐……"

周瑜冲大乔一拱手致歉:"周某无能,未能照看好令妹,实属周某之过,请大乔姑娘恕罪。"

大乔确认小乔不过寻常扭伤,起身对周瑜道:"周明廷辛苦,跋山涉水有个磕碰在所难免,不必挂心。"

吕蒙与哑儿招呼着蒋钦用饭,孙策则拉过大乔的小手:"莹儿,时候不早了,你们收拾收拾早些歇着罢,明日一早我再来看你。"

语罢,孙策与周瑜一道向后院走去。小乔看着周瑜背影,只觉与他时近时远忽冷忽热。明明是仲夏之夜,心却极冷,小乔木然站着,浑然无知,徒剩一具华丽的躯壳。

孙权上前接过小乔手中的包袱,一笑露出可爱的虎牙:"孙某送两位姑娘回房,这边请罢。"

老宅后院书房里,周瑜连打了两个喷嚏。孙策不由揶揄起来:"你这身子骨不比当年,怎的还染了风寒?"

周瑜轻声一笑,歪头无奈道:"许是有什么人在骂我……你急匆匆找我,究竟有何事?"

"公瑾,你可听阿蒙说了?那日我去六安追莹儿,竟遇到了黄祖手下的埋伏……你说那怪鸟难道真是受黄祖操纵不成?"

"表面上看,黄祖确实是杀害孙伯父的凶手,可此事真的这么简单吗?那黄祖又有何能力,能在乔将军帐下安插眼线?还有,为何他此次伏击,只派七八个普通刺客,须臾间就被你和仲谋解决,还专门在怀中放了腰牌表明身份,岂非太过不小心?难道是好日子过够了,着急盼你去摘了他的脑袋?"

孙策不由拊掌:"到底是公瑾,与我心有戚戚。我也是这么想的,黄祖必死,可这幕后主使只怕不单是他。话说回来,你去寻山,可有找到什么线索?"

周瑜想起长木修,俊眉微蹙,眸中却含着几丝笑:"不能说没有,也不能算是有,我要再好好想想才行。听闻袁术竟然派乔将军打徐州去了,你这边的粮草可还供给得上?"

"眼下还好,但不可不防患于未然。我舅父既然负责袁术军中粮草供给,总该给我些方便,可这几日书信往来,好似不大顺利。若是入冬断了粮,这城可就围不下去了。"

"粮草的事你不必太担心,若吴将军那边不方便,我会帮你想办法的。"

孙策感慨万千:"人生得知己如你,真是大足。不过公瑾,我还有一事问你……"

"你我之间有什么可顾忌的,但说无妨。"

虽然周瑜这般说了,孙策还是显得十分忸怩,挠着俊脸,磕磕巴巴道:"那个……公瑾,我并没有唐突之意,只是好奇,怎么……有喜?"

周瑜好一阵才反应过来孙策之意,他一口气未喘匀,呛咳不住。孙策赶忙上来为他捶背,周瑜睨着孙策,咳喘道:"伯符,你问这个干什么,难道你与大乔姑娘……"

"不不不,"孙策赶忙否认,"我就是好奇而已,你娶过媳妇,总比我懂得多罢。"

周瑜好气又无奈:"我也不懂什么,无法为你解惑,我夫人过门时便已生病了……"

孙策本斜倚着打哈欠,此时却一个鲤鱼打挺坐了起来:"我的天哪,公瑾,你……你可真是这世间最冤枉的鳏夫了。王家那姑娘真是命薄,不然可该有多幸福啊。"

孙策这一席话,正戳中周瑜心中隐痛,他沉默半晌才道:"婉儿走了我才明白,珍惜眼前人多么重要。话说回来,我听阿蒙说起,伯母不同意你与大乔姑娘的婚事,你打算怎么做?难道就打算把人放在我这,暗度陈仓吗?"

"什么暗度陈仓,我是一定要明媒正娶莹儿的。不过我母亲的担忧并非多余,我真怕有朝一日,会与乔将军对垒,让莹儿为难。"

周瑜轻摇羽扇,一副胸有成竹之态:"你放心,只要我们步步筹谋得当,一定不会走到如此境地的。"

客房里,大乔小心翼翼地褪下小乔的鞋袜,用清水为她擦拭着高高肿起的脚踝,再细细涂好药酒。小乔一声不吭,垂着小脑袋一脸沮丧,大乔见此,不由担忧:"婉儿,你到底怎么了?寻山回来一句话也不说,方才孙公子帮我们拿行李,你也毫无反应,你和周明廷吵架了吗?"

小乔收起纤细双腿,环膝抱着,小脑袋埋在臂弯间,闷声道:"姐姐别问了,让我自己待会儿。"

看小乔这般反应,大乔不由更加担心:"婉儿,你想急死我吗?是不是周明廷欺负你了?"

想起离开黟山时,与周瑜那一席对话,小乔的眼泪便如断了线的珠子,顺着白玉般的面庞不住滚落,她断断续续嗫嚅道:"周公瑾他……他就是欺负我!"

离开夹谷草屋前,长木修与小乔话别,两人想起幼年趣事,嬉笑耳语,及至分离,又执手相看泪眼,好一阵方休。

周瑜未理会他们,背手独立山崖边,望着黟山之景,与云海雾气浩浩相融,宛如泼墨山水画中仙。待蒋钦与哑儿将马车赶到此处后,周瑜径直翻身上车,未招呼小乔一声。

小乔自觉无趣,亦乖乖上了车。周瑜倚在厢壁上,合目养神,待到出了黟山,周瑜才开口问道:"方才长木修与你说了什么?可是回忆起了什么细节?"

小乔嘟囔:"也没什么不得了的,就是想起从前破庙里有一棵酸枣树,有一日我俩饿极了,修哥哥就让我骑在他的脖子上打枣……"

周瑜望着小乔:"你们两个瘸腿的又蹦又跳,就因为想起了这个?"

小乔满面不快:"我这脚怎么肿的,你难道不知道吗?修哥哥的脚,还不是因为你让我去找他套话才砸伤的。横竖都是因为你周公瑾,我们才受伤的,你怎么还能出言讥讽……"

听出小乔暗讽他小气,周瑜不愿为自己辩解,满心只想查明孙策的杀父仇雠:"先前你提及的长相英俊的小哥哥,就是长木修罢?"

"就是他啊。"车行疾疾,小乔的总角随着不住晃动,"修哥哥真的是好人!"

小乔越是这么说,周瑜便越觉得长木修有嫌疑,他偏过头去,不愿看小乔那张明媚动人的面庞:"也就骗骗你这样的傻丫头罢了。"

往后一路,周瑜时而合目休息,时而望着窗外若有所思,唯独没有再问她什么。小乔只觉满心怄气,异常烦躁,未过多时却睡了过去,待夜半快到居巢时方醒来。

夜色下,周瑜的侧颜美奂绝伦如玉雕,颇有几分神圣不可侵犯之意。小乔以为他还在生自己的气,不敢吱声,却不知周瑜一直在思索着她方才的话:酸枣树?难道是那个地方吗?

老宅厢房里,大乔听完小乔这段描述,一脸无奈:"周明廷素来谨言,想想我与他相识半载,说过的话屈指可数……你不能因为他不说话,便说他欺负你啊。"

"他哪里话少了,絮絮叨叨像个老和尚似的,摆明是给我甩脸,真是气得我胃疼……不说他了,姐姐,我听阿蒙说孙伯符的母亲去舒城了,竟然还不同意你们的婚事,可是真的?"

这下换大乔愁容满面,她赶忙掩饰住情绪,莞尔道:"没有的事,吴夫人对我很好。只是一直待在军营不方便,孙郎才送我来居巢的。"

小乔哪里还听得进大乔的辩解,她径直躺在榻上,气鼓鼓道:"难怪周公瑾与孙伯符打小就在一处,都不是什么好人!姐姐,想娶你的人多了去了,为何要吊死在孙伯符这棵歪脖子树上,明日一早我们就走罢,回皖城去。"

大乔轻轻拆去发髻,丝发落坠两肩,显得她愈发温柔瘦弱:"婉儿,我们不能回皖城。父亲奉命伐徐州去了,只有待在此处,我们才能最快知晓前线的情报。"

"那我们回庐阳不好吗？回庐阳，一样可以得知前线战况啊。"

那日在六安城外遭伏后，大乔心中一直有个疑影：那些刺客究竟从何知晓她与孙策的行踪？动身之前，她只传信去了寿春父亲军中，如此说来，最大的可能便是有细作安插在父亲帐下。无论寿春还是庐阳，皆非安全之所。想到这里，大乔不禁打了个寒战，可她不愿小乔忧心，只是轻笑道："婉儿早点睡吧，已经连眼睛都睁不开了呢。"

正如大乔所言，连日攀山涉水瞎折腾，小乔无比困倦，前一瞬嘴里还嘟嘟囔囔说着周瑜坏话，下一刻便脑袋一偏睡了过去。

大乔为小乔掖好锦被，起身坐回妆台前，素手握住玉篦，轻轻梳理着云鬓。铜镜中映着倾世容颜，大乔抚上白璧面颊，只觉双眸中漾动着不同以往的神采。

原来自己竟是这样贪心，不仅想要父亲平安、妹妹健康，亦想与孙策相守，无论未来是万丈深渊还是修罗地狱，她皆愿意去闯。此一世匆匆数十载，能得此良人，已是三生无憾，又有何理由踟蹰不前、畏首畏尾呢？

清晨时分，孙策独自在巢湖边练武。青山绿水间，一少年顶天立地，手中十二锋银枪划破明湖水面，挥过葱郁树顶，一时激起层层鳞浪。簌簌碧叶，孙策银枪舞动，飞驰其间，鞋袜未染湿，片叶不沾身。

大乔不知何时来到此处，含笑望着孙策，只觉良辰美景乐事赏心。孙策回身一瞬，看到大乔，即刻收了兵刃，迎上前来："莹儿……"

大乔眼波温柔，动作轻盈，为孙策拭去额上细汗："孙郎，你今日就该回舒城去了罢。"

"围城诸事烦扰，不敢贸然走开。一会儿我与公瑾去拜访鲁子敬，下午便要赶回舒城去了。"见大乔难掩失落，孙策将她拉入怀中，宽慰道，"莹儿，得空我就会来看你的。待到舒城破城，我当上太守，便会娶你过门，我不会让你等太久，你好好待在此处，不要心急。"

大乔含羞推开孙策，嗔道："谁心急了，你少胡说。不过婉儿昨夜还闹着要回皖城去，不知会不会老老实实在这里待着。"

孙策一脸不信："拉倒吧，公瑾在这里，妻妹还舍得闹着要走？"

"周明廷不知怎么得罪了婉儿,从昨晚起,她就气得直蹦。"

孙策歪头一想,忽然哈哈笑了起来:"是不是妻妹贸然跟公瑾示爱被拒绝了,才会气成这样?"

见孙策对自己妹妹幸灾乐祸,大乔面色一沉,转身欲走。孙策从身后抱住大乔:"莹儿不气了,我没有笑话妻妹的意思……"

今日就要分别,大乔不忍与孙策怄气,转过身问:"孙郎,此次回来,周明廷可有与你提起过婉儿的事?"

"一句也没有提起,倒是又说起他那位过世了的夫人。莹儿,不是我说妻妹坏话,他们俩完全不是一种人,我们也不能强行作配啊。"

正当这时,小乔从老宅后门闪身而出,看到孙策与大乔,高声喊道:"一大早你们就搂搂抱抱,还在那里蛐蛐儿一般,说我什么坏话呢!"

## 第三十四章 在水一方

潋滟巢湖中,芙蓉满渠,小乔褪去绣鞋,坐在后院木桥上踩水。杏眼映明湖,清亮如琉璃,眼前美景沁人心脾,小乔却心不在焉,只想着用早饭时,周瑜一直与孙策闲聊,一句话也未对自己说。

相识愈久,共同经历愈多,与他的距离却愈远。也许孙策说得没错,自己与周瑜并非同类,自然无法博得他的青眼。他心心念念挂念的亡妻,乃当朝司徒嫡女,名门淑媛,自是不同凡响。而自己不过乡野间放养长大的小丫头,从小看的是各类兵书,既不会刺绣又不擅女红,唯有这扔石头的功夫比旁人准上不少。

想到这里,小乔一甩袖笼,一枚小石子在清湖上荡出一串水泡,默默沉入了湖底。

"哇,好厉害啊。"孙权不知打哪钻出,发出这由衷的一叹。

小乔头也不回,没好气道:"你来干什么?"

孙权蹲在小乔身侧,丹凤眼弯弯:"你无聊我也无趣,不妨我们一起去后山捉鱼罢?那边有个浅塘,里面有好多鱼呢……"

"我又不是小屁孩,我不去。"

似乎猜到小乔会拒绝,孙权轻笑激将:"孙某还以为小乔姑娘乃女中豪杰,胆气过人,没承想连摸鱼都不敢?"

小乔站身拍拍衣襟,叉腰仰视着比她高大半头的孙权:"我说,你们姓孙的都这么讨厌吗?我不跟你去就是害怕?"

"反正你又无事,闲着也是闲着,若不害怕,为何不去呢?"

这话倒是没错,与其坐着生闷气,不妨出去玩玩散散心。小乔瞥了孙权一眼,冲他一招手,大步向门外走去。

鲁肃宅邸正堂内,孙策与周瑜并席而坐。为了说话方便,鲁肃遣散了下人,亲自为二人泡茶。

周瑜避席起身:"子敬兄不必如此客气,我与伯符此番来找你,乃是有事与你商量。"

鲁肃本不会做这些活计,一不留神便被铜壶烫了手,他懊恼地扔下壶盏,挠头笑道:"喝点清水罢,中午留在这里吃饭,我让膳房准备些好菜来。少将军,我已听说了你围舒城之事,当真仁义,鲁某敬服。"

孙策一脸无奈:"陆康那老头顽固得很,竟然举着灵帝赐的汉节站在城头上,我是实在没办法,只得围城,谁知竟博来了贤德之名……"

鲁肃抬手顺顺长须:"你心系舒城百姓,怎能说是不贤德?不过我倒是没想到,袁术竟然没有催你攻城?"

"这件事,我与伯符亦感新奇。"周瑜与孙策相视而笑,"不过想来伯符是孙老将军长子,袁术定是有所忌惮,权衡下情愿他屯兵于舒城,亦不愿他留在近侧罢。"

鲁肃不住颔首,深以为然:"此话不差,可是袁术现下分兵两路,主力正攻徐州,战线冗长,备受牵绊,粮草供给定然会成大问题。夏日还好,若是冬天降了雪,粮草短缺再加路途难行,可就麻烦了。"

"所以我二人才特地来寻你啊,子敬兄。"孙策贼笑着,揽过鲁肃的肩,"你可是豪士乡绅,若是断了粮草,我可得找你和公瑾要了。"

鲁肃捋须大笑:"搞了半天,你们兄弟俩在这算计我呢……放心罢!只要有我鲁子敬一口饭,便短不了你的军粮!"

孙策与周瑜不由喜形于色。鲁肃转向周瑜:"对了公瑾,你去寻山可有什么收获?"

"可巧你问我,我正有事找你帮忙。子敬兄,我想要八年前庐江下辖所有县的县志。"

"哦?"鲁肃双眸一亮,"看来是有线索,要县志并不难,但你得给我几日时间……"

"三日罢,三日之内,劳烦鲁兄送到我府上。"

鲁肃睨着周瑜,啼笑皆非:"你这小子,我是你府上的差役吗?"

鲁府管家忽然叩响了雕花木门:"明廷,周府上的哑儿来了,模样很是焦急,好似出了什么大事……"

周瑜赶忙起身走出堂屋,见哑儿面色涨红,满头大汗,周瑜急问道:"怎么了?难道婶婆她……"

哑儿摇摇头,攥起两只小手比在头顶,定定地看着周瑜,好似在期待他快点猜出自己的意思。孙策走上前来,拊掌道:"你家的牛,牛出事了对不对?"

哑儿不由翻了个白眼,放下双拳,拍拍小脸儿,一双大眼睛眨啊眨。小乔巧笑嫣然的模样蓦然浮现,周瑜脸色煞白,急道:"是小乔姑娘出事了?"

后山浅潭清若空明无物,却有急流暗涡充斥其间。晌午时分,孙权与小乔在此摸鱼,不慎卷入激流中。哑儿与孙策的贴身内卫周泰随行左右,见两人溺水,周泰这九尺高的汉子拼尽全力才将孙权拖出,却怎么也够不到小乔。

哑儿见此,飞身跑入十余丈开外的鲁肃老宅,寻周瑜帮忙。待周瑜赶到浅潭边处,小乔的总角已彻底淹没在了潭水之中。

周瑜解下衣带,将其中一头递与周泰,自己手握另一头,二话不说便跳入浅潭。孙策吓得丢了三魂七魄,高喊:"公瑾!"

行不过三两步,才没膝盖的潭水陡然变深,周瑜屏息静气,一头扎入水中,缓缓睁开双眼,寻找着小乔的身影。

溺水前,小乔深吸了一口气,用尽全力却浮不起来,纤弱的身子携泥带沙,不住滚向旋涡中。口中这一口气再也含不住,樱唇间吐出一串水泡,小乔身子一僵,蓦然失去了知觉,昏迷前一瞬,好似看到周瑜的俊颜浮现在眼前,不知是真实还是幻觉。

青草岸边,周泰紧紧拽着那长衣带。明明水清见底,却看不到周瑜身影,好似入水后,他便沉入了另一个空间之中。随着入水时间变长,孙策愈发不安起来,在岸边焦急踱步不止。

周泰手中的线绳微微颤动,他赶忙将手收得更紧,谁知线绳蓦然失重,周泰踉跄几步,竟重重摔了个屁股蹲。孙策疾步上前,将线绳从水中拉起,却见碧水悠悠,线绳另一端空空如也,周瑜与小乔却依然不见踪影。

空中毒日高悬,后山水潭边,人越聚越多。鲁肃率府上百名家丁来到此处,却与旁人一样,干着急帮不上忙。

孙权站在孙策身后,焦急又自责。随着时光流逝,他愈发煎熬,唯有兄长挺拔的背影能给他些许宽慰。可孙权不知道,这短短几秒间,孙策简直如同熬过了三生三世。此生若无周瑜,即便得报父仇,坐拥天下,亦少了那秉烛夜话、指点江山的知己。小乔又是大乔的亲妹妹,不消说,大乔对小乔的宠爱与关怀,远超过孙策对孙权与尚香,若是小乔真有个三长两短,大乔定会难以承受。

想到这里,孙策心烦意乱,大吼道:"难道我们就这么眼睁睁看着?去找渔民借个渔网试试不行吗?"

鲁肃蹙眉:"少将军有所不知,这潭里有许多暗旋,若是贸然下网,只会加快旋涡的流速啊。"

听了这话,孙策愈发焦躁,再也等不下去,解了外裳就要往潭里蹚,周泰与吕蒙死死将孙策拉住,只听吕蒙说道:"少将军,现下是鬼月,潭里肯定有水鬼,你不能下去……"

吕蒙竟还在说些怪力乱神之话,孙策气极,使出全力欲挣开两人:"水鬼算什么,快救人,救人哪!"

清潭之底,小乔长发散落,小小的身子顺着暗流不断漂远。周瑜竭力保持身躯平稳,努力去抓小乔的手,却总是差了一点点。

胸肋间的存气已消耗殆尽,周瑜眉眼间尽是无以名状的悲伤,他轻启薄唇,大声唤着小乔,却即刻湮没在了洪流之中。

耳畔是细细的流水声,胸口又闷又胀,小乔的灵魂恍若陷入了黑暗幽冥的地狱,却因为那不胁明晰的几声"婉儿"冲破重重尘埃。小乔缓缓睁开眼,只见漆黑水下,周瑜双眸晶亮,向自己探出手来。

明明是如此狼狈的境地,他怎能还是这么好看?小乔虚弱莞尔,慢慢抬起木然无觉的小手,递向了他。周瑜看准时机,一把将小乔拉入怀中,触底鱼跃,霍然钻出了水潭。

孙策正戳在浅潭里,不顾众人阻遏准备下水。看到冒头的周瑜,孙策又惊又喜,弯身扎步,伸出双手,歇斯底里道:"公瑾,拉住我,公瑾!"

周瑜费劲周身之力,终于抓住了孙策的手,周泰与吕蒙紧紧抱住孙策的腰,三人一同使力,才将周瑜与小乔拽至岸上。

鲁肃赶忙命早已候着的郎中上前,周瑜却喘息摆手:"我没事,快给小乔姑娘看看。"

周家老宅里,大乔纤腰束素,云鬟微垂,在庖厨内帮周婶做午饭。半个时辰前,周婶已命吕蒙去寻小乔与孙权回来,现下却仍不见人影。大乔心里莫名忧虑,七上八下,切菜时险些切到纤纤玉手。

忽然间,门外传来一阵嘈杂人声,由远及近。一眨眼的工夫,吕蒙咋咋呼呼推门而入,满头大汗大呼小叫道:"婶婆!快!小乔姑娘溺水了!"

大乔闻声,疾步从庖厨中跑出,只见周瑜浑身湿透,抱着小乔飞奔而来,她面色青白,裹着一条薄毯,双目紧闭,异常憔悴。

大乔尖叫失声,上前扶住小乔的瘦肩:"婉儿,婉儿……"

孙策赶忙宽慰:"你放心,她虽溺水,却性命无忧,眼下要紧的是赶紧把她送回房中,请郎中进一步医治。"

大乔这才放了手,跟着众人一道快步走入客房,看着郎中为小乔把脉。

孙权亦放心不下,欲走入客房,却被孙策一把拉住后衣襟:"仲谋!你过来,快与兄长好好说说,你今日闯这大祸,可该怎么算!"

孙权垂着头,一脸沮丧,拱手道:"今日之事,皆是仲谋的错,但凭兄长责罚！"

这般一折腾，周瑜只觉头痛难当，扶额才发现起了高热。可他并未放在心上，沐浴更衣后，便来到客房探望小乔。小乔仍在昏迷中，青白的小脸儿却恢复了几分血色，周瑜终于得以长舒一口气。

大乔为周瑜奉来一碗姜汤，揖道："今日若非周明廷，舍妹只怕早已丢了小命，请受我一拜。"

周瑜赶忙放下碗盏回礼："大乔姑娘不必客气，举手之劳不足挂齿。"

孙策扶起大乔："莹儿，公瑾为人仗义，救妻妹并不求谢，你这般客套，倒是让他为难了。"

大乔拭去面颊上残存的泪珠："婉儿没事了，你也别再罚你弟弟了罢。他小小年纪，已在毒日头下跪了快两个时辰，若再这般下去，身子如何受得了。"

孙策无奈笑叹："我根本没有罚他，是他自己要跪的。这孩子性子倔，对自己又苛刻，认定的事无人能劝。"

门外忽传来吕蒙的叫嚷声："明廷、少将军，马车备好了，何时出发？"

周瑜低声对孙策道："你们该回舒城了，快让仲谋起来罢，若是晒坏了身子，岂不让伯母担心？"

虽出了这样大的事，围城亦不可耽搁，孙策沉吟一瞬，高声回道："知道了，去请小公子上车罢。"

又至分离，此次因为吴夫人的态度，大乔心中尤为苦涩，她强挤出一丝笑意，对孙策道："去罢，时辰不早了……"

四目相对，大乔眼底丝缕的哀愁分毫逃不过孙策的眼睛，他不顾周瑜在场，捧着大乔的小脸，在她额上一吻："莹儿，万事有我在，你且放心，没有任何人任何事，能阻止我们在一起。"

大乔羞得满面通红，推开孙策背过身去："快别闹了，若再不出发，可要半夜才能到舒城了。"

看出大乔极力克制分离之苦，孙策未再多言，与周瑜一道走出了客房。

车马皆已准备得当,见到孙策与周瑜,众人拱手一礼,孙策翻上大宛驹,对周瑜道:"公瑾,我这就回舒城去了。你今日受了大寒,可要注意身子,千万别病倒了。"

　　周瑜迎风玉立,微笑颔首:"你放心……待到舒城破城之日,我再去与你共饮一杯花酿酒。"

　　孙策拱手向周婵哑儿等道别,而后吟鞭东指:"出发!"

　　车行浩浩,俄而消失在了视野之内,周瑜只觉浑身冷飕飕,却不知究竟因为冷水侵体,还是担忧未来之事。总归该来的挡不住,而他周公瑾,早已无所畏惧了。

## 第三十五章 舌拆不下

居巢老宅小院里，南风渐起，潮声涨落。夜半时分，小乔终于幽幽转醒，断断续续嘟囔道："水……喝水……"

一双强有力的大手托住小乔的肩背，将碗盏放在她口边，随着她吞咽的节奏缓缓抬起。察觉面前之人不是大乔，小乔抬起沉重的眼皮，望着周瑜讷道："怎么……是你……"

周瑜拿起丝帕，边为小乔擦拭樱唇边回："大乔姑娘在庖厨给你煮药呢，一会儿就过来。"

小乔垂眸点头，一双小手抓紧锦被："多谢你下水救我，若不是你，我只怕已经死了。"

"如若我不救你，伯符也会下水的，他是一军主帅，怎可轻易犯险……好在你没事，伯符与仲谋已经赶回舒城去了。"

周瑜这一串说辞，摆明是告诉小乔，他救她乃是为着孙策，而非为了她本人。深沉水底的窒息感再度来袭，小乔裹紧锦被，半晌未能说出一字来。

昏迷间听到的那几声"婉儿"，真的只是幻觉吗？彼时他眼底的心疼与悲哀，难道真的只是臆想？

见小乔缄默不语，周瑜亦喉间干涩，起身道："我去看看药煮好没有。"

小乔本就是直接爽快之人，早已受不了周瑜这般忽冷忽热。见他甩袖欲走，小乔一把拉住周瑜的衣袂，磕磕巴巴问："周公瑾，在水下时……你有没有……"

正事还未问出口，大乔便捧着汤药走入房中，惊喜道："婉儿醒了？身子怎么样？还难受吗？"

小乔赶忙撒了手，嘴角挤出一丝笑，神色却仍悻悻："我没事了，姐姐不必担心。"

大乔捧着汤碗坐在榻边，搅动汤匙轻吹，一勺一勺喂给小乔。周瑜拱手对大乔道："大乔姑娘，令妹痊愈，周某深感欣慰。夜深了，不打扰二位姑娘休息，周某告辞。"

眼睁睁看周瑜走出客房，背影决绝好似没有一丝留恋，小乔心中酸涩难当，亦觉口中药万分苦，她扁着小嘴推开药碗："这什么药啊，怎么这么难喝？"

大乔含笑劝慰："是药三分苦，哪里有好喝的？郎中说你心肺间都染了湿气，让好好吃药驱一驱呢。"

"周公瑾呢？可找郎中看过了？"

"周明廷下午便起了高热，现下看着倒是好多了。不过婉儿，你以后可不许再去水边玩了，今日简直差点吓死我。"

小乔乖巧地点点头，脑海中又浮现水下周瑜那心痛又哀婉的俊颜，她不由脸红起来，眼角盈盈满含秋波。

大乔见小乔小脸儿嫣红，探出素手摸着她白玉般的额头："莫不是又烧起来了？"

小乔环膝摇头："姐姐，今日在水下，周公瑾好似叫我婉儿了……"

大乔一怔，心中几番计较，待思量定，才柔声对小乔道："婉儿，周明廷才华横溢，俊逸不凡，实乃良配。可你年纪尚小，即便纳彩问名，也要等到及笄之年。与其惶惶不可终日猜测他的心意，不妨好好做自己……在姐姐看来，摒弃了唯唯诺诺的婉儿，还是最讨人喜欢的啊。"

大乔所言不差,自从迷恋上了周瑜,小乔便时常自卑,总觉得自己不够温婉淑慧,畏首畏尾,愈发不像自己了。本身就是碧玉小家女,而非大家闺秀,若是再丢了本性,便真一无所有了。

想到这里,小乔埋头一叹:"姐姐我累了,想休息了。"

大乔一应,扶小乔躺下,为她掖好被角,又压灭了灯盏。未多时,小乔便发出了细微又均匀的甜呼。

到底还是个孩子,大乔望着小乔,满面温柔笑意,可她却无丝毫睡意,纤弱身躯飘至窗前,望着倒映在巢湖中的明月,暗自担忧孙策。

不知他有没有平安到舒城,亦不知吴夫人可会为难他,大乔倚在月色下,满面惶然无助。

舒城军营里,孙策漏夜方至,来不及休息,便钻入中军帐,细细查看各处往来的信函。

及至三更时分,百里连营悄然无声,唯有打更与巡逻之人的步履,伴着孙策的无眠之夜。

吴夫人掀帘而入,将桂圆枸杞汤放在木案上:"伯符,快入秋了,你一到秋日便爱伤风,可该仔细着些。若是病倒,围城之事便愈发百上加斤了。"

孙策赶忙起身:"这么晚了,母亲怎么还不休息呢?"

吴夫人团身坐下:"傻小子,你未为人父母,自然不懂,你们兄弟二人未回,我怎么睡得着?"

孙策垂首:"伯符不孝,令母亲忧心了……"

"大乔姑娘可还好?"

听得吴夫人问起大乔,孙策颇有些不自在,梗着脖子未回话。

看孙策如此模样,吴夫人笑容清苦又无奈:"伯符,你打小一根筋,为娘能不知道吗?单说大乔姑娘本人,为娘确实喜欢得紧,可她父亲……"

孙策径直打断了吴夫人的话,匍匐拜道:"母亲,这世上,我最不愿忤逆的人便是你。可眼下形势未定,我并非定然会与乔将军对垒。何况有公瑾智计在侧,我们一定会运筹帷幄,即便将来与袁术反目,亦不会将乔将军牵涉其中……"

孙策双目坚定如炬,灿烂如星。吴夫人双目低垂,满心不忍,半晌未说出一个字来。自三年前孙坚离世,孙策便担起了家中重担。提起这长子,吴夫人既骄傲又心疼,若非万不得已,她实在不愿驳斥他这份痴心。

可人各有命,该他承担的,即便身为父母亦不可代劳。吴夫人重重一叹,从怀中拿出一本黄旧的书稿,递与孙策:"伯符,母亲并非不信你,只是许多事实在比你想象的复杂许多。"

孙策接过书稿,大略一翻,抬眼问吴夫人:"母亲,这难道是……"

吴夫人微微颔首:"这是你父亲当年征战四方的手稿,里面详细记录了与袁术等人的书信往来。最后几页,正是他出战岘山讨伐黄祖的记录。"

孙策赶忙将书稿翻至最后,双手颤抖仔细查看,眼波触及一行字后,他倏然抬头,眸中尽是惊惶与不信:"母亲,难道当年父亲遇伏被害,与乔将军有关?"

三日之约方至,一大早,鲁肃便带着仆役,搬着一只巨大木箱赶车往周瑜老宅。他人未到,声先发:"公瑾,你要的庐江所有辖县的县志……我可费了九牛二虎之力,才托人搜罗来的,今日定要在你家蹭饭了,快让周婶给我烧几个好菜!"

周瑜一身素衣,手握书卷,一副俊逸儒生模样,信步走出前堂:"哪日来少了你吃喝?恰好这么多书卷我看不完,你帮我一起看看。"

鲁肃才进院来,听了这话,转身疾走:"本是来蹭饭的,饭未蹭到,倒是又给我派了这些活计……"

周瑜一把扯住鲁肃的衣带:"子敬兄来都来了,我还能轻易放你走不成?"

大乔方在湖边采了莲藕,她绢袖轻挽,云鬓花颜,美目流盼,看到鲁肃行礼道:"见过鲁明廷……"

鲁肃轻揖回礼:"呵,好新鲜的莲藕,姑娘这是要做什么好菜?"

"晌午虽热,早晚却已起了凉风。我打算炖些汤羹来,给舍妹与周明廷清肺,鲁明廷若不嫌弃,便请留下尝尝罢。"

鲁肃急忙答允:"好好好！今日得尝姑娘做的菜,真是三生有幸啊……"

大乔莞尔一笑,转身走入了庖厨。周瑜一把撒开手,讽道:"我说子敬兄,怎的我让你留下,你就百般不情愿。大乔姑娘随口一邀,你就乐颠颠答允了？"

鲁肃搭着周瑜的肩背,捋须大笑:"我说公瑾,你是美人儿吗？只有美人之约最难拒绝啊。话说回来,乔蕤长得那般粗糙,生得两个闺女倒是国色天香,令人见之不忘啊。"

周瑜好气又好笑,背手走向正堂:"当着我这般便罢,万莫当着伯符如此,仔细他揭你皮。"

"那小子已经下手了？"鲁肃一脸惋惜,"不过仔细想来,他二人倒是般配……罢了罢了,君子有成人之美,鲁某扼腕相让罢。"

"子敬兄可别装风流了,试问居巢东乡两县,谁不知道你鲁子敬与结发妻伉俪情深？"

鲁肃叉着腰,一脸不服:"怎么？我长得不够俊,连风流都不让装了？快别啰唆,赶紧查你的县志去！"

客房里,小乔按照郎中之言,老老实实躺了三天三夜。对于一个活泼好动的人而言,堪比酷刑,此时此刻,她再也忍受不了,趁着大乔帮周婶烧饭,迅速下榻,蹿出屋去,顺着矮檐一路溜走。

谁知周瑜恰立在正堂檐下看书,看到小乔,他不由蹙眉:"你怎的下地了,这……"

话未说完,小乔一把捂住周瑜的嘴:"小点声,别被我姐姐听见。"

鲁肃看到小乔,低声招呼:"哟,小乔姑娘看着精神好多了,可是都痊愈了？"

小乔放开周瑜,连蹦带跳跑到鲁肃面前,一屁股坐下:"老伯,可别提了,你家那个郎中是不是骗子啊？开的药那么苦,还日日让我泡药澡,哪有这么折腾人的。"

"我家那郎中可是十里八乡闻名的杏林圣手啊！等等，小乔姑娘怎的叫我老伯？我才只比公瑾大两三岁……"

鲁肃还未解释完，小乔已将他丢在一旁，翻腾着眼前的一大堆书卷："哇，怎么这么多书？这都是什么啊？"

周瑜没来得及开口，鲁肃便答道："县志，公瑾托我找的。"

小乔偏身睨了周瑜一眼："怎么，你还在怀疑修哥哥啊？"

"修哥哥？"鲁肃一脸茫然，"他又是谁？比我大还是比我小？"

周瑜背手回道："查明真相是周某职责所在，并非针对谁。"

小乔杏眼骨碌一转，扬起小脸儿对周瑜道："不妨我也帮你们找罢？你不就是要找五六年前官兵上山剿匪的记载吗？"

"小乔姑娘竟然识字？"鲁肃听说小乔要帮他们一起查书，几分惊讶。

"你可别看不起人啊！"小乔气鼓鼓道，"天下没有我没看过的兵书，怎么还编派我不认字呢。"

鲁肃忙拱手致歉："鲁某没有那个意思，只是不承想小乔姑娘小小年纪竟如此厉害。"

周瑜拿起一卷书递与小乔："莫说嘴了，既然要查，就仔细帮我们看看罢。"

舒城军营中，孙策召程普与黄盖至中军帐内。未等孙策开口，黄盖便关切道："少将军，你这几日脸色极差，可是伤风了？"

孙策摆摆手："不妨事，黄二伯不必挂心。今日召两位老伯来，乃是有要事相问……三年前，父亲离奇死于岘山，伯符未有一日敢忘怀。我想问问两位老伯，当年行军情形究竟如何？烦请两位老伯将个中情势原原本本告诉我，不要漏过任何细节。"

程黄二人相视一眼，叹息不已，只听程普娓娓道："三年前，老将军奉袁术之命讨伐刘表。刘表派黄祖于樊城迎战，鏖战三日，老将军身先士卒，奋勇杀敌，大破敌军。黄祖兵败而逃，我部乘胜追击，渡过汉水，威逼襄阳。刘表闭门不敢迎战，我部本应强攻，一举拿下襄阳城，却因翼侧部队迁延，错失战机。第二日黄祖纠集余部，复来与我部交兵，老将军打得他们溃不成军,败走岘山。因为攻城辎重皆在翼侧部队手中,老将军恐怕黄祖不除,腹背受敌,便下令追入岘山,欲结果了黄祖再打襄阳。谁知才入岘山,四下里一阵鸟鸣……其后的事,少将军便都知道了。"

孙策面色发青,薄唇惨白:"敢问率翼侧部队的,是哪位将领?"

黄盖满面为难,缓缓吐口:"大将军乔蕤。"

程黄二人所言与父亲手稿记载别无二致,孙策犹如五雷轰顶,半晌才控制住情绪:"二位老伯辛苦,且下去歇着罢。"

程普还欲开口,却被黄盖暗暗拽了袖笼,他只好咽下嘴边的话,与黄盖一道拱手退了下去。

孙策颓然坐在案前,心乱如麻。乔蕤竟与三年前父亲遇害之事有牵扯,若他只是因为天气原因,未得及时渡江便罢,若是忌惮父亲之功,有意贼害,岂非便是杀死父亲的帮凶?

未及秋日,孙策却觉周身极寒,他还没回过神来,忽听帐外士兵通报:"少将军,居巢来信!"

## 第三十六章 身无彩凤

残阳夕照花坞苹汀,百里巢湖烟波浩渺,野岸无人守,几只轻舟飘摇自横。湖畔老宅内,幽窗茶烟,书卷四散,鲁肃回府去了,小乔亦已疲累,倚在榻边,睡得十分香甜。

周瑜抽出小乔手中的书卷,将她抱至榻上,低喃:"到底还是个孩子,这么就睡了……"

暖色黄昏里,小乔的睡颜极其乖巧,大眼睛合着,长睫毛微微颤动。周瑜一时看痴,俯身良久未动。乱世如斯,四境焦土,手中诸事更是错综复杂,千头万绪,难以梳理得清。可不知为何,看到这张恬然睡脸,所有的烦恼顷刻烟消云散,心中只剩一派安然。

谁知正当他发愣之时,小乔倏尔醒来,睁开双目,对视间,两人都吓了一跳。周瑜宽袖一甩,起身轻道:"周某并非有意唐突姑娘,只是看你睡得香甜,一时愣怔,还请小乔姑娘恕罪。"

"没关系没关系。"小乔红着脸蹿下榻去,"时候不早,我也该回房去了……"

语罢,小乔跑出正堂,轻软的脚步声渐行渐远。周瑜自觉失态,自嘲一笑,捡起书卷,欲将未看完的部分读罢。

孰料大乔忽至,叩门轻唤:"周明廷……"

周瑜拱手："大乔姑娘请进,不知姑娘亲自前来,究竟有何吩咐?"

忽有西风吹来两三点雨,大乔裙角飞扬,眼波低垂,轻问："周明廷,你可有孙郎的消息……"

自打那日孙策回舒城,一去四五日,并无只言片语传来。大乔这一颗心七上八下,时时难安。毕竟先前在庐阳时,两人隔日便会传信,现下音信全无,确实令她百般焦灼。

周瑜明白,大乔性情温婉又腼腆害羞,若非太过担心,不会来问自己,他不动声色地宽慰道："伯符只着人报了平安,并未传信,想来定是军务繁忙,无暇他顾罢……大乔姑娘不必担心,伯符虽看似不羁,实则心中有成算。大乔姑娘与令妹安心住下便好,相信令尊大胜而还之期与伯符破城之时,皆是指日可待。"

听了周瑜这一席话,大乔登时安心了几分,抚着心口微笑："只要他平安无事就好……明廷诸事烦扰,小女子不敢叨扰,告辞。"

语罢,大乔旋身而走,翩翩衣袂随风翻飞,缓缓消失在眼前。周瑜太息一声,抽出今日才收到的舒城来信,心中万般不是滋味。上一世的恩怨纠葛,终究会影响到孙策与大乔。信中虽未直言乔蕤与孙坚之死究竟有什么干系,但孙策言语中的避讳还是令周瑜觉察出了异样。

若能度过眼前这一关,他二人感情必会更加笃定。可若乔蕤真的牵扯入孙坚遇刺之事,以孙策的性子必不会轻易将他放过。想到这里,除了担忧孙策与大乔外,周瑜亦有些心疼小乔。可多说无用,唯有查明当年之事,才能早日揭开真相。

周瑜定息凝神,沉下性子翻查鲁肃送来的书卷,不知不觉竟看了一整夜,而这密密麻麻数十万字间,终于浮现了些许有用信息:七年前,休宁县县令曾率兵入白岳剿匪,解救男女童共七八人。

这似乎与小乔的回忆和长木修的说辞十分契合,周瑜合上书卷,半晌愣怔。看来小乔幼年遇拐之事与此事确不相干,而大乔出走传信、孙策六安遭伏,似乎都在昭示,乔蕤确确实实与三年前之事逃不开干系,而那幕后真凶并未收手,且已然将手中的剑对准了孙策的后心窝。

难道乔蕤真的忌惮孙坚,伙同黄祖将他杀害了吗?幕后主使究竟是谁?袁术究竟是否知情?抑或说,难道是袁术忌惮孙坚功高震主,授意乔蕤下手?

晓风微凉,周瑜不寒而栗。若真如此,现下袁术命孙策围舒城究竟何意,难道是"螳螂捕蝉,黄雀在后"不成?如若幕后真凶不是袁术,他的目的是什么?他又是如何掌握孙策等人的行踪的?

斜光到晓,穿破吹角连营。孙策与周瑜一样,亦是整夜未眠,他今年春日初挂帅,及至此时不过五个月,先前一心只想讨回父亲旧部,为父报仇,却未深思下一步该如何行动。

而今时今日,他须得筹谋百般,才能不落于他人算计之下。毕竟身为家中长子,母亲与幼弟小妹皆要依靠他,孙策一声长叹,终于明白为何母亲一力反对自己与大乔的婚事,却不理解她为何不早些将父亲遗笔交付于他,害他对乔蕤毫无防备,不知不觉间便将整颗心皆交付与了乔蕤的长女。若想将大乔忘却,只怕要剜心才行,大乔的绝色容颜浮现脑海,孙策心痛万分,不知究竟如何才能将她割舍。

这时孙权突然掀帘而入:"兄长……"

孙策赶忙装作无事,气势汹汹打趣道:"臭小子,怎么又不通报就进门?"

孙权走上前,坐在孙策身侧,盯着他的双眼:"兄长是不是又一夜没睡?眼眶都红了。"

孙策一戳孙权脑门:"臭小子管个屁,是母亲让你来的?"

平日里神采飞扬的兄长颇为憔悴,孙权自是心疼:"兄长,这手稿先前一直在堂兄孙贲手中,前几日他才寻到机会,托人送去吴郡给母亲……兄长,不管怎么说,母亲很担心你,特让我来看看……"

"我没事。"孙策径直打断了孙权的话,"你和尚香好好宽慰母亲,莫让她太焦心才是。"

"报!少将军!韩当将军求见!"

帐外忽传来通报之声,孙策沉声道:"快请!"

话音未落,韩当便急急走入帐中,满头大汗道:"少将军,最新一批军粮物资本应昨日下午送达,却到现在也没有消息……"

"什么?"孙策霍然站起身,"怎么不早点告诉我?可去先前出事的夹谷看过了?"

"看过了,夹谷里什么都没有……昨日早晨下了雨,若是有大车经过,定会留下车辙的。"

真是一波未平一波又起,孙策再无心思索其他,甩下一句"仲谋,你好好待在营里,哪也不许去。"便快速飞身出帐,翻身上马,转瞬消失在了一片霞光之中。

庐阳营地距舒城百里,乃押运粮草必经之路。孙策与韩当一路疾驰,御马前来,守营侍卫赶忙拱手:"见过孙将军!"

孙策未下马,便高声问:"昨日送粮的车,可有从此经过?"

守卫摇头:"未曾见到,属下还纳闷呢。"

孙策与韩当相视一眼,见孙策还要问,韩当打断:"少将军,他只是个守卫,哪知道个中情由。我们先回营里,再从长计议罢。"

谁知孙策扬鞭疾驰,怒道:"我孙伯符今日便要去寿春,问问那袁将军为何不给二千围城将士拨粮草!"

韩当焦急不已,顺着官道快速追去,费尽气力才终于将孙策拦下:"少将军,少将军……万事不可冲动!你现下孤身入袁术军营,岂非坐实了不臣之名?快随我回营里,我们从长计议罢!哪怕要质问袁术,亦不在此一时啊!"

虽有心理准备,却未料断草断粮之日来得这般快,加之父亲三年前遇害之事,令孙策一时失了理智。现下吹风冷静下来,不由自悔唐突,他喘着粗气,调转马头:"韩将军说得对,现下情势未明,若是贸然行动,惹祸上身,只会令亲者痛仇者快……"

韩当大大松了口气:"少将军能如此想,便是进益了。你舅父吴景将军既统理袁术帐下的军粮,何不修书一封,问问他究竟怎么回事?"

"韩将军有所不知,舅父虽为袁术筹粮,却不管四处分配。更何况袁术顾忌舅父与我的关系,连我军中的粮草数目皆不许他过问。现下若去找他,岂非让舅父担心……我们营里还有多少军粮,约莫能用多久?"

"不管怎么撑,也撑不到十日。少将军,我们务必要早做筹谋,若是营中断粮,必会有士兵暴动,届时逃出营去骚扰百姓,烧杀抢掠,我们便无法收场了。"

孙策蹙眉长叹:"我知道,我会即刻给公瑾修书,让他筹措居巢的余粮给我。只是还未到秋收时节,只怕他手上的粮草有限,无论如何,我们先回营去再想办法罢。"

"少将军,"见孙策打马欲走,韩当欲言又止,"韩某有一计策,不知当讲不当讲……"

"韩将军这是什么话?"孙策急道,"有计策还不快说出来,难道还要我跟你撒娇不成?"

韩当无奈笑道:"并非韩某拿乔,只是此事与乔将军有关……乔将军乃是少将军未来的岳丈,韩某不知当不当置喙。"

三年前,韩当身处孙坚部断后部队,不知手稿记载之事,现下自然无法了解孙策的苦闷。孙策眼眸瞬间黯淡,语调却铿然如常:"韩将军不必打哑谜,有什么主意请直说罢。"

"少将军,据韩某所知,乔将军部那八千围城之军,粮草供给一直比我们宽裕,现下定然还有盈余,不妨我们去找他们借些应应急。乔将军素来欣赏少将军为人,少将军又与大乔姑娘情意相投,想来应当不成问题。"

听了这话,孙策只觉天灵盖一阵剧痛,他强忍着不适道:"倒也是个主意,不妨试试,若是能成,起码可以抵挡一阵……现下我们就回去罢,去乔军军营看看,找当值将领商议一下。"

秋风飒飒,暑热渐退。日落黄昏时,大乔旖旎坐在油灯下缝衣。小乔则懒懒躺在榻上,翻看着周瑜收藏的兵书。

见大乔无比专注,小乔娇声问道:"姐姐,你在缝什么呢?"

"深衣啊,父亲将兵要穿盔甲,深衣穿不了几日便会磨破,现下天气渐凉,须得多备几件才是,让他好有的替换。"

小乔蹦下榻来,指着旁边一件身形略窄的衣衫:"那这个呢?颜色这样清亮,只怕不是给父亲裁的吧?"

大乔红着小脸卷起衣衫,嗔道:"婉儿最坏了,明知故问……"

小乔大笑不止,凑上前将小脑袋枕在大乔的瘦肩上,摩挲着衣衫揶揄道:"啧啧啧,姐姐女红真好,这料子真好看,只是姐姐怎会知道孙伯符穿衣的尺寸呢?难道你们……"

"婉儿净浑说。"大乔一侧身,躲开小乔,不欲她看到自己的脸儿已红到脖根,"小小年纪不学好,每日瞎琢磨什么呢?仔细父亲知道……"

小乔吐舌眨眼:"只要姐姐不告状,父亲便不会知道,对不对?"

正当姐妹二人斗嘴时,大门外忽然响起了一阵急促的敲门声。哑儿匆匆上前应门,只见门外来人竟是吕蒙。

吕蒙一把抓住哑儿的衣襟,焦急不已:"明廷呢?"

周瑜自堂屋走出,看到吕蒙,不由一惊:"阿蒙,你这头上的伤……"

吕蒙快步上前,大呼小叫道:"明廷,出事了!今日少将军去围城的乔将军部中借粮草,与裨将李丰发生了冲突……"

听了这话,周瑜焦急万分:"什么?伯符可有受伤?乔将军部情形如何?"

大乔小乔隐隐听得二人议论,皆从房中跑出。看到吕蒙额上肿了个大包,大乔掩口惊呼:"这是怎么搞的?怎的好好一起围城,还打起架来了?"

周瑜并未将缺粮之事告诉大小乔,此时只得简单解释:"许是前线战事吃紧,粮草供应不上,不过周某与子敬兄已在筹谋,两位姑娘不必担心。"

大乔根本听不进周瑜所言,焦急问吕蒙:"我父亲部中是哪位裨将当值?孙郎可有受伤?"

吕蒙睨了大乔一眼,不悦道:"姑娘父亲军中的事,姑娘自己不知情吗?"

周瑜低声斥:"阿蒙,问你什么回话便好,莫要夹枪带棒。"

吕蒙因两军冲突不快,起了几分脾气,可他亦知大乔无辜,不该乱发作,拱手致歉:"今日一早,少将军带韩当、朱治两将军以及我与蒋钦周泰一道往乔将军部驻地,当值的是乔将军的裨将李丰。少将军说明来意后,李丰便说无乔将军或袁将军手令,无论如何不会将粮草借给我们,还出言不逊,暗讽少将军围城无能。我与周泰蒋钦气不过,就出手打了人……少将军未曾出手,亦未受伤,只是这粮草之事再不可耽搁了。"

小乔不由对吕蒙嗤之以鼻:"我说你们是不是傻啊?还有那个李丰,你们一起围城,却先打起来,城里的陆康老头只怕要笑死了吧?"

"婉儿,现在不是说这个的时候。"大乔清眸漾漾,担忧之色如泉水暗涌:"周明廷、阿蒙,小女子请求修书一封,劳烦你们着人送去徐州前线,交予我父亲。父亲见到信,定会下令开仓,解孙郎燃眉之急。"

"姐姐莫冲动啊。"小乔低声劝道,"父亲不愿意我们姐妹参与战事,更何况书信往来风险极大,若被有心人截获,岂非坐实父亲与孙伯符私相授受?"

未到秋收之时,居巢与东乡两县筹措粮草还需不少时日,利弊权衡间,大乔此法乃是唯一出路。若是筹谋得当,亦可测试乔蕤态度,为今后筹谋。周瑜想到此处,朗声应道:"大乔姑娘且慢,周某有一万全之法,可助姑娘将书信安全传达至令尊处。"

## 第三十七章　心有灵犀

　　冷月霜寒，夜半丑时，周瑜仍在房中看书。小乔从客房一路蹑手蹑脚走来，见灯火昏昏，便轻叩木门，只听周瑜回道："放下罢。"

　　小乔万分不解，推门而入问道："放下什么？"

　　周瑜见到小乔，十分惊讶："怎么是你？我还以为是哑儿送温茶来了。"

　　小乔不再客套，大步走入房中坐下，直勾勾盯着周瑜道："周公瑾，你是不是有事瞒我们？"

　　"瞒你们？"周瑜放下手中书卷，"瞒什么？"

　　小乔无意间瞥见周瑜所读的书卷，吓得尖声一叫，连连后退："你这看的是什么啊？这么多吓人的图案……"

　　见小乔心生恐惧，周瑜赶忙将书合起："这书里记载的是各种壁画与秘符，小乔姑娘莫要担心，没什么可怕的。"

　　小乔嘟囔："怎的还在调查黟山的事，你这个人还真是执着……"

　　周瑜不愿正面回话，只道："姑娘可是有事问周某？若是无事，不妨早些回去歇着。毕竟夜深人静，孤男寡女，恐有污姑娘名声。"

　　"那你在黟山时，为何不顾忌我的名声，还谎称是我兄长，与我孤男寡女共处一室？"小乔才不理会周瑜的说辞，继续追问，"你实话告诉我，孙伯符是不是变心了？我可不是我姐姐，你别用什么军务繁忙搪塞我！从前他若要借我父亲军中粮草，定会与姐姐通信，现下却音信全无，其中必定有问题！"

孙策打从看了孙坚手稿后，便未与大乔传信。可怜大乔什么都不知道，只能默默为孙策悬心，难怪小乔心生不悦，前来质问。未想到小乔连生气也这般可爱，粉腮鼓鼓，樱唇噘起，周瑜轻声笑道："试问世间哪有人比得上令姊，伯符从何变心啊？小乔姑娘不必担忧，况且他二人的事，还是应当交予他二人解决。即便你是大乔姑娘的亲妹妹，亦不该越俎代庖啊。"

本以为小乔会一蹦三尺，出言反驳，谁知她突然红了眼眶，侧身嗫嚅道："周公瑾，我知道你觉得我小小年纪多管闲事。可是你不会明白我姐姐对我有多重要……打从孙伯符回舒城后，便再没有消息传来，姐姐一日比一日担心，茶饭不思，夜不能寐。我眼看她黯然伤神，却帮不上忙。现下我们姐妹二人唯一的消息来源便是你，你若再不帮帮我，我就真的没办法了。"

见小乔蹙眉伤怀，周瑜心下颇不是滋味，赶忙宽慰："小乔姑娘，你的心思周某感同身受，毕竟周某与伯符情胜兄弟，相交之意不输你们姐妹。姑娘若真信我，不妨听周某一言：周某以项上人头作保，伯符绝非薄情寡义之辈，对令姊更是情真意切。况且两情相悦之事，须得经过风浪与波折，才会弥足珍贵。将来他二人携手一世，追忆当年亦会含笑感激，所以你我二人能做的，便是不要让他们产生误会，其他的事，还是少管为妙。"

原来男女相悦，须得经过风浪才会珍贵。小乔年幼，从未听人说过这样的话，她不由自主将周瑜与自己代入，陡然间破涕为笑："既然你拿这颗俊俏脑袋跟我保证，我便信你罢。"

被小乔突然一夸，周瑜颇为赧然，不自然地拿起案上书卷："姑娘心结既解，不如早点回去歇着罢。"

"等等，你究竟打算如何将我姐姐的手信传到我父亲手中？若是信笺被人劫去，定会有人趁机做文章的。"小乔依旧不依不饶，一双大眼睛锁着周瑜,语气中满是掩饰不住的担心。

"方才既说信我,便将此事亦托付给我罢。姑娘宽心,事关伯符,周某定会全力以赴,亦不会让令尊为难。"

小乔偏头一想,笑如银铃:"如此就拜托江左周郎……我回去梦周公去了,你也早点歇着罢。"

周瑜淡然翻着书:"平日里你也可以叫我周郎……"

小乔怔在当下,旋即回眸一笑:"我想叫什么就叫什么,你管不着。"语罢,她飞身跑出了书房,徒留晚风微凉。

良夜漫漫,梦里会不会有周公,又有谁会在意?若是能梦到周公瑾,该有多好。

翌日巳时,居巢送来的包裹便齐齐整整摆在了舒城外中军帐的木案上。

孙策方查罢营房,回到帐中,拆开包袱一看,只见里面放着一件深衣,两封信笺,其中之一乃是写给乔蕤,另一封则是写给自己。这衣衫针脚细密工整,一看便是出自大乔之手。想起大乔,孙策心中百感交集,这几日诸事烦扰,沉溺其间,好似能暂时将她忘却,夜深人静孤枕难眠之际,却总是想起她的一颦一笑,心口闷疼不止。

孙策定定神,将信笺打开,来信之人却是周瑜。不消说,周瑜来信乃是为着粮草之事,孙策读罢,不由抚掌:"这计策倒是绝,亏他能想来……"

蒋钦忽然掀帘而入,行礼道:"少将军,你找我。"

孙策睨着蒋钦,见他头上缠着厚厚的绷带,便知是那日与乔蕤麾下守城部冲突所致,他语气半褒半贬:"你这小子,性子倒是像我。先前让你带人去给老乡做活,跟他们搞好关系,你做得如何了?"

"回禀少将军,与老乡们相处得挺好。只是有一家农户,非要把闺女许给我,怪吓人的,我已不敢去他家了。"

孙策忍俊不禁,大笑道:"好小子,人家抬举你,你怎的还推托。话说回来,他们可有察觉你们身份?"

蒋钦不住摇头:"并没有,那些老乡一提起我们这些围城军,便恨得牙痒痒。何况未得少将军之令,属下不敢轻易暴露身份。"

"眼见快要秋收了,你们继续去村里帮他们做活,适时表露一下身份罢。"

"若是表露了身份,只怕会被赶走啊,少将军。眼下我们正缺粮,若是不表露,或许还能要些粮草来……"

"我们两千围城军,若要开灶,须得全村供粮。若不表露身份,你又如何开口去借粮草?秋收乃用人之际,若无你们帮忙,只靠这三五妇孺是无法顺利完成的。只是记着一条,无论对方如何打骂,皆不可还手,更不可剽掠抢夺,明白了吗?"

蒋钦明白孙策之意,应道:"是!"

未想到大乔那日随口一说的计策,此时真派上了用场,孙策垂眸太息:"委屈你们了,下去准备准备罢,好好说与其他兄弟,此事若成,必有重赏。另外,把韩当将军叫来。"

蒋钦抱拳一礼,躬身退了下去。

帐帘翻飞,暑热中透着丝丝凉意,孙策摩挲着手中的深衣,蒙眬间仿佛看到大乔一针一线缝衣的模样。

既笃定与她心有灵犀,眼下能做的,便是早日查明真相攻下舒城。孙策发丝飞扬,正襟危坐,心中主意大定,便是无间地狱,亦无法阻挡他骐骥一跃,这三五虾兵蟹将,又算得了什么呢?

正值战时,为防有人暗通款曲,军中信笺往来控制比平时更加严苛。前几日出了与乔蕤部下冲突之事,孙策自当修书谢罪,可究竟该如何措辞,以何态度,皆需费神琢磨。

不消说,这信名义上是给乔蕤,实际则是写给袁术。军中细作只怕早已将两军冲突之事报告去了寿春,而袁术所忌惮的,一直是北面的强敌曹操,并未将南方的舒城放在心上。看到两军内讧,袁术只怕乐在其中,哪里还会主持什么公道。

不过让袁术觉得自己与乔蕤不睦,总好过让他知道自己与大乔两心相悦。孙策大笔一挥,一封言辞铿然的信笺一蹴而就,他甩甩信纸,待墨汁风干后,横折叠起,随手交给身侧的周泰:"拿去给信差,让他们快马加鞭送去徐州乔将军驻地。"

周泰拱手称是,回身一转,差点将桌案碰翻,好在他反应机敏,一把扶稳,讪笑着走出了帐子。韩当本站在一侧为孙策研墨,此时撂下墨条,捋须揶揄道:"少将军这信只怕送不到徐州,便会在寿春被拆封了。"

孙策背过身,斜倚在木案上,嘴角勾起一抹笑意:"这信本就是写给袁术看的,随他在哪里拆罢。倒是莹儿所书这一封,你得想办法,神不知鬼不觉地送到乔将军手中。"

韩当抱拳道:"少将军放心,公瑾的筹谋已是万分妥帖,只等李丰的信差出发,我们的人便会跟上。先前安插的眼线一直在信房当差,留神暗查乔将军身边的细作究竟是谁,现下恰好帮我们把大乔姑娘的信笺混进去,如此这般便能逃过袁术的监视,顺利送到徐州。"

孙策哼道:"李丰此番定会抓住时机大做文章,添油加醋,说尽我的坏话。若非莹儿肯帮我,只怕腹背受敌,粮草要不来,这城也围不下去了。话说回来,那日莹儿离开舒城回寿春,在六安遇到伏击。想来定是有人偷看了莹儿传给她父亲的信笺,料到我会去追她,才设下埋伏。根据此线索,只要查明那日是哪几位神将在寿春当值,便可缩小细作的范围。"

"少将军当真睿智,这就有了眉目。"韩当不由赞叹,可他话锋一转,"不过,我才听说少将军怀疑乔将军与当年之事有牵扯,若真如此,那大乔姑娘……"

"这嚼舌根的话,韩将军从何听来?"孙策蓦然变了脸色,眯着眼低声问道。

韩当不知孙策为何生气,茫然拱手:"韩某绝无挑拨之意,更非笑话少将军,还请少将军恕罪……"

孙策摆摆手,俊眉紧锁:"此事尚无定论,私下不许议论。若是以讹传讹,闹得老将中人尽皆知,即便查明当年事与乔将军无关,亦会众口铄金,积毁销骨。待莹儿嫁过来,岂不是要白白受委屈?不过,我只问了程黄两位将军,不会是他们两个随口浑说吧?"

"是我说的,兄长。"帐外传来朗朗少年之音,孙权掀帘而入,端着几碟小菜一碗汤面,"我只是想知道,父亲遇害时到底遭遇了什么,并无对长嫂不敬之意……"

孙权平日里不多言,却对孙坚遇刺之事无比上心。孙策心疼幼弟,一时没了气焰:"仲谋,你放心。无论如何,我皆会查明当年真相,揪出真凶为父报仇。"

孙权将食盘放在木案上,学着母亲的语气嘱咐道:"兄长不管要做什么,总该先把饭吃了,若是拖坏了身子,何谈为父报仇。"

若非声音一个粗一个细,孙策恍惚间真以为吴夫人站在自己面前:"母亲去哪了?怎让你这小子来了?"

"今日是八月十五,母亲带着尚香去庐阳的寺庙拜佛去了。"

孙策若有所悟,吩咐道:"韩将军,传令下去,今晚加餐,我与众将士同餐同食。"

既是中秋佳节,孙策如此做法,自是可以鼓舞军心。韩当却不无顾虑:"少将军,本就缺粮断草,若是再加餐……"

"没了粮食,可以四方筹措,若是失了军心,可是千金换不来。韩将军不必担心,只管照我说的去做便是。"

眼前这俊俏儿郎虽年少,却十足大气,韩当心中顿起敬服之意,如枯枝般的老手用力一抱:"末将这就去安排。"

待韩当出帐,孙权挨着孙策坐下,欲言又止。孙策似是看出弟弟的踟蹰,用饭时漫不经心道:"小乔姑娘无事,已经彻底康复了,你不必挂心。"

孙权面颊一热,转向别处,假装毫不在意应了一声:"哦。"

孙策还欲打趣孙权,却听帐外传来一阵急促又笨重的脚步声,只见周泰掀起帘子,探入大脸,轻呼:"少将军,李丰的信使出发了!"

斗牛徘徊,明月高悬。八月十五团圆夜,大乔与小乔坐在居巢老宅湖边,只见水天一色,月影成双,映着碧水秋波,令人陡然生起相思之意。

小乔举盏饮尽桂花酒,娇眼困酣,托着粉腮:"说好的团圆夜,却只有我和姐姐,与平时有什么不同……"

大乔思念孙策,心中自是怅然,嘴上却安慰小乔:"即便不能团圆,亦可共赏一轮明月,不也是一种别样的美吗?话说回来,周明廷哪里去了?"

小乔一脸失落:"他还能去哪,一大早就上后山去了……"

原来周瑜是探望亡妻去了,见小乔伤怀,大乔连忙岔话:"不知父亲可有赏月,入秋了,亦不知他身体如何,可有犯咳疾……"

"呸呸呸,"小乔打断大乔道,"既是拜月祝祷,姐姐还是说些好话罢。"

清风徐徐,水波不兴,明月皎皎,皑如白雪。大乔迎风而笑,颇有几分倾倒众生之意:"婉儿说得对,是姐姐不好。"

语罢,大乔跪直了身子,合目祈祷。小乔一拍脑门,语中满是自责:"对了姐姐,今日是你的十六岁生辰罢……"

"是啊。"大乔喃喃接道,去年生辰正是及笄之年,她心中暗暗许下"愿得一心人,白头不相离"之愿,今年春日便遇上孙策,究竟算不算得偿所愿?

正在她沉思之际,周婶忽从前堂走来,手中抱着一只木盒,含笑招呼:"大乔姑娘,少将军托人从舒城送来的东西,嘱咐一定在今夜亲手交给你。"

大乔还未应声,小乔便鱼跃而起,酒气上头步履翩跹:"快快,快拿来看看。"

周婶与小乔一道将木盒放在大乔手中,大乔颇不好意思,却不好拒绝她二人期盼的目光,抬起素手打开了锁扣。

龙光射牛斗,一只美玉点缀的罗缨闯入眼帘,小乔不由高呼:"哇,这孙伯符也太过分了,竟送了姐姐出嫁时的配饰!"

大乔满面羞红,转向一侧:"孙郎可能不知其意,随便选的罢。"

"怎么可能,"小乔一脸不信,"这孙伯符摆明了就是在暗示姐姐是他的人了……真是不知羞!"

谁知大乔未有拒绝之意,素手一抽,腰间束带乍然滑落,又将罗缨一束,纤细腰肢,环佩叮当,艳光四射。小乔与周婶不觉看痴,只见大乔低垂眼帘,巧笑竟比明月娇娆:"美玉缀罗缨,焉有不受之理,烦请周婶代我留信使喝一杯薄酒罢。"

周婶赶忙回礼:"这是自然,只是少将军既送了信物,姑娘可要回信?老妇可为你准备笔墨。"

前几日愁肠百转,今夜却陡然清明,大乔眼波横注,笑倚西风:"不必了,待有机会,再当面谢他罢。"

## 第三十八章 阴晴圆缺

与居巢老宅中的小桥流水截然不同,同样的仲秋时节,舒城外吹角连营霜华满地,弥散着说不尽的离愁别绪。

据探子所报,城中陆康府内今夜要摆中秋宴,落日时分,城门便已下钥,定当不会杀出城来。孙策得此消息后,立即嘱咐伙夫队为士兵每人加餐薯饼一块,又将营中仅有的二十坛清酒取出,以泉水稀释后,分与众人同饮。

除去当值的五百名士兵,其余一千五百人,上至都尉,下至士卒,皆幕天席地,在丛丛篝火跃动的火光中,等待统帅的到来。

今夜加餐,士兵们自然十分高兴,对军中粮草不济传言的担忧亦减轻了几分。可战事久拖不决,众将士望着高悬于顶的圆月,思乡之情不由更重。远山深处不知是谁吹起了羌管,呜呜咽咽,如离人低语,令人愈发压抑难安。

正当离愁别绪袭来之时,士兵中有人低呼一声:"少将军来了!"众人即刻打起几分精神,正襟危坐。自程普以下数名校尉,皆齐齐起身,拱手对孙策道:"少将军!"

适逢佳节,孙策未着银甲,除却腰间挂着朝廷授予的玉牌,几乎与寻常士兵无异。一句"众将免礼"后,众人皆落座。孙策顺着人群,走入千余将士之中,朗声道:"今日中秋,大家围城十分辛苦,故而特此加餐设宴,与弟兄们共饮,同庆佳节。"

众兵士皆聚精会神地望着孙策,见他端起杯盏,众将士亦举杯。孙策环视示意,而后走到一名士兵面前,问道:"你是哪里人?"

士兵愣怔一瞬,即刻拱手回答:"九江寿春人。"

孙策拍了拍他的肩背,又问旁侧的另一位士兵:"你是哪里人?"

"吴郡富春人。"

孙策悄声而笑:"与我还是同乡。"

那士兵未想到孙策竟会与自己攀乡亲,又惊又窘,半晌说不出一字来。好在孙策并未在意,话锋一转,面对众人:"我知道,你们中的许多人已听说了军中粮草不济之事……"

果不其然,此言一出,四下里哗然一片。孙策好似乐见如此,嘴角挂着一抹坏笑,左看看右看看。待众人议论半响,他才幽幽开口:"你们当中的老兵老将,皆与先父浴血奋战,打拼多年;年轻士兵,则是仰慕先父功绩,才投入军中。我孙伯符未及弱冠,年少无战功。今日能站在此处,皆是仰仗先父之力。及至今日,孙某已在此围城四月,却仍未能将此城攻破。我听程黄两位将军说,先父即便攻打洛阳,亦未耗费如此时日。列位若有质疑,孙某无从辩驳。现下军中确有粮草供应不及之难处,所以今天无论是谁,若有另谋高就或回乡务农之意,只管到我这里,干了自己碗中酒水,便可出营,投奔他处,我孙伯符绝不阻拦。"

孙策不是说要稳定军心,怎么说了这么一串子混账话?韩当与朱治大眼瞪小眼,皆不知他葫芦里卖的什么药。兵士们的议论声越来越大,甚至有三五人起身跑到邻桌去,与熟识的乡党交头接耳,好似打起了退堂鼓。过了好一阵,有二十余名士兵壮胆端着酒碗走上前来:"少将军……"

不待来人说完,孙策便笑着一摆手:"不必多言。"端起酒碗,一饮而尽。士兵们见此,也将酒水饮尽,对孙策一抱拳,转身向营外走去。

如此三番五次,离营者共有百余。待这些人离去后,剩下的士兵鸦雀无声,静静地望着孙策。孙策明白,这留下的人,必定是经过战乱贫寒,无家可归,是真正愿意听命于他之人。

孙策摆摆手,示意换盏,程普与黄盖一人拿碗一人斟酒,斟了满满三海碗。孙策接过碗盏,对众人道:"敢问列位可想过,究竟为何随我征战?又为何与我在此处围城?诚然,生逢乱世,田地遭毁,打仗能吃饱饭,种地却不能。可是只要打仗,就意味着你们的脑袋是别在衣带上的,随时有可能命丧沙场。就像中秋佳节之时,即便还有家人,也不能与之团圆,每天吃粟米喝粥,过得清苦无比,好不容易喝一口酒,还是兑水的。那你们为什么还跟着我?因为你们相信,总有一天,这世道会重新来过,会变得太平。总有一天,当天下的匪寇强豪会被消灭干净,待到那时,你们便能无忧无虑地回到自己的家乡,一亩田,一把锄头,一间草屋,娶妻生娃,过上好日子。"

众人皆静默无声,不少士兵们眼眶转红,有的甚至黯然垂首,偷偷用手擦拭没能忍住的眼泪。孙策高举大碗,一字一顿道:"为了那一天早日到来,我孙伯符对天发誓,只要我自己还有一口饭吃、一碗酒喝,就绝不会让兄弟们吃不上饭!粮草不济之事,孙某赌上先父乌程侯孙破虏之名,定会顺利解决,还请大家放心!"语罢,孙策连饮三杯,将碗盏全部砸碎于脚下。

听到孙策如此说,千余士兵抑制不住激动,皆干下手中水酒,自发高呼起"少将军威武!"

望着群情激昂的士兵们,孙策微微松了口气,肩上的担子却更沉了几分。

秋雨微寒,居巢窄巷青石板街上,周瑜手持油纸伞,缓步向老宅走去。今日一早,他便上山守在亡妻墓前,陪她说话,及至夜半时分,天降小雨,才想起回家。

打从她嫁入府中,他们竟未得一起过一个中秋,去岁与今日,他皆是守着孤冢望着明月,内心无限寂寥。人生百年,不如意者十之八九,而盲婚哑嫁,能与她相遇,已是三生有幸。只可惜姻缘如露水,转瞬即逝。周瑜满面萧瑟,心中暗想,不知她有没有变成佛前拈花的小丫头,还是喝了那孟婆汤,转世生在了旁人家。

若她已经转世,自己又该去何处寻她呢?万一未能在她及笄之前寻到她,她岂非要嫁与旁人?想到这里,周瑜只觉心如刀割。如果世间真的有鬼魂,该有多好,周瑜望着巷尾阑珊处,多希望能再看到亡妻的身影,可双目尽头却只有无休无止的雨帘。

在这世上,再也看不到她的身影,再也听不到她的声音。那曾经的一颦一笑,只会尘封在记忆里,即便自己拼命去记住关于她的一切,亦抵挡不了光阴摧残。想到这里,周瑜缓缓放下油纸伞,任由秋雨落在他冠玉般的俊颜上,沾湿了儒裳纶巾。

天寒敌不过心寒,可除了难过,他却什么都不能做。不知过了多久,周瑜复撑起伞,强行敛了思绪。已是三更天,又逢秋雨,若要哑儿周婶留门,心里实在过意不去。他不由长声嗟叹,三步并作两步走回老宅门口,还未敲门,便听得"吱呀"一声,木门轻开,一张明媚的笑脸从柴门后探出,小声招呼道:"你回来了?"

八月十五,彩云遮月,小乔的小脸儿竟比月华更纯洁净美,小脑袋被雨水打湿,乌亮的黑发毛茸茸的,煞是惹人怜爱。周瑜不禁蹙眉:"小乔姑娘怎么还没休息,站在这里做什么?"

"还说呢,"小乔噘着小嘴嘟囔道,"哑儿染了风寒,周婶年纪也大了,不好帮你留门。我让他们睡觉去了,横竖我也没事,就在这里等你。"

微风细雨间,两人共乘一柄油伞,却都没有说话。这三两步的青石路,倒似悠悠漫漫。及至客房门口,周瑜驻步对小乔道:"今日真是麻烦小乔姑娘了,天寒地冷,早些休息罢。"

小乔点点头,蹦上石阶,转身对周瑜道:"周郎,你可有看到今晚的月亮?"

周瑜不知小乔所言何意,照实回道:"看到了,只是不多会儿便被乌云遮住了……"

"在我看来,能看到就很开心了,若是日日皆有圆月,这节日便也没了意义,你说对吗?"

这随口的几句话,好似别有所指,谁知还未等周瑜反应过来,小乔便逃也似的钻入客房,掩了风流身姿。

雨势渐大,荡起了层层水泡,周瑜叹息回身,良久未迈出一步。

是啊,美好总是留不住,即便他与亡妻能携手百年,亦会有归西之日,不可能永恒相守。这样简单的道理,十二三岁的毛丫头明白,他却不懂。

周瑜眼波暗沉,方欲迈出一步,忽听大门处传来大力叩门之声:"开门!我乃乔将军手下,特来接两位姑娘回营!"

十点五点残破萤烛,应和千声万声秋雨。周瑜听得那人之言,立在大雨间,半晌未语。因为顾忌在六安遭遇伏击之事,孙策与周瑜并未将大小乔留居此处告诉旁人,这乔蕤的手下又是因何而来?

风声雨声如鹤唳,将天地间浩渺之音全部囊括,周瑜却仍听到了声声铁履踏来之声,约莫百余之众已将老宅团团围住。这一方世外桃源俨然倏变岌岌可危,周瑜却临危不乱,高声问门外:"尔等既说是乔将军手下,可有手信?"

门外半晌无响动,良久,才有士兵将腰牌大力扔进丈二围墙来。周瑜捡起一看,冷道:"阁下只能证明自己是乔将军部下,却无法证明自己是奉命而来。恕周某不能让两位姑娘随你离去,请回罢。"

门外隐隐约约传来叫骂之声:"周公瑾,你算什么东西,不过是庐江郡的明廷小吏,竟敢忤逆乔大将军……"

周瑜未曾动怒,倚着门板笑回:"你假传乔将军之令,欲挟持两位姑娘,竟敢还攀诬旁人?我奉劝你早些滚回自己的营地去,老老实实勤加操练,免得他日酿成大祸,再怨怪周某没有早日提醒你。"

话音方落,门外传来大力轰门之声,几名士兵攀树欲翻越篱墙。大乔与小乔、周婶与哑儿皆闻声从房中跑出。见此情形,小乔上前一步,襦裙宽袖一甩,飞出石箭击中了攀树之人的左眼。随着声声惨叫,几人即刻跌下树去。

小乔舒了一口气,上前为周瑜撑伞:"这土匪竟如此嚣张,打劫到你这县令家里来了?"

雨声浩大,又隔着门板,故而方才门外的喊话,小乔并未听清,只以为是土匪来犯。周瑜面色暗沉,将手中腰牌递与小乔,小乔这才明白,来人竟是自己父亲部下,她身子一颤,竟未握住伞柄,油伞脱落小手,可她来不及捡拾,杏眼一瞋,掩口道:"糟了,若是父亲知道我打了他的手下,定会打我手板的……都怪你啊,既然是自己人,你为何不开门?"

语罢,小乔上前欲开大门,幸得大乔一把将她拉住:"婉儿,不对劲……父亲并不知道我们在周明廷这里,这些人……"

小乔惊惶一瞬,赶忙缩了手:"难道来的不是父亲的人?可若不是父亲的人,又怎会有父亲部下的腰牌啊?"

这几日,大乔一直暗自思索六安城外遇伏之事。送与父亲的信笺才入寿春军营,自己便在六安遇险。十几名全副武装的刺客,怀揣黄祖军中的腰牌,欲取的乃是孙策的性命!想到这里,大乔心口好似被大力一揪,整个人战栗不止:难道说,父亲或父亲的手下与黄祖有牵扯?那黄祖是孙策的杀父仇人,孙策将那"卍"字疤一笔一画刻在腕上,为的便是有朝一日得以报仇雪恨,若是自己父亲真的与黄祖牵扯上关系……

想到这里,大乔竟没站稳,踉跄一步。小乔不明所以,扶着大乔纤细的手臂:"姐姐,你怎么了?"

说时迟那时快,复有几名士兵攀树而上。大乔急急对小乔道:"婉儿,快把他们打下去!"

小乔来不及思索,便遵照大乔之言将其击落。周婶从堂屋取出大弓与长剑,递与周瑜。周瑜背上箭筒,横过大弓,吩咐众人:"雨越来越大了,你们都回去歇着罢,这里交给我就好。"

小乔立刻回绝:"不!我要在这里帮你!"

周瑜神色镇定,抬手拍了拍小乔的脑袋:"若想帮我,便好好回去睡一觉,莫让自己染上风寒。"

大乔既知事态严重,坚定对周瑜道:"我们不走,他们的目标是我们姐妹两人,本不该将周明廷牵涉其中。现下若躲起来,岂非令人不齿!"

霍然间，十余人自老宅大门左右两侧跳上高大树木，即刻要翻入院墙。周瑜蓦地团身转入雨帘，挽弓搭箭，数箭连发，片刻便将十余人射落墙头。

门外那带头之人不由怒不可遏，高声叫道："来人！给我撞开这扇破门！"

哑儿本高烧不退，此时挣扎着跑向后院。众人无暇顾及他，却听得咕咚一声闷响，周瑜与周婵相视一眼，还来不及多想，便听闻振聋发聩的撞门声传来。

大乔与小乔虽为将门之女，却从未见过如此阵仗，皆吓得后退一步。

大雨纷落，顺着周瑜惊世绝伦的面庞缓缓流下，不过片刻，发丝与睫毛上便满是水雾，可他目光定定，毫无闪避之意，沉声吩咐周婵："带两位姑娘下去，把后院大门封好，没我的令声不许出来！"

大乔开口欲驳，却见周瑜挽弓搭箭，目不转睛地盯着大门，头也不回道："大乔姑娘，今日并非周某逞匹夫之勇。请你试想，若是你落入不明身份之人手中，他们以姑娘作饵，借以要挟伯符与你父亲，可当如何是好？"

大乔权衡片刻，不再迟疑，冲周瑜深深一揖后，与周婵一道拖着不停挣扎的小乔向后院迤逦而去。才落锁下钥，便听得一声巨响，老宅大门轰然倒下，水花飞溅。

百余士兵趁漆黑夜色望去，只见深宅老院里，剥落门板后，一俊逸白衣少年挽弓如月，箭锋直对众人，仿佛无论谁敢妄动，他便会即刻射穿那人喉头。士兵们见此，喉结滚动，咽咽口水，踟躇不敢近前。为首的不由高声叫骂："干什么一个个畏首畏尾，上啊！"

方才十余人攀树而上，须臾间便被射落坠地，剩下这些士兵虽训练有素，却依旧被周瑜周身散发出的肃杀气韵所慑，颤巍巍不敢前进。为首之人见此，欲身先士卒，谁知他还未迈出一步，便有利箭直冲面门而来，倏然间射落了他脑顶的铜盔。

落雨纷纷，周瑜的嗓音冷如寒冰："中秋佳节，列位既不请自来，便莫怪周某无礼！若要带走二位姑娘，请先从周某身上踏过！"

## 第三十九章 一夫当关

风雨潇潇，对峙仍在继续。见周瑜独身抵挡，领头之人命手下从左右两侧进攻。周瑜抽出数根箭矢，簇成箭团，拉满大弓，清目盯紧来犯之敌。

为首之人一愣，大笑对左右道："什么江左周郎，完全是个门外汉！我不信他这般还能射中我们，上！"

确如带头之人所言，箭羽受力不稳，根本不可能命中目标，甚至无法射出。手下之人不由大了几分胆子，猫身上前，欲左右包抄周瑜。

周瑜瞄准时机，双眸精光一聚，无名指与小指轻拨箭羽，而后蓦地松弦，那几支箭矢竟如着了魔一般，匀速大力飞出。霎时间，四下一片吟哦，与簌簌雨声相对，在这深沉雨夜里，显得尤为慑人。带头之人大腿中箭，鲜血喷涌，他狠命压住伤口，咬牙盯着雨帘中的白衣少年，眸中满是难以置信。

周瑜淡淡道："看在你们是乔将军手下，今日只小惩大诫，而不索你们性命。毕竟罔顾军法、假传将令的罪责，不该由周某作惩。但若你们还执迷不悟，就莫怪周某不客气了。"

打从五岁练箭起至今日，约莫十三载，挽弓拉弦的次数只怕有百万之多，这细细的弦、长长的箭，与他万般熟稔，配合默契不在话下。可领头之人并未有退却之意，大声冷笑后，一挥血雨交杂的手："弓箭手！上！"

应着令声,十余名士兵手持弓弩,迈着整齐的步子踏入院中,与此同时,七八名士兵攀上大树,亦挽弓拉弦对准周瑜。

这四面八方高矮错落的弓弩手,即便是神,也难以瞬间全部歼灭,可周瑜并未有分毫退却之意,复从箭筒中抽出一把羽箭,冷静地对后院喊道:"婶婆,堂屋后有条木船……"

大乔与周婶虽看不到前院情况,却万分焦急,听得周瑜如是说,大乔掩口惊道:"难道周明廷他……"

周瑜竟欲死守换得她们脱险,大乔震撼忧愁,转身欲与小乔商议对策。谁知小乔已没了身影,大乔本能地抬头看向屋顶,只见一个瘦小的身影嗖地消失在了山墙后。大乔的心蓦然提到了嗓子眼,担忧恐惧竟比漫天的秋雨更浓稠。

前院里,周瑜仍在与对面的十几名弓弩手对峙,气氛正窒息之际,忽有两三名弓手呻吟一声,陡然从树上坠落。屋顶传来如环佩叮当般好听的女声:"周郎,树上的交给我!其他的你看着办!"

为首那人抬头一瞧,只见暗沉雨夜里,小乔斜坐在院墙之上,长袖翩跹,而周瑜挽弓的俊逸身姿则稳如泰山,两人一动一静,一张一弛,配合万分默契。

落雨涨秋池,泼天雨帘下,为首之人看不清是谁在院墙上出手伤人,气急败坏道:"哪里来的野丫头,竟敢在这撒野!你们还愣着干什么,快放箭啊!"

弓弩手纷纷拉紧弓弦,可箭矢还未射出,便见周瑜弹弦如奏乐,小乔宽袖舞动,弓弩手的弓弦先后应声而断。

剩下完好的七八张弓射出些许箭矢,周瑜看准时机,侧身闪过,却仍被擦伤了右臂。小乔如旋转的油纸伞般旋身轻巧躲闪,可雨天的瓦片过于光滑,小乔一不小心未踩稳,惊叫一声,跌落下高墙来。

这院墙修筑得十分高大,约一丈又半,为的便是战时抵御匪寇,小乔这般跌落,只怕会摔成重伤。她自知万分危险,吓得离魂飞魄,谁知生死一瞬,却跌入了一个温暖的怀抱。慌乱间,小乔与周瑜四目相对,小手本能地搂住他宽厚的肩背,眼泪蓦然滚落:"你不要命了吗……"

小乔身姿轻盈,却因下坠之故变得十分沉重。接住她纤弱身躯一瞬,周瑜双臂沉痛,险些摔倒,托着她身子的双手却未颤抖分毫。

周瑜喘着粗气,清亮双眸便是这阴沉雨夜里的星子:"你不肯让我死,我怎能让你死……"

三五丈外,带头之人才认出竟是小乔,惊惧一瞬,旋即换了一副嘴脸,高声道:"小乔姑娘,末将奉乔大将军之命来接你们姐妹回庐阳。还请姑娘莫要受人蛊惑,早点随末将回去啊!"

小乔高声啐道:"我呸!你是哪个裨将手下,竟敢假传我父亲的命令!我父亲人在徐州作战,你们却在后方胡作非为,简直活得不耐烦了!"

周瑜本双手抱着小乔,此时抬起左手,用衣袖轻轻擦拭脸上的雨水。小乔将周瑜的小动作尽收眼底,回眸惊道:"哎呀,是不是呸到你了……对不起对不起。"

周瑜未正面答话,只道:"无妨。"却让小乔更加羞愧,仿佛亵渎了神明一般。

周瑜将小乔细微的表情尽收眼底,紧绷的心弦蓦然放松了几分,像她这般呵气如兰的美人儿,却毫不矫情自饰,真可算是十足可爱了。

可情势危殆,愈发向不利他们的方向发展,周瑜的右臂负伤,小乔又落入前院之中。数十全副武装的士兵手持长剑,列队走入老宅。小乔袖中的箭石已全部用尽,她不由自主地紧紧环住周瑜,怒道:"你们既是我父亲部下,可想想自己的所作所为,对不对得起腰牌上的'乔'字!"

察觉出怀中小人儿微微颤抖,周瑜忙将小乔放下,自己则挡在她前,背手望着眼前挎弓执刀的士兵,立着耳朵听响动。雨声虽大,周瑜却仍捕捉到不远处石板路上传来了沙沙步履声,约莫百余人正逼近老宅,来者究竟是敌是友?头前几人与周瑜小乔只距丈远,周瑜横过长剑,慢慢与小乔退至墙角处。后院内不住传来大乔的哭喊和周婶的劝慰之声。不消说,对于周瑜的本领,周婶仍是有几分信心,即便处逆境,亦能逢凶化吉,而她作为仆下所能做的,便是守护好大乔的安危。

　　似已走投无路,却又柳暗花明,鲁肃率府兵忽至,大呼小叫道:"嚯!公瑾,既有贵客,为何不喊我一起啊!"

　　为首之人大惊,还未起身,便被鲁肃手下横刀比在喉头。鲁肃走上前,一口啐在那人脸上:"不敢与公瑾单打独斗,尽会欺负老弱妇孺!我呸!"

　　近前两人仍欲挥剑砍向周瑜,却被他正反两手,劈落了手中长剑。鲁肃大骂:"无耻杂兵!可是想害死你的主将,竟还敢负隅顽抗!来人,把他们全都绑了带回去!"

　　眼见地上的伤兵与树上院内的士兵被鲁肃的府兵一个个收拾干净,周瑜终于松了口气,转向鲁肃:"子敬兄可是有千里眼,怎知周某有难?"

　　"还说呢,你府上那哑儿从后院桃树丛里跳下水去,沿湖游了二里,又一路小跑,到我府上报信。那孩子本就染了风寒,现下浑身刮伤,热得吓人,我让他留在府上休息他也不肯,非得一道跟来……"

　　周瑜心头大震,原来方才那咕嘟水声,竟是哑儿钻过了栽植紧密的桃树丛,跳入巢湖,逆着大雨与风浪,找鲁肃报信去了!周瑜赶忙在人群中寻觅哑儿的身影,只见鲁肃府兵群中,一个极其瘦弱的身影,披着鲁肃的大袭袄,摇摇欲坠。

　　夜阑人静,大雨未歇,因老宅大门破损,周瑜等人移步鲁肃家中借宿。哑儿高热不退,小嘴一张一翕却发不出声,煞是可怜。

　　依照鲁肃府上郎中所言,哑儿若不退烧,只怕要损毁听觉,这可怜的孩子,本就不会说话,若再听不见声响,可该如何是好。

　　周婶掩面大哭,大乔与小乔站在她身侧,扶着她的肩背却不知如何宽慰。周瑜沉吟半晌,对那郎中一礼:"敢问先生可有艾针,能否借我一用?"

　　那郎中一怔,旋即拿出一只布包,轻轻打开,只见其中插满长短各异的针石,他面带迟疑,对周瑜道:"周明廷,你师从神医张仲景,老夫本没有任何理由质疑。可今日明廷右臂受伤,下针肯定会有影响,况且这孩子太过年幼,又高热体虚,万一扎偏,恐怕适得其反哪……"

鲁肃亦出言反对:"公瑾,你今日太累了,不如等明日歇歇,再给他扎针不迟啊!"

周瑜推开鲁肃阻拦的手:"明日这孩子就没救了,即便能活,亦会又聋又哑。我既然有办法救他,便不会沽名钓誉,畏惧失手砸了招牌。小乔姑娘,周某有事拜托,可否耽误姑娘些许时间,不会太久……"

小乔走上前:"可是让我帮你托着手肘?"

见小乔明白自己的意思,周瑜轻一颔首,挽起袖管,捻起艾针,沉心静气准备给哑儿下针。

明明是仲秋时节,冷风凉凉铮铮,周瑜却满头大汗。小乔极力帮他托稳手肘,却重不得亦轻不得,既不能影响他施针的力道,又不能不稳,进退维谷间,亦是一头香汗。如此煎熬了半个时辰,周瑜拭去额上的虚汗,对周婶道:"针石的功夫应可助他散去体热,劳烦周婶每隔一盏茶的工夫,便用热布为他擦拭额头与手足。"

周婶赶忙应声,即刻端起木盆打水去。周瑜又拱手对大乔与小乔道:"今日令两位姑娘受惊,实乃周某之过。时辰不早了,还请两位姑娘早些回房歇息。"

小乔张口欲说什么,却被大乔一把拉住,大乔对周瑜深深一揖:"周明廷高义,搭救之恩无以为报,我们姐妹回房休息去了,还请明廷顾惜身体,早点歇着。"

语罢,大乔携小乔离去。鲁肃见她二人走远,弯身低声问周瑜:"公瑾,这到底是怎么一回事?乔蕤的手下为何会去你家抢人?若是依照你所言,这些人并非奉乔蕤之令,可就愈发奇怪了!"

周瑜俊眉紧锁,清眸如蒙薄雾:"若只是乔将军手下诸人内斗便罢,若是牵涉伯符,我一定不会善罢甘休……"

"看这两个丫头的样子,对什么都懵懵懂懂的,只怕被人算计了也不知道。"

"不。"周瑜斩钉截铁否道,"她们不是懵懂不知,而是不愿弄权,不肯置喙罢了。当初伯符把她二人托付于我,让我守护她们安全,可真摊上这档子事,我一人又如何抵挡千军万马。我打算天亮便带她们回舒城去,粮草之事也好当面帮伯符筹谋。"

鲁肃笑得十分无奈:"只要牵扯到你那位挚友,你便不再是那气定神闲的周公瑾了。三年前乔蕤为孙老将军打翼侧,现下他的女儿又要嫁给少将军做夫人,真算是缘分天定罢……"

周瑜猛然坐直了身子,急问道:"你说三年前,给孙伯父作翼侧的是乔将军?"

"是啊。"鲁肃愣怔后仰,不知周瑜为何如此激动,"三年前,我是孙贲少将军的牵马卒,这种事怎会记错呢。当时我们渡汉水不久,便与黄祖开战,只可惜攻城器械皆在乔将军手中,他的部队遭遇暴雨,无法渡江,这才导致我们迟迟未攻下襄阳。孙将军欲先歼灭黄祖,便追入岘山,谁知却落入黄祖布下的陷阱之中。"

难怪孙策近来对大乔这般,原来乔蕤与孙坚遇伏之事牵扯如此深广。周瑜的眉头不由锁得更深:眼前形势愈发扑朔迷离,仿若棋盘死局,难以破解。若乔蕤当真参与密谋了孙坚之死,孙策定会步履维艰。舒城之困、粮草之难又当如何化解? 真可谓一环连一环,百上加斤。

舒城之上,皓月当空,营房外,孙策独自坐在柴草垛上,望着明月饮酒。

朦胧间,月辉皎皎竟映出大乔的模样,一喜一嗔,娇憨可爱。孙策心头甜涩参半,把酒祝西风,喃喃道:"莹儿,今日是我们相识后你的第一个生辰……十五岁的莹儿,我已刻在心里了,可惜没能马上看到十六岁的莹儿,不知那罗缨你可喜欢? 都说'何以结恩情,美玉配罗缨',我对你的心思无人不知,可我的苦闷,却不敢告诉你……"说着,孙策饮尽杯中酒,只觉喉头一阵甜辣,慢慢浸润心肺,心间的愁闷好似缓释了几分。

正在此时,韩当带着一干瘦老汉疾步走来,及至孙策处,韩当礼道:"少将军,这位便是三年前负责为翼侧部队烧火的伙夫……"

孙策瞬时醒了酒,从柴草堆上起身,上下打量那老头:"现下已回乡种田了罢？"

那老头耷拉着斜眼，咧嘴一笑，露出参差交错的老齿："少将军说笑了，如此乱世，哪里来的什么田可种？无非是互通来往些消息，混口饭吃罢了。"

孙策瞥了韩当一眼，好似在问他找这人是否可靠。韩当耸肩一笑，示意自己已然尽力。孙策无奈，硬着头皮问道："三年前，乔将军渡汉江时是何等情形，你可还记得？"

那老汉歪头一想，抬起虬枝般的枯手，挠挠头上的虱子："那日可算是我从军数载最难忘的一日了，可是……"

孙策见他拖长腔，却不继续说，不由诧异。韩当叹了口气，从怀中掏出些许银块，拍在那老汉手上："说罢！"

那老头将银块放在口中一咬，旋即大笑一抛，再牢牢抓稳掖进怀中："那一日，本是大晴，我们带着辎重与粮草正欲渡河。谁知忽然刮起东风，下了大雨，河水涨了好几尺，乔将军便下令众人退避观望……"

孙策思索片刻，低头又问："那若是强渡，又当如何？"

## 第四十章 闻君有他

听了那老汉的话,孙策辗转一夜未眠,脑中尽是铁马金戈之音,挥之不去。及至天明时分方有几分好转,谁知居巢快马加鞭送来密函,孙策看罢后,彻底没了睡意,满心恶寒,可他还未发作,便见孙权迤逦而来:"兄长还没用早饭罢?母亲请兄长去帐中用饭。"

打从那日看到孙坚手稿后,孙策便未再与吴夫人有过交流。今日眼见躲不过,孙策只得应了一声,披上红绸斗篷,大步随孙权走入帐中。

孙尚香看到孙策,开心地挥舞着小手,招呼道:"兄长!"

孙策却笑不出来,冲吴夫人行礼:"母亲可是有事找我?"

"昨日中秋,你忙着劳军,甚至未与我们吃团圆饭。今日早起无事,找你来一起吃个饭罢了,别无他想,坐吧。"

孙策应了一声,挨着孙权坐下,拾起碗筷用餐,却有些食不知味。孙尚香不懂察言观色,歪头望着孙策,笑眼弯弯:"兄长平日里话最多,今日怎的一句也没有了?"

孙策白了孙尚香一眼,筷子尖点着她的小鼻子:"兄长哪里有你话多?你若再不吃,碗里的可要被你二哥吃光了!"

孙尚香下意识地捂住小碗,却见孙权埋头用餐,根本未看自己,她鼓着小嘴,叉腰欲与孙策分辩。哪知孙策转向吴夫人,沉吟道:"母亲,我确有一事要告诉母亲。公瑾欲来舒城军营,助我筹谋粮草之事……"

"你两个打小就在一处,公瑾能来帮你,自是极好。"

吴夫人回得平淡,孙尚香却激动不已,差点打翻了汤碗:"哇,公瑾哥哥要来?什么时候到?"

孙策顾不上搭理孙尚香,继续对吴夫人道:"母亲,乔将军人在徐州前线,无法顾及亲眷,我本将大乔姑娘姐妹托付公瑾照顾,孰料竟有人假传乔将军之令,欲将她们姐妹挟持……故而公瑾此番前来,乃是与两位姑娘同行。"

其实孙策明白,吴夫人是知礼之人,即便他不嘱咐拜托,吴夫人亦不会让大乔难堪。毕竟世道沧桑,吴夫人怎么也不会眼睁睁看着两个姑娘颠沛流离、任人欺凌。可孙策自有他的想法,他不愿母亲觉得自己因为喜欢大乔便失了理智、再无筹谋,更不愿意母亲觉得自己因为大乔而对她不敬。

果然,吴夫人听了孙策这坦诚直言,轻声叹道:"乔蕤年纪大了,手下的几个裨将都不是什么省油的灯,有人趁机作乱亦未可知啊……伯符,前线的战况,你要留神打探着。我昨日收到你舅父的来信,现下粮草吃紧,不仅是你这里,外派征战的几名将领,皆面临粮草之困。若是乔将军能攻下徐州便罢,如是攻不下,只怕今年冬日粮草会愈发成问题,你一定要早做准备才是。"

孙策点头:"母亲放心,我现下有四路筹粮之法,总会能解决这两千人的吃饭问题!"

晌午过后,西风渐起,舒城外天青欲雨,农人皆扛着锄犁回到家中,周瑜则在鲁肃府兵的护送下,驾车姗姗来迟。此番前来,鲁肃将家中所剩余粮十余石相赠,可供围城两千人食用约十日。虽不解远虑,却可疏近忧,孙策自是欣喜,出营数里相迎。

周瑜策马在前,遥见不远处城郭连营外,孙策金甲红披,威风八面。只是这威风之下,究竟承受了多少忧愁暗恨,只怕寻常人难以想象。

及至近前,孙策含笑为周瑜牵马:"本以为明年才能相见,没想到这么快便见面了,莹儿呢?"

周瑜回身一指,只见末尾马车处,大乔与小乔相携走下。孙策一招手,吩咐左右:"车行劳累,带两位姑娘下去休息罢。"

左右即刻领命,上前接过大小乔手中的包袱,带她二人向营中走去。这见面不近前,只让随从来将她二人引走,既客套又疏远,十分不似孙策作风。大乔心中不由疑窦丛生,行出七八步,回眸一望,只见孙策只顾与周瑜攀谈,根本未留意自己,她眸中闪过几丝道不尽的酸涩,轻巧玉足如重千斤,只觉眼前方丈地寸步难行。

孙策好似感受到大乔的落寞,却极力克制己心,压着性子未去看她,笑着朗声对众人道:"各位大哥辛苦,我已命伙夫备下饭食,请各位移步,吃饱了再回程罢!"

从居巢到舒城一路虽不算遥远,却因运送粮草而辛劳不已。听了孙策这话,府兵们无比欢悦,大步流星用饭去了。

周瑜见众人走远,低声对孙策道:"伯符,几日不见,怎的感觉你憔悴不少。身子可还好?入秋容易招病,你莫要太累了。"

孙策摇头苦笑:"跟时气不相干,只是知道了些数年前的事,心里难受得很……"

方才见孙策对大乔冷淡,周瑜便心生疑惑,却不好明着问。先前孙策来信,只道乔蕤有牵扯,却不知他是否知道乔蕤便是那押送攻城物资之人。若是孙策并不知,自己贸然一说,岂非要让他二人产生嫌隙?周瑜只得婉转问道:"你与大乔姑娘怎么了?先前人家小乔姑娘问我,我可是拍着胸脯保证你孙伯符绝非薄情寡义之人……你难道不喜欢人家姑娘了?"

孙策无奈瞋了周瑜一眼:"你原来可从不议论这些,今日怎的像被小乔那丫头附身了似的……这几日我确实听说了一些事,令我烦忧不堪……你可知道三年前,给我父亲打翼侧辅助的竟是乔将军!不过我现下也想清楚了,过去之事,若非亲身经历,根本无法得来真相,纠结于过往,不如放眼未来……你既说是来帮我筹谋粮草之事,可有对策了?"

周瑜胸有成竹,清眸一亮:"四下眼杂,我们去中军帐讨论。"

秋风缱绻,小帐里,大乔细细收拾着行囊。小乔将大乔眼底的几丝惆怅看在心里,上前拉住她的手:"姐姐……"

大乔眉眼间尽是疲累,笑容却仍十分温柔:"婉儿饿了罢?一会子我去给你弄些吃的来。"

小乔心疼不已,鲜妍绝艳的小脸儿满是恼怒之意:"姐姐是不是因为那孙伯符生气?他昨夜还托人送姐姐这罗缨,今日相见,却像是不认识似的!姐姐别慌,等我去问问他,到底什么意思!"

见小乔大呼小叫,大乔生恐旁人听去,会对孙策名望有所毁谤,她赶紧攥住小乔的手,低声央道:"婉儿,别……许是他有什么旁的苦衷罢。军营重地,我们不要再让孙郎难堪……"

见大乔清眸含泪,小乔自悔唐突,瞬间泄了劲儿,摇着大乔的手臂宽慰:"姐姐说得是,也许是我们想多了。那个……我真的饿了,我们去找些吃的罢!"

大乔应了一声,缓缓吐纳稳住情绪,看似无事般与小乔一道向伙房走去。可她十分明了,自己并未多心,孙策的态度确实与以往大相径庭。可他到底为何如此,大乔根本无法揣度,只觉得春日里心中悄然绽放那片小花,已被秋风清扫,须臾间凋零殆尽了。

中军帐里,孙策与周瑜分坐木案两侧。周瑜细细摆弄算筹,算罢对孙策道:"按照现下每日的消耗,这些余粮撑不过八月份。居巢和东乡的粮草,须得统筹罢,给百姓留够越冬之粮后才能运来,如此便是十月前后了……城中陆家这几日都没什么动静罢?"

孙策扶膝摇头:"再没什么动静了,不过听城中探子所报,陆家这几年为备战事,广积粮草,吃个三两年不成问题。想来陆康那老头应当已听说我们断粮之事,只怕乐呵呵等着我们撤兵呢!"

"围城之战,除了比谋略攻心,更多还要看物料供给。此一战是你第一次挂帅出征,对于我们而言,定是只能胜,不能败!"

孙策仰面倒在软席上,喃喃道:"从前看我父亲行军,只觉得他骁勇无敌,万夫难挡,却不知这粮草人心,桩桩件件都要他费力操持……若论单打独斗,我一人能打一百个陆康!现下却仍备受掣肘,被困在此处,进退不得!"

周瑜闻言大笑:"陆康七十几岁的人了,你打他二百个也不足为奇。话说回来,你父亲曾救过陆康的内侄,你们之间也算是有恩情的,何至于闹到如此田地……"

孙策哼道:"论这些也没用,我们还是先想办法,撑到秋收时节罢。"

"我从父先前随先父在洛阳为官,现下解甲归田,手里有几亩薄地。前几日我已写信向他求助,让他把家中的余粮先给我,不过应当也就十余石罢,你可别嫌少。"

孙策摘下金盔,一拂耳边的额发:"莫说十余石,就是半石我也不嫌少……"

正当两人说笑之际,帐外忽传来吕蒙断断续续的喘息声:"少、少将军,明廷……大事不好,蒋钦,他们在村里,挨了揍了!"

是夜乃八月十六圆月夜,太阳还未下山,明月便已挂在梢头。舟车劳顿,又饱了肚子,小乔躺在榻上,睡得天昏地暗,已然不知今夕是何年。

大乔则在细细收拾帐子,每个角落皆打扫得干净得宜,除却性情使然以外,做活能让她暂时忘却满心愁绪。无论孙策态度如何,她皆不希望自己变成一个只知哭哭啼啼的儒弱女人。

谁知帐外忽然传来一阵慌乱的脚步声,人声嘈杂,似是出了大事。小乔不由惊醒,起身揉揉蒙眬睡眼,一骨碌滚下榻来:"怎么了?可是陆康杀出城了?"

大乔亦感疑惑,姐妹两个一道走出营帐,小乔一把拉住一名匆匆跑过的士兵:"这是怎么了?你们都慌什么?"

那士兵知道大小乔乃孙策座上宾,驻步拱手回道:"阿钦本依照少将军之命,带着一路人,去帮本地农人做活。不知怎的,今日好似暴露了身份,那些农人听说他们是围城军,即刻变脸开始打人了……阿蒙回来报信,少将军与周明廷一道去劝架,却被农人一耙砍在了头上,流了好多血呢！"

大乔的心蓦然提到了嗓子眼，她怔怔立在西风里，玉背前额皆是冷汗。小乔心急，不由拽住那士兵的衣襟："周公瑾呢？也让人给打了？"

"周明廷未受伤……"这士兵还未说完，只见营门处浩浩荡荡行来一群人，朱治、韩当、程普、黄盖四位老将皆在，簇拥着受伤的孙策快步入帐。另一侧，吴夫人与孙权、孙尚香亦前往探伤，一时间中军帐内外被挤得水泄不通。

大乔驻足看了许久，轻声对小乔道："婉儿，我们回去罢。"

小乔不解："姐姐不去看看孙伯符吗？"

大乔回过身，纤弱的身子映在堂皇夕阳中，对影成双："不必了……"

小乔见大乔这般寂落，心中万般不忍，不消说，从小长到大，这小半年乃是大乔最快乐的时光。虽然小乔不喜欢孙伯符，却不愿大乔难过。可正如周瑜所言，他们二人的事，且要看他二人如何解决，旁人哪里有置喙的余地呢？

入夜时分，鸦默雀静。用过晚饭后，小乔便趴在案上睡着了。大乔用尽全力，才将她轻轻搬回榻上，再端来清水为她洗漱。

待忙完这些活计，夜色已深，大乔准备系好帐子歇息，谁知帐门处忽然映上一个颀长的人影，大乔低声惊问："谁？"

一双大手伸来，右手捂住她的薄唇，左手一揽，便将她拉出了帐篷。大乔瞋着流眄美目，望着眼前的孙策，竟有一瞬恍若隔世。

孙策一身常服，未着银盔，头上缠着厚厚的绷带，却分毫未影响他的俊颜，他附在大乔耳边低道："好狠的心哪，我伤成这样，你也不来看看我？"

孙策这是闹得哪一出？下午时那般冷淡，晚上却又贴上门来，大乔低垂清目，薄唇颤动，欲推开孙策的手："少将军自重。"

孙策却不肯撒手，只将她箍得更紧："莹儿，这几日我确实心里有事，可绝不是负心……我只是想把事情全都处理好，再来与你说个清楚明白，不然岂非要让你悬心？不过下午挨了这一下，我这脑袋瞬间恍惚，眼前只晃过你的模样……莹儿,你就看在我伤成这样的分儿上,莫要与我怄气了罢。"

大乔心弦微动,抬起小手抚着他额上的绷带:"还疼吗?"

见大乔不再与自己怄气,孙策这才笑开了,眉眼间尽是温柔:"不疼不疼,有你惦记,已经全好了。"

"你也真是的,既然是苦肉计,为何不注意些分寸,若是伤了眼睛可如何了得。"

孙策宽阔的肩背一紧,诧异道:"你怎知这是苦肉计?"

"连那东莱太史慈都伤不了你,农人如何能把你打成这样?何况若要那些农民害怕愧悔,自是没有比这更好的法子……今夜你们怕是有的忙了罢?"

孙策拉过大乔的小手,轻轻吻了吻她白玉般的掌心:"我的莹儿真是冰雪聪明,今夜确实是关键,一会子我们就回村里去。那些农人怕我报复,定要连夜逃跑,我得去堵住他们才是啊。"

大乔含羞抽了手:"去罢,莫要再受伤了。"

孙策恋恋不舍地松开大乔,看她纤腰间系着那根罗缨,不由笑得十分自得:"我选的东西就是好看,你可喜欢?"

"不喜欢。"大乔语调温柔如水,语气却斩钉截铁。

可孙策一点也未将这话放在心上,他拂过大乔的长发,一字一顿道:"迟早有一天,我会亲手把它解下来。"

大乔回过神,又羞又恼,却见孙策挺拔俊逸的身躯已飘至营门处,她不由喟然轻叹,想不清孙策到底将何事瞒下,一颗心却不由自主地飘向他。这感觉好似飞蛾扑火,含笑饮鸩,却怎么也停不下来。

## 第四十一章 愁知夜长

天边挂着一轮圆月,气清皎皎,洒向人间,月辉下,人间却不得团圆。城郭外小村里,几户农人收拾好了行李细软,准备趁夜色逃离此处。汉民一向安土重迁,若非形势所逼,谁又愿意背井离乡,拖家带口在这乱世中飘摇。

老农扶着腿脚不利的妻子,缓缓转过身,望着祖祖辈辈生活的茅草房,霎时间老泪纵横。

三个月前,那个名叫阿钦的小伙子带着一众人来到这里,说是路过此地讨口水喝。老农见他们皆是近乡口音,又相貌堂堂,便将老伴送来的壶浆给他们分食了。这些年轻人却也不白吃白喝,麻利地帮他做起了农活,从插秧到喂鸡放牧,无所不能。老农本年事已高,现下见有人帮忙,终于可以坐下喘口粗气。

如此,隔三岔五蒋钦等人便来帮忙,逐渐与老农熟络。老农家本有一儿一女,儿子参军入伍,常年在外征战,女儿年满十六,却还未许人家。这老农见蒋钦生得眉清目秀,又勤快麻利,竟动了招他为婿的念头。哪知蒋钦一口回绝,情急之下道出自己乃是攻城军孙策下部。老农不由羞恼交加,联合几个近邻,抄起锄犁欲给蒋钦等人些许教训,谁知却惹来了更多攻城军。

自打孙策围城起,这些城外村庄的农人便怕极了他们,所幸攻城军并未冒犯,数月来相安无事,谁知今日竟惹来如此横祸。所有农人皆如临大敌,一通胡抢间不慎击中了孙策。

看着那一地的鲜血和众人簇拥下的金甲少年,农人们自知闯下大祸,惊叫四处逃散。不消说,按照正常逻辑推断,明日一早,定会有人来将他们的村落夷为平地。故而农人商议后,决计集体趁夜色逃跑。

老农再看一眼老宅,紧紧身上的破布包,一狠心准备出发。孰料林子里忽然传来一阵铁履声,数百士兵先后从林间钻出,下午那受伤的少年立在众人之前,笑对老农道:"夜黑风高的,老伯这是要去哪儿啊?"

月影下,孙策与周瑜的身影愈发显得挺拔高大,姿容俊逸犹如天将降凡,那老农却仿若看到了鬼差,吓得两腿一软,本能地护住身后的妻子女儿,颤抖道:"今日伤你的人是我,要杀要剐冲着我来……"

哪知那姑娘性情节烈,从老农身后钻出,冲着眼前望不尽的士兵喊道:"钦哥!你这个大骗子!"

士兵中传来一阵骚动,蒋钦自知此事与自己有关,走上前来,冲孙策一礼:"少将军……"

孙策拍拍蒋钦的肩,笑得意味深长,转身对那老农道:"老伯,你庄稼也不收了,女婿也不要了,这般急于逃命,只怕逃不出庐江郡,便会被山越贼人所杀罢?"

"呸!"老农高声啐道,"狗杂碎!你莫要以为这样威胁,我便会害怕!要杀要剐,随你便罢!"

"来人!"孙策忽然大喝一声,吓得老农连连退步,那姑娘倒是毫不畏惧,直直站着未动。蒋钦担忧孙策真的恼了,一口气悬在了嗓子眼,心乱如麻。

谁知孙策突然缓了语气,笑道:"还不快帮这位老伯把地里的庄稼收了?"

本已做好人头落地的准备,此时却如此逆转,老农与妻子女儿面面相觑,似是不敢相信自己的耳朵。

果然,吕蒙拱手领命,带领着一支百人分队齐步向水田走去。压人心魄的黑影去了一半,老农的心却依旧高悬。

孙策向周瑜递了个眼色,周瑜心领神会,以舒城口音问道:"敢问姑娘芳名?"

那姑娘一愣,轻声回道:"彩儿……"

周瑜侧身对蒋钦道:"蒋队率,你可有定亲?"

蒋钦不知周瑜为何忽然以官职称呼,反应片刻才回:"回周明廷,未曾定亲。可我不能娶妻,若是我娶妻了,阿泰可怎么办呢!"

一瞬死一般的寂静后,人群中爆发出一阵哄笑。孙策笑得前仰后合,牵动了头上的伤口,痛得直"哎哟",连周瑜这样云淡风轻之人,亦忍不住笑得扶额。周泰立在阵中,一脸茫然,不知蒋钦为何会这么说。

孙策笑够了,深深吸气后问蒋钦:"你成亲,跟阿泰何干?"

蒋钦涨红脸:"我们说好了一处打仗,甘苦与共,我若先娶了妻,岂非不仁不义?"

孙策瞥了身侧的周瑜一眼,调侃道:"你不必这么想,我的挚友先前也不声不响成亲去了,现下还不是与我并肩而战吗?"

谁知还不等蒋钦打定主意,那名叫彩儿的姑娘便斩钉截铁道:"我不会嫁给钦哥的!我爹爹先前相中他,无非是看他善良勤谨,现下既知他和你们一样,是袁术帐下走狗,来这里是为了烧杀抢掠,我就是死也不会嫁给他!"

彩儿这话如此难听,只怕要激怒眼前之人,老农上前一把扯过闺女,护在身后,双眼瞪如铜铃,目不转睛地盯着孙策,双腿抖如筛糠。

果不其然,片刻沉闷后,孙策猛地抽出腰间佩剑,那老农本能地眼一闭,手一挡,却未有痛感传来。他难以置信地睁开眼,只见那利剑竟架在了蒋钦脖颈上。只听孙策说道:"蒋钦,本将军命你来此处探访民情,你却罔顾军纪法度,与民女私相授受!既然败坏了我军名望,便莫怪本将军对你不客气!"

彩儿到底是个乡下丫头,虽胆大有主意,此时却仍被孙策唬住,焦急唤道:"钦哥!"

周瑜适时开口:"彩儿姑娘,敢问我军围城数月来,何曾烧杀抢掠?又何时亏待过百姓?姑娘莫要人云亦云,若少将军因此给蒋队率定罪,岂非是被姑娘所害?再者说,以周某之见,蒋队率不答允娶姑娘为妻,真正的原因,只怕是不愿姑娘迁入庐阳家眷营地,与父母骨肉分离罢……"

彩儿听了周瑜这话,一脸难以置信地望着蒋钦,蒋钦定定回望她一眼,却什么也没有说。

周瑜眼尖看到不远处数十名乡亲怀抱布包,探头张望着此处,不由抬高了几分声调:"众位乡亲亦是如此,我只问,这几个月以来,蒋钦待大家如何?我们部下兵将,又可曾剽掠你们分毫?今日有一说一,但凡能举出一例,少将军必百倍赔偿于你们,一经查实,作奸犯科之人必当即刻处决!"

农人们你看看我,我看看你,大眼瞪小眼,嘴唇一张一翕,似是想说出个所以然来回应周瑜的问话。但他们搜肠刮肚,也没有想起蒋钦等人有一丝一毫的无理僭越。也不知是否是夜太深,困酣扰人,良久的沉默后,他们窃窃私语,满面茫然,已想不清为何要敌对攻城军,敌对到背井离乡、命也不要的地步。

是啊,常听闻袁术骄奢淫逸、四处剽掠,他们从一开始便死命提防着孙策这一众人等,但眼前这些,不过是一群不满二十岁的孩子,与自家参军在外的儿郎又有何不同?何况陆太守确实已经老迈,若换作旁人攻城,只怕不会如此手下留情。只消想明白了这些道理,这些农人脸上的戾气全消,徒剩几分说不清道不明的疲惫。

见大家都不说话,孙策明白,即使农人们一时解了心结,下意识仍会惧怕自己,便留下韩当善后,明面上是为蒋钦说媒,实际上是对这些农人再加安抚,自己则带着周瑜等人浩浩荡荡回营去了。

其实不单是这些农人,就连孙策本人,也像是受了这一轮明月的点拨,想明白了几分道理:岘山一战,父亲遇伏,不管是否勾连着乔蕤,又与大乔有何干系呢?而他竟因为这些与她无关的积年旧事,不知如何面对她,害她伤心,岂非有些浑账?

想到这里,孙策再不能等,匆匆别了周瑜,大步向二乔所宿的营帐走去。

寅时三刻,大乔依然未能入眠,在卧榻上辗转反侧。不知孙策今夜在城外小村战果如何。不消说,腹背受敌、缺粮断草之际,若是能争取来些许支援,对于攻城军与孙策而言,皆有重大意义。

正当大乔胡思乱想时,帐外竟传来了孙策的轻呼声:"莹儿,莹儿睡了吗?"

大乔怕吵醒熟睡的小乔,披上外裳,蹑手蹑脚地走出帐去,只见孙策一脸灿笑,急不可待对大乔道:"快跟我走,我带你去个好地方!"

夜色清妍,孙策拉着大乔柔弱无骨的小手,一路向丛林深处走去。

无边落叶翩翩而下,大乔不知孙策欲带自己去往何处,一颗心却澄明清澈,毫不畏惧。耳畔满是沙沙的秋风声,大乔鼻尖微凉,手心却传来炙热的温度,心中满是从未有过的安稳。

不知走了多久,孙策蓦然驻步,从怀中摸出一条长绢帕,叠好蒙在大乔的清目上。夜黑人寂,大乔难免有些害怕,慌乱间拉住孙策的手:"孙郎……"

孙策语调温柔,牵着大乔继续向前:"莹儿别怕,有我在,我一直在。"

这样缓缓行了一阵子,转过一个急弯,大乔感觉眼前霍然一亮,却懵懂不知究竟何物。正当她诧异之时,孙策却悄然撒了手,大乔心下一惊,伸出玉手四下探索着:"孙郎!孙郎!"

天地间唯有虫鸣鸟叫,却无孙策半分回音,大乔恐惧万分,一把拉下丝帕,眼前豁然开朗,只见自己竟身处巢湖岸畔,一轮朗月映在湖间,流萤飞舞,如星飞逝。大乔霎时间忘却了心间的恐慌,抬起小手欲接那萤虫:"太美了……"

孙策不知何时转到大乔身后,轻轻环住她的纤腰:"再美亦不及你的万一……"

大乔红着小脸儿,眼中映着秋波,愈发清澈动人:"平白无故,为何骗人家来这里,说这些没头没尾的话。"

孙策的薄唇吻过大乔白嫩的面颊和鬓发,在她耳边低道:"今年生辰未能陪你,以后每一个生辰,我都会在你身边。"

语罢,孙策扳过大乔纤弱的身子,情动神驰,低头欲吻上她的樱唇。谁知相距不过方寸时,大乔竟忽然轻笑起来。孙策身子一紧,不由有几分不悦:"莹儿笑什么?"

大乔赶忙致歉:"对不起,孙郎……看到你头上包的绷带,我没忍住……"

孙策尴尬又无奈:"若不是为了那几口粮,我何至于此?你若觉得不好看,我现在就解了……"

"别,"大乔轻轻拉住孙策的手,"伤还没好,千万莫要乱拆,方才是我不好,你别生气。"

星目骨碌一转,孙策就坡下驴,清清嗓子佯装气急:"那不行,我生气得很,你得哄哄我。"

大乔将小脑袋依偎在孙策宽阔的肩上,柔声嘤咛:"可我不会哄人,你要怎样才消气?"

只见孙策弯身指指薄唇,示意大乔吻自己。

暗夜漆黑,却挡不住大乔的面红耳赤,她侧过身垂眼道:"那怎么行。"

大乔含羞的模样煞是惹人怜爱,孙策再也无心逗弄,揽过她的小脑袋,重重地吻了上去。

盈盈一水间,一对璧人交影重叠,气息相合,缠绵悱恻……孙策环住羞赧不已的大乔,让她纤弱的身子完全倚在自己身上:"莹儿睡会儿罢,等天大亮了,我们再回营去。"

大乔虽觉得不妥,却已没了反驳的气力,窝在孙策怀中安然睡去。

圆月淡去,霞光破晓,孙策望着大乔乖巧绝美的睡颜,只觉胸腔间紧压的大石终于松懈了几分。今夜见蒋钦与彩儿两心相悦,孙策没来由有些羡慕,若是他与大乔也能这般容易厮守,该有多好。

晨起时分,小乔惫懒地伸了个懒腰,像往常一样娇声与大乔打招呼:"姐姐早啊,今早吃……"她话未说完,便见旁侧榻上空空如也,小乔赶忙起身洗漱换好衣衫去寻,谁知屋内帐外皆不见大乔身影,伙房与井边亦不见她的芳踪。

小乔不由慌了神,急匆匆赶往周瑜营帐,不待通报便掀帘而入:"周公瑾,孙伯符呢?"

周瑜一夜未歇,仍在用算筹仔细统计四处收来的粮草。见小乔喘气不匀,神色慌乱,周瑜收了手中的算筹,不解道:"伯符应当在中军帐罢,或是在吴夫人帐下,小乔姑娘找他有事?"

"我姐姐不见了!我问了守营门的士兵,说他们二人昨天半夜出营去了,他们……不会是私奔了罢?"

两宿未眠,饶是铁打的身子,亦不免有些困乏,周瑜端起杯盏,正饮茶醒神,听了小乔这话,即刻呛咳不止:"好端端的,怎会私奔?定是有些体己话要说,避着我们找地方说去了罢。"

"那也不能说一夜啊。"小乔气鼓鼓地鼓着粉腮,双瞳剪水,一张小脸儿满是少女独有的白皙红润,十足可爱。

周瑜不禁弯了眉眼,笑道:"令姊心性剔透,乃是个通情达理的好姑娘。伯符虽看似莽撞,实则心有丘壑。小乔姑娘不必担心他们,只管好好等他们回来就是了。"

小乔玉臂托腮,倚在雕花木案上,耸身上前与周瑜四目相对:"我说周公瑾,我听你夸我姐姐好多次了,你怎么从来没有夸过我啊?"

未承想小乔会这么问,堪称博学鸿儒的周瑜竟不知如何回答,许久才道:"有那么多人夸小乔姑娘,难道还差周某一个吗?"

"别人是别人,我也想知道,世间一等一的周公瑾是如何看我啊。"

朝阳洒落帐中,连空气亦有了晕华,晶莹剔透,美轮美奂。光影下的少年愈发俊俏,神色却更肃穆了几分,周瑜坐正身子,清目定定地望着小乔,好似在仔细思忖,自己究竟如何看待她。

原本不过是玩笑话,小乔却蓦地紧张了起来,小手心中满是细汗。

这一瞬简直比一世还久,周瑜方要开口,却听得门外传来孙尚香的高喊声:"公瑾哥哥,公……"

周瑜与小乔回眸与孙尚香对望,三人大眼瞪小眼了好一阵,小乔才忙从案上起身,大大方方与孙尚香招呼道:"孙姑娘,许久不见。"

孙尚香乃第一遭见小乔身着女装,愣怔片刻后,"哇哇哇"地上前,拉着她上下打量:"原来你长得这么漂亮,我一直以为你随你爹呢!"

周瑜没忍住笑出了声来,他自觉失礼,赶忙轻咳两声:"尚香,你怎么来了?可是吴夫人有事?"

孙尚香摇头:"母亲让我叫长兄用早饭,可长兄不在中军帐,我就只能来找公瑾哥哥了。"

一大早吴夫人竟要找孙策,小乔与周瑜瞠目结舌,面面相觑,两人搜肠刮肚,却一时没了主意,不知究竟该如何是好。

## 第四十二章 南箕北斗

天青欲雨,早起风凉,一片布谷啼鸣中,大乔悠然转醒,她缓缓睁开眼,正对上孙策温柔的眼波:"莹儿醒了?"

大乔懵懂间竟忘了昨夜之事,茫然道:"我怎么在这里……"

孙策俯身在大乔唇上一吻:"你说你怎么在这?昨晚的事……我可忘不了。"

参天巨木葱葱,孙策怀抱大乔坐在树下,两人衣袂相交,身上共同盖着孙策的红绸斗篷。大乔回过神,急忙将孙策推开,站起身捂着红彤彤的小脸儿:"天哪,我怎么睡着了?现下几时了?"

孙策慢悠悠站起,惫懒地伸了个懒腰:"估摸快到巳时了罢。"

"什么?"大乔瞬时花容失色,焦急欲往回赶,却被孙策一把拽住。

孙策嘴角挂着一抹坏笑,指指大乔的纤腰:"莹儿确定要这样跑回去?若是被人看到了,只怕……"

昨夜忽然被孙策叫出,大乔披着外裳,却未系绦带,此时若这般衣衫凌乱地回去,只怕会被人误会。大乔十分焦急,哭笑不得,只见孙策抽出腰间的革带递上:"先扎这个罢。"

大乔权衡半响,只得接过系好。两人并肩向军营走去,及至营门处,大乔却蓦然与孙策拉开了几步距离。孙策还未来得及调侃大乔的羞怯,便见小乔与周瑜一道走来。看到大乔,小乔急呼:"姐姐去哪了,怎么现在才回来,可急死我了!"

大乔红着脸,嗫嚅半晌,不知该如何对小乔解释。小乔无意间垂头一瞥,愈发震惊:"哎呀姐姐,你怎么系着孙伯符的腰带……"

大乔连退几步,一脸尴尬。不远处守门的几名士兵皆闻声看向此处,大乔羞得恨不能找个地缝钻入,孙策却似没事人一般,问周瑜道:"你们两个怎会在这儿?难不成是在等我们?"

周瑜上下打量着孙策,脸上有忍不住的笑意。孙策与周瑜心照不宣,俊颜上飞起了一丝可疑的红晕,他一把揽过周瑜的脖颈,用力锁住:"快说为何来寻我?没出什么事罢?"

周瑜哼笑道:"一大早,你母亲就让尚香来寻你,我只好说你又去那村里探访民情,这才搪塞过去。"

"想来妻妹寻不到莹儿,所以去找了你,你们俩便一道在这里等罢?"

小乔本就不满孙策带着大乔乱跑,此时听得这话,愈发不满:"去去去,谁是你妻妹。姐姐我们走,不要理这登徒子!"

语罢,小乔拉着大乔快步离去。周瑜见她二人走远,偏头问孙策:"看来乔将军的事,你已查清楚了?"

孙策目光一暗,苦笑对周瑜道:"没有……现下我知道的,便是那日确实下了大雨,但乔将军贻误军机,导致我父亲战死岘山乃是事实,听闻事后袁术曾小范围地斥责过他。可这些事终究与莹儿无关,我亦无法将她割舍,不如便将此事一直隐瞒下去,永远不让她知道。"

"可你是否想过,当年之事,知道的人不在少数。若有别有用心之人告诉大乔姑娘,她岂不更加难过震惊?再者,你是难以割舍,可是仲谋、尚香、吴夫人与大乔姑娘并无感情,他们也能毫无嫌隙地接受她吗?"

"我母亲那边,我自会尽力游说,我相信她会喜欢莹儿的……至于其他人,我倒要看看谁有这个胆子,来我这里嚼舌根!"

周瑜摇头笑得十分无奈:"伯符,你这只是孩子般的玩话,防民之口甚于防川,哪里是斗狠可以解决的。以我之见,我觉得你可以找机会当面问一问乔将军,也许很多事并没有我们揣测的那般复杂。"

孙策眉头一蹙,若有所思:"你从不说没头没尾的话,现下这么说,难道你找到了什么新线索?"

"那是自然,我们帐里说话。"

大乔回到营帐后,细细洗漱收拾,小乔一直跟在她身后,不住问道:"姐姐,你昨晚跟孙伯符干吗去了?他有没有欺负你,有没有占你便宜啊?"

大乔见躲不过小乔,无奈地放下手中的木盆,一戳她的小脑袋:"你这丫头见天在想什么呀?孙郎他……跟我说了几句话,结果说着说着,我就靠在树下睡着了……"

"姐姐,你是不是当我傻呀?靠在树上睡着,孙伯符也睡着了吗?既然只是说话,为什么不在营里说,这样困了可以靠着篱笆睡呀。还有,你怎会扎着他的革带,难道说话说得兴起,连衣服也脱了吗?"

"婉儿!"大乔语气中尽是难得一见的肃然,"你再浑说,姐姐可真生气了。"

小乔长这么大,从未见过大乔对自己动怒,她不禁感到有些委屈,扁着小嘴嘟囔:"我……我就是担心姐姐……"

身为家中长女,大乔对小乔十足疼爱,此时见泪珠儿在小乔的清目中打转转,大乔霎时泄了气,抬手摸摸她的总角:"婉儿……你担心我,我知道。只是我与孙郎两情相悦,我信他敬他,他对我亦是尊重体贴。无论如何,我知道自己在做什么,婉儿不必担心我。"

小乔似懂非懂地点点头:"我知道,姐姐一直都很聪明,万事皆有分寸。姐姐能跟自己喜欢的人在一起,婉儿真的很开心,可想到姐姐嫁人后,我都会像今天早晨醒来一样,再也找不到姐姐,婉儿心里真的很难受……"

大乔心下一涩,轻轻环住小乔瘦弱的肩背:"婉儿放心吧,无论姐姐去哪里,都会带上你的。"

小乔这才转忧为喜,笑眼弯弯:"姐姐饿了罢,我去伙房给你拿吃的,姐姐稍等。"

语罢,小乔飞一般跑出了营帐,大乔望着小乔轻巧的身影,嘴角漫起了一丝浅笑,内里却戳中了隐忧:若不想姐妹分离,最好的办法莫过于自己嫁与孙策,而小乔嫁与周瑜。可周瑜看小乔的眼神,与看孙尚香、哑儿等人无异,若不能得偿所愿,小乔未来的归宿又将在何处呢?

大乔正惆怅时,一眼瞥见案上放置的孙策的革带。与其被更多人发现笑话,不妨早些将此物归还,想到这里,大乔捡起革带向中军帐走去。

中军帐里,孙策解了外裳,边洗漱边听周瑜说:"伯符,中秋之夜我们在老宅中遇袭,差点丢了性命。可两位姑娘在我府上之事,除了几名心腹老将外,无人知晓。你可想过,这乔将军的手下,是如何知道她们的行踪,又如何敢假传将令的?"

"我想来想去,也想不清楚,难道韩当、朱治、阿蒙、周泰等人中有细作?我觉得不可能。"

周瑜摇头否道:"此事并非细作泄露。伯符,大乔姑娘生辰前几日,你曾重金为她买下一条玉带罗缨,可有此事?"

孙策霍然变色:"难道说……"

"不错,李丰安插在我们营中的细作将此事告知了他,大乔姑娘生辰将至,他很容易便猜测出,这条罗缨是你买下为博美人一笑。李丰就此顺藤摸瓜,派人跟着你的送信使,找到了我的府上。"

孙策勃然大怒,猛地一击:"我昨日听韩当汇报,莹儿先前闹别扭回寿春时,当值的将领就是李丰。现下看来,那六安城外的刺客亦是他所安排……原来他真是黄祖的人!乔将军究竟是否知情,难道乔将军真的与黄祖有牵扯?"

"不,"周瑜从怀中掏出一纸薄信递与孙策,"这是我今早刚得的情报。"

孙策接过信笺,低头一看,大惊道:"什么!乔将军负伤病重了?!"

大乔迤逦行至中军帐外,方欲请守卫通报,却隐隐听得孙策说自己父亲病重负伤,大乔再也顾不得礼数,小步跑入帐去,急问道:"我父亲怎么了?哪里受伤了?"

周瑜与孙策未想到大乔竟在门外,两人瞠目结舌,相视一眼,不知所措。李丰乃细作之事,大乔究竟听去了多少,又会做何反应,他二人无法预料。现下既牵扯到孙坚遇伏之事,便是千难万险、危机重重,若大小乔再牵涉其中,孙策与周瑜便会愈发掣肘。

当务之急,便是要安抚大乔的情绪,周瑜冲孙策递了个眼色,起身退出了中军帐。孙策赶忙将手中密函胡乱一折,硬着头皮解释道:"莹儿,徐州战败,乔将军虽负伤,却可以早日回寿春医治休养,未必是坏事,你不要太担心……"

大乔定定望着孙策,小脸儿因急躁而通红不已:"你那信笺为何不敢给我看?难道我父亲,难道我父亲……"

"不不不,"孙策将大乔紧抱在怀,抚着她的瘦背宽慰道,"这函中有军机秘事,不适合给莹儿看,与乔将军的伤情并无干系,你若心急,我这就再派人去打听,好吗?"

哪知大乔听了这话并未宽心,纤瘦的身子一僵,半晌才颤抖道:"你……手里的并非军报罢?难道你……在我父亲营里安插了眼线?!"

孙策本反应奇快、颇善言辞,此时面对大乔,却一字狡辩也说不出:"莹儿,我不是为了监视你父亲,只是袁术派你父亲督军,名为辅助实为监视,我是不得已才……"

"够了。"未想到孙策与父亲竟如此互相猜忌,大乔霎时间泪如雨下,使出全力推开孙策,快步跑出了中军帐。

孙策急忙去追,却想不清楚如何与她解释。两军并肩作战,互相安插细作在所难免,可对于大乔而言,一头是孙策,另一头则是自己父亲,两方这般暗地算计角力,定会令她难以接受。

两人你追我挡,拉扯之际,竟来到了吴夫人的营帐外。吴夫人听到动静,掀帘而出,轻道:"大乔姑娘、伯符。"

听到吴夫人的声音,孙策赶忙撒手行礼:"母亲。"

见大乔哭得梨花带雨,吴夫人递上素帕,手中佛珠慢转:"大乔姑娘此次回来,还未得相见,现下若有时间,不妨请姑娘入帐喝杯茶罢。"

大乔全力克制抽噎,冲吴夫人一礼:"未得前来拜访夫人,是晚辈失礼,可今日晚辈家中有事,心情不佳,恐叨扰夫人饮茶雅兴……"

吴夫人温柔一笑,拉住大乔的小手:"兴许我能为姑娘排忧,随我来罢。"

大乔却之不恭,随吴夫人一道走入了营帐。孙策欲一同前往,却被吴夫人径直挡在了门外:"伯符,你难道没有军机要务处理吗?快忙去罢。"

孙策心下焦急,却不敢忤逆母亲,只得万般不情愿地无精打采应道:"是……"

营帐里,孙权正在看书,孙尚香则在一旁摆弄着兵刀剑鞘。吴夫人吩咐孙权:"仲谋,你带尚香出去玩。"

孙权和孙尚香见吴夫人带大乔前来,面面相觑。想起那日大乔不辞而别,孙策焦急万分,仿佛疯了一般,孙尚香明眸骨碌一转,做样捂住耳朵:"母亲,我什么也听不见,让我在这里待着……"

吴夫人哪里听这些,将孙尚香拦腰抱起塞给了孙权:"去找你们程伯伯和黄伯伯,让他们带你们练箭。"

吴夫人此法,便是让孙权与孙尚香再无偷听的余地,两人皆泄了气,无精打采道:"是……"

待孙权与孙尚香离去,大乔依着吴夫人坐下:"夫人说能为晚辈排忧,难道夫人知晓我的苦楚?"

吴夫人摆弄着茶盏铜壶,头也不抬:"若非知道姑娘会有今日,当初就不会出言相劝。"

大乔一直以为吴夫人之所以反对这门亲事,乃是希望孙策能迎娶门第家世更加显赫的女子,现下听吴夫人如是说,大乔颇为诧异,杏眼圆圆,好似怎么也想不明白。

吴夫人看穿大乔的心思,含笑递上茶盏:"姑娘饱读诗书,定然听过'王侯将相宁有种乎',英雄尚不顾忌出身,女子又有何顾忌?我本姑苏城外浣纱女,亦非什么大富大贵之人,可这并不影响我与文台相守二十载,相濡以沫,乱世相扶……大乔姑娘将门之女,容貌倾国,心性通达,说到底,我对姑娘并无分毫不满。可你父亲与伯符各有阵营,矛盾相克乃是迟早之事,姑娘若继续与伯符交往,未来面对的苦楚,只怕是今日你所承受的千倍百倍之多啊。"

大乔好不容易忍住的眼泪又簌簌落下:"夫人的顾虑,晚辈并非未曾思索过,可晚辈自欺欺人,只想着父亲与孙郎皆是磊落之人……今日听闻他们互派细作,相互忌惮,一时未能克制,给夫人添麻烦了。"

吴夫人笑叹:"你这傻孩子,不必与我道歉。其实你今时今日的纠结,伯符已然承受过了。你是他的心头好,可他身上所肩负的,不仅是一个家庭几户姓氏的荣辱啊。乔将军亦是如此,一个不小心,手下千万人头落地,又会有多少人家遭罪?说到底,姑娘是不该以寻常人家的情意来框定乔将军与伯符。毕竟身为统御万人的将领,便要做到万无一失,以我看来,姑娘不当怪罪他们任何人,反而应当为他们感到骄傲,毕竟唯有依靠这样的人,这乱世才会有终结的一日……"

诚如吴夫人所言,孙策并非只是她的心上人,而是数千将士的少将军,想来他身处其中,承受的痛苦矛盾比自己更多,这只怕便是他前几日纠结往复的原因。大乔自悔方才太过冲动,只顾担心父亲的病势,而未考虑孙策的感受,她俯身一揖:"夫人所言极是,是我只顾自己而未体恤孙郎,晚辈知错了。"

吴夫人放下手中的佛珠,轻轻一笑,如秋阳般和煦:"我早知道你们俩的脾性,不妨早些将话说开,免得误会太多,徒增内耗,反倒令亲者痛仇者快了……"

## 第四十三章 不情之请

周瑜既知乔蕤负伤的消息,心下担忧小乔,不知不觉间竟走到了她的帐门口。哪知她未落帐帘,一举一动皆暴露在光天化日之下。不远处,两名守卫靠在篱墙上,边议论边伸着脖子向内张望。

周瑜十分不悦,走上前对两人道:"非礼勿视,小乔姑娘也是你们两个能看的?"

那两人吓得够呛,赶忙赔礼:"周明廷恕罪!我们并非觊觎小乔姑娘,只是因为方才她拉着我们下棋,可我们哪里会啊……她便说要自己与自己下,我们只是好奇才……"

周瑜闻言,宽袖一甩,未再理会这两人,径直走入了小乔的帐子,一把扯下了布帘。

小乔见到周瑜,又惊又喜:"你怎么来了?"

周瑜回身指着帐门,蹙眉问:"你一个姑娘家独自待在房中,为何不拉下帘子?"

小乔不知周瑜为何这般不悦,茫然道:"姐姐还没回来,我就没有落帐啊。"

"以后不管大乔姑娘在不在,你都要把房门关好,莫要给登徒子可乘之机。"

小乔似懂非懂地点点头，走上前拉住周瑜的宽袖："你现下不忙罢？陪我下盘棋好不好？"

　　周瑜也不知小乔有没有将他说的话记在心上，无奈地被她一路拉扯，按坐在棋盘对侧。小乔方坐定，便迫不及待地拿起黑子，落在了棋盘上。

　　小乔确实冰雪聪明，颇擅棋道，只是比起周瑜便逊色不少。不过一盏茶的工夫，黑子已被吞没殆尽，所剩寥寥。周瑜抬起眼，见小乔面颊通红，白皙的额上满是细汗，顿起恻隐之意，心中暗想，胜败哪里有她开心重要？周瑜棋风一转，不动声色默默引导，争取输得十分自然。

　　眼见胜败既分，小乔却一把扯过周瑜的宽袖，不悦道："周公瑾，你是不是故意让我啊？"

　　周瑜也不否认，只道："让你赢，还不开心吗？"

　　"当然不开心了！"小乔不悦地将手中棋子一掷，嘟囔道，"怎的你也这样，把我当小孩子一样糊弄。"

　　周瑜亦放下手中的白子，想起乔蕤负伤之事，他欲言又止，低声叹道："不是把你当小孩子糊弄，只是想保护你罢了。"

　　听了周瑜这没头没尾的一句话，小乔只觉脑袋"嗡"的一声，面颊飞起一片潮红。

　　不知乔蕤伤情如何，是否会有性命之忧，周瑜根本未留意小乔的小心思，只想着最好还是将此事瞒下，不让她知道："对了，令姊还未回来罢？"

　　小乔不悦："还说呢，趁我去拿饭的工夫，姐姐又找孙伯符去了，现下好似又到了吴夫人帐里，叽叽咕咕也不吃饭……"

　　原来大乔还未回来过，那便还来得及嘱咐她，周瑜眉间微动，霍然起身："既如此，周某告辞，改日再来看小乔姑娘罢。"

　　中军帐里，韩当方送来寿春军报。果如周瑜孙策所料，因为徐州战败之事，袁术勃然大怒，不仅发函申斥了几位攻打徐州的将领，还顺带责骂了攻城数月未果的孙策。

　　孙策自是烦躁不堪，他右手扶额，掐着眉心，脑中大乔的倩影与袁术怒不可遏的模样交替出现，令他无法静心思索。

头上那伤口又开始隐隐作痛,正当孙策苦笑承受之际,一双柔软的小手蓦然攀上他的双肩,环住他的脖颈,绵言细语在他耳畔响起:"孙郎,对不起……"

没有一丝迟疑,孙策将大乔拉入怀中紧紧抱着:"莹儿,你不生我气了?"

大乔轻轻摇头,眼泪飞溅,如神女落花钿,鲛人流明珠。孙策抬手为大乔拭泪:"许多事我不想告诉你,并不是因为我坏,故意要欺瞒你,只是这世道险恶,许多事不光鲜不好看,我宁愿自己承受,也不愿你跟我一起烦心……"

大乔未接孙策的话,只是泪眼婆娑地望着他头上的绷带:"还疼吗?"

"早就不疼了。莹儿,我母亲跟你说什么了?你不会再偷偷跑了吧?"

看着孙策满是忧虑的双眼,大乔忽然觉得,他好似与自己初相识时不同了。彼时他纵横天地,无所畏惧,现下却顾忌良多。自己既然心悦于他,本应与他分担,现下却成了他压力的来源。想到这里,大乔愧悔交加,扬起小脸,颤抖着樱唇轻轻吻在了孙策的薄唇上。

孙策心头大震,僵在原处半晌,待他反应过来,大乔已羞涩地抽身而去,捡起一侧的药箱道:"我给你换换药罢。"

孙策倒也不心急,歪头坏笑坐在原处,看着大乔用纤纤素手慢慢取下他头上的绷带。原本以为只是个小小的伤口,未承想却是一道深深的伤痕,大乔簌簌落泪,赶忙回身一避,深恐眼泪濡湿了他的伤处。

明白大乔心下不好受,孙策揽住她的腰肢,宽慰道:"莹儿莫怕,不会留疤的,等这伤口好了,我还像原来一样俊。"

果然,大乔听了这话,瞬间破涕为笑:"哪有这样的人,天天说自己俊。"

"我若不俊,只是个舞枪弄棒的糙汉子,你能看上我吗?这世上唯有我才配得起你,这张脸责任颇大,我可不得好好看着吗?"

大乔忍笑不理会孙策这些刻意逗弄的说辞,精心细致地为他重新包扎。孙策见大乔不住端详自己，眉飞色舞调侃："怎么？又被你夫君迷住了？"

大乔撇撇小嘴，放下手中的药酒："涎皮赖脸。我只是想，等你老了不俊了，岂不是每日都要生气？"

"等我老了你也不小了，还能嫌弃我不成？"

孙策依然兴致勃然地与大乔玩笑，大乔却霎时收了笑容，重新跪坐在孙策对面，欲言又止："孙郎……我有个不情之请，只能求你帮忙。"

"你我之间，说得上求这般见外的话吗？有什么事你只管说，包在我身上。"

大乔抿着樱唇，鼓足十二分勇气，对孙策道："孙郎，我要回寿春看我父亲……求你带我回寿春看我父亲！"

乔蕤大战新败，又身负重伤，生死未明，此时此刻他帐下各路裨将定会明争暗斗，出尽百宝，欲在乔蕤不测时取而代之。大乔若是现下回去，定会陷入重重矛盾。前几日，那李丰竟已嚣张到去居巢抢人，背后还可能牵涉黄祖，孙策怎可能让大乔身涉险境，他斩钉截铁回绝："不行，莹儿，别的事我都能依着你，唯独这一件，绝无可能。"

大乔猜到孙策不会答允，她虽不十分明了其中利害关窍，却明白此一去危险重重。可父母双亲如心头肉，即便万劫不复，亦不能轻言放弃，大乔继续央求："孙郎，原本我是想自己回去的。可前几日出了那样的事，我不敢向父亲留下的守城军求助。可若自己贸然前往，不知会不会半路遇劫……我是真的没办法了，才来求助于你，否则我真的不愿意你牵扯其中……"

大乔泪眼汪汪，又说得十足恳切，孙策心头一软，却明白必须坚持底线才能保护她周全，只是他一时不知该找什么理由回绝，恰巧帘外传来侍卫的通传声："少将军，周明廷求见！"

孙策本十足享受与大乔独处的每一瞬，此时却如蒙大赦，快步上前掀开帘子："公瑾，你平日不是想进就进，怎的还让人通传……"

周瑜拱手轻笑："若只是你在，自然无妨，大乔姑娘在此，周某怎敢唐突？不过我并非来寻你,而是来寻大乔姑娘的。"

大乔赶忙抬手拭去面庞上的泪珠儿:"周明廷有何吩咐,但说无妨。"

"令尊受伤之事,周某十分挂心。我认识几名神医,擅治皮外刀伤,姑娘若不放心,周某可以想办法将他们送去寿春军营,为乔将军医治……"

周瑜这话,竟让大乔眼眶一红:"多谢周明廷,军中的裴军医一直为家父诊治,素谙家父体质,不必劳动明廷费力了。有明廷这一席话,小女子已是万分感激。"

周瑜并不勉强,只道:"大乔姑娘不必客套,若有难处,随时告诉周某……另外,周某是外人,本不该过分关心姑娘姐妹之事,却有个不情之请。"

周瑜怎么也说自己有个不情之请?孙策与大乔面面相觑,不明所以。只听周瑜徐徐道:"大乔姑娘,周某与令妹相识未深,可我觉得她看似坚强,实则心性柔软细腻,虽有胆识,却不免莽撞。令尊伤势未明,若让小乔姑娘知道,她难免会胡思乱想。故而周某僭越,恳请大乔姑娘,可否将此事相瞒,待令尊康复,再告知小乔姑娘。"

未想到周瑜竟为小乔筹谋如此周全,大乔轻捂回道:"多谢周明廷关怀,明廷所言极是,婉儿打小没娘,心里特别依赖父亲,我不会将此事告诉她的……"

孙策叉腰无奈而笑:"莹儿平日里也是这般惯着妻妹,把她都护得没样了。你们看尚香多么坚强,都是我这兄长教导有方,若要我说,跟妻妹不必隐瞒,该说什么便说什么,哪有这般费劲。"

"小乔姑娘与尚香是不一样的女子,"周瑜背手蹙眉,"不可一概论之,伯符,想来你与大乔姑娘还有话要说,我先回房去了。"

语罢,周瑜起身离去,帐中又只剩下孙策与大乔两人。孙策握住大乔的瘦肩:"莹儿,我是家中长子,你是家中长女,你担心乔将军之心,我感同身受。可现下时局危险,你若独自回去,说不定会落入那几个裨将手中。乔将军受伤,他们定会觊觎乔将军帐下人马,若是娶了你,岂不名正言顺？你是我未过门的媳妇，我可不允许这样的事发生。至于你父亲那边，我一定会派人前去探望，看看伤情究竟如何，而且我舅父一直在寿春军中，我已写信让人传去，拜托他关照乔将军。莹儿若是信我，便将此事全部交托与我罢。"

大乔半晌未说话，清泪却一滴一滴地滚下来："孙郎，你为何要出来打仗……"

这没头没尾的一句话，问得孙策犹如丈二和尚摸不着头脑："莹儿这是什么意思？"

"你之所以费尽千心万险投入袁将军帐下，难道不是为了为父报仇吗？其实你清楚，当年受孙老将军恩惠之人颇多，即便你不出手，亦会有程普将军、黄盖将军、韩当将军、朱治将军等人寻到机会，为他复仇。可孙老将军是你父亲，你怎会袖手旁观？想想在六安城外，仲谋看到黄祖手下，为何那般失控？因为父母亲人，无人能够替代！即便你今日筹谋再得当，我亦必要亲眼看到我父亲才行。孙郎，算我求你，送我回寿春罢，我会尽快回来，不会沦为他人要挟你与我父亲的把柄的。"

孙策喉间哽塞，犹如窒息，大乔还不知眼下他们所面对的，并非夺位夺权那般简单。李丰的种种罪行，孙策已打算报呈袁术，毕竟通敌之事绝非小可，袁术只怕宁可枉杀，也不会轻易放过。

若是能将此人除去，悬在乔蕤与孙策头上的利剑便能解除，故而在此关口，决不能横生旁支。可孙策不能明言，只好深吸一口气，故作轻浮道："那可不行，我们还未定亲呢，若是那些混蛋占了你的便宜可怎么了得？天色不早了，我找韩将军有事，莹儿早些回去歇着罢。"

大乔瞪大双目望着面前的孙策，突然间觉得与他如此陌生。一直以为，她托付芳心的男子是个磊落知礼之人，今时今日，她父亲深陷险处，而他所在意的，只是她会不会被那些裨将占了便宜？她的不安与担忧，仿佛鸡同鸭讲，对他好似根本不重要。

大乔不住颤抖，一颗心冷若寒冰，她此时才明白，原来人在极度愤怒之下，竟会毫无反应。大乔木讷地转过身，快步而去，窈窕身姿随着帐帘翻飞而消失无踪。

好不容易把她哄好,现下却又闹成这样,孙策捂着头上的绷带,心中颇不是滋味。可大敌当前,孙策无暇他顾,走出中军帐,吩咐左右道:"传令,在大小乔姑娘帐外加派守卫,无令不准她二人踏出营门半步……另外,请朱治、韩当两位将军到我帐里来。"

## 第四十四章 东走西顾

孙策这一道军令下来，不许大小乔离开营房半步，实际与软禁无异。小乔不知乔蕤受伤之事，每日看书下棋，乐得清闲。大乔却愈发焦灼，虽然孙策心疼她，每日命人将所了解到的乔蕤部情形告知，大乔却仍不免茶饭不思、日渐憔悴。

孙策几次来寻，大乔皆闭门不见，加之军中诸事烦扰，孙策只得暂且将此事压下。近日居巢与东乡两县过冬的粮草已备足，周瑜便赶回老宅去，将筹集来的剩余粮草尽数运至军中，加上周边村落献入军中的黍米稻谷，粮草难题迎刃而解。

立冬将至，本以为围城孙策部已经熬不下去，谁知他们又添粮添衣，重整旗鼓，激发起了斗志。这攻守之势，本就此消彼长，孙策部一旦昂扬，守城军必当见颓。孙策适时将几位将领召入中军帐内，慷慨对众人道："列位将军，先前孙某闭门不战，不少人私下议论，说我孙伯符徒有其表，比我父亲差得太远，根本不配带兵。其后军粮不济，军中又有风声，说我必当耗死在此处。这些非议谣言，我从未去解释过……各位将军研习兵法，皆知春秋时齐国强大而鲁国衰弱，可鲁庄公以一鼓作气之力，大败齐军，守住了一方山河。强如齐桓公尚且不能违背天时地利，我们用兵便更应遵从此道。近几个月来，各位将军辛苦，我们虽未大规模攻城，却从未疏于操练,而城外百姓亦不似从前那般与我们敌对。反观城内,粮草虽多,却经不起消耗,守城将士已现疲颓之意。故而战机已现,我等万万不可错失!打从今日起,望列位枕戈待旦,随时准备与本将军上阵杀敌!"

众将已苦等数月,此时慷慨激昂,连连称好,恨不能马上冲上舒城城头。

战前动员罢,众人散去各自忙活。孙策却拉住周瑜:"来回来去为我筹谋,实在辛苦你了,可你我这关系,我就不谢了。"

"本也不必言谢……你打算何时攻城?"

孙策抬手一敲周瑜的心口,笑道:"少装蒜,我不相信你会看不准我的攻城之期。"

"倒不是看不准,只是怕你被旁的事牵累。昨日伯母唤我入帐闲聊,还让我多劝劝你,这几日你的脸色实在难看,可得注意着身子,莫要累垮了。"

"我的脸难看?怎么可能,多俊啊。"孙策明白周瑜所指,却故意曲解,"你这几日,可有去看过她们……"

"昨日去过,趁着小乔姑娘煮茶的工夫问了几句。大乔姑娘脸色很不好,人也愈发纤弱了。我说你们俩怎的还是这样,先前伯母说的话,你们都当耳旁风了?"

孙策无奈苦笑:"我心疼她,她心疼她父亲。你也知道,李丰已被召回寿春去了,此人太过危险,我却一时无法铲除。莹儿若是回去,岂非羊入虎口?"

"话虽如此,可你为何不能好好说与大乔姑娘,定要让她误解于你?"

"公瑾,你不了解莹儿。我与她说得再多,都不如她自己去看乔将军一眼。况且她心中充斥的,定是自己多承受些苦难,便能减缓乔将军伤痛的蠢念头。既然知道她在刻意苦着自己,我陪她一起承受便罢,其他的事,根本不必多说……你若真想帮我,就多替我跟妻妹说说,让她劝莹儿好好吃饭、好好休息罢。"

出营外七八十步,有一条浅溪。天寒风冻,大乔却仍在水边浣衣,洗好的衣服堆叠如小山，纤纤素手却早已冻得通红。三五丈外，十几名士兵奉命在此看护大乔，心中却对她颇多怜悯。这几日，大乔神思倦怠，形容憔悴，众人不知前情，只以为她与孙策吵架赌气，才会这般难过。

若真如此，孙策可真是太不知怜香惜玉了。正当士兵们悄声议论之时，一身常服的孙策打大营走来，士兵们急忙拱手欲礼，却见孙策做了个噤声的手势，摆摆手示意他们退下。

大乔心中惦记父亲，只顾出神，未察觉身后十余士兵已悄然离开，她偏头欲拿皂角，却对上孙策一张明媚的俊脸。孙策递上皂角，挑眉笑得十足帅气："莹儿，你可是在找这个？"

大乔瞥了孙策一眼，未再理会他，亦未接他手中的皂角，继续埋头洗衣。孙策托着皂角的手僵了半晌，才不自在地放下："莹儿，都好几天了，你还在生我的气吗？"

大乔仍不理会他，用捣衣杵一下下敲打着手中的衣物。孙策哪里能受得了大乔这般冷待，他急急拉住大乔的小手，不许她再回避："莹儿，你若怪我，只管打我骂我，怎能不理我？前几日我去你帐外找你，都被妻妹赶走了。我真是哑巴吃黄连，又不能对她打骂，你就心疼心疼我，跟我说几句话吧。"

大乔低垂眼眸，抽手出来，欲继续洗衣。孙策趁势拉住捣衣杵，不肯撒手。大乔本就气孙策蛮不讲理，此时不由更恼，使出浑身之力与他抢夺。

孙策心生一计，猛然一撒手，再去揽大乔纤腰，结果自己亦未站稳，两人踉跄间一道滚入了寒冷的溪水中。

孙策不由大窘，稳住平衡后即刻去拉大乔："莹儿，莹儿你没事罢……"

秋水冷如冰，大乔浑身发僵，万般无奈下，只得依着孙策。这也算是因祸得福，孙策轻声一笑，即刻环着大乔向岸边靠去。

待上岸后，大乔颓然坐在水边，却见孙策已然恢复了精神，褪去外衫拧水。不等大乔喘匀了气，孙策便上前一把将她抱起，快步向军营赶去。

大乔惊吓不已,问道:"你这是干什么？快把我放下!"

孙策好似听不懂大乔所言,眉飞色舞道:"你终于肯跟我说话了?"

两人回至营门处,众兵士看到孙策与大乔,都转头扭身,不敢直视,大乔愈发恼怒,颤声气道:"你身为一军之帅,怎能这样不要脸面……"

哪知孙策毫不介怀,只顾着吩咐前侧内卫:"快去给我准备热水来!"

草木无情,时有飘零。瑟瑟西风里,周瑜立在营帐中,仔细研究着攻城之事。舒城是他的家乡,陆康更是他敬重的长辈,如何最大限度地减少两方伤亡,甚至不战而屈人之兵,才是他此战的目标。

正当周瑜静心思索之际,帐外传来士兵通报之声:"周明廷,老夫人求见。"

周瑜赶忙起身出营,搀过吴夫人:"伯母怎的亲自来看我?若有什么事,唤我过去就好了。"

吴夫人拍拍周瑜的宽背,双目含笑:"你这孩子,天已经这么冷了,怎的还穿着单衣?你身侧也没人能照顾你,自己且要爱惜身子。那日与你闲话,见你的袖角都磨破了,我便裁了几件衣裳与你。"

南国秋冬之交,天高云淡,霜寒风烈,小乔一身海棠绣褙外搭雪色狐毛坎肩,俏丽如三春之桃,她怀抱锦包,巧笑嫣然向周瑜的帐子走去。

锦包内正是她为周瑜新裁的衣衫,月白清浅,正合他纤尘不染的性子。小乔不似大乔那般擅长女红,这简简单单的一件深衣,她拆了缝,缝了拆,整整做了两个月才成形,其间不知扎了多少次手,一针一线皆是心血。

可就要送给周瑜之际,小乔却打起了退堂鼓。自己这歪歪斜斜的针脚,只怕入不了他的眼,小乔立在帐外,迟迟不敢上前让人通传。

正当她踟蹰时,帐中隐隐传来人声,小乔心下诧异:周瑜帐中怎么会有女人的声音?

她立耳静听,模糊听得周瑜说:"多谢伯母,衣衫破陋,实在失礼……只是这内裳是我母亲在世时亲手所缝,深衣则是先夫人手裁,虽然破败却舍不得丢弃,缝缝补补一直穿着,让伯母见笑了。"

小乔心想，周瑜既然提到"伯母"，帐中人必是孙策的母亲吴夫人了。

果不出其然，只听吴夫人感慨万千："'茕茕白兔，东走西顾，衣不如新，人不如故。'古来痴人少，痴情的男儿更少，你能为先夫人做到如此地步，已是不枉你们之间的夫妻情分了。只是你也不能一直一个人，总要找个知心人照顾你。以你的样貌品性，什么样的姑娘求不来？万不可一直苦着自己啊。"

小乔深以为然，嘟着小嘴颔首轻道："就是啊，若实在不愿意娶旁人，大可以入寺为僧，何苦天天招惹人家……"

还不等小乔回神，周瑜便回："伯母操心，公瑾明白，只是确如伯母所言，'衣不如新，人不如故'。公瑾一心唯念天下平定，别无他想。"

"木呆子。"小乔在帐外轻骂，却不慎将守帐侍卫招来。

两侍卫见到小乔，高声礼道："小乔姑娘，可是来找周明廷的？"

小乔十足尴尬，想躲却已无门，周瑜听到动静，掀开帘子："小乔姑娘？里面请罢。"

小乔无法，只得硬着头皮随周瑜走入帐内，对吴夫人一礼。吴夫人以长辈礼仪回之，而后对周瑜道："今日初一，我要带尚香去庙里拜佛了，便不与你多言。你是个聪明孩子，许多事自己好好想一想。"

周瑜抱拳轻揖，送吴夫人离去，继而回身问小乔："今日没带棋盘，看来不是找我下棋的罢？"

想起周瑜那"衣不如新，人不如故"，小乔只觉浑身不快，将手中的包袱往他怀里一塞："你不是爱穿新衣服吗？我给你做了一件，你好生穿着罢。"

周瑜的清眸中闪过一丝讶异："给我做的衣服？"

被周瑜反诘一问，小乔小脸儿霎时涨红，半晌无语。周瑜未多想，拱手一谢，将包袱放好："你来得正好，我恰巧想请你帮我看看，若你是率军之将，当从何处攻城？"

中军帐下，侍卫们依照孙策吩咐，在硕大的柳木澡盆中灌满了热水。孙策抱着大乔阔步走入大帐，转入屏风之后，才将大乔放下："莹儿，你快洗个热水澡罢，莫要伤风了。"

大乔挣扎着推开孙策："你让开！我决不在你帐下洗澡！"

孙策紧搂大乔不放手，她的推搡于他而言，简直如挠痒一般："不行，外面天寒，我已经让士兵拢几个火盆来，你就放心在这里洗罢……我，我不会偷看的。"

大乔冷得浑身打战，薄唇惨白如纸："我自己回帐里再洗，你让我回去……"

"从我的帐子到你那里，有三五十丈远，若再烧水灌盆，怎么也要半个时辰，那时候你肯定已经冻病了。"孙策不由分说，将大乔扛抱在肩，褪掉她的绣鞋，直接将她塞入了木盆中。

周身瞬时被暖流包裹，大乔却气得直掉泪："孙伯符！我在你眼里到底算什么，难道就该这般被你戏弄轻薄吗？"

孙策抹去俊俏面庞上飞溅的水珠，正色道："莹儿，你明知你是我心头挚爱，我做的这些事，根本没有半分欺侮你的意思！也许你觉得我蛮横不讲理，可我不能眼睁睁看着你病倒受罪啊！今日你气我也好，厌我也罢，你都必须在这里洗了热水澡才能出这个门。若是你不愿意，我就亲自帮你洗！"

虽然明白他二人两心相悦，却好似从未听他说过自己是他心头挚爱。大乔怔怔立在木盆里，如出水芙蓉，小脸儿在蒸腾的水汽中一阵红一阵白。

见大乔不再那般恼怒，孙策暗暗松了口气，无意间察觉她前胸亵衣被水濡湿，艳光四溢，他赶忙红着脸转过身，磕磕巴巴道："我让他们把火盆放门口了，我这就去拿，你放心洗罢，一会儿我找妻妹给你送衣服来……"

语罢，孙策大步行至帐门处，将火盆一个个捡入帐来。见孙策却无亵渎之意，自己又走不掉，大乔只得万般无奈地褪去早已湿透的外裳。

不消说，热气熏蒸下，那蚀骨的寒冷缓缓消逝，整个人皆舒活了几分。孙策远远地摆弄着沙盘，一动不动，挺拔俊逸的身躯映在屏风上，煞是好看。正当大乔出神时,门外忽然传来周瑜好听的嗓音:"伯符,你在吗?我和小乔姑娘有攻城之计,打算说与你听。"

## 第四十五章 岂曰无衣

屏风内,大乔听到周瑜的声音,花容失色,一时不知如何是好。孙策上前倚着屏风,低声道:"莹儿,你先躲一下,我把他两人赶走……"

现下这样的情形,若是被小乔和周瑜看到,不知会生出怎样的误会。大乔不敢吭声,将小脑袋低低埋在盆中,立着耳朵听动静。

哪知孙策还未来得及答话,周瑜便掀帘而入:"伯符,你在帐里怎么不应声啊?"

孙策赶忙不自在地迎上,尴尬道:"啊,你们怎么一起来了?可是有什么要紧事?"

周瑜未留意孙策面颊上那转瞬即逝的无措,径直走上前,拣了个蒲团坐下:"方才与小乔姑娘闲聊,令我想到一件怪事。往常每月初一十五,陆康皆会亲上城头来,看望士兵,视察城内城外情形,这半年来从无例外。可上月十五与今日,他都没有来。"

"是呢,除此外,四面城门守兵所穿的衣服,竟然也是完全不相同的……所以我们猜测,说不定陆康那老头儿生病了,他那些侄孙正在夺权,才会如此。"小乔接过话头,上前挨着周瑜坐下,两人皆一脸赤诚地望着孙策。

这两人说着说着,居然坐下了。大乔还在盆里泡着,孙策怎能不焦灼:"那个……你们用饭了没有?要不一起去伙房吃一口?"

周瑜满面诧异:"这才过晌午,午饭还没消化,为何还要吃饭?伯符,三日后是蒋钦娶妻的日子,我的意思是多邀请些乡亲,无论城内城外,借以打探下城中的情形。我们虽有探子,传递消息却总会延迟,蒋钦娶妻乃是个绝佳契机,你我可以身着常服,混迹其中,定会大有斩获。"

听了周瑜这话,孙策一时忘乎所以,接口道:"现下看来,城里的粮草并无传说中那般丰沛,你这主意甚好,既能笼络人心,又能探明虚实……"

孙策话音未落,只听屏风后传来一声轻巧的喷嚏,伴着细微的水声,钻入众人耳中。到底是举世闻名的大美人儿,连打喷嚏都这样轻盈可爱。孙策陶醉一瞬,旋即拍腿大叫糟糕。

果然,此声虽极小,却还是被周瑜和小乔听到,两人面面相觑,脑中同时浮起一个念头:孙策帐下竟有女人在洗澡?难道是孙尚香?

但两人同时否定了这个想法,方才吴夫人明明说过,要带孙尚香去寺庙拜佛,此时她怎可能还在孙策帐中。这也就是说,孙策在帐里藏了个女人?还在洗澡?

孙策异常窘迫,赶忙上前拉扯周瑜:"公……公瑾,你快随我去看看,城门楼上那些守、守兵……"

周瑜许是太过震惊,虽被孙策拽下了蒲团,却未站起身。小乔倒是噌的一声站了起来,大步向屏风处走去。孙策拉扯不及,破口而出:"妻妹,万万不可!"

孙策越是这般,小乔便越是要一探究竟:"好你个孙伯符,竟敢金屋藏娇,你对得起我姐……"

小乔本义愤填膺,转到屏风之后,却瞬间傻在了原地。片刻死一般的寂静后,姐妹俩皆尖叫一声,只听小乔如喝醉了一般,语无伦次道:"姐……姐姐?你……为何在这洗澡?不对,你……不是在洗衣服吗?"

孙策无奈扶额,一脸绝望。才把大乔哄好,就出了这档子事,这么尴尬又无法解释,只怕大乔已动了杀他的念头。

末了倒是周瑜先反应过来,隔着屏风探手拉过小乔,大步向中军帐外走去。

可小乔哪里肯依,挣脱周瑜就要去捶孙策:"你这登徒子,对我姐姐做了什么?!"大乔羞愤非常,却仍小声解释,可小乔哪里会听,宽袖甩个不住,一时间飞石四散,差点将屏风打穿。

周瑜万般无奈下,只好将小乔拦腰一抱,连拖带拽地扯出了中军帐。

孙策窘迫不已,却不忘了叮嘱小乔:"哎,给你姐姐拿件衣裳来!"

孙策这一句掷地有声,好似还带着些许回音,大乔臊得双手捂面:"孙伯符!你看你出的什么馊主意!"

几人虽不欢而散,对于城中形势的推测却无半分差池。方入秋时,陆康便伤了风,可他坚持带兵上阵,病势愈发沉重。见陆康卧病不起,陆家其他旁系子孙非但不同仇敌忾,反而暗自角力,互相贼害,导致这为数不多的守城军分崩离析,大有内讧之嫌。

更过分的是这几名偏房公子皆不似陆康那般体恤百姓,关闭粮仓,停止发粮,城中饥民暴动,弃家舍田逃遁者数以百计。

是日蒋钦娶妻,十村八乡的乡亲皆来捧场,孙策早已做好准备,拉来数十石米粮,令伙夫队架起大灶,来者不拒,全部管饱。

饥饿多日的百姓终于得以饱餐,脸上的神色却毫不轻松。不知是谁带头唱起了巢湖民调,众人皆涕泪满眼,伤怀不已。

孙策与周瑜身着常服混迹其中,本计划趁机讲演一番,好收拢民心,此时却说不出一字一句,交换罢眼神,便一道早早回营去了。

中军帐里,孙策将沙盘摆好,而后将代表攻城军的棋子顺手抛与周瑜:"考验你我默契的时候到了,现下这支军队交与你,你打算从何处攻城?"

周瑜不假思索,将棋子定定落在城北门处。孙策双眸精光一闪,嘴角那一抹赖笑已完全将自己出卖:"为何要从城北打?可有什么根据?"

周瑜明白,孙策是明知故问,却仍照实回道:"我们屯兵于城南,于情于理,从北面攻城皆是南辕北辙。可正因如此,北面城门乃是驻军最薄弱之处。此外,根据探子所报,现下在北城门驻守的,是陆康的外侄孙,并不姓陆,故而威望最低,最不被人看好。"

"可若要率两千大军绕过乔将军的驻地,前往城北,定会被现下当值的裨将阻遏,若是祸起萧墙,可该如何是好?"

周瑜一指蒋钦娶妻的小村,轻笑道:"从此处借道,绕不了两三里地,便能顺利到达城北,何消取道他人驻地?"

孙策不禁抚掌大笑:"到底是公瑾,与我心有戚戚!来人!即刻招几位将军入帐,商议攻城事宜!"

围城半年,战机忽现,自是不可贻误,周瑜却一把按住孙策的肩,沉声道:"伯符,拜托你,万不可伤害城中百姓……另外,陆明府已经老迈,姑且放他一马罢。"

是日乃是攻城之期,一大清早,众将士便整齐列队,只待孙策一声令下,就要冲锋陷阵,攻城而去。

连新婚的蒋钦亦回到营中,与大家一道,同仇敌忾。吕蒙看到蒋钦,挤眉弄眼,用手肘撞撞他的肩:"新姑爷回来了?你家夫人倒也舍得……"

蒋钦红着脸推开吕蒙,双眉紧蹙似怒,嘴角却藏着一抹掩饰不住的笑:"去去去,阿蒙你不好好列队,瞎打听什么!"

吕蒙坏笑着,复倚在蒋钦肩上:"蒋队率怎的这么小气?那日你成亲,兄弟们又是搬猪又是宰羊,累得半死,你这就翻脸不认人了?"

韩当正检阅队伍,远远看到吕蒙歪斜在蒋钦身上嘟嘟囔囔,便知道他一定在插科打诨,说些屁话。这小子什么都好,就是身上带着些许痞气,管理起来有些头疼。韩当大步上前,一脚踹在吕蒙的屁股上:"不要闲谈,好好列队!"

韩当这一脚,差点踹折了吕蒙这少年人的小腰,他不情愿地拍拍屁股,老老实实走上前,站在周泰之侧。周泰虽身长九尺有余,却性情温良,军中之人多与他交好。吕蒙亦不例外,此时他靠在周泰身畔,低声道:"阿钦简直昧了良心,那日他成亲,你为他搬了几头牛,现下他有了媳妇便忘了兄弟,真是……"

周泰笑得极其憨厚,从怀中掏出一只布包,轻轻打开,示与吕蒙:"才不是,你看,阿钦一早还给我带了火烧呢。阿蒙,你今日话咋这多,是不是……要打仗紧张害怕了?"

确实,此战乃吕蒙人生第一战,打从昨夜开始,他就睡不着觉。实打实的真刀真枪,肯定与在居巢给周瑜做差役不同,吕蒙摩拳擦掌,瞪眼瞪到了大天亮。

可吕蒙正是爱面子的年纪,哪里肯承认:"瞎说!我才不会紧……紧张……"

正当两人闲谈时,孙策一身戎装,行至众人之前。士兵们皆本能地缄口不语,只见孙策神采奕奕,高声道:"程将军、黄将军与朱将军部与我同行,韩将军部暂时留驻!"

搞了半天,自己这一队竟然被留下了,吕蒙霎时泄了气,眼睁睁看着孙策带着数百人,浩浩荡荡出营,向城北赶去。

大乔亦立在帐门口,望着那金盔银甲的身影出神。春花秋月早已了无痕,少女的烦忧却未曾停歇,汹涌如巢湖之水。

小乔看出大乔有心事,在旁揶揄:"姐姐别愁啊,今日攻城,看孙伯符十拿九稳,这庐江太守如囊中取物。等他坐上了太守之位,爹爹不就会将姐姐许给他了吗?届时你们就能双宿双栖,也不枉费姐姐澡也洗了,裤腰带也交换了!"

小乔开罢玩笑,拔腿便跑。大乔佯作气恼状:"这孩子,瞎说什么呀。"心里却愈发难安。打小开始,她见证过父亲无数次的出征,却未有一次不悬心,现下加上孙策,亦是牵肠挂肚。

什么庐江太守之位,她根本未放在心上,挂念的唯有他的安危。父亲的伤势与行踪,亦是扑朔迷离。看着在远处玩耍的小乔,大乔满心艳羡,却并不想与她易地而处。

毕竟只要小乔能快乐,大乔便能心安几分了。

舒城北门处,城门紧闭。孙策手握银枪,立于一射之地外,红绸披风随风飘舞,更衬得这少年郎意气峥嵘。北门城楼上,守城士兵严阵以待,却是疲惫满眼,毕竟内忧外患,难以饱餐,又有何心力谈什么家国理想。打从陆康病重,城里便未再开仓放粮,短短一两月间,数百饥民饿死街头。家中但凡有门道的,皆弃城而去,守城之兵亦锐减了三两成,现下立在城头的,有些不过是十一二岁的孩子。

本以为孙策会率部强攻,谁承想他只是站在原处,一动未动,对于城门上的喊话,亦是一概不应。不知过了多久,孙策问身侧的程普:"程将军,几时了?"

"回少将军,巳时二刻将至。"

前几日蒋钦成亲时,城内不少饥民跑出城来蹭食。孙策令手下人暗暗告知,今日巳时二刻,会在北城门外放粮。现下时辰将至,城门内外却毫无动静。程普与黄盖不由面面相觑,珠黄眼眸中满是隐忧。

孙策实在太年轻了,与周瑜两人皆未有功业,此招究竟能否奏效,实未可知。围城已有半载,若再无斩获,袁术必会兴师问罪。想到这里,程普与黄盖长叹短叹一声接一声,怎么也停不下来。

孙策却毫无忧虑之色,他沉声定气,对朱治道:"朱将军,开米仓。"

朱治拱手领命,大手一挥。几十名士兵抬来十余口大缸,掀开竹盖,只见缸内满满混盛着黍米等粗细粮。

时辰已至,城门内却仍未有分毫响动,几位老将都已沉不住气了,却又不知该如何规劝。可孙策仍手握十二锋银枪,立在北风中,一动不动。

严寒冬月,潮气遇冷风,凝成小冰凌,簌簌落在众人身上。不消多时,孙策的红绸披风便蒙上了一层薄薄的霜雪,他鼻尖微红,长睫毛上挂着细霜,嘴角却泛着一抹不羁的笑意。身后百人士兵冷得直跺脚,众人皆小声议论:此计颇为荒诞,只怕不成。

正在这时,城门内传来了一阵骚动声,似有百姓与守城士兵冲突。孙策紧紧握拳,手心中细汗涔涔,面上仍不动声色。约莫一盏茶的工夫,随着"嚯"的一声巨响,北城门吊桥应声落地,数百名饥民轰然而出。

虽在意料之中,孙策却仍吓了一跳。守城之军见饥民纷纷外涌难以阻拦,竟让弓箭手登高放箭。孙策见此大怒,挥手吩咐:"快!放箭掩护百姓!"

朱治一拍孙策的肩:"少将军,不忙!"

孙策顺着朱治手势定睛看去,只见城头那些三三两两的守城军似是因为意见不合而内讧,竟在城头打了起来。

也是了,这守城将士多是舒城子弟,与孙策部如何拼命便罢,怎可能真的用箭锋对准自己的亲人。

与此同时,西东南三面鸣镝声四起,昭示着周瑜与韩当正率众佯攻三面城门。此计意在声东击西,好让这三面城门守军无法前去增援。孙策得此信号,满面兴奋,翻身跨上战马,挥舞银枪,身先士卒:"机不可失,快随我攻城!"

## 第四十六章 驽马徘徊

北风吹断马嘶,气温骤降,细碎的冰凌渐渐转作漫天飞雪,纷纷扬扬洒落巢湖,不消片刻,浩浩汤汤的湖面便凝起了一层薄冰。

军营中,极少看到下雪的小乔异常兴奋,她穿着花夹单衣立在风雪中,抬起小手接碎琼乱玉,笑容比白雪更纯美。

大乔倚着东篱,望着籁籁落雪,却忘了给小乔添衣,脑中只想着大雪之下,攻城必定会受阻遏,孙策又当如何随机应变呢?

确如大乔所想,今冬的寒冷对于江南实属罕见。可利弊交互,受风雪影响的又何止攻城之军?

今年入冬早,舒城内未曾囤积布匹,守城士兵们只着单衣,难以抵挡冰冷的甲片。不过几日间,便有百余人冻病冻伤。而其余未生病的,缩着脖颈立在冷风中,业已疲惫满面。不消说,漫长的守城之期已将他们的意志消磨殆尽。陆康病重后,剩下的几名将领只顾争权夺利,互相贼害,朝令夕改,更是令他们无所适从。饥寒交迫间,飞雪满天,景致悲凉,攻城军的鸣镝杀喊,更似四面楚歌。守城将士不由两股战战,握弓举剑的手早已端不安稳。

随着一声高喊,百余骑兵跟随挺枪冲锋的孙策逆人流而上,气势如虹地闯入了舒城中。然而他们预计中的喊杀却并未响起,亦未遇到像样的抵抗,阡陌民舍皆湮没在漫天风雪中,店铺早已关张,民生凋敝。孙策仅靠这百余骑兵便轻而易举地俘虏了城中数百守军,唯独不见陆康的身影。

周瑜、黄盖和韩当分三路先后率军开进,遥见孙策正叉腰立在市中,指挥士兵向百姓散发米粮。饥民排起长队,一眼望不到尽头。本以为死期已至,未承想今日还有发粮发米的好事,饥民们从士兵手中领过菽粟五斤,无不涕零感激,含泪声声唤着"少将军"。

从万人唾弃到受人拥戴,形势突转,孙策颇有些不好意思,笑对众人道:"不必这般客套,叫我孙郎便好……"

周瑜远远听得此言,心中暗笑孙策此时还要耍帅,脚步却一刻不停。孙策看到周瑜,即刻快步走下高台相迎,兴奋道:"公瑾,你的计策真是管用!守军果如你所意料,已然无心打仗了。"

舒城乃周瑜家乡,看到城垣破败,百姓饥荒,他心中万般不是滋味。才不过大半年时间,这庐江郡的治所便天翻地覆、轻歌不再。可这一切并非一人之过,既赖不得陆康,更怪不得孙策。周瑜压下情绪,太息道:"幸亏如此,否则短兵相接,势必要有伤亡。对了,陆明府人在何处?"

正当此时,旁侧忽然传来一声猝倒之音。孙策与周瑜循声望去,但见一布衣男子被周泰死死按在地上,程普挥舞大刀,从旁啐道:"你是何人?竟敢擅闯,可是活得不耐烦了?!"

"程将军刀下留人!"周瑜大声一喝,与孙策走上前来。

程普见此,赶忙放下大刀,拱手向孙策一礼。孙策瞥了那人一眼,俊眉紧蹙:"怎么回事?"

"回少将军,此人无视护卫警告,突然闯入,末将担心他心怀不轨,故而令人拿下。"

说话间,蒋钦已将那人浑身上下搜了个遍,回身道:"禀告少将军,此人并未携带凶器。"

孙策挥手道:"把他放开,让他自己说话。"

"是!"周泰拱手领命,起身退至一旁。

那人喘息几声,望着孙策,犹如见到了阎王,浑身抖如筛糠:"小人……是陆家仆役,我家家公说要见你……"

程普重重一哼,反手将刀又架在了那人脖颈上:"陆康治家治军皆严谨,手下会有你这样的窝囊废?你有何证据,证明自己是陆家的人?"

那人哆嗦着从裤腰中摸出一块腰牌,上书一个"陆"字,递与旁侧侍卫。蒋钦与程普都没有接,倒是周泰接过,左看右看了一番。

孙策嫌恶又好笑:"你怎的藏在裆里?"

那人哭丧着脸:"匪盗太多,家公身侧的家丁只剩我一个,我无论如何也不能丢了这牌子……"

孙策神情复杂,笑叹道:"你倒也忠心,我也正想见见陆明府,他人在何处?"

"在……在……"那人因害怕,双唇颤抖不止,半晌也说不清楚。

一向心直口快的黄盖按捺不住,上前夺过程普手中的大刀:"你这人怎的这么磨蹭!要说就快说!"

黄盖愈是如此,这人便愈是害怕,浑身哆嗦脸色发白,吓得不见三魂七魄。

周瑜赶忙上前阻拦:"黄将军莫急,让我问问他。"

周瑜蹲下身,以舒城方言与那人闲聊几句,那人才定了心神,磕巴回道:"若……若是想见我家家公,得跟我走。但家公说了,你要是去的话,只能一个人去……"

黄盖复将被周瑜压下的大刀举起,愤愤道:"一派胡言!这定是你们的计策,欲加害于我们少将军,我等岂能上当!"

"慢。"孙策拍拍黄盖的肩,继续问:"方才我们已搜过陆家,将府中所有人清点,并未见到陆明府与他夫人,而你现下拿着腰牌蹿出来,说要带我去见陆明府,实在有些蹊跷。你想好了慢慢说,我如何才能相信你?"

程普黄盖真是凶神恶煞,好在周瑜与孙策倒算和气,那人好容易喘匀了气:"你既已搜过家,定已听说家公一个月前便病重了。小的是家公的使唤差役,随他出城静养,今日他猜到城中会有变故,特意让我前来相请……家公说,你若不信,便提三年前舒城求见之事,听到这,你便会随我走了。"

三年前,孙策来舒城寻周瑜时,曾求见于陆康,可陆康好似并未将他放在眼里,只派了主簿三言两语将他打发。此事只有陆康、周瑜与孙策三人知晓,想来此人应确实是陆康所派。

孙策身子一僵,闭眼轻笑:"也是了,三年过去,我以为那老糊涂早已忘了,上次在他府中相见,他也装模作样未曾提起,今日却这么说……罢了,带我去见见他。"

黄盖程普与蒋钦周泰皆惊:"少将军三思啊!"

孙策将银枪横过,歪嘴坏笑:"我若是连个风烛残年的老头子都怕,畏畏缩缩岂不让人笑话!"

这时,有士兵来报,向蒋钦嘀咕了几句。蒋钦微微颔首,上前对周瑜耳语道:"周明廷,现已查明,城中部曲皆已被我部俘获,人数核对完全,并无漏网之鱼。"

周瑜心中有了底,前来对孙策轻揖:"路上稳当些。"

孙策回身一揖,挑眉冲周瑜一笑:"你放心,打小与你在此同住数年,这里的一切我都很熟稔。帮我把各部归拢,我去去就来。"

语罢,孙策抄起十二锋银枪,飞身上马,对那差役道:"头前带路。"

晌午时分,孙策冒着大雪,与那差役出城来到巢湖畔的一座小山下。漫天大雪依旧,在青石板阶上堆积盈尺,红绸披风飘动,孙策踏着满地琼花拾级而上。

步履难行,好在丘陵低矮,约莫一盏茶的工夫,两人来到半山一座寺院门口。看门的小沙弥看到那差役,一言未发便打开了斑驳的庙门。

寺院不大,香火袅袅,近湖方向立着一座三重檐塔楼,飞檐下铜铃摇曳,泠泠作响,却显得这小庙愈发幽静。

拐过一段狭窄又曲折的回廊,登上重重木质台阶,孙策来到塔楼之顶,只见陆康佝偻着身子,歪在窗前窄榻上,一位老妇正在喂他食粥。听到动静,陆康示意老妇放下碗盏和木勺,艰难地转过身子:"你来了。"

孙策见陆康挣扎着,撑扶手欲起身,却因病势缠绵而颤颤巍巍不得行,赶忙将银枪放在一旁,上前搀过他:"你这老头怎么搞的?先前不是还力气很大,站在城门楼上骂我,怎的忽然病成这样了……"

陆康在孙策的搀扶下,行至软席而坐,饱经沧桑的面庞涨红,下颌抵在胸口上,已全然坐不直,喘息如鹤唳风鸣。

那老妇踟蹰而上,在侧扶稳陆康,含泪对孙策道:"明府自入秋便生病卧榻,难为孙少将军来看……"

虽是战场上的对手,孙策亦不忍见一个七旬老人如此,他眸色沉重,不悦道:"既已生病,为何不早点说明,寻名医来诊治,现下拖成这样,让我心里如何好受!"

陆康咳喘两声,抖抖拿出绢帕拭口,徐徐喘息:"老夫曾向先帝牌位发誓,能战一日,便战一日,誓死要保护舒城百姓……可老夫未能做到,真是无颜下九泉见先帝……不过你在城外的作为,老夫听说了,孟夫子曰:'得天下有道,得其民,斯得天下',你做得不错,老夫输得心服口服。"

"现下莫说这些了,"孙策心急不已,"我去把公瑾找来,他曾拜在神医门下,颇通医理,我让他给你瞧瞧。"

陆康又咳了几声,摆着虬枝般干枯的手,示意孙策坐下:"病在骨髓,即便扁鹊在世,亦医不得。你且坐下,我有话与你说。"

孙策只得老老实实坐定,本以为陆康定会说些让他爱护舒城百姓、秋毫无犯之类,谁知他却缓缓道:"那年你父亲去世后,你曾来舒城求见于我,当时我只是让主簿接见,听闻你十分生气,觉得老夫不念当年你父亲救我内侄之恩,可有此事?"

彼时是孙坚过世后第二年,兵权被夺,孙策走投无路,来舒城寻周瑜,亦上拜帖求见庐江太守陆康,谁知却吃了闭门羹。孙策以为陆康见孙家失势,刻意刁难,心中十分窝火,现下提起,仍是气不打一处来:"你这老汉,还好意思说?外界人都说你如何风度,如何爱民,怎的你见我孙家失势,就派小吏打发我……"

陆康见孙策如此,轻笑起来,夹杂着肺胁间深深的咳喘声:"还气呢……你定是觉得我仗势欺人,因你父亲去世,便看不起你孙家后进。不过,你小子一定不知道,在那之前,我就已经见过你了。"

孙策一怔,惊问:"什么时候?我怎的不知道?"

"你可还记得,在舒城内遇到的那个坐在石头上的老伯吗?"

孙策挠头细细回溯,霎时间,尘封的记忆逆流袭来。彼时他还在守孝,迫于家计,急需寻一份差事来做,便策马去府衙寻陆康。然而府衙位于城东南,周瑜家却在城西北,孙策绕过阡陌街巷,不知道该往何处去,碰巧看见路边大石上倚着一位斗笠蓑衣的老人,便上前问路。

看到孙策神情发窘,陆康笑叹:"那时我远远见你策马而来,容貌气度,应是这世间一等一的儿郎。哪知你到了近前,却马也不下,兜头便问:'老头,府衙怎么走?'你说说,换作是你,遇见如此无礼的年轻人来求官,你会答应吗?当官不是为了做人上人,而是应当体恤百姓之苦。若只因对方衣着朴素,便出言不逊,这样的人做了父母官,会真的疼惜百姓吗?会真的爱民如子吗?"

孙策支支吾吾,搔首道:"你这话,说是不冤我,其实也冤了我。我并非因为你衣着朴素,我就是……我就是这么说话的人……"

"老夫明白,你年少气盛,不懂得做人的规矩。可好勇斗狠,终非善途……如今公瑾规劝着你,你也规矩多了,老夫便放心了……"

这话似曾相识,孙策眉头一蹙,张仲景弹他在眉心的那一记脑瓜崩在脑中闪现,他不禁下意识地一捂前额,沉吟问:"老头……啊不,陆明府,你认识张仲景太守吗?"

舒城中,周瑜依照孙策所言,配合着几位将军,将战俘归拢,登记在册。

正当一切有条不紊地进行时,蒋钦飞奔上前,拱手道:"韩将军、朱将军、周明廷,距我营地十五里处,忽有三千人大军来袭,未执战旗,不知是何人的部队……"

众人皆惊,只听周瑜问:"昨日已在庐阳设岗,未听有人通报,这部队怎来得这样快?"

蒋钦一路狂奔而来,口中腥甜,似是因为天气太冷而鼻腔出血,可他无暇自顾,边喘边回:"蹊跷的正在此,那三千人身后追逐着几百只大黑鸟,我们的人来报时,浑身已被扎透,未及医治就一命呜呼了!"

周瑜面色一沉,拱手对几人一礼,蹙眉道:"劳烦列位将军守在此处,周某过去看看。"

还不等朱治韩当反应过来,周瑜便翻身上马,疾驰而去,韩当见此,急对蒋钦道:"愣着干什么?还不快带你的人,一路跟上周明廷!"

军营中,大乔听闻孙策已攻克舒城,高悬的心终于放下。想来他攻城一日,定未得及用饭,大乔找出红泥小炉,在帐中为他烧些可口的菜肴。

谁知小炉还未散清香,便听得一阵疾驰马声,大乔寻声出帐,只见来人居然是周瑜。

漫天风雪里,周瑜眉头紧锁,面色凝重,他看出大乔一瞬脸色煞白,赶忙宽慰:"伯符好好的,周身无虞,姑娘不必挂心。周某前来,是想问姑娘,当时配下那解鸟毒的药丸,可还有吗?"

"还有,周明廷稍等,我这就去拿。"语罢,大乔罗裙轻摆,转回帐中。

小乔亦已听闻大胜的消息,自是欣喜,连蹦带跳从远处跑回,遥望见周瑜,她却愣在原地,清亮的眼波微动。

周瑜回眸一望,见小乔一身单衣,赶忙解下玄色披风,上前搭在她肩头:"天寒风冻,大雪绵绵,姑娘怎穿得这般单薄。"

晶莹的雪花落在了小乔鬓发间,一片苍茫下,这世间好似只剩下她与周瑜两人。小乔小脸鲜妍,如雪中红梅,长睫毛抖落玉絮,好一阵说不出话来。

说时迟那时快,大乔将十余瓶药丸裹在包袱内,出帐递与周瑜。周瑜未做耽搁,拱手一谢,复翻身上马,极速驾马离去。

见小乔一直愣着发呆,大乔走上轻拂她白嫩的前额:"怎的愣愣的,可是冻病了?"

谁知小乔一把抓住大乔的手,眸中漾着异常欢悦的光彩:"姐姐,周公瑾他……他穿了我做的衣裳!"

## 第四十七章 枝节横生

飞檐阁楼之顶,陆康说多了话,残喘太息,良久难止。孙策跪直身子,寒星般的眼眸中满是担忧:"我还是把公瑾叫来罢,你这么咳,不吃药可怎么行啊……"

陆康面色涨红,呼吸急促:"你这愣小子……老夫现下是与阎王讨时间,你叫公瑾来有何用?你问老夫是否认识张明府,究竟何意?"

"没什么,"孙策神情讪讪,"只是方才你说的话,老张头也对我说过,什么'好勇斗狠'之类的,还总让我喝些驱肝火的药……"

陆康苍老的面颊上皱纹堆叠,褪去甲衣的他,不过是个慈祥的老者,他边笑边咳:"张明府到底是神医啊……不过'人之将死其言也善',老夫今日寻你来,并非只为与你叙旧,而是有……要、要紧的事……"

陆康说着说着,身子蓦然一软,倚在陆夫人肩头,大口吐气。陆夫人含泪为陆康顺气,可他越咳越重,并未有分毫转圜。孙策见此,十分不忍:"人都这样了,还说什么?我扶你回榻上,你先歇着,若要说什么,明日我再来。"

陆康使出全身之力,一把握住孙策的手:"哪知还有没有明日,你……扶老夫到榻上去……"

孙策无法,只好依陆康所言,架起他回卧榻上,只见陆康眼窝青黑,胸胁间起伏不定,过了良久,才舒缓过来:"如今……天下这般不太平,百姓急需休养生息,为何你却反其道而行之,跟着袁术那心术不正之人,为他打天下?这……这可是助纣为虐!更何况此人善妒狭隘、朝令夕改,你在他帐下定难有作为……"

孙策想起先前事,心下憋闷:"可不是吗!我初到寿春时,他曾许我九江太守,临了却又反悔,转手许给了他的心腹陈纪……可我父亲旧部皆在他麾下,我舅父与两个堂哥亦在他军中效力。若不为他建功立业,便不能拥有半营之兵,何谈继承父亲的遗志……"

"可你应当知晓,你父亲是多么忠于汉室!"陆康说着,情绪激动,早已没了光彩的双目死死锁着孙策,"当初他在江东举义兵,先讨黄巾,再伐董卓,出生入死,扶当今圣上于危难……可他并未有半分贪恋权力,不似曹贼那般,挟天子以令诸侯,而是偃旗息鼓,息武退兵!可惜时运不利,如此仁将,竟卒于草莽乱箭之下……现如今,你却倚仗武力,抢夺汉家的天下!这样的事,你父亲何尝做过?你又何谈继承你父亲遗愿!"

陆康这一席话,仿佛耗尽了他所剩无几的气力,他倚在榻上,凝神许久未语。

孙策亦半晌没回话,末了叹道:"你说的不错……也许我并不明白我父亲的遗志究竟是什么,我只是希望像他一样,成为一个能征善战、受人敬仰的将军。但我并非天性如此,从我记事起,父亲时常不在家,母亲带着我和我的弟妹,辗转多处,颠沛流离。小时候我不懂事,常问母亲父亲到底什么时候回家。母亲便对我说,等打完了仗父亲就会回来,回到我们身边,再不离开……可无论我父亲在你们眼中多么忠勇,甚至立下'破黄巾、驱董卓'的丰功伟绩,战乱却并未止息,甚至愈演愈烈,直至他死去,亦未有半分平息!今日你以我父亲遗愿相挟,可是要我摒弃袁术、效忠汉室?可汉室在何处?我即便为汉室打天下,增强的也只会是曹操的实力!若不想黎民遭殃,唯有将他们护在自己的羽翼之下,若说其他,皆是枉然!"

陆康依旧闭目凝神没有接话,孙策心下一慌,心想难道是自己话说太重,直接把这老头气死了?他方欲探手去摸陆康鼻息,却听他忽然叹道:"老夫生于治世,所以看天下起兵之人皆为叛逆。而你生逢乱世,心中所想,便是举义兵以对抗不义之兵,方能保一方太平。老夫位居九卿,仕宦卅载,却未看到这世道变迁,实在鲁钝。这天下,已不是我们这些老朽的天下了,到底是该死的人了……"

陆康这一席话,反令孙策不是滋味,眼前这老人已病入膏肓,他又为何要来评价与摧毁他七十余载的理想与信念。

孙策未想清该如何劝慰,只见陆康再次铆足气力,将枯枝般的大手死死握住他的手:"孙伯符,不论你将来如何了得,无论你是位极人臣,还是拥兵自立,你必须答应老夫,成为庐江太守后,你要保整个庐江太平,你、你必须保庐江太平,否则老夫……死不瞑目!"

再多的巧言,也不如一语承诺,孙策起身避席而拜:"晚生孙伯符在此发誓,必当倾尽一己之力,守护庐江安宁!"

看到孙策立下誓言,陆康胸中块垒霍然落地,他长长舒了口气,平躺于榻,胸口起伏愈发微弱:"好……只要你与公瑾在,庐江应当不会遭殃……公瑾是个好孩子,有王佐之才,他如此看重你,定是有原因的,老夫……放心……"

孙策起身,为陆康盖好薄被:"既然知道自己岁数大了,就少操些心,好歹享几日清福啊。"

陆康已抬不起眼皮,喉间小声哼道:"伯符啊,这半年你受了不少气,若是心里不痛快,就……跟我这老头子撒一撒罢。我那几个后生不成器,却非十恶不赦,还请你……放他们一条生路。还有绩儿和逊儿,他们两个尚且年幼,日后若是方便,还请你关照几分……"

"那日攻城,程将军已杀了你家三口男丁,你老头儿白发人送黑发人,心中承受的苦痛比我多多了,我哪里还有什么怨气。"

陆康微微点点头,苍白凹陷的面颊上浮起了一抹不易察觉的笑意。一直沉默在侧的陆夫人双眼含泪,上前对孙策拜道:"多谢孙少将军!"

"折煞人了,陆夫人快请起!"

"孙少将军只怕还有许多事要处理,便不再耽搁你了,老身在此陪伴明府便好。趁着雪还未积得走不了路前,少将军快下山罢。"

孙策看看陆康,见他神态甚是安详,便拱手对陆夫人一礼:"那……孙某得空再来看陆明府。"

孙策起身欲走,陆夫人却忽然想起一事,取出枕下锦囊,递与孙策:"明府竟把这个忘了,他先前特意备好,欲送与少将军。日后少将军若要离开庐江,再打开看罢。"

孙策一脸懵懂,却还是好好接过锦囊,冲陆夫人拱手一礼,拿起银枪走下了重楼。

大雪依旧,万籁俱寂,唯有琼花飞落之声簌簌。舒城终于攻破,孙策却无想象中那般欢悦,甚至陡然泛起了几分怅然。人活一世,功业与名望皆是过眼云烟,谁能想到,陆康这样位列九卿的重臣,临终将去,相伴在侧的除了垂暮老妇,便是青灯古佛。

结发为夫妻,恩爱两不疑。孙策立在风雪中,任由雪花沾衣。此时此刻,他忽然非常思念大乔,若是能与她这般相携到老,该有多好。

舒城外十里处,周瑜冒着大雪御马疾驰。雪拥马前,步履维艰,可周瑜依然全力打马,转过山区终于见到了那支旗帜不明的队伍。其后,百余只大鸟遮天蔽日,仿若流云般,让本已黑压压的天幕显得愈发暗沉。

蒋钦率百人队伍,使出吃奶的劲儿才追上了周瑜,他策马上前,焦急道:"周明廷,怕是来者不善,我们快躲一躲罢!"

那无帜军队足有两三千人,怪鸟不过百余,却仍追得他们丢盔卸甲,血溅三尺。周瑜快马加鞭迎向飞鸟,猝然冲进了密密麻麻的鸟阵之中。

蒋钦等人皆吓得不见三魂七魄,赶忙挽弓搭箭,欲掩护周瑜。正当此时,四下里一声笛响,那鸟群迷离一瞬后,便如同活水一般流动开来,振翅互鸣,扶摇而上,盘旋于顶,而后相携飞走了。

此时蒋钦方看清,那横笛徐吹者不是别人,正是周瑜本人,他不由抚掌叹道:"嚯,好一个'曲有误周郎顾',真是了不得。"

沙沙落雪中,受伤士兵吟哦不止,周瑜将药瓶分给蒋钦等人:"劳烦蒋队率与众位兄弟,给这些受伤士兵每人一粒,让他们尽快吞下。"

周瑜竟也不问这些士兵究竟是谁,便让他们去救人?蒋钦不禁疑惑,可想来周瑜一向筹谋深远,便拱手一礼,照他吩咐行动去了。

果然,打头处,马车帘帐一掀,乔蕤在裨将的搀扶下缓步走下。虽然隔着纷扬雪花,但周瑜依然能看出乔蕤面色不太好,可他并不肯服输,仍是戎装,披坚执锐。见到周瑜后,乔蕤推开身侧裨将,拱手对周瑜道:"原来是周明廷,多谢解围之恩……只是这鸟究竟从何而来,又为何会听周明廷指挥,实在令乔某诧异。"

不是说乔蕤兵败重伤,回寿春休养了吗?怎的又出现在此处?蒋钦心生疑虑,与手下人耳语几句,令他速速回报韩当。

周瑜轻笑一声,未正面回应乔蕤的疑问:"乔将军来得正好。今日伯符已率部攻克舒城,将城中守军全部俘获,现下正清点人数。请乔将军上车,周某为你开路。"

## 第四十八章 烈烈北风

孙策军下,程普、黄盖与韩当、朱治皆久经沙场,对于攻城略地十分熟稔。即便孙策与周瑜不在,他们亦能将城中事处理得井井有条。及至落日时分,舒城内外城防便皆已换作了孙策部下。

孙策吩咐手下,宽待陆家诸人,而后便率众策马回营。此一战竟未损兵折将,营中驻守不顾天寒霜冻,夹道欢庆,百余人熙熙攘攘挤在辕门处,齐声高喊:"威武!威武!威武!"

欢呼声如山呼海啸,可孙策的目光只定定锁着灯火阑珊处那单薄的身影。大乔秉绝色姿容,即便立在人群之后亦十分出挑,她眉眼含笑,望着那高头骏马上的英武身姿,神情无比温柔。四目交汇一瞬,她羞颜飞红,望向旁处,不敢与孙策相视。

孙策看出大乔羞赧,可她愈是这般,他便愈是不愿放手。孙策翻身下马,穿过恭贺的人群,径直来到大乔身前,不顾左右目光,一把抓住她的双手,挤眼轻笑道:"莹儿,我回来了,今日攻城,害你担心了罢。"

大乔显然未想到,孙策未理会众人,而是直接来到自己身前,她面色涨红难堪,欲将小手抽出。孙策却好死不死地拽着,不给她抽离的机会。大乔抬眼一瞋,低低嘟囔着,好似是对孙策,又像对他身后某人道:"爹……"

爹？孙策身子一凛，回身而望，只见乔蕤与周瑜一道立在不远处，他一时尴尬，反身迎上，对乔蕤一礼道："先前听闻乔将军抱恙，孙某心中十分焦急，现下见将军无虞，便、便安心了。"

孙策这一席话发自真心，说出来却显得有些不真诚，他原是颇善辞令之人，此时此刻却暗骂自己嘴笨。所幸乔蕤并未放在心上，对孙策回礼道："孙少将军辛苦，烦请入我帐来，本将军有要事与孙少将军协商。"

乔蕤面色不佳，神情更是有些阴郁。孙策不明所以，却少不得拱手称是，嘱咐过几名老将后，随乔蕤一道向营地走去。

下了整整一日的大雪终于停了，南国深冬，难得这般莹白清净。人群仍在欢庆胜利，大乔却一点也乐不出来。今日一见父亲，霎时觉得他老了许多，眸色深沉，欲言又止，似是有什么难言之隐。现下见父亲将孙策叫去，大乔的心更是提到了嗓子眼。攻城虽顺利，往后诸事却不知能否如愿，可除了无止境地等待，她又能做什么呢？即便有张良计傍身，在亲情与爱人间亦难两全，大乔立在茫茫大雪间，一颗心却似放在滚水中，沸腾不安。

周瑜与大乔一样，亦尚未放下高悬的心。今日前脚才破舒城，那怪鸟便后脚跟来，成群结队竟有百余只，重伤乔蕤麾下数百人。而几日之前，孙策已将李丰暗结黄祖之证据种种，派人快马加鞭传至寿春报与袁术，按理说，即便李丰有同谋，亦该收敛，怎还会酿出如此血案？

人命关天，周瑜来不及细想，只顾四处收罗药材，为那些仍因鸟毒而痛苦挣扎的士兵治病。可他脑中有个隐隐的念头盘旋，好似黟山一别，那山顶吹笛之人并未收手，反有几分大幕初启、尽情玩味的意味了。

军帐内，乔蕤缓步走上软席。虽是隆冬时节，他却虚汗满头。孙策觉察乔蕤身子不佳，若有所思："乔将军伤病还未痊愈，便迅速赶来，可是有什么顶要紧的事？"

乔蕤摆手示意孙策坐下，而后从随身的药包中取出白天竹片，压在舌下含住镇咳："孙少将军，前几日你可有往寿春送信，向主公汇报我帐下裨将李丰通敌叛逆？"

"孙某所报,桩桩件件皆有真凭实据,乔将军难道要护短吗?"虽尽力控制自己不去想三年前乔蕤携带辎重拖延渡江之事,亦不愿将父亲遇害怪罪在他身上,可心中难免会有芥蒂,此话方脱口,孙策便十足懊悔。

好在乔蕤未深究他言语中的冲撞之意,边咳边道:"现下哪里是本将军如何?主公看了你所奏报的文书,勃然大怒!李丰更是趁机告状,称你嫉妒同僚,刚愎自用,围城一战迁延自顾,只会纸上谈兵,不肯与之配合攻城……主公一怒之下,欲上表朝廷,废了你这怀义校尉,这是文书,少将军自己看罢。"

打从曹操吞并徐州后,袁术心心念念所想,便是开疆拓土、争权夺势。乔蕤战败,令袁术丧失了占据徐州的良机,恰逢此时,他又接到孙策揭发李丰的密函,自是气不打一处来,只顾恼怒孙策未速速攻克庐江,哪里还顾得上旁的。

不消说,此次确实筹谋不慎,没顾及徐州战败对袁术心情的影响,可他这样一位"主公",任性跋扈,识人不明,如此愚蠢,又如何指望他能选贤任能?

孙策又气又好笑,面上却不好表露出来。乔蕤如何能看不出他的委屈,叹道:"好在你今日攻城得胜,本将军已派人将此消息传回寿春,或许能令主公回转心意……否则,少将军这庐江太守之位,只怕堪忧了。"

这庐江太守之位,不仅事关能否西进征讨黄祖刘表,为父复仇,亦关系到能否娶大乔为妻。想到这里,孙策背后蓦然一凉,他拱手冲乔蕤一礼,沉声道:"有劳乔将军。"

待伙夫队备好了今日晚餐,周瑜便借伙房炉灶来烹药。被鸟啄伤的士兵颇多,若不及时医治,便会有性命之忧。周瑜即刻命吕蒙前往附近村落,寻来七八口药锅,将药材细细填入其中,而后细火慢慢烘焙。

吕蒙本不是个细腻之人,自是不擅长打理药材,待准备工作做足后,周瑜让他回房休息,而后亲自看着七八口药锅。

大雪骤停,无星无月的深夜里极为寒冷,这伙房内却热气蒸腾。正当周瑜忙得不可开交之际,房门忽然吱呀一响,他头也不抬,想当然地以为来人是吕蒙:"说了你不必帮忙,笨手笨脚只会添乱,早些回去歇着罢。"

小乔嗓音清澈,如芙蓉泣露,语调却十足顽皮:"嫌我笨手笨脚,为何还穿我做的衣裳啊?"

未想到来人是小乔,周瑜自觉失礼,起身招呼道:"我以为是阿蒙,没想到是小乔姑娘……这里药气太重,不是姑娘家能待的地方,快请回罢。"

哪知小乔不肯走,上前抽过周瑜手中的蒲扇,轻轻扇着炉火:"这药方可是我试出来的,你就这么赶我走,太不像样子了罢?"

听小乔如是说,周瑜赶忙拱手笑道:"姑娘舍命相救之意,周某永志难忘,只是……"

"这不就得了,"小乔不等周瑜说完,走上前将七八个药炉扇了个遍,"按说我今日可该谢谢你呢,若非是你赶去,我父亲只怕要遭殃。"

见周瑜望着自己不答话,小乔将小手在他眼前轻晃:"怎么了?呆呆愣愣的。"

周瑜乃是想起那怪鸟,心中疑惑难解,但说与小乔无益,只会令她徒增烦扰,周瑜摇头转言道:"没什么,只是觉得小乔姑娘好像长大了,说话也像个大人的样子了。"

"可不是吗?过了年,我就十四了。"小乔明眸轻眨,冲周瑜歪头一笑,继续扇着炉火。

这一锅一锅的药,细火烘焙,再研磨成粉,调药、搓条、和丸,工序一样不少。两人一道忙活至深夜,小乔累得两条纤细的胳膊都已抬不起来,她轻轻拭去额上的细汗,坐倒捶捶瘦肩:"周郎,舒城攻克了,孙伯符做了太守,是不是就要娶我姐姐了啊。"

"若是顺利,应当如此罢……"

"那……你呢?"

"我?"周瑜不明白小乔所指何意,十足茫然。

"以后……还能见到你吗?"炉火映着小乔白皙的小脸儿,可她十分清楚,脸颊上这两片红晕,并非是火光之功。

周瑜和言善笑,似有清风朗月驻怀,他抬手拂过小乔的总角,轻道:"待你姐姐嫁了伯符,只怕你不想见我都难……"

望着眼前丰神如玉、倜傥出尘的周瑜,小乔鼻尖一酸,欲言又止:"你……什么时候回居巢?"

"待伯符安定了,我便回去了。去岁夏日巢湖涨水,百姓备受其害,我早些回去,也好早做筹谋。"

虽说孙策与周瑜交好,只要有这层关系在,日后定还会相见。可少女心事无限,闻听分离便蓦然怅惘,小乔木然颔首,眼泪落在了素玉小手上,她赶忙转向暗处,悄悄拭泪。

周瑜多少明白小乔的心思,看到她黯然伤怀,沉吟正欲宽解,却听伙房大门霍然大开,孙策咋咋呼呼走了进来,嚷道:"公瑾,你弄完了没有,怎么这么久……"

孙策方与乔蕤谈罢,有许多事欲找周瑜商量,在他帐中左等右等不来,这才来伙房寻人。哪知映入眼帘的,竟是泪眼婆娑的小乔。孙策吓了一大跳,小声问周瑜:"怎么回事?妻妹怎么哭了?"

周瑜不愿小乔难堪,随口诌道:"火光灼目,熏到了小乔姑娘,应当无妨。"

孙策将信将疑,却无心细问,急道:"你快随我来,我有要事与你商议。"

大雪初霁,一轮残月挂在梢头,守营士兵虽冷得蜷缩,却因白日破城而精神百倍,毫不懈怠。

孙策携周瑜一道走入中军帐,他想起乔蕤的话,心有不甘:"公瑾,你说,我是否要依照乔将军的建议在此傻等?那袁术脑子不知是怎么转的,反复无常,既多疑又轻信人言……听闻先前我父亲将兵时,便有小人进谗言,说我父亲有不臣之心,这袁术居然信了,当即断了我父亲的粮草。我父亲只好八百里加急赶回营去,当面陈情,这袁术便又信我父亲忠心。既然他这般爱听人当面汇报,不妨我也回寿春,与他好好说一说,总好过在这里坐以待毙?"

周瑜蹙眉思索片刻："你既已说了,在此处只能傻等,倒不妨去寿春看看,也好探探那李丰的底细。不管怎么说,这庐江太守之位,于你而言十分重要,若是能占据此处,进可攻退可守,于未来有益。"

孙策明白周瑜言辞中隐含的深意,冲他一眨眼："你放心,我明白。有了这太守之位,我很快便能娶莹儿为妻了,否则想到她要随乔将军回营,面对李丰那样的小人,我就辗转反侧,夜不能寐……若不是为了牵出更多内情,这李丰我早已留不得,准把他剁碎了喂狗!"

"今日那怪鸟又来,只怕不是什么好意头。我总感觉,这怪鸟的主人十分清楚我们的一举一动,甚至能预判我们的行动……可他究竟意欲何为,我真的一点也猜不出。"

"日子久了总会露马脚,我就不相信,凭你我二人,难道斗不过这养鸟的?"

听了孙策这话,周瑜扶额而笑："对了,陆明府身体如何?你今日与他相见,一切还顺利罢?"

孙策想起垂垂老矣的陆康,心下难受,忍不住叹息："真没想到短短半年,他就已经病成了这样。公瑾,人活一世,真是脆弱,真是无法想象,等你我老了会是什么样子……待从寿春回来,我们一道再去看看他罢。"

周瑜还没来得及答允,便见孙权匆匆掀帘而入,顾不得行礼,慌张道："兄长,大事不好!母亲方接到吴郡来信,那扬州刺史刘繇忽然与袁术翻了脸,把我们舅父从吴郡赶走,一路驱逐到了历阳……吴郡家中亦被查抄,母亲着急赶回去,特意让我来与兄长说一声。"

"什么?"孙策猛然起身,不慎碰翻了木案,茶杯碗盏淋漓翻洒,文书散落满地,可他顾不上这些,径直走上前,望着满头大汗的孙权,"舅父现下如何?可有受伤?"

"现下还不知道呢,"孙权边答边转身向外,"母亲已在收拾装车了,今夜就要出发,我得赶快回去帮忙。"

孙策与周瑜交换了神色,亦随孙权走出。果然,吴夫人与孙尚香正立在营房前的雪地里,往马车内搬东西。孙策赶忙上前拱手道："母亲别忙，我这就吩咐下去，还是由朱治将军领兵送你们回吴郡。朱将军久经沙场，忠诚老道，若有不虞能够随机应变……至于舅父那边，是否需要我们派兵去接应？"

大雪初停的午夜，冷风呼啸而过，吹落树上残雪刮过面颊，吴夫人的声音却比这寒冷冬日更加凄凉几分："不必了，你舅父已转移到安全地方，不日将赶回寿春……伯符、公瑾，你们两个要好好照应彼此，天寒地冻，一定要护好身子……"

吴夫人之言别有所指，周瑜与孙策皆明白，连忙拱手称是。见吴夫人转身欲走，竟没有旁的话吩咐，孙策赶忙一拦，一手挠头颇有几分不好意思："那个，母亲，虽说现下不是说这话的时候……可我马上要做庐江太守了，我、我打算求娶莹儿为妻……"

看出吴夫人心情不佳，孙尚香一直乖乖站在一侧，极力克制己心，就连看到周瑜都没敢有什么反应，现下听闻长兄要娶大乔，却再也没忍住，"哇"的一声叫了出来。

吴夫人瞥了孙尚香一眼，无奈一叹，对孙策道："伯符，你今日所言，是知会为娘，还是与娘商量？"

孙策急忙解释："母亲这话言重了，怎能说是知会？我与莹儿两情相悦，我……希望母亲能喜欢她……"

看着孙策渴求的目光，吴夫人不忍又心疼，大战方胜，他如此辛苦，做母亲的如何愿意在他心头剜刀？即便感觉未来之事难料，吴夫人还是松了口："伯符，你喜欢的人，娘也会喜欢的。"

果然，孙策听闻此言，神情蓦然开朗，他拱手深深一礼："母亲慢走，路上万望小心！"

吴夫人点头一应，踏上马车。孙尚香这才敢对孙策和周瑜扮了个鬼脸，亦跟随母亲上了车。

西风遒劲，只怕经此一夜，不到天明，便会残雪消融，天地间还原一片茫茫干净。而他们心中百般筹谋期许之事，究竟是能所愿得偿，还是与积雪一道消弭不知所踪呢？

## 第四十九章 半盏屠苏

耿耿星河，迟迟钟鼓。庐江至寿春的官道上，孙策与韩当连夜策马疾驰，及至晌午时分，已赶至寿春营地。

孙策本以为要颇费一番功夫才能说服袁术，未想到他阔步走入中军帐内，却看到袁术正在设宴，张勋纪灵等人悉数凑上前来，高声大呼恭喜孙策旗开得胜。

孙策与韩当皆十足茫然，迷离地吃下这一顿饭。待众人散去，袁术如慈祥的老伯一般，拍拍孙策的肩，语重心长道："伯符啊，你围城快一年，实在辛苦。陆康那老骨头难啃，孤不是不知。此次你未废一兵一卒，便攻克舒城，孤为你感到骄傲。相信文台兄在天有灵，亦会十足欣慰的。"

孙策不喜欢别人动辄提及自己父亲，却也不好作色："袁将军说过，若我攻下庐江，便会上表朝廷，封我做庐江太守……"

袁术面色磊落，并未有回避之意，大笑道："你这小子，年纪轻轻倒还是个官儿迷！你放心罢，孤答应过的事，哪有不兑现的道理？"

孙策心中暗想，这老头定是将先前许我九江太守、事后爽约之事忘了，可现下提此也没什么用，莫再把他惹恼了。他佯装欢喜，拱手道："多谢袁将军！如此，我就先回舒城布置城防去了。另外，那李丰……"

袁术听孙策提到李丰，微一摆手，示意他不必多说："此事事关重大，若是查明,孤自有道理,你不用担心。"

人在袁术营下,孙策即便有千般道理,亦不能贸然行动,更何况,眼下最要紧的,便是坐上这庐江太守之位,孙策转言道:"袁将军,孙某想与我堂兄见一面。天冷了,我母亲为他做了几件衣裳,让我交予他。"

袁术双目一凛,脸上却仍挂着笑,背手道:"你们孙氏一门皆骁勇,孙贲那孩子,孤也很喜欢。你们堂兄弟好好说说话罢,今日孤便不派他当值了。"

孙策道一声谢,转身出了营帐。袁术觑眼望着那挺拔的背影渐渐淡出在冬日溶光之下,神色难辨。本是想将陆康这块老骨头交予孙策,让这小子久攻不下,丧失人心,未承想他竟真的拿下了庐江。此等将才,若能为自己所用,攻城略地,再破洛阳城亦不在话下;可他若是心存叛逆,又有何人能降服得了呢?

孙贲乃孙坚长兄之子,打小便跟在孙坚身侧南征北战,亦与孙策、孙权交好亲厚,现下他正在袁术军中,司职丹阳都尉,孙策此时寻他,自是要问吴景被刘繇驱逐之事。

两兄弟一道策马,自军营向官道驶去。夕阳荒草陌,西风萧萧,两少年甲衣着身并肩驰骋,本应是快意人生,徜徉恣肆,此情此景,却莫名有些凄凉。

孙策问罢了吴郡之事,告辞欲走,却被孙贲拦下:"伯符,好不容易来一次,我们去吃点酒再回罢?把韩将军也叫上,城里新开了一家酒肆,叫望春楼,清雅得很,老板娘实在是个中极品……"

"去去去,"孙策蹙眉打断了孙贲的话,"堂兄夫人不在身侧,你爱去就去罢,我可不去。"

"你小子懂个屁,"孙贲搂住孙策的脖颈,神神秘秘道,"就是酒肆。那老板娘是个绝代佳人,清雅得很,无人可以染指。即便如此,只要听她轻弹一曲,便也无憾了。你现下不去,未来娶了媳妇被人管着,可更去不得了……"

"正是因为要娶媳妇了,我才更不去。"孙策一把推开孙贲,"时候不早,我得回舒城了。"

"你要娶妻了?怎的没听吴将军说起。娶谁家姑娘啊?不会是……大乔姑娘吧?"

提起大乔,孙策脸上的得意与甜蜜直掩藏不住:"正是,最近几日,我就会找乔将军提亲了。"

孙贲使劲拍了拍孙策的后背:"嘀!我说你小子怎的不稀罕跟我去吃酒,原来有这等艳福!不过大乔姑娘毕竟是名媛淑女,虽然脸蛋比人家漂亮,这风韵情调可不一定比得上人家,你当真不去看看?"

"不看不看,"孙策已有些不耐烦,"对了,三年前,我父亲攻打刘表时,堂兄亦在军中,你可还记得你们渡江后,是不是突然下了暴雨?两岸的船都停了?"

孙贲略一思量,便明白孙策为何这么问,亦敛了调笑的神色:"伯符,你既已打算娶大乔姑娘为妻,便不要再问那些事了。三年前叔父离世,与乔将军无关,纵使他冒暴雨带辎重渡江,我们亦有可能入岘山追击黄祖。彼时我在军中,你不在,许多事若非亲身经历,不会知晓其中利害。打从叔父去世,常有高阶将领霸凌,可乔将军从来没有欺负过我们……而且他真的很欣赏你,前些日子袁将军听了谗言,本欲迁怒于你,是乔将军不顾自身安危,拼死力保,你才能安然攻城的。你可要知道,那李丰是他帐下裨将,乔将军如此,已是让自己腹背受敌了,你这做女婿的若再怨怪于他,岂不令人寒心啊?"

听了孙贲这话,孙策心中万般不是滋味。前些日子听闻乔蕤负伤,他一心只想保护大乔,不愿让她牵涉入李丰的圈套中,却未能保护乔蕤安危,实在有悖当日立下的誓言。想到这里,孙策再不能等,对孙贲抱拳一礼,速速向韩当驻歇处打马而去。

不多时,孙策便赶到了营中。韩当恐袁术刁难孙策,一直立在营门口相候,见孙策回来了,他立刻上前抱拳道:"少将军。"

"来人,把我的大宛马和银枪找来,我要赶回舒城。"孙策吩咐一声,立刻有两名士兵应声跑去。

韩当低声问:"怎么样?一切可还顺利?"

孙策轻笑:"问起受封事,袁术满口答应,毫无为难之意,我倒是有些蒙了。"

"那便提前恭喜孙明府了。"韩当戏谑一笑,向孙策行了个大礼。

孙策抬手一敲他的心口:"你个老家伙别没正形,我可是有件隐秘事,需要你找最可靠之人来做……"说着,孙策低声耳语几句。

韩当出入军营二十载,自是知晓利害,待孙策说完,他点头应道:"少将军放心,末将一定办妥。"

正当此时,士兵牵着大宛驹走上前来。孙策检查一番,便踏镫上马,接过银枪,背在了身后,复对韩当道:"明日便是新岁了,你回城里陪陪夫人孩子,初二再回舒城罢,本将军先走一步。"

韩当不胜感激,沉声道:"多谢少将军!"

孙策摆摆手,随即扬起马鞭,一骑绝尘冲出营门,一路向南赶去。

长夜未央,正值除夕,却因行军打仗,而少了几分节庆意味,多了几丝沙场苍凉。

乔蕤回营地后,大小乔亦回到父亲军中。是日对于他们父女三人而言格外不同,乃是大小乔生母的冥诞。今年未能回宛城老家扫墓,可仪式却不得少。傍晚时分,大乔便与小乔一道,带着餐盘供果,登上南部山冈,焚香为母祝祷。

小乔虽从未见过母亲,每年今日却哀恸尤甚,姐妹俩在南山石阶上跪了好一阵子,才拭泪返回。毕竟明日便是新年,今夜她们还要守岁,为父亲祈求健康平安。

乔蕤咳疾又犯,箭伤未愈,却在帐中饮酒。大乔见此,上前夺了酒盏,长眉轻蹙:"父亲别喝了,身上还有伤呢,若是加重了如何了得?"

爱妻离去十四载,乔蕤仍难放下,每每想起,皆凄凉满怀。尤其是年岁愈高,愈是怀念故人,明知道肺痨已十分沉重,乔蕤依然借酒浇愁,孰料才半坛酒下肚,两个女儿便回来了。乔蕤见小乔怯生生站在帐门口,望向自己的眼神满是担心,不由有些难受。是啊,妻子因为生小乔难产而亡,却非小乔之过,她小小年纪没了母亲,才是最可怜的那一个啊。

乔蕤满心不忍,摆手招呼两个女儿上前:"莹儿、婉儿,你们俩来坐罢,爹……有话跟你们说。"

大乔与小乔乖乖上前,坐在乔蕤对侧,等听父亲吩咐。乔蕤酒气上头,头脑却愈发清醒:"莹儿,孙伯符那小子已攻下庐江,若是一切顺利,开春他就会来找爹提亲的。"

大乔垂着小脑袋,低低应道:"是……"

"莹儿,爹从不指望你与婉儿攀附什么权势富贵,只要你们能过上安生日子,哪怕是山间匹夫,爹也不会挑剔……孙伯符这小子并非池中之物,你若跟了他,这辈子定是少不了奔波劳碌,你可想好了?"

一想到要离开父亲和这个家,大乔泣泪涟涟,掩面而泣,良久说不出一字来。

小乔见大乔如此,十分心疼,她暗暗攥住大乔的手,对乔蕤道:"爹,虽然孙伯符废话多又自以为是,语调轻薄又爱动武,可他真的对姐姐挺好的……婉儿觉得,他是真心实意喜欢姐姐。"

小乔这话明明是向着孙策,听起来却像数落他一般。大乔转泣为笑,用绢帕拭去泪珠,对乔蕤一拜:"父亲的担忧,女儿都明白。最开始,女儿不过是为了将他引入军中,日后能为父亲所用……谁知一世冤家就此结成,他数度为我出生入死,我也再难将他舍弃了……"

乔蕤沉默未语,好一阵才叹道:"莹儿,若你看上的是周公瑾而不是孙伯符,为父一点不会忧心反对。可是孙家世代将门,孙坚又曾与为父同在主公帐下……为父实在是怕你受委屈啊。"

乔蕤竟曾经动过将大乔许给周瑜的怪念头,小乔本端起小盏呷水喝,此刻一口呛住,好一阵子喘不上气来。

大乔亦觉尴尬,岔话道:"父亲一直敬重孙老将军为人,先前也对我与婉儿说起过他的功绩,为何不愿与他结亲呢……"

乔蕤双目定定,蓦然一阵猛咳。大乔赶忙起身为父亲捶背,却未发觉他拭口的白帕上有丝缕血痕。小乔为乔蕤递上一杯水,他一饮而尽,像是忽然想起了什么，沉吟太息道："莹儿已经十六，婉儿也马上十四了，为父带兵打仗，常年在外，对你们未尽养育之意，心中时常有愧啊。此次攻打徐州，为父不慎受伤，命悬一线时，记挂的唯有你们姐妹二人。莹儿，婉儿，你们答应为父，若是有朝一日为父遭遇不测，你们不必为我守孝，遇见可靠之人，便嫁了罢……"

大乔惊叫否决："父亲莫说这不吉利的话，定然不会有事的！"

乔蕤摇头苦笑："傻孩子，人活一世短短数十载，谁又能左右自己的命运？更何况像为父这样的武将，脑袋别在腰上，有一日没一日，又有谁说了算呢？莹儿，你是长姐，日后定要为婉儿寻个善良温和之人，她打小没娘，一定……要找个人疼她……"

乔蕤说着说着，不觉红了眼眶。大乔亦忍不住垂泪，颔首道："父亲放心，有我在，一定不会让婉儿委屈……"

乔蕤望着两个出挑俊秀的女儿，不知该高兴还是伤怀，只见那厢小乔已忍不住，号啕大哭了起来。乔蕤抬起粗糙的大手，拍了拍她的小脑瓜，却不知如何宽慰。

帐外传来打更之声，大乔极力克制情绪，强笑道："父亲，婉儿，新岁到了，大年初一，我们可不该哭了呢。"

小乔亦起身拭泪，语调却仍带着哭腔："爹爹，你放心，今年我一定好好守岁，一个盹儿也不打，为爹爹祈福延寿。"

正当一家人其乐融融之际，帐外传来士兵的通报之音："报！乔将军，孙少将军方从寿春回来，要，要见大乔姑娘……"

下午在舒城时，孙策一口拒绝了孙贲的邀约，全力御马狂奔，便是为了在新岁第一天第一时间见到大乔。虽明知去营中寻她有些不妥，他却难以克制己心，无法压制想见她的念头。

朗朗俊逸身姿立在营中篱墙处，皎如玉树临风，漫天星辉相随，便是这夜幕下最曜然的风景。

过不多时，红妆仙裳佳人盈盈而来，待云破月出，寒光映出她绝色姿容一瞬，孙策大步迎上，喜道："莹儿……"

孙策昨夜凌晨出发,今晚又策马赶回,往返驰骋六百里,大乔不忍他如此劳碌,轻道:"怎的这般辛苦来回?何不在寿春住一夜,也好过赶夜路啊。"

孙策大大的斗篷一挥,将大乔裹入怀中,坏笑道:"今日我堂兄倒是说,寿春城里新开了一家馆子,叫什么望春楼,老板娘娇俏得很,要带我去看。我怕你伤心,这才连夜赶回来的。"

大乔抬眼一瞋:"我有什么好伤心的?不然少将军现下回去罢,还赶得上人家早上开张呢。"

孙策哈哈大笑,在大乔光洁白嫩的额上一吻:"好莹儿,莫跟我置气了。我连夜赶路,便是希望新年第一个见到的人是你,就冲着这份心意,你是不是该奖励奖励我?"

孙策言罢,歪头指指自己的面颊,暗示大乔献上香吻。谁知大乔抬起小手,将他的脸推开:"你见到的第一个人可不是我呢,是方才那通传的士兵。"

今年的冬日尤为寒冷,两人耳鬓厮磨,却没有畏寒之意。孙策与大乔十指交缠,敛了调笑的神色,一字一句道:"莹儿,初一到十五都是年下,提亲不合规矩,我打算正月十六去找你父亲,请程普将军保媒,你觉得如何?"

年下不宜提亲,可孙策也不能才出正月十五,就来找自己父亲罢?大乔红着小脸否道:"还、还是春暖花开了再……"

孙策不打算给大乔任何逃避的机会,他环住她瘦削的肩,俯身在她唇上一吻:"好,就这么说定了!莹儿,你去陪你父亲和妹妹罢,我也回去看看公瑾。"

语罢,孙策转身离去,出了营门,还得意扬扬地冲大乔招了招手。大乔亦挥舞小手回应,见孙策御马消失在了夜色中,她才反身而还。嫁与他为妻,是个邈远又模糊的愿望,待到快要实现这一刻,依然显得那般不真实。

天边有流星划过,在漆黑的夜幕上留下一道华丽的光影。大乔掌心合十,低低道:"娘,若你在天有灵,便请保佑我们罢……"

## 第五十章 功亏一篑

即便新岁年下,周瑜与孙策亦未得闲,每日在府衙内查阅案卷,以了解庐江郡的大致情况。

陆康不愧为九卿之臣,庐江在他的管辖下,秩序井然,百姓安居。孙策惦记陆康病势,携周瑜一道前去探望,却数次被拒绝在庙门之外。未过初五,城中陆家竟传来了陆康病逝的消息,周瑜、孙策震惊中带着惋惜,一道入城吊唁。舒城近万百姓冒着严寒,夹道送陆康最后一程。

孙策想起那日陆康嘱咐的那些话,百感交集,只觉肩上的担子愈发沉重。正当孙策激起十二万分斗志,打定主意欲治理好庐江时,袁术部下刘勋忽带了一支人马赶来,与他同行的,还有朝廷派来的礼官。

周瑜自觉不妙,他不顾是否会得罪袁术,站在孙策身后,以备不虞。果然,这朝廷礼官宣读圣旨,所封的庐江太守竟不是孙策,而是刘勋。

袁术当真是说一套做一套!孙策只觉气血上涌,怒发冲冠。几员老将亦是愤愤,若非周瑜阻拦,只怕要与刘勋部冲突。

周瑜好不容易糊弄过礼官与刘勋,拉着怒不可遏的孙策回到帐中,劝道:"伯符,越是此时越不可冲动!他未许你应得官职自是无理,可你现下若抗旨,岂非公开与朝廷作对?"

孙策气得浑身颤抖却无处发泄,他挥舞老拳,重重凿在木椽上,屋顶的尘灰飘扬洒落,呛得周瑜直咳。围城近一年,孙策殚精竭虑,不光要攻城作战,还要克服老将不臣、百姓反对、粮草短缺等重重困难。现下终于尽得民心,大胜而还,却要将功劳拱手相让,无论是谁,定然无法接受。

更何况,这太守之位,还关系到孙策今后之大计,以及能否娶大乔为妻。周瑜还未将孙策劝好,大乔便得讯赶来。周瑜看到立在帐门处的大乔,急忙摆手,示意她此时万不可出现,以免刺激孙策情绪。

孰料孙策回眸一瞥,一眼便望见了大乔。看着大乔清澈的眼眸中满是忧虑,孙策羞愧万分,恼怒尤甚。他阔步走出大帐,高声骂道:"我这就去寿春,找袁术那老儿问个清楚!"

大乔紧紧抓住孙策的衣摆,被他牵累得连连跟跄:"不!孙郎,现下你若去,岂不授人以柄,我们从长计议,好不好……"

大乔的哀求,好似在孙策的怒火上加了一把柴草,明明说要保护她,让她依靠自己,怎的却让她如此担惊受怕!孙策再难忍住心中怒意,对大乔道:"莹儿,你别担心,我这就去寿春,问问那位后将军袁公路,到底是怎么一回事!"

语罢,孙策再不顾阻拦,一个呼哨叫来大宛驹翻身而上,策马向寿春方向疾驰而去。

大乔急得直掉泪,颤声对周瑜道:"周明廷,现下唯有你能制止孙郎,小女子在此相求,还请周明廷一定拦住他啊!"

小乔本在营门处等大乔,见孙策一骑绝尘策马跑走了,她赶忙进营中来寻大乔。大乔啼哭不止,不停向周瑜哀求,小乔不明所以,上前呢喃:"姐姐这是怎么了……"

周瑜递上绢帕,宽解道:"大乔姑娘,我方才问过刘勋的部下,今日一早,袁术便带兵出营,亲自征讨刘备去了。伯符不会有事,你且放心,倒是周某心有疑问,欲请大乔姑娘解惑。"

小乔上前扶过大乔,小脸儿急得通红:"现下都什么时候了,问我姐姐有什么用呢。"

周瑜不徐不疾,做了个请的手势。大乔笃定他做事不会毫无目的,忍了抽泣,微微一揖,掀帘走入了大帐内。

周瑜为大乔与小乔沏茶,沉声道:"大乔姑娘,不瞒你说,伯符现下虽因丢了底盘而恼怒,可此事并不足以伤害他的根基。伯符还年轻,以后有的是机会建功立业。这庐江郡丢了对他最大的影响,就是与姑娘的婚事了。"

周瑜这话,无疑戳中了大乔的心事,她蹙眉苦道:"父亲并非攀龙附凤之人,那日提出以太守之位为条件,应是为了激励孙郎罢……"

"是啊,这几日我和姐姐趁父亲心情好的时候,好言劝上一劝,父亲那么疼姐姐,肯定不忍心她伤心,一定会答应的。"

听了小乔这话,周瑜嘴角勾起一丝浅笑:"今时今日这情形,即使令尊认定伯符为婿,亦不敢松口答应了。"

"什么啊,"小乔嘟囔道,"我爹才没有认定他,我爹相中的可是你呢……"

小乔语调极轻,这话却还是钻入了周瑜耳中,他不由一怔,望着小乔的目光不觉有些不自在。大乔已听不进调笑之言,愁楚满怀,六神无主问道:"周明廷为何说我父亲不敢答允我们的婚事,难道……"

"先前我便心有疑虑,今日这朝廷封赏下来,算是证实了我心中的疑窦罢。我想,乔将军十分清楚,这庐江太守之位,乃是袁术如何看待伯符之表征。以伯符之骁勇,不到一年,便连克祖郎与陆康,将八公山与庐江郡收入囊中,袁术只怕既欢喜又提防,这才数度三番失信与他。先是将九江太守许给了陈纪,又将庐江太守许给了刘勋。乔将军既为袁术帐下第一大将,统御过半兵力,袁术又如何肯让伯符成了他的女婿?其中利害关系,两位姑娘细想便知……"

大乔面色苍白,沉默未语。这些日子,她耽溺于孙策的一腔深情,竟未去想时局利弊,今日袁术的出尔反尔犹如当头棒喝,将她打醒,她这才发觉,作战虽胜,自己与孙策的感情,却是四面楚歌,难怪吴夫人当时会那样说。

小乔见大乔面色极为难看,不免担心,紧紧攥住她的手:"若是父亲答允姐姐的婚事,不知要被袁术怎么刁难。可若是不允,姐姐和孙伯符可怎么办啊?"

"有些事,周某不便细言,大乔姑娘冰雪聪明,又对伯符情重,一定会想出万全之策。周某这就去追伯符,还请小乔姑娘好好照看令姊。"

语罢,周瑜一礼,转身走出了营帐。小乔紧握着大乔的手,可无论她如何揉搓,也无法将大乔的手暖热。

是啊,毕竟心冷了,身子又如何焐得热,而周瑜方才说的万全之策,又是什么意思呢?

官道上,孙策驰马如狂,眼中满是不甘。虽明知袁术喜怒不定,但只要有一线可能,他还是企盼着,希望袁术能言而有信。可现在,这唯一的希望在冰冷的事实面前被击得粉碎,孙策再也无法克制忍耐,誓要找袁术问个清楚。

当初在八公山下,他亦是信誓旦旦、言之凿凿,说只要孙策能生擒祖郎,便许他九江太守之位。现下时移世易,孙策细想,那九江郡下辖寿春,正是袁术的大本营,太守之位怎可能给他这个非亲非故的毛头小子?现下连庐江也给了跟随袁术多年的老将刘勋,安抚旧部之意显而易见。想到这里,孙策恼怒愈甚,不由加快了打马的频次。

日昃时分,孙策赶至寿春营地,被守营士兵拦了下来,他高举腰牌喊道:"我乃怀义校尉孙伯符!有要事求见袁将军!"

可守门的士兵却毫无退却之意:"我等未得命令,不能放你进去,孙校尉请回罢!"

孙策强忍怒意,握着银枪的手微微颤抖:"我此番前来,自是有军机大事要报,你们若做不了主,便去寻管事的来!"

说话间,一男子登上箭楼,阴阳怪气,不疾不徐道:"袁将军一早便亲征徐州去了,孙将军此行怕是要无功而返喽。"

孙策抬眼一看,来人竟是李丰。这小子与黄祖暗通款曲,还数度设伏,欲害自己与大乔,孙策登时七窍生烟,只恨自己不谙射艺,不能将他一箭射死:"奸佞小人!我部围困舒城时,你非但不出兵相助,还拒不发粮,致我粮草紧缺！若非我另有筹粮之计，早已被你活活拖死！乔将军走后你居心叵测，派兵围我挚友周公瑾府邸，想要把大乔与小乔姑娘握在手里当人质，若非公瑾拼死保护，你早已奸计得逞！我向袁将军揭发此事，你却借乔将军前来换防之机溜回此处，在袁将军跟前进谗言！你有何资格在此放肆！"

守城士兵多为李丰部下，见孙策在光天化日之下辱骂他们的主将，不由拉紧了手中的弓弦。李丰不愠不恼，只冷笑一声："拨运粮草须得有乔将军手令，你没有，我为何要拨给你？乔将军不在，两位姑娘本不该出营，为何会出现在你好友周公瑾宅邸？我派兵前去接回，保护她二人安全，有何不妥？我看你才是想要以两位姑娘为质，逼迫乔将军为你求取庐江太守之位吧！"

"好一个贼喊捉贼！我倒是想问你，若不是派人偷偷跟踪，你又如何对两位姑娘的行踪如此熟悉？你勾结黄祖，借接近乔将军之机，数次三番将两位姑娘的行踪泄露给心怀歹意之人，导致两位姑娘数次三番被不明身份之人袭击！你可知罪！"

乔蕤在军中声望颇高，二乔又是人尽皆知的美人，孙策这罪名实在扣得不小。李丰自是不会任由孙策揭发，他故作无辜之态，表忠心道："李某身为乔将军部下，对袁将军、乔将军的忠心日月可鉴！你污蔑我之事，袁将军早有圣断，若你还要在此妖言惑众，便莫怪本将军以扰乱军心罪论处！"

通敌之事，乃是由推论得出，孙策手上并无李丰与黄祖或其手下往来的印信。看李丰一副胸有成竹之态，便知他定然已处理妥帖。眼下拿李丰毫无办法，若再在此地逗留，只怕会落下不臣之口实。孙策心情沉重，面上却装作胸有丘壑，冷笑道："小人还在诡辩！既然你不见棺材不落泪，待袁将军回来，我便将铁证拿出，咱们当堂对质！"语罢，孙策调转马头，朝寿春城驰去。

落日时分，夕阳斜照在城门楼头，此季节明明不当有雁，孙策却好似听到了断鸿啼鸣，声声泣血。连日奔波，大宛马疲累不堪，咳叫一声表示抗议。孙策拍了拍马头,低道:"好小子,再坚持两里路,就到城中驿站了……"

大宛马打小跟着孙策,好似能听懂他的话一般,骐骥一跃,铆足气力,向驿站方向奔去。

今日是正月十五上元节,往来商旅无多,驿站中空空如也。小厮老远看到孙策,便迎上前来,帮他牵住大宛驹,领到马厩中吃草饮水。奔波了一整日,孙策饶是铁打的身子亦有些扛不住,嘱咐小厮几句,便走出驿站,想找个酒肆填饱肚子。

夜幕笼罩,东西两市间宝马雕车,鱼龙共舞,煞是热闹。青年男女退却羞涩,相携为伴,孙策却是茕茕孑立独一人。望着东边楼宇飞檐下升起的皎皎明月,大乔巧笑倩兮的模样蓦然浮现心头,孙策不觉嗟叹,原来世上最苦,莫过于求之不得。

愣神间,孙策随人流走入一家酒肆。跑堂小厮见孙策一个人杵在门口,上前招呼道:"这位公子,里边坐坐?"

孙策正要回话,却被另一伙计看到腰牌,惊喜道:"这不是孙少将军吗?你堂哥前几日来此,方与我们讲过少将军生擒祖郎大破庐江的英勇事迹。快,后院雅间有请!"说罢,不等孙策反应,几人便笑盈盈地将孙策连推带拉请了进来。

原来这里便是"望春楼",方才孙策进门时正在愣神,未曾看到牌坊,此处确实与旁的酒肆无异,好似并非风月之所。孙策被一路引着,但见院中假山错落,修竹俨然,当中一湾浅池,水清无鱼,正中乃是一方别致小亭,以青白色纱帘隔断四周,朦胧如月影,甚是雅致。

孙策恍惚间听到悦耳琴音汀淙,似是从亭中传来,他定睛欲看个究竟,恰逢池上风动,纱帘飞舞,竟露出一女子姣好容颜,婀娜身姿。孙策见此,回身摆手道:"不过就是喝两杯,何必这么隆重,我看不如就在堂下好了。"

小厮见孙策似有去意,轻笑推着他紧实的肩背:"将军不必担心,这不是倡家,而是我们掌柜,久慕将军功名,特来相邀。"

许是听到孙策与小厮说话，亭中琴声戛然而止，那女子低声道："奴家久闻孙少将军大名，今日你既有缘入了我的酒肆，我便邀你共饮一杯，孙少将军难道还怕我这小女子不成？"

不过是些庸脂俗粉，在吴郡时也见过不少，哪里有什么怕的。孙策冷哼一声，一甩衣摆，大步走入了亭中。

一股清雅的莲花香气扑来，孙策拨开层层纱帘，只见一素衣女子以纱巾遮面，正在拨弄琴弦，她那十根白净如葱管的手指轻盈拨弄，七弦琴流音倜傥，时如高山峻石，时如芙蓉泣露，时如昆山玉碎，时如刀枪铁骑。孙策出身沙场，胸有丘壑万千，被这琴音敲打，仿佛有了共鸣了一般，驻步而听，半晌未语。

曲罢，那女子莞尔笑道："孙少将军怎不落座，倒让小女子不好意思了。"

孙策面上应承，双眸余光却四下打量这亭子，此亭竟有八角，各面悬挂这排列错落的纱帘，让人不禁想起《易经》中的八卦经学，而这女子与自己相对坐在中央，正合主客不同之道。

方才那两名小厮将玉盘珍馐送上，其间不乏虾鱼鲜脍、甲鱼熊掌、玉壶琼浆。孙策睨着眼前女子，嘴角泛起一抹坏笑："你便是这望春楼的老板娘？"

"正是，小女子姬清，虽是一介女流，却也懂得爱惜英雄。"

说着，姬清端起自己面前的酒卮敬孙策。孙策佯装欲饮，却先将杯盏放在鼻下一嗅，确保无虞后，才一饮而尽。

见姬清撩拨开轻纱饮酒，孙策以手抚膝，挤眼道："姑娘为何喝酒时还戴着面纱？难道是生得太丑，怕吓着孙某吗？"

姬清也不恼，笑回道："妇道人家，不便抛头露面，令少将军见笑了。"

"既是不便露面，为何我堂兄却曾见过姑娘芳容？难道你……看不起孙某？"

孙策果然狡诈，竟用方才姬清激他之言反击。姬清无法，只得取下了面上纱帘，垂眸笑对孙策道："蒲柳之质，怕是难入少将军的眼。"

"姑娘此话严重了,你我萍水相逢,还请我吃饭,哪有嫌主人丑的道理?"

姬清一怔,心想自己今年二十有四,即便不算容貌倾国,亦是美人如玉、风流婉转,怎的落在孙策眼中,倒摊上了丑陋之名?

不过姬清到底是见过世面之人,未将此事放在心上,她低压皓腕,起身为孙策斟酒,好似无心又似有意:"少将军可曾想过,另寻一位良主?"

孙策面色一凛,凝眉望着姬清,却见她挂着一抹暖人心脾的笑,好似方才之言不过是随口问问,并无其他含义。

孙策未正面答话,转言与姬清聊了几句闲话吃了些酒。酒过三巡,姬清忽然以手撑住额发,喃喃道:"孙少将军,小女子酒量不好,只怕……不能与将军对饮了。"说罢,姬清竟"咚"的一声倒在了地上。

孙策大惊,上前探过她的口鼻,却见呼吸无恙,正当他不知所措之际,亭外忽然传来了周瑜的声音:"好你个孙伯符,竟在这里吃花酒,让我好找!"

月挂疏桐,夜深人静之际,周瑜与孙策仍未回还,大乔与小乔只得先回营房去。乔蕤部下已得令撤兵回寿春,今日一整日皆做拔营准备。

本以为父亲在外,督查拔营情形,未想他却等在帐里。见到大小乔,乔蕤沉声道:"婉儿,你出去玩一会儿,爹有话跟你姐姐说。"

小乔应了一声,走出帐,溜到一侧窗口下坐好。不消说,乔蕤要说的事,必然与孙策和大乔的婚事有关。小乔立耳静听,果然听乔蕤叹息道:"莹儿,想来封赏之事,你已听说了。朝廷封的庐江太守是刘勋,不是孙伯符。"

大乔眉眼低垂,应道:"是……"

"莹儿,为父并非贪慕权势,只是主公好似有意打压这小子,为父若是明目张胆纳他为婿,只怕今后难以立足啊。"

大乔好似站在天平之上,一头担着父亲,一头牵着孙策,无论她偏向哪一方,另一方皆会坠落谷底。父亲于她有养育之恩,与父亲的安危相比,自己的幸福又算得了什么?

可要将孙策割舍,谈何容易？本以为能与他结发为夫妻,他甚至已筹谋好,明日便会来提亲,那触手可及的幸福稍纵即逝,她还未来得及遮挽,便从指尖溜走,如雾月难逢,彩云易散,琉璃疏脆。想到这里,大乔没开口便已泪奔:"女儿不会让父亲为难,这两日便会找孙郎说清楚,断了这份情思,不再与他瓜葛牵扯……"

乔蕤看着眼前泪如雨下的女儿,心中别提多么不是滋味。十四年前,夫人因生小乔难产,大出血而亡,彼时大乔不过两岁又半。乔蕤常年征战在外,除了给银钱外,对两个女儿并未尽心,而大乔却从未怨怪过父亲,以柔弱的身子,肩负起了教养小乔的重担。

乔蕤对大乔十足愧疚,待她及笄之后,常有人来提亲,可乔蕤不攀权势富贵,只希望大乔能觅得心爱之人,平安一世,也算是对她这些年劳苦的慰藉罢。

只可惜人算不如天算,大乔竟看中了孙策。他二人郎才女貌,本是天造地设的一对,却因夹杂权势冲突,生生耽误了。乔蕤看着杏眼肿如春桃的女儿,心痛至极,一字一句也说不出来。

轩窗外,小乔亦十足怅惘,不知不觉间眼眶蓄泪。从小到大,都是姐姐疼她照顾她,她沐浴在姐姐的悉心照料下,却忘却了姐姐也不过还是个孩子。

想到这里,小乔的泪滴再忍不住,簌簌落了下来。她微微握紧小拳,暗暗下定决心,一定要助姐姐达成所愿,可她又要如何才能助大乔如愿呢？